PETRA **JOHANN**

DIE
FRAU
VOM
STRAND

 aufbau taschenbuch

PETRA JOHANN, Jahrgang 1971, ist promovierte Mathematikerin. Sie arbeitete mehrere Jahre in der Forschung und in der Softwarebranche, bevor sie ihre wahre Berufung fand: Menschen umbringen – wenn auch nur auf dem Papier. Petra Johann ist im Ruhrgebiet aufgewachsen, mittlerweile lebt sie in Bayern.
Bei Rütten & Loening liegt ebenfalls ihr Thriller »Der Buchhändler« vor.

Die dreißigjährige Rebecca ist glücklich. Sie hat alles, was sie immer wollte: ein Haus im Ferienort Rerik an der Ostseeküste, ihre wunderbare Ehefrau Lucy und ihre fünf Monate alte Tochter Greta. Nur unter der Woche, wenn Lucy in Hamburg arbeitet, fühlt sie sich manchmal einsam. Als sie eines Morgens am Strand spazieren geht, steht auf einmal eine nackte Frau vor ihr und behauptet, ihre Kleidung sei gestohlen worden, während sie schwimmen war. Rebecca findet Julia sympathisch, die beiden freunden sich an und treffen sich fast täglich, bis Julia plötzlich wieder verschwindet. Als Rebecca sich auf die Suche nach ihr macht, stellt sie fest, dass ihre angebliche Zufallsbegegnung am Strand sorgfältig inszeniert war. Doch warum wollte Julia sie kennenlernen? Wo ist sie jetzt? Und warum reagiert Lucy so seltsam, als Rebecca Julias besonderes Kennzeichen erwähnt, ein braunes und ein grünes Auge? Rebecca kann sich das alles nicht erklären – bis sie auf Lucys Handy ein Foto von Julia entdeckt.

PETRA **JOHANN**

DIE
FRAU
VOM
STRAND

Thriller

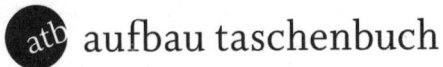 aufbau taschenbuch

MIX
Papier aus verantwor-
tungsvollen Quellen
FSC® C083411

ISBN 978-3-7466-3958-1

Aufbau Taschenbuch ist eine Marke
der Aufbau Verlage GmbH & Co. KG

1. Auflage 2022
Vollständige Taschenbuchausgabe
© Aufbau Verlage GmbH & Co. KG, Berlin 2021
Die Originalausgabe erschien 2021 bei Rütten & Loening,
einer Marke der Aufbau Verlage GmbH & Co. KG
Gesetzt aus der Bembo durch Greiner & Reichel, Köln
Umschlaggestaltung www.buerosued.de, München
unter Verwendung eines Bildes von
© Rekha Garton / Trevillion Images
Druck und Binden CPI books GmbH, Leck, Germany
Printed in Germany

www.aufbau-verlage.de

PROLOG

Sie hörte, wie die Schritte über den Sand näher kamen, doch sie wusste, dass sie sie nicht rechtzeitig erreichen würden. Diese Schritte zusammen mit dem Rauschen der Wellen waren das Letzte, das sie jemals hören würde. Die Bäume auf dem Kliff über ihr, die sich schwarz und scharf vor dem Vollmond abzeichneten, waren das Letzte, das sie jemals sehen würde. Der Wind, der vom Meer her wehte und kalt ihr Gesicht berührte, war das Letzte, das sie jemals spüren würde.

Sie wusste all das, und es machte ihr nichts aus, denn mit der Klarheit, die nur die letzten Augenblicke vor dem Tod schenken, sah sie noch etwas anderes: Es war richtig so. Ein Leben für ein Leben.

Das Letzte, was sie empfand, war ein tiefer Frieden.

Teil I

REBECCA

Ich hätte nie gedacht, dass ich einmal meine Geschichte erzählen würde. Ich hätte nie gedacht, dass sie jemanden interessieren könnte. Denn sehen Sie: Ich hatte bis vor Kurzem ein ganz normales Leben mit Job, Familie, Freunden. Ich hatte meinen Anteil am Glück und auch am Unglück – wobei letzterer gerne kleiner hätte ausfallen dürfen. Aber mir ist nichts passiert, das nicht Millionen anderer Frauen ebenfalls passiert ist. Und als ich Julia traf, dachte ich tatsächlich – nein, ich war sogar sicher –, ich hätte das Unglück überwunden. Ich wäre zumindest für die nächsten Jahre dagegen gefeit.

Im Nachhinein frage ich mich, warum eigentlich. Weil ich grenzenlos naiv war? Weil ich überzeugt war, dass der Blitz nie zweimal an derselben Stelle einschlägt? Weil ich zwar gelernt hatte, dass es in der Welt nicht gerecht zugeht, ich aber dennoch eine Art Kinderglauben bewahrt hatte, dass nur böse Menschen Böses tun? Dass gute Menschen zwar nicht vor Schicksalsschlägen, aber irgendwie doch vor menschengemachten Grausamkeiten gefeit sind? Dass aus einer Entscheidung aus Liebe nur Gutes entstehen kann?

Ja, ich war wohl wirklich grenzenlos naiv.

Als ich Julia zum ersten Mal sah, war sie splitterfasernackt und rannte quer über den Strand auf mich zu. Ich machte mit Greta unseren Morgenspaziergang. Ich ging jeden Tag mindestens eine Stunde lang am Strand spazieren, manchmal oben durch den Küstenwald, manchmal unten am Wasser entlang. Mit dem Ritual hatte ich vor fünfzehn Monaten nach unserem Umzug nach Rerik begonnen. Damals war es oft die einzige Aktivität, zu der ich mich überhaupt aufraffen konnte. Hätte ich die Spaziergänge nicht gehabt, wäre ich vielleicht wirklich so verrückt geworden, wie meine Schwägerin es mir ohnehin zu sein vorwarf. Doch die Wellen, die in ihrem ewigen, jahrhundertealten Rhythmus an den Strand laufen, gaben mir das Gefühl, dass auch mein Leben weitergehen könnte – trotz allem, was geschehen war.

Wie gesagt, als ich Julia zum ersten Mal sah, lief sie nackt auf mich zu. Ich erschrak. Zwar war Nacktheit an diesem Strandabschnitt nichts Ungewöhnliches, denn hier war der FKK-Bereich, doch es war ein kalter, trüber Oktobertag. Graue Wolken ballten sich am Himmel, und es nieselte immer wieder. An einem solchen Tag gingen vielleicht einige hartgesottene Einheimische oder Nachsaison-Urlauber schwimmen, aber nur, um dann rasch wieder in ihre warmen Trainingsanzüge zu schlüpfen und sich einen Schluck heißen Tee oder Sanddornsaft aus einer Thermoskanne zu gönnen. Es war definitiv kein Tag, um ohne Kleidung am Strand herumzulaufen, und diese Frau sprintete auf Greta und mich zu wie eine hungrige Löwin, die unverhofft eine einsame Antilope entdeckt hat. Ich trat einen Schritt zurück und schlang meine Arme um meine fünf Monate alte Tochter, die im Tragetuch an meiner Brust döste. Vielleicht bemerkte die Frau die Geste und interpretierte sie richtig, denn zu meiner Erleichterung bremste sie ein paar Meter entfernt von mir ihren Lauf ab.

»Entschuldigen Sie bitte«, keuchte sie, leicht vornübergebeugt nach ihrem Sprint über Sand und Steine, »ich wollte Sie nicht erschrecken. Aber Sie sind der einzige Mensch weit und breit, und ich brauche Hilfe. Ich war schwimmen, und irgendein Idiot hat mir währenddessen meine Klamotten und mein Handtuch geklaut. Nur meine Schuhe hat er gnädigerweise dagelassen. Vielleicht passt ihm neununddreißig nicht.«

Mit einem schiefen Lächeln streckte sie ein nacktes Bein vor, und ich sah, dass ihr Fuß in einem schmutzig-sandigen Joggingschuh steckte.

»Tja, ich würde Ihnen natürlich gerne helfen, allerdings …« Ich war nicht mehr erschrocken, dafür ratlos. Ich war schon immer schüchtern gegenüber Fremden und mag es gar nicht, wenn ich unverhofft mit Problemen überfallen werde. Lucy ist die Problemlöserin in unserer kleinen Familie.

»Sie tragen nicht zufällig ein Handtuch und ein paar Ersatzklamotten mit sich herum?«

»Wie bitte?« Einen Moment lang dachte ich, die Frau verdächtigte mich, ihre Sachen gestohlen zu haben, doch dann sah ich, dass ihr lächelnder Blick auf meiner Brust ruhte. Ich löste die Hände von Greta. »Nein, nur meine Tochter.«

»Das ist ärgerlich für mich.« Sie schwieg einen Moment, vielleicht um mir die Gelegenheit zu einer Erwiderung zu geben, doch mir fiel keine ein. »Tja, dann muss ich wohl nackt zu meiner Ferienwohnung zurückgehen. Ich hoffe, ich werde nicht wegen Erregung öffentlichen Ärgernisses verhaftet.«

Sie sah fröstelnd an sich hinunter. Unwillkürlich tat ich dasselbe, obwohl ich es bisher vermieden hatte, auf ihren entblößten Körper zu starren. Salzwasserperlen glitzerten auf ihrer vom langen Sommer gebräunten Haut, und auf ihren Armen und Beinen hatte sich eine Gänsehaut gebildet. Der Anblick löste mich aus meiner Erstarrung.

»Aber nein, das müssen Sie natürlich nicht. Warten Sie!« Ich kramte in den Taschen meiner Softshelljacke und zog eins von Gretas Spucktüchern hervor. Ich trage immer mindestens eins mit mir herum, genauso wie eine Windel, Gretas Lammfellschuhe, manchmal Ersatzkleidung, einen Schnuller und alles mögliche Andere. Lucy spottete immer, ich sei ein wandelnder Laden für Babyausstattung. Seit ich Mutter geworden bin, ist das zweifellos richtig. Da ich meine Tochter am liebsten im Tragetuch bei mir habe und die Wickeltasche für Spaziergänge zu unpraktisch ist, sind alle meine Jackentaschen mittlerweile hoffnungslos ausgebeult.

»Hier, das ist noch ganz sauber, damit können Sie sich erst einmal abtrocknen.«

Dankbar nahm die Frau das Tuch. Während sie sich damit notdürftig abtrocknete, zog ich meine Jacke aus. Als ich sie ihr ebenfalls reichte, protestierte sie zunächst, aber ich bestand darauf. »Sonst holen Sie sich den Tod. Und jetzt lassen Sie mich mal überlegen. Am besten kommen Sie mit zu mir. Wir wohnen nicht weit von hier, gleich oben auf dem Steilufer. Dann gebe ich Ihnen eine Hose und fahre Sie nach Hause.«

Sie widersprach nicht mehr, sondern schlüpfte in meine Jacke, und kurz darauf stapften wir über Sand und Steine zum nächsten Aufgang im Kliff.

Waren Sie schon einmal in Rerik? Es ist wirklich wunderschön dort. Ein kleiner Ferienort etwa fünfundzwanzig Kilometer nordöstlich von Wismar und fünfunddreißig Kilometer westlich von Rostock, der an zwei Seiten von Wasser begrenzt ist, im Nordwesten durch die Ostsee, im Südwesten durch das Salzhaff. Der Strand an der Ostsee ist kilometerlang. Wenn Sie möchten, können Sie stundenlang am Wasser entlang bis nach Kühlungsborn laufen. Der eigentliche Ort Rerik ist durch eine Steilküste vom Strand getrennt, die teilweise über fünfzehn Meter hoch ist. In Broschüren wird sie gern als wildromantisch beschrieben, und das ist sie auch. Oben auf der Steilküste verläuft ein Fernwanderweg durch den Küstenwald, direkt dahinter liegt unser Haus.

Die Fremde und ich stiegen die sogenannte Schustertreppe hoch, einen von mehreren Aufgängen. Niemand begegnete uns, während wir über den Pfad und über frisch gefallenes Laub durch den Küstenwald gingen, es wäre aber ohnehin kein Problem gewesen. Meine Softshelljacke reichte mir bis zum Oberschenkel und der Frau, die größer war als ich, immer noch über den Hintern. Während sie neben mir herlief, erzählte sie mir, dass sie in Hessen lebe, jedoch für drei Wochen ein Ferienapartment im Kurhaus gemietet habe. Ich musterte sie unauffällig von der Seite. Sie hatte schulterlange dunkle Haare, vom Salzwasser etwas zerzaust. Sie war schlank und durchtrainiert und machte einen sympathischen, selbstbewussten Eindruck. Mehr fiel mir zunächst nicht zu ihr ein, vermutlich weil sie keine eigene Kleidung trug. Es ist doch erstaunlich, wie viel von unserer Persönlichkeit wir durch unsere Kleidung zum Ausdruck bringen – selbst dann, wenn wir uns nicht sonderlich für Mode interessieren. Nacktheit verwischt die Unterschiede.

Als wir den Küstenwald verließen, standen wir auch schon direkt unter der Laterne gegenüber von unserem Haus. Lucy, Greta und ich wohnten in der Seestraße, die parallel zum Küstenwald verläuft. Die Kliffkante ist von dort weniger als fünfzig Meter entfernt. Man kann Tag und Nacht das Meer rauschen hören, außer es ist absolut windstill, was jedoch fast nie vorkommt.

Ich bat die Frau ins Haus, weil ich es unhöflich gefunden hätte, sie vor der Tür stehen zu lassen, doch dabei war ich nervös, wie immer, wenn ich neue Bekannte einlud. Ich habe nie ein Händchen fürs Einrichten gehabt, wie meine Mutter oft und gerne betont, und Lucy hat sich überhaupt nicht für Äußerlichkeiten interessiert. Als ich die Einrichtung für unser Haus aussuchte, kam sie nur mir zuliebe wochenlang jeden Samstag mit in irgendwelche Möbelhäuser. Sie hat einmal behauptet, solange ein Sofa bequem sei, seien ihr Farbe und Material egal. Nun, unser Sofa ist kirschrot und steht vor einer sonnengelben Wand. Ich liebe den Gute-Laune-Effekt, muss aber zugeben, dass ich beim Einrichten nicht immer das gewünschte Ergebnis erziele, weil ich meist solche Möbel kaufe, die mir im Möbelhaus gefallen, ohne mir vorstellen zu können, wie sie in unserem Haus wirken und wie sie zu unseren anderen Sachen passen. Das Ergebnis war ein ziemlich uneinheitlicher Stil.

Doch die Frau vom Strand war höflich. »Es ist schön bei Ihnen, behaglich. Es sieht so aus, als würden Sie sich hier sehr wohl fühlen. Wohnen Sie schon lange hier?«

»Fünfzehn Monate. Ursprünglich sollte das Haus uns als Ferienhaus dienen.« Lucy hatte es mir zur Hochzeit geschenkt, weil sie wusste, dass ich das Meer liebe, und weil ich ihr begeistert von kindlichen Erinnerungen an Sommerferien in Rerik erzählt hatte. »Wir haben vorher in Hamburg gelebt.«

»Das muss eine ziemliche Umstellung gewesen sein. Vermissen Sie die Stadt nicht manchmal?«

Ich schüttelte energisch den Kopf. »Ich liebe es hier. Wenn ich mal woanders übernachte und beim Aufwachen nicht das Meer höre, fehlt mir den ganzen Tag etwas.«

Die Frau nickte nachdenklich. »Es scheint ein guter Ort, an dem man abschalten kann. An dem man Trost finden kann.«

Ich musterte sie misstrauisch. Genau das war der Grund, warum wir ursprünglich hierhergezogen waren, doch das konnte sie nicht wissen. Aber ihre Worte schienen sich nicht auf mich zu beziehen, sie sah auf einmal traurig aus. Ich fragte mich, was sie hierher geführt haben mochte, wollte jedoch nicht nachbohren.

»Wenn Sie kurz warten, suche ich Ihnen rasch eine Hose heraus.«

Ich lief auf Socken die Wendeltreppe hinauf ins Schlafzimmer, wo ich in meinem nicht sehr ordentlichen Kleiderschrank kramte, bis ich eine Jogginghose fand. Als ich wieder hinunterkam, stand die Frau am Esstisch und betrachtete die Skizzen von Greta, die darauf lagen. Ich hatte sie nicht weggeräumt, weil ich keinen Besuch erwartet hatte. Mist!

»Nur ein Zeitvertreib.« Ich schob hastig die Skizzen zusammen und merkte, wie ich rot wurde.

Die Frau zog ihre Hand zurück. »Entschuldigen Sie bitte.

Ich wollte nicht … Haben Sie die gezeichnet? Sie sind wunderschön.«

Natürlich errötete ich noch mehr. Die Wahrheit ist, dass ich meine Zeichnungen nie jemandem gezeigt habe außer Lucy, die sie für fantastisch hielt. Aber Lucy fand stets alles fantastisch, was ich tat. »Meinen Sie wirklich?«

»Absolut. Sie wirken so lebendig. Ist das Ihre Tochter? Sie sieht aus, als würde sie einem aus dem Bild entgegenrollen. Sie verstehen offensichtlich viel von Anatomie.«

»Ich bin Physiotherapeutin.«

»Das erklärt es. Und wer ist das?« Sie zog eine Zeichnung von Lucy unter den anderen Skizzen hervor.

»Meine Frau.« Meine Stimme rutschte wie immer ein wenig nach oben, als ich das sagte, und ich wartete auf die typische verwirrte Reaktion, die die meisten Menschen auch heute noch zeigen, weil die Ehe für alle für sie doch eher ein abstraktes Konzept ist.

Doch die Frau vom Strand sagte bloß: »Sie sieht aus, als könnte man sich zu hundert Prozent auf sie verlassen. Was macht sie beruflich?«

»Sie entwickelt Computerspiele.« Das war eine Untertreibung. Lucy hatte zusammen mit zwei Freunden ein sehr erfolgreiches Game-Design-Studio in Hamburg gegründet. Leider war sie deswegen unter der Woche meistens dort.

Die Frau legte die Zeichnung beiseite. »Ein tolles Bild. Sie sind alle wunderschön – und das sage ich nicht nur, weil Sie mich vor dem Kältetod gerettet haben. Sie sollten einige von ihnen aufhängen. Wie wäre es dort, neben dem Kamin? Und das große hinter dem Sessel?« Sie brach verlegen ab. »Entschuldigen Sie bitte, jetzt dringe ich bei Ihnen ein und mache Ihnen auch noch Einrichtungsvorschläge.«

»Schon okay. Ich freue mich, dass meine Zeichnungen Ihnen gefallen.« Ich meinte es so. Vermutlich hätte ich ihr Verhalten bei jemand anderem als übergriffig empfunden, aber die Frau wirkte ehrlich begeistert, und ich hatte mir tatsächlich schon überlegt, einige der besseren Skizzen aufzuhängen – genau an den von ihr vorgeschlagenen Wänden.

»Vielleicht wollen Sie jetzt die mal probieren?«

Ich reichte ihr die Jogginghose, und sie schlüpfte hinein. Sie war etwas zu kurz, so dass ihre nackten Knöchel hervorschauten.

»Vielen Dank, das passt wunderbar. Ich muss mich wirklich noch einmal bei Ihnen bedanken. Und jetzt lasse ich Sie endlich wieder in Ruhe.«

»Ich kann Sie gerne zum Kurhaus fahren.«

»Es sind ja nur ein paar hundert Meter. Und ich glaube, Sie werden jetzt von jemand anderem beansprucht.«

Tatsächlich war Greta im Tragetuch aufgewacht und gab die für sie typischen kleinen Maunzlaute von sich, ihre ersten dezenten Hinweise, dass sie Hunger bekam, die schnell zu gebrüllten Befehlen wurden, wenn ich ihnen nicht nachkam.

»Also, noch einmal vielen Dank.« Die Frau streckte mir die Hand entgegen. »Ist es in Ordnung, wenn ich Ihnen die Hose und die Jacke heute Nachmittag zurückbringe?«

»Natürlich.« Und dann überraschte ich mich selbst. »Warum kommen Sie nicht so gegen drei, wenn Sie nichts anderes vorhaben? Wir könnten einen Kaffee zusammen trinken.«

»Gern. Ich heiße übrigens Julia.«

Am Nachmittag kam Julia um Punkt drei mit einem kleinen Blumenstrauß, worüber ich mich sehr freute. Vor allem über die Pünktlichkeit, denn Pünktlichkeit ist eine Manie bei mir. Vielleicht wegen meiner Arbeit als Physiotherapeutin. Termine in Physiotherapiepraxen sind üblicherweise eng getaktet, da gibt es keine Puffer. In meiner letzten Stelle in Hamburg war etwa alle zwanzig Minuten ein anderer Patient eingeplant. Kam einer unpünktlich, musste ich entweder seine Therapiezeit verkürzen, was den Patienten in der Regel verärgerte, auch wenn er selbst die Schuld daran trug, oder alle späteren Termine nach hinten verschieben. Mich haben immer beide Varianten gestresst, deswegen schätze ich es, wenn Menschen auf die Minute zur rechten Zeit kommen – auch im Privatleben und bei Terminen, bei denen es im Grunde gleichgültig ist.

Aber nicht nur die Blumen und die Pünktlichkeit nahmen mich für Julia ein. Wir tranken gemeinsam Kaffee und aßen die Reste vom Apfelkuchen, den ich am Wochenende gebacken hatte. Am Anfang war unser Gespräch noch etwas stockend, doch überraschend schnell unterhielten wir uns wie alte Bekannte. Julia erzählte, dass sie zum ersten Mal an diesem Abschnitt der Ostseeküste war und viel wandern und nachdenken wollte. Mit langen Spaziergängen in unserer Gegend kenne ich mich aus, daher konnte ich ihr viele Tipps geben, die sie so interessiert aufnahm, dass ich mich bald wie eine gefragte Expertin fühlte. Es war ziemlich schmeichelhaft, und vielleicht hätte ich damals schon merken müssen, dass etwas faul war. Im Nachhinein ist es vermutlich ziemlich offensichtlich, dass Julia versuchte, mir zu gefallen, um näher an mich und Lucy heranzukommen. Aber im Nachhinein ist man ja immer klüger.

An diesem Tag jedoch ahnte ich nichts davon, ich war einfach froh, eine so angenehme Gesprächspartnerin zu haben. Zunächst redeten wir über Allerweltsthemen, dabei erfuhr ich auch einiges über Julia selbst. Sie war neunundzwanzig Jahre alt und damit ein Jahr jünger als ich, sie lebte in Frankfurt, war pharmazeutisch-technische Assistentin und arbeitete in einer Apotheke. Und sie hatte gerade eine Trennung hinter sich, wie sie mir erzählte, als ich fragte, wie sie denn auf Rerik als Urlaubsort gekommen sei.

»Mein Exmann hat es vorgeschlagen. Ein Kollege hatte ihm vorgeschwärmt, wie schön es hier sei, und wir dachten, es wäre eine gute Idee, zur Abwechslung mal Deutschland besser kennenzulernen, statt in den Süden zu fliegen. Flugscham und so.«

»Du machst immer noch Urlaub mit deinem Ex?«, fragte ich überrascht. Wir hatten schon beim ersten Stück Kuchen beschlossen, uns zu duzen.

Julia lächelte schief. »Als ich die Ferienwohnung buchte, war er noch nicht mein Ex. Genau genommen sind wir auch noch verheiratet, aber ich habe die Scheidung eingereicht.«

Es war das Persönlichste, was sie bis dahin gesagt hatte, und ich war unsicher, ob es eine Einladung war nachzufragen. »Möchtest du erzählen, was passiert ist?«

Sie schien einen Moment mit sich zu ringen. »Warum nicht?«, sagte sie dann. »Es ist allerdings keine besonders erbauliche Geschichte. Ich hatte eine Fehlgeburt.«

»Oh, wie schrecklich!« Ich streckte unwillkürlich eine Hand aus und drückte ihre.

»Ja, das war's.« Sie wurde rot. »Genau genommen war es nicht nur eine, es waren drei. Danach riet meine Ärztin mir, es für eine Weile nicht mehr zu versuchen.« Sie machte eine Pause.

»Und dein Mann wollte das nicht akzeptieren?«, fragte ich, als sie lange nicht weitersprach.

»Doch, das schon, obwohl er sich sehnlichst Kinder wünscht. Er ist zehn Jahre älter als ich. Aber er wollte oder konnte wohl nicht akzeptieren, dass ich trauere. Nicht so lange jedenfalls. Er warf mir ständig vor, dass man mit mir keinen Spaß mehr haben könne. Na ja, kurzum: Er fing an, sich seinen Spaß woanders zu suchen. Vor einem Monat erwischte ich ihn mit einer anderen.«

»Und deshalb hast du Schluss gemacht?«

Sie sah mich überrascht an. »Wärst du etwa geblieben?«

Ich musste nicht überlegen. Ich schüttelte den Kopf. Treue ist für mich die Grundlage einer Beziehung, und ich wusste, dass Lucy das genauso sah.

Julia seufzte. »Weißt du, ich hätte es ihm vielleicht sogar verzeihen können. Wenn es eine einmalige Sache oder wenn es nicht ausgerechnet in dieser Situation gewesen wäre. Aber was soll ich mit einem Mann, der mich nur liebt, wenn ich gut drauf bin?«

Von da an trafen Julia und ich uns jeden Tag. Am nächsten Nachmittag, einem Mittwoch, kam sie wieder zum Kaffeetrinken, anschließend machten wir zusammen einen langen Strandspaziergang. Am Donnerstag wollte sie eine längere Wanderung in Angriff nehmen und an der Küste entlang von Rerik nach Kühlungsborn laufen. Da mir die Strecke mit

Greta zu weit war, fuhr ich mit dem Wagen nach Kühlungsborn und traf mich mit Julia in einem Café an der Strandpromenade. Anschließend nahm ich sie mit zurück nach Rerik.

Ich glaube, spätestens ab dem Moment, als ich Julia vor dem Kurhaus absetzte, erschien es mir völlig normal, mich für den nächsten Tag wieder mit ihr zu verabreden, und ihr schien es ähnlich zu gehen. Ich genoss es wirklich sehr, endlich eine Freundin in Rerik zu haben. Dabei war mir vorher gar nicht bewusst gewesen, dass ich eine vermisst hatte. In der ersten Zeit nach unserem Umzug hatte ich mich in Rerik zwar oft einsam gefühlt, wenn Lucy unter der Woche in Hamburg war, andererseits hatte ich die Einsamkeit ja gerade gesucht. In den zwei Monaten vor Gretas Geburt wäre es dann natürlich schwierig gewesen, Kontakte zu knüpfen. Nach Gretas Ankunft wiederum hätte ich mich einer Gruppe junger Mütter anschließen können, aber zum einen gab es kaum welche in Rerik, und zum anderen genoss ich die Zeit mit Greta viel zu sehr, als dass ich sie mit jemandem hätte teilen wollen. Erst als ich Julia traf, wurde mir klar, wie gut mir eine Freundin zum Reden tat. Zwar telefonierte ich jeden Abend mit Lucy, aber eine Gesprächspartnerin, die mir gegenübersaß und mit der ich all die Frauenthemen bequatschen konnte, die Lucy nicht interessierten, war wundervoll.

Und mit Julia konnte ich wirklich hervorragend reden. Über Klamotten, Klatsch und Krimis, für die wir beide eine Leidenschaft hatten, über mein Leben in Rerik, über ihr Leben in Frankfurt – und natürlich über das Thema Nummer eins: über andere Menschen und unsere Beziehungen zu ihnen. Sie erzählte mir noch mehr von ihrem Exmann, ich erzählte ihr von meiner Familie, von den Problemen mit meiner Mutter, ja sogar von Paul und dem Streit mit meiner Schwägerin. Und natürlich erzählte ich ihr einiges von Lucy, zum Beispiel wie Lucy und ich uns kennengelernt hatten.

»Sie war meine Patientin. Sie hatte nach einer Ellbogenverletzung Probleme mit der Beweglichkeit ihres Arms. Der Arm war gebrochen worden, als sie in Moskau an einer Demo für Schwulen- und Lesbenrechte teilnahm.« Es war Freitag, wir saßen in einem Café am Salzhaff, aßen Waffeln und tranken heißen Sanddornsaft.

»Wow, das klingt, als sei deine Lucy ziemlich mutig.«

»Das ist sie.« Es war einer der Gründe, warum ich mich in Lucy verliebt hatte, ihr Mut und ihre Stärke. Eigentlich war Lucy ein sehr sanfter Mensch, aber wenn sie irgendwo eine Ungerechtigkeit witterte, ging sie sofort auf die Barrikaden. Ich hatte in den sechs Jahren, die wir uns kannten, nur einmal erlebt, dass Lucy fast der Mut verlassen hätte – als sie mir erzählte, was sie für mich empfand.

»Und war es Liebe auf den ersten Blick?«

»Für Lucy ja, das behauptet sie zumindest, aber für mich nicht. Ich hielt mich damals noch für hetero.«

»Und Lucy hat dich bekehrt? Wie hat sie das geschafft?«

Ich erzählte Julia die Geschichte nur zu gerne, nicht nur weil es eine meiner liebsten Erinnerungen ist, sondern weil ich damals, als es passierte, keine so verständnisvolle Zuhörerin wie Julia hatte. Als ich meiner Familie und meinen Freundinnen erzählte, dass ich mich in eine Frau verliebt hatte, schwankten die Reaktionen durchweg zwischen Ungläubigkeit, dass ich zum anderen Ufer wechseln wollte, und Zuversicht beziehungsweise Hoffnung, dass ich bald meinen Weg zurück finden würde.

»Lucys Ellbogenverletzung war eigentlich keine große Sache, deswegen hatte ihr Arzt ihr nur sechs Termine aufgeschrieben. Danach wollte sie mich unbedingt wiedersehen, traute sich aber nicht, nach einem Date zu fragen, weil sie wusste, dass ich bis dahin nur mit Männern zusammen gewesen war. Deshalb engagierte sie mich als Personal Trainerin. Wir trafen uns zwei Monate jeden Mittwoch und Samstag zum Trainieren.«

»Und du hattest keinen Verdacht?«

Ich schüttelte den Kopf. Ich hatte tatsächlich nicht geahnt, dass Lucy in mich verknallt war, obwohl ich mich gewundert hatte, dass sie plötzlich zur Sportskanone wurde, obwohl sie vorher höchstens sporadisch trainiert hatte. Ich kapierte es erst, als Lucy es mir nach zwei Monaten gestand. Ich war verblüfft, aber nicht so sehr, wie ich es einige Wochen zuvor gewesen wäre, denn ich hatte längst selbst begonnen, den Treffen mit ihr entgegenzufiebern.

»Und ab da wart ihr ein Paar?«, fragte Julia.

»Es hat noch ein bisschen gedauert.« Obwohl ich mich bei Lucy so geborgen fühlte wie nie zuvor, hatte ich eine Weile gebraucht, mich wirklich auf eine Beziehung zu einer Frau einzulassen. Im Gegensatz zu einer Behauptung meiner Mutter hatte ich mich nicht Hals über Kopf in diese unselige Affäre gestürzt, bloß weil Lesbischsein auf einmal schick war und ich sie vor den Kopf stoßen wollte. Obwohl Letzteres tatsächlich ein verlockender Grund gewesen wäre.

Julia seufzte, wie sich das für eine Frau als Reaktion auf eine Liebesgeschichte gehört. »Das klingt romantisch.«

»Das war's.«

»Und du klingst glücklich, wenn du von ihr erzählst.«

»Weil sie mich glücklich macht. Sie würde alles für mich tun.«

»Auch einen Mord begehen?«

Die Frage überraschte mich nicht. Auf dem Tisch zwischen uns lag ein Krimi, den ich Julia zum Lesen mitgebracht hatte. Sie war genauso verrückt nach fiktivem Mord und Totschlag wie ich. Es war eines ihrer Lieblingsthemen.

»Klar.«

»Ehrlich? Einfach so?« Julia wirkte etwas perplex angesichts meiner prompten Antwort.

»Natürlich nicht einfach so«, wiegelte ich ab. »Lucy ist überzeugte Pazifistin.«

»Aber generell traust du es ihr zu, dass sie einen Menschen tötet? Zum Beispiel, wenn du in Gefahr wärst? Oder Greta? Dann würde sie für euch töten?«

Julia musterte mich bei der Frage, als sei die Antwort ihr wichtig. Ihr Gesicht hatte einen intensiven Ausdruck angenommen. Es sah ein bisschen beunruhigend aus, aber vermutlich lag das einfach daran, dass sie zwei verschiedenfarbige Augen besaß. Das linke war grün, das rechte braun.

»Na ja, um uns zu retten, würde Lucy natürlich schon alles tun, aber sonst …« Ich hob ein wenig hilflos die Schultern. Ich fühlte mich auf einmal unwohl und wollte das Thema abschließen. »Auf jeden Fall würde Lucy nie verurteilt werden«, scherzte ich daher, »genauso wenig wie ich, egal, welches Verbrechen wir begehen würden. Hast du schon mal von Torge Berger gehört?«

Sie schüttelte den Kopf.

»Oh, da wäre er enttäuscht. Er ist nämlich der Meinung, dass man seinen Namen kennen sollte. Er ist ein Jugendfreund von mir, Rechtsanwalt in einer ziemlich angesagten Kanzlei in Hamburg. Er hält sich für ein Genie, und auch wenn er generell ziemlich eingebildet ist, stimmt das wohl zumindest ein bisschen. Er ist ein brillanter Strafverteidiger, er würde Lucy und mich aus jeder Situation herausboxen.«

Es funktionierte, Julias angespannte Miene glättete sich. »Jugendfreund? Von dem hast du mir noch gar nicht erzählt. Jemand aus deiner Hetero-Vergangenheit?«

Tatsächlich war Torge mein erster und einziger Freund gewesen. Doch bevor ich von ihm erzählen konnte, musste ich dringend auf die Toilette. Ich warf einen Blick auf Greta, die friedlich in ihrem Maxi-Cosi schlief, und bat Julia, kurz auf sie zu achten, während ich verschwand. Es war das erste Mal, dass ich das tat, und es fiel mir nicht leicht, denn ich ließ Greta nur ungern mit anderen Menschen als Lucy allein. Für mich war es ein riesiger Vertrauensbeweis. Ich konnte ja nicht ahnen, wie wenig Julia dieses Vertrauen verdiente.

Meine erste Begegnung mit Julia fand an einem Dienstagvormittag statt. Danach trafen wir uns noch viermal, bis zum nächsten Freitag. Fünf Treffen können viel oder wenig sein. Nach fünf Terminen hatte Lucy sich unsterblich in mich verliebt, während ich zu dem Zeitpunkt in meinen kühnsten Träumen nicht darauf gekommen wäre, dass ich einmal eine Frau heiraten würde. Doch nach den fünf Treffen mit Julia war ich überzeugt, eine echte Freundin gefunden zu haben und dass diese Freundschaft auch Julias Rückreise nach Frankfurt überstehen würde.

Sie überstand noch nicht einmal den nächsten Tag, denn am nächsten Tag verschwand Julia. Es war ein Samstag, den ich natürlich mit Lucy verbringen wollte. Doch ich lud Julia zum Abendessen ein. Ich wollte, dass Lucy sie kennenlernte, außerdem verfolgte ich mit der Einladung noch einen anderen Zweck. Wir hatten für Samstagabend Finn und Priska eingeladen, und bei Treffen mit Priska brauche ich jede moralische Unterstützung, die ich kriegen kann.

Finn und Priska waren Lucys Geschäftspartner bei Fin-Games und seit fünf Jahren miteinander verheiratet. Mit Finn verband Lucy eine dreißig Jahre lange Freundschaft, die in einem Hamburger Kindergarten damit begonnen hatte, dass Lucy Marmelade in die Schuhe einer Erzieherin füllte, die Finn für irgendeine Nichtigkeit übertrieben heruntergeputzt hatte. Von da an waren die beiden unzertrennlich. Sie gingen gemeinsam zur Grundschule und aufs Gymnasium, rauchten gemeinsam die erste heimliche Zigarette, wobei sie den Papierspender auf dem Schulklo abfackelten, hackten gemeinsam den Schulcomputer, um an die Abiaufgaben in Geschichte zu kommen, gründeten anschließend eine WG und studierten zusammen Informatik, während sie in jeder freien Minute an der Entwicklung ihres ersten Computerspiels bastelten, mit dem sie den Spielemarkt revolutionieren und reich werden wollten. Das mit dem Reichwerden klappte in bescheidenem Umfang tatsächlich, allerdings erst als Priska zu ihnen stieß, die einen Master in Wirtschaftswissenschaften und mehr Geschäftssinn als König Krösus besitzt.

Finn war derjenige, der Priska zuerst kennenlernte. Er traf sie auf irgendeiner Studentenfete, verknallte sich Hals über Kopf in ihre blonden Locken, ihre langen Beine und ihre Jennifer-Lawrence-Lässigkeit und schaffte es tatsächlich, die Beziehung zu ihr zwei Monate lang vor Lucy geheim zu halten. Ich habe ihn einmal gefragt, warum er das getan hat, und die Antwort lautete: Er hatte Angst, dass es zu einer Art Urknall kommen würde, wenn zwei so starke Frauen aufeinanderträfen. Tatsächlich gab es dann wohl die eine oder andere Explosion, als Lucy und Priska sich kennenlernten, hauptsächlich weil Priska eifersüchtig auf Lucy war und versuchte, sie aus Finns Leben zu drängen. Doch damit traf sie bei Lucy und Finn auf erbitterten Widerstand. Als Priska schließlich einsah, dass Finn sich in diesem Punkt ausnahmsweise nicht von ihr unterbuttern lassen würde, bot sie Lucy einen Waffenstillstand an, aus dem überraschend eine Freundschaft entstand, als die beiden herausfanden, dass sie aneinander einiges schätzten.

Als ich Priska kennenlernte, bemühte ich mich natürlich ebenfalls, an ihr schätzenswerte Eigenschaften zu entdecken, und ich bin sicher, sie tat umgekehrt dasselbe. Dennoch sind wir nie wirklich miteinander warm geworden. Die Wahrheit ist, dass ich Priska gegenüber einen Minderwertigkeitskomplex habe. Sie ist einfach zu schön, zu schlau, zu selbstbewusst – und zu nett zu mir. Ich habe immer das Gefühl, dass sie meine Unsicherheit spürt und sich bemüht, mir meine Befangenheit zu nehmen – mit dem Ergebnis, dass ich noch unsicherer werde und mir vorkomme wie ein Wohltätigkeitsprojekt.

An jenem Samstagabend kochte ich vegetarisch, weil Priska seit ihrem zwölften Lebensjahr Vegetarierin war. Lucy half mir, während Greta fröhlich glucksend in ihrer Wippe lag und es ausnahmsweise klaglos akzeptierte, dass ich ihr nicht hundert Prozent meiner Aufmerksamkeit schenkte. Um sieben Uhr gab ich ihr dann ihr Fläschchen und brachte sie anschließend nach oben. Als ich wieder herunterkam, standen schon Priska und Finn im Wohnzimmer. Finn nahm mich in die Arme und drückte mir einen kalten Kuss auf die Wange.

»Becca, du siehst fantastisch aus. Und du riechst köstlich. Hast du stundenlang für uns in der Küche geschuftet?«

»Lucy hat geholfen.«

Finn machte ein ungläubiges Gesicht. »Das kann nicht sein, sie hat ja noch alle zehn Finger, und euer Haus steht noch. Und wie geht's meiner Prinzessin?«

»Greta schläft.«

»Oh.« Er wirkte enttäuscht. »Kann ich kurz raufgehen? Ich habe sie ewig nicht gesehen.« Er sah mich mit seinem charmantesten Bitte-Bitte-Gesicht an, das Lucy immer als die Geheimwaffe von FinGames bezeichnete. Mit diesem Gesicht brachte Finn Bewerberinnen dazu, alle Angebote der Konkurrenz auszuschlagen, und Bankdirektoren dazu, die Kreditzinsen, die Priska ohnehin schon clever verhandelt hatte, noch weiter zu senken.

Dennoch zögerte ich, denn Finns Bitte behagte mir nicht. Ich war immer froh, wenn Greta endlich eingeschlafen war, weil das bei ihr eine Weile ein richtiges Drama gewesen war, und ich wollte nicht riskieren, dass Finn sie weckte. Andererseits fand ich sein Interesse an unserer Tochter irgendwie süß.

Ich hatte mich schon einige Male gefragt, ob er vielleicht selbst ein Kind wollte. Allerdings würde er mit diesem Wunsch bei Priska auf Granit beißen. Sie kann mit Kindern nichts anfangen, wie sie mir einmal freimütig erzählt hat. Auch jetzt runzelte sie sofort die Stirn.

»Du weckst die Kleine bloß auf, Finn, und dann hat sie den Rest der Nacht Albträume von finsteren Männern, die sich über ihre Wiege beugen. Hi, Rebecca, schön, dich zu sehen. Du siehst gut aus. Erholt.« Sie umarmte mich nicht, sondern überreichte mir stattdessen zwei Weinflaschen und sah sich im Wohnzimmer um. »Und du hast irgendetwas hier verändert. Die Bilder sind neu, oder? Hast du die gemacht? Sie sind toll.«

Sie machte mir erst das Kompliment, dann trat sie näher an eine Zeichnung heran, um sie zu studieren. Sie tat es mit einer solchen für sie allerdings typischen Intensität, dass ich mich unbehaglich fühlte. Für einen Moment bereute ich, dass ich Julias Idee, meine Skizzen aufzuhängen, in die Tat umgesetzt hatte.

Lucy sah mir wie immer meine Gefühle an und rettete mich. »Was haltet ihr davon, wenn ich diesen Wein aufmache? Wenn Priska ihn ausgesucht hat, muss er hervorragend sein. Und nach der Sklavenarbeit in der Küche lechze ich nach einem Schluck.«

»Und ich erst«, sagte Finn. »Priska hat mich heute gefühlt zweiundvierzig Kilometer durch die Baselitz-Ausstellung in den Deichtorhallen geschleppt. Küchenarbeit ist nichts dagegen.« Er trat an den Esstisch. »Hey, es ist ja für fünf gedeckt.«

»Ich habe eine Freundin eingeladen.« Ich sah auf meine Uhr. Zehn nach acht. Ich hoffte, Julia käme bald.

Julia kam nicht bald, sie kam überhaupt nicht, obwohl wir eine ganze Weile mit dem Essen auf sie warteten. Um halb neun servierte ich schließlich die Suppe, anschließend ging ich in die Küche, um den Salat zu mischen, den ich für den Hauptgang vorbereitet hatte. Zu diesem Zeitpunkt hatte ich die Hoffnung noch nicht aufgegeben, dass Julia noch erscheinen würde, doch nachdem wir die Kürbistarte gegessen und die zweite Flasche Wein fast geleert hatten, verflog die Hoffnung und verwandelte sich zunehmend in Ärger. Natürlich vermutete ich, dass Julia etwas Unerwartetes und Dringendes dazwischengekommen war, doch wieso hatte sie nicht angerufen, um abzusagen? Zwar hatten wir nie Handynummern ausgetauscht, aber Lucys und meine Festnetznummer stand im Telefonbuch. Julia hätte sie leicht googeln können.

Ich begann, mich in meinen Ärger hineinzusteigern, obwohl mir gleichzeitig klar war, wie kontraproduktiv das war. Doch das ist eine schlechte Angewohnheit von mir, die ich bisher vergeblich zu bekämpfen versucht habe. Ich neige dazu, Dinge persönlich zu nehmen. Zwar sagte ich mir wiederholt, dass Julia bestimmt einen guten Grund hatte, nicht zu kommen und sich nicht zu melden, dennoch war ich gekränkt. Außerdem fühlte ich mich vor Priska und Finn bloßgestellt.

Die beiden – oder zumindest Priska – bemerkten natürlich, dass die Enttäuschung an mir nagte, sahen jedoch taktvoll darüber hinweg. Vor der Suppe hatte Priska noch nach Julia gefragt, woher ich sie kannte und so weiter, und nachdem ich es erzählt hatte, hatte sie gescherzt, dass womöglich wieder jemand Julias Klamotten geklaut habe und sie sich deswegen verspäte. Doch seit dem Hauptgang vermied sie jede Bemerkung über sie und startete schließlich eine Diskussion über irgendeinen Aspekt des neuen Computerspiels, das sie bei Fin-Games entwickelten. Ich war dafür dankbar, denn so konnte ich meinen Gedanken nachhängen, während die drei sich die Köpfe heiß redeten.

Doch als ich in die Küche ging, um den Nachtisch zu holen, folgte Lucy mir.

»Alles okay?«, fragte sie leise, denn unser Küchenbereich ist vom Ess- und Wohnzimmer nur durch einen Tresen getrennt.

»Eigentlich nicht«, gab ich ebenso leise zurück. »Ich verstehe einfach nicht, warum sie nicht angerufen hat. Das ist respektlos.«

Lucy nahm mich in den Arm. »Es gibt bestimmt eine gute Erklärung. So, wie du mir diese Julia bisher geschildert hast, will sie dich bestimmt nicht vor den Kopf stoßen. Und sie hätte bestimmt nicht freiwillig auf dein Essen verzichtet. Es war klasse.«

Lucy lächelte mich an, und ich lächelte dankbar zurück. Doch ich war nicht in der Lage, das Thema einfach loszulassen. Wie ein Hund mit einem Knochen – meine Eltern haben das schon oft über mich gesagt, mein Vater stolz, meine Mutter entnervt. Aber durch Lucys Trost entspannte ich mich so weit, dass neben dem Ärger Platz für einen anderen Gedanken war.

»Nicht, dass ihr etwas zugestoßen ist.«

»Was soll ihr denn zugestoßen sein? Ein Unfall auf dem Weg vom Kurhaus hierher? Das glaubst du doch selbst nicht.«

Das tat ich in der Tat nicht. Rerik ist außerhalb der Saison ein verschlafenes kleines Nest, in dem nie etwas Aufregenderes passiert, als dass ein Möwenschiss auf der Mütze eines Fischers landet.

»Ich bin sicher, ihr geht's gut«, bekräftigte Lucy. »Vermutlich ist ihr Handyakku einfach leer. Lass uns den Nachtisch probieren, okay?«

Sie nahm die Schüssel mit der Mousse au Chocolat und trug sie zum Tisch, ich folgte mit den Dessertschalen, konnte das Thema Julia aber immer noch nicht abschütteln. Finn sah es mir wohl an, denn er fragte: »Warum rufst du deine Freundin nicht einfach an und fragst, was los ist?«

»Weil sie ihre Nummer nicht hat«, sagte Lucy schnell, um das Thema abzuschließen.

Sie meinte es natürlich gut, aber ich ärgerte mich trotzdem, dass sie für mich sprach. Doch bevor ich etwas erwidern konnte, bemerkte Priska: »Du triffst dich mit jemandem, dessen Handynummer du nicht kennst?« Sie klang so ungläubig, als hätte Lucy ihr eröffnet, ich bringe nachts am Strand nur mit einem Muschelröckchen bekleidet Fischopfer dar, um Neptun gnädig zu stimmen.

»Wir hatten bisher keinen Grund, sie auszutauschen.« Natürlich schoss mir bei der Antwort die Röte ins Gesicht. Ich kam mir blöd vor.

»Dann google sie doch einfach. Was macht deine Freundin denn beruflich? Und wie heißt sie mit vollem Namen?« Priska zückte bereits ihr Handy.

Ich erreichte langsam das Tomatenstadium. »Ich kenne ihren Nachnamen nicht.«

Priska musterte mich verblüfft. »Du weißt nicht einmal, wie sie heißt? Und da lädst du sie zum Essen ein?«

Ich weiß im Nachhinein nicht, ob Priska das wirklich so abfällig meinte, wie es in meinen Ohren klang, aber für mich war ihre Bemerkung der Tropfen, der das Fass endgültig zum Überlaufen brachte. Ich vergaß, dass ich die Gastgeberin war.

»Ja, Priska«, sagte ich schnippisch, »das habe ich tatsächlich getan, weil ich nämlich nicht wusste, dass man erst eine SCHUFA-Auskunft einholen muss, bevor man jemanden einlädt. Ich dachte, es reicht, dass ich weiß, dass sie Julia heißt, hier Urlaub macht, ein Apartment im Kurhaus gemietet hat, dass sie Schuhgröße neununddreißig und ein grünes und ein braunes Auge hat. Außerdem ist sie meine Freundin, und ich kann mir wirklich nicht vorstellen, was es dich angeht, dass …«

In dem Moment wurde ich zum Glück durch ein Klirren abgelenkt. Finn hatte nach der Wasserflasche gegriffen und es dabei irgendwie geschafft, sein volles Weinglas umzustoßen.

»Oh, verdammt, Entschuldigung, so ein Mist.« Sein hübsches Gesicht war knallrot geworden.

Lucy, in deren Richtung sich der Wein ergossen hatte, sprang auf. »Schon okay.« Sie lief in die Küche und holte eine Rolle Küchenpapier. »Hier, lass mich mal.« Sie verteilte mehrere Lagen Küchenpapier auf dem Tisch, um den Wein aufzusaugen. Dabei zitterten ihre Hände. Verwundert sah ich von ihr zu Finn, dann holte ich einen nassen Lappen und wischte den Tisch ab.

Als wir schließlich bis auf die Weinflecken auf Lucys Jeans alle Spuren des Malheurs beseitigt hatten, herrschte für einen Augenblick eine angespannte Stille, die erst beendet wurde, als

Greta sich über das Babyphone bemerkbar machte. Als Mutter hasse ich es, wenn mein Kind weint, doch ich muss gestehen, dass ich in dem Moment erleichtert war, mich aus dem Wohnzimmer verziehen zu können. Aber zu meiner Überraschung stand Lucy schon auf der untersten Stufe der Wendeltreppe. »Ich mach das schon. Finn, wolltest du nicht Greta ein Schlaflied vorsingen? Jetzt ist die Gelegenheit.«

Bevor ich etwas erwidern konnte, waren beide schon nach oben verschwunden. Ich blieb mit Priska zurück, die genauso perplex wirkte, wie ich mich fühlte.

An den Rest des Abends erinnere ich mich nicht mehr sehr gut. Lucy und Finn blieben eine gefühlte Ewigkeit oben bei Greta, während Priska und ich uns unten mit verlegenem Small Talk abplagten. Ich war froh, als die beiden sich endlich verabschiedeten.

Am nächsten Morgen wachte ich früh auf, weil Greta weinte. Ich ging mit ihr ins Kinderzimmer, wickelte sie und gab ihr im Stehen ihr Fläschchen, während ich aus dem Fenster auf die Straße sah. Die gelbe Laterne gegenüber von unserem Haus beleuchtete die welkenden Blätter einer Kastanie, die im Wind zitterten. Hätte ich das Fenster geöffnet, hätte ich das Meer rauschen hören können. Wenn es in einer Stunde hell wurde, würde ich es zwischen den kahler werdenden Ästen des Küstenwaldes hindurch auch sehen.

Als Greta satt war, ging ich mit ihr auf dem Arm ins Schlafzimmer zurück. Lucy wälzte sich unruhig im Bett hin und her, ihre Gesichtszüge waren verzerrt, und sie murmelte etwas im Schlaf. Schnell ging ich zu ihr, rüttelte ihre Schulter und rief ihren Namen. Keuchend fuhr sie hoch und griff nach meiner Hand. Ich hätte Lucy gerne in den Arm genommen oder zumindest ihr schweißnasses Gesicht gestreichelt, doch mit Greta in meinem rechten Arm und mit Lucys Hand, die meine linke umklammerte, war das nicht möglich. So saßen wir einfach da, bis Lucys Atem sich beruhigt hatte.

»Ich habe wieder geträumt, nicht wahr?«, sagte sie schließlich.

Ich nickte.

»Habe ich etwas gesagt?«

»Nichts Verständliches.«

Sie seufzte leise. Dann sah sie mich an. »Es tut mir leid, du hast schon genug Sorgen, Julia und all das.«

»Du bist wichtiger als alle Julias dieser Welt.« Ich beugte mich vor und küsste sie auf den Mund. Dann kuschelte ich mich mit Greta an sie.

Ich weiß nicht mehr genau, wann das mit Lucys Albträumen angefangen hatte, irgendwann nach Gretas Ankunft, aber ob direkt danach oder erst später, kann ich nicht mehr sagen. Mir fiel es zum ersten Mal auf, als Greta vier Wochen alt war. Lucy behauptete damals, vorher hätte sie nie Albträume gehabt, aber vielleicht sagte sie das nur, um mich nicht zu beunruhigen. Denn ich muss ehrlich gestehen, dass ich es in dem ersten überwältigenden Monat mit Greta vermutlich nicht einmal bemerkt hätte, wenn Lucy nachts im Bett Sirtaki getanzt hätte.

Doch als Greta etwa vier Wochen alt war, erwachte ich eines Nachts, weil ich ein Wimmern hörte. Schlaftrunken schaltete ich meine Nachttischlampe ein, kroch aus dem Bett und trat an Gretas Wiege, wo ich allerdings feststellte, dass sie friedlich schlief. Erst da bemerkte ich, dass das Wimmern von Lucy kam, die nun auch noch begann, mit den Armen zu rudern. Ich setzte mich zu ihr und berührte sie an der Schulter, doch sie wachte nicht auf, sondern murmelte etwas. Es klang wie: »Nicht, bitte nicht. Ich kann nicht. O bitte nicht.«

»Lucy.« Ich rüttelte fester, und schließlich schlug sie die Augen auf. »Alles okay?«

Doch das war es offensichtlich nicht. Lucy wirkte völlig verstört. Als ich sie in die Arme nahm, merkte ich, dass sie zitterte und klatschnass geschwitzt war. Es dauerte eine geraume Zeit, bis das Zittern nachließ.

»Alles okay«, murmelte sie schließlich. »Danke, dass du mich geweckt hast. Ich hatte wohl einen Albtraum.«

»Worüber?«

Sie überlegte. »Ich weiß es nicht.«

»Du hast etwas gesagt wie: ›O bitte nicht, ich kann nicht.‹«

»Ich habe im Schlaf geredet?« Die Vorstellung schien sie zu erschrecken. Sie küsste mich und sagte: »Ich gehe mal duschen.« Dann verschwand sie im Bad.

Das war das erste Mal, dass ich einen von Lucys Albträumen mitbekam, doch leider nicht das letzte. In der nächsten Nacht plagte sie wieder einer und ebenso am nächsten Wochenende. Ob Lucy auch unter der Woche welche hatte, weiß ich nicht, denn sie übernachtete zu der Zeit immer öfter in Hamburg. Ich sprach sie noch einige Male auf die Träume und ihren möglichen Ursprung an, doch sie behauptete stets, sie habe keine Ahnung, was sie träume oder wieso. Ehrlich gesagt weiß ich nicht mehr genau, ob ich ihr das damals glaubte. Zwar vertraute ich Lucy blind und war sicher, dass sie mich unter normalen Umständen nie belügen würde, doch sie besaß ein ausgeprägtes Beschützergen. Sie meinte immer, mich schonen und Sorgen von mir fernhalten zu müssen. Okay, zugegeben, eine Zeit lang war das ja auch tatsächlich notwendig gewesen, aber Lucy hatte es sich nie wieder richtig abgewöhnt.

Wie gesagt, all das war drei, vier Monate her. Nach einigen Wochen hatten sich Lucys Albträume verflüchtigt, und soweit ich wusste, hatten sie sie nicht mehr heimgesucht – bis zu der Nacht nach dem verpatzten Abendessen. Dass der Albtraum nun zurück war, beunruhigte mich, doch als ich sie darauf ansprach, behauptete Lucy, es sei bestimmt nur eine einmalige Sache gewesen, alles sei okay, es gehe ihr blendend. Ich war mir zwar nicht sicher, ob das die Wahrheit war, hakte jedoch nicht nach, da Gretas Laune alles andere als blendend war. Sie war an dem Sonntagmorgen ungewöhnlich quengelig. Normalerweise legte ich sie vormittags für eine Weile auf ihre Krabbeldecke unter ihren Spielbogen, wo sie sich damit vergnügte, beide Beinchen in die Luft zu recken und gegen die Figuren und Glöckchen zu treten, die vom Spielbogen herunterhingen. Diese Fähigkeit hatte sie erst kürzlich entdeckt. Lucy hatte sie noch gar nicht gesehen, doch an dem Tag war Greta offensichtlich nicht gewillt, sie vorzuführen. Sobald ich sie hinlegte, begann sie zu brüllen.

An solchen Tagen half nur eins, um ihre prinzessliche Hoheit zu beruhigen: rein ins Tragetuch und raus an die frische Luft. Also gingen Lucy und ich mit ihr nach dem Frühstück zum Strand hinunter.

Das Wetter war grandios. Es war ein strahlend sonniger Herbsttag, die Temperaturen waren ungewöhnlich mild, der

Wind mit vier bis fünf Beaufort für uns Einheimische quasi nicht vorhanden. Wegen des tollen Wetters und weil es Sonntag war, war für die Jahreszeit ungewöhnlich viel los. Touristen stapften über den cremefarbenen Sand, Paare hielten Händchen, Familien ließen bunte Drachen steigen.

Irgendwann schlief Greta an meiner Brust ein, Lucy und ich zogen unsere Schuhe aus und schlenderten Hand in Hand am Wasser entlang, Lucy mit den Füßen in den Wellen, die sanft auf den Strand liefen, ich auf dem nassen Sand. Normalerweise hätte ich diese Zeit mit Lucy sehr genossen, doch nachdem Greta sich endlich beruhigt hatte, wanderten meine Gedanken ziemlich bald zu Julia. Sie hatte immer noch nicht angerufen, und ich machte mir allmählich große Sorgen um sie. Ich hielt am Strand nach ihr Ausschau, weil sie mir erzählt hatte, dass sie jeden Morgen schwimmen ging, konnte sie jedoch nicht entdecken.

»Und? Siehst du diese Julia irgendwo?« Lucy war nicht entgangen, was ich tat.

Ich schüttelte den Kopf.

»Sie wird sich schon melden.«

»Meinst du nicht, das hätte sie längst getan?« Ich schwieg einen Moment, während ich vorsichtig um ein Herz herumlief, das jemand mit einem Stock in den nassen Sand gezeichnet hatte. Es würde der nächsten stärkeren Welle zum Opfer fallen, doch ich wollte es nicht zerstören. »Ich frage mich, ob wir nicht zur Polizei gehen sollten.«

Lucy blieb im Wasser neben einem großen Stein stehen. »Becca, du kannst nicht die Polizei rufen, weil eine erwachsene Frau eine Einladung sausen lässt.«

»Aber ich bin sicher, dass etwas Ungewöhnliches passiert ist. Sie hätte sich sonst gemeldet. Sie hätte mich nicht einfach im Stich gelassen, so ist sie nicht.«

Lucy musterte mich eine Weile, bevor sie vorsichtig sagte: »Bist du sicher, dass du sie so gut kennst? Ich weiß, ihr habt euch in der letzten Woche jeden Tag getroffen und gut unterhalten, aber so viel weißt du doch eigentlich gar nicht über sie, oder?«

»Ich mache mir nun mal Sorgen.«

»Das verstehe ich, aber du kannst nichts tun, außer abzuwarten.«

»Und wenn sie einen Unfall hatte? Sie wollte gestern zum Leuchtturm nach Bastorf wandern, vielleicht hat irgendein rasender Idiot sie angefahren.« Es war das einzige plausible Szenario, das mir eingefallen war.

»Selbst wenn, dann liegt sie jetzt in einem Krankenhaus und wird von Ärzten versorgt. Du kannst ihr nicht helfen.«

»Ich könnte sie besuchen.«

»Hm.« Lucy setzte sich wieder in Bewegung.

Eine Weile wanderten wir schweigend weiter. Doch als wir die Seebrücke erreichten und Lucy umkehren wollte, sagte ich: »Hast du etwas dagegen, wenn wir heute durch den Ort zurückgehen?«

Ich bemühte mich, es beiläufig zu sagen, doch Lucy durchschaute mich. »Du möchtest am Kurhaus vorbeigehen, nicht wahr? Aber du kennst doch die Nummer von Julias Ferienwohnung gar nicht. Sollen wir vielleicht an alle Türen klopfen?«

Ich zuckte mit den Achseln. »Vielleicht treffen wir Julia zufällig.«

Leider trafen wir Julia nicht zufällig, obwohl ich Lucy überredete, einen Cappuccino in dem Café zu trinken, das direkt neben dem Kurhaus liegt und durch dessen Fenster man den Haupteingang zu den Ferienwohnungen beobachten kann. In der Zeit, in der wir dort saßen, gingen mehrere Gäste ein und aus, zu dieser Jahreszeit hauptsächlich Paare über fünfundvierzig und gelegentlich eine Familie mit Kindern im Kindergartenalter. Auch zwei Frauen ohne Anhang waren dabei, beide allerdings deutlich älter als Julia.

»Wie kommt es überhaupt, dass Julia um diese Jahreszeit hier Urlaub macht?«, fragte Lucy unvermittelt, nachdem wir ein älteres Heteropaar beobachtet hatten, das in identischer Sportkleidung und mit Walkingstöcken bewaffnet im Stechschritt das Kurhaus verließ, als wollte es für einen Gewaltmarsch bei der Bundeswehr trainieren. »Ich kann sie mir hier gar nicht vorstellen.«

»Du kennst sie doch gar nicht.«

»Sie ist Ende zwanzig und Single.«

Ich erklärte, was Julia hierher verschlagen hatte, doch Lucy blieb skeptisch.

»Ehrlich gesagt, kann ich mir auch ein Paar Ende zwanzig nur schwer in Rerik vorstellen. Wenn sie unbedingt die Küste hier kennenlernen wollten, warum haben sie dann keine Ferienwohnung in Warnemünde genommen? Da ist wenigstens auch abends etwas los.«

Ich zuckte mit den Achseln. »Warnemünde ist teurer. Julia ist PTA, ich glaube nicht, dass man da so viel verdient.«

»Aber wenn sie und ihr Ex normalerweise in den Süden geflogen sind … Ich finde das seltsam.«

Ich musterte Lucy erstaunt. Ihre bedingungslose Toleranz war eine der Eigenschaften, die ich an ihr am meisten bewunderte. Sie war sehr kritisch, wenn es um Ungerechtigkeiten ging oder um die Qualität irgendwelcher Softwareprogramme, aber selten gegenüber anderen Menschen. Im Allgemeinen nahm sie sie so, wie sie waren, und erwartete nie, dass sie sich stattdessen so verhielten, wie es von der Gesellschaft als normal erwartet wurde.

»Was soll daran seltsam sein? Wir sind kaum älter und wohnen sogar hier.«

»Aber das hat andere Gründe – und eigentlich sollte es keine Dauerlösung sein.« Das Letzte sagte Lucy in leicht gereiztem Tonfall, und ich befürchtete schon, sie würde wieder das leidige Thema »Umzug zurück nach Hamburg« auf den Tisch bringen. Stattdessen kam sie auf Julia zurück. »Kann es sein, dass diese Julia gar nicht zum Urlaubmachen hier ist, sondern aus einem anderen Grund? Ich weiß, sie hat dir das so erzählt, aber vielleicht stimmt das ja gar nicht?«

»Warum hätte sie mich anlügen sollen?«, fragte ich überrascht.

Lucy trank den Rest ihres Cappuccinos. »Ich weiß es nicht, aber ihr Verhalten ist doch wirklich sonderbar.«

Ich schüttelte den Kopf, die Idee erschien mir ziemlich absurd, und das Einzige, das ich sonderbar fand, war Lucys plötzliches Misstrauen Julia gegenüber. Am nächsten Tag dachte ich jedoch anders darüber.

Am Montagmorgen brach Lucy schon um halb sieben auf, um pünktlich um neun das Wochen-Kick-off, wie sie das nannten, bei FinGames zu leiten. Normalerweise hasste ich diese Abschiede am Montagmorgen. Die Aussicht auf drei Tage und zwei Nächte ohne Lucy – mittwochs kam sie immer für eine Nacht nach Hause – löste bei mir stets eine Beklemmung aus, als sollte ich drei Tage mit nur halbem Atemvolumen auskommen. Außerdem waren sie stets eine deutliche Mahnung, dass unsere derzeitige Wohnsituation nicht von Dauer sein konnte.

Wir waren fünfzehn Monate zuvor nach Rerik gezogen, weil ich nach Pauls Tod die Leere in unserer Hamburger Wohnung irgendwann nicht mehr ertragen hatte. Lucy hatte es vorgeschlagen in der Hoffnung, dass das Leben an der See eine heilsame Wirkung auf mich haben würde, und wir hatten so lange bleiben wollen, bis ich mich erholt hatte und wieder arbeiten konnte. Aber dann war unverhofft Greta gekommen, und alles hatte sich geändert. Wir entschieden, dass wir zunächst bis zur Geburt hierbleiben würden, dann noch einen Monat länger, dann noch einen. Doch seit einigen Wochen drängte Lucy immer häufiger darauf, zurück nach Hamburg zu ziehen, weil sie die Pendelei satthatte.

Natürlich konnte ich ihren Wunsch gut verstehen. Die Fahrt von Rerik nach Hamburg dauert selbst unter optimalen Bedingungen zwei Stunden, und oft genug brauchte Lucy für die Strecke länger. Seit sie an den meisten Abenden unter der Woche in Hamburg übernachtete, musste sie zwar nicht mehr vier Stunden täglich Auto fahren, doch die Trennung machte uns beide unglücklich. Insofern war Lucys Vorschlag, dass auch ich zurück nach Hamburg ziehen und wir nur noch an den Wochenenden nach Rerik kommen sollten, durchaus vernünftig. Dennoch konnte ich mich nicht dazu durchringen.

Lucy hatte einmal ganz zu Beginn unserer Beziehung zu mir gesagt, bei mir habe sie zum ersten Mal das Gefühl verspürt, wirklich zu Hause zu sein. Mir ging es umgekehrt mit ihr genauso. Lucy war der Mensch, bei dem ich mich angekommen fühlte. Dasselbe traf allerdings auf Rerik zu. Es war der einzige Ort der Welt, der sich für mich nach Heimat anfühlte, und ich war momentan nicht bereit, das aufzugeben.

Wie gesagt, all das führte normalerweise dazu, dass ich mich bei unseren Abschieden schlecht fühlte. Doch an diesem Morgen war ich vergleichsweise entspannt, denn als Lucy und ich uns zum Abschied küssten, war ich in Gedanken schon bei dem Vorhaben, das ich für den späteren Vormittag plante.

Zunächst musste ich mich allerdings um Greta kümmern. Nachdem ich sie gewickelt und gefüttert hatte, schmuste ich eine Weile mit ihr und legte sie dann auf ihre Krabbeldecke unter ihren Spielbogen. Im Gegensatz zum Vortag hatte sie blendende Laune, strampelte vergnügt mit ihren Beinen, kickte gegen die herabhängenden Plüschfiguren und krähte vor Vergnügen. Eine Weile saß ich neben ihr, dann holte ich mein Tablet und stellte es so auf, das es Greta filmte, während ich bügelte und ein paar andere Sachen erledigte, die im Haushalt liegen geblieben waren. So konnte Lucy sich das Video abends in Hamburg ansehen.

Um Viertel nach neun band ich mir das Tragetuch um, setzte Greta hinein und ging mit ihr zum Strand. Der Grund, warum ich gerade diese Zeit wählte: Ich hatte Julia sechs Tage zuvor gegen halb zehn Uhr kennengelernt, und ich hoffte, sie würde heute vielleicht wieder zur selben Zeit schwimmen gehen wie am vergangenen Dienstag. Doch obwohl ich zwei-

mal am Strand auf und ab ging, traf ich Julia nicht. Es war –
für diese Jahreszeit nicht überraschend – überhaupt nur ein
Schwimmer im Wasser, Manfred Funke. Er wohnte in dem
Haus neben unserem. Bis zu seiner Verrentung war er Hausmeister an der Reriker Grundschule gewesen, ihm verdankte
ich mein Wissen über die besten Wanderwege der Umgebung.
Ich winkte ihm zu, als er das Wasser verließ, blieb jedoch nicht
zu einem Gespräch stehen. Gespräche mit ihm waren zwar
meistens kurzweilig, aber selten kurz, und da ich Julia am
Strand nicht getroffen hatte, wollte ich möglichst schnell Teil
zwei meines Plans umsetzen.

Teil zwei meines Plans führte mich wieder zum Kurhaus.
Allerdings hatte ich nicht vor, vor dem Eingang oder im Café
Olé herumzulungern und auf ein Zufallstreffen mit Julia zu
warten, heute wollte ich gezielter vorgehen.

Vielleicht sollte ich zuvor einige Worte zum Kurhaus sagen. Der Name ist etwas irreführend, denn dort werden keine
Kuren oder Ähnliches angeboten. Das Kurhaus ist eine An-
lage mit Ferienapartments in der Nähe der Reriker Kirche,
die nach der Wende an der Stelle des alten Kurhauses gebaut
wurde. Die Touristeninformation, die sich hier in Rerik Kurverwaltung nennt, hat ebenfalls ihren Sitz in dem Gebäude.
Sie ist unter anderem auch für die Vermietung der Ferienwohnungen zuständig, und deshalb war sie an diesem Montagmorgen mein Ziel.

Am Sonntag war die Kurverwaltung geschlossen gewesen,
doch heute hatte sie um neun geöffnet. Als ich dort ankam,
waren beide Mitarbeiterinnen beschäftigt. Eine zeigte gerade
einer Touristin in Wanderkluft eine Auswahl der Karten der

Umgebung, die andere telefonierte. Dabei lächelte sie die ganze Zeit freundlich, obwohl der Gesprächspartner am anderen Ende der Leitung sich über irgendetwas zu beschweren schien. Es war diese Frau, deretwegen ich hergekommen war. Ihr Name war Elke, sie war Mitte fünfzig und besaß einen kleinen, plumpen Körper, in dem jedoch geballte Energie steckte, wie ich wusste, weil Elke regelmäßig in den Pilateskurs kam, den ich seit Anfang des Schuljahres mittwochs im Physiotherapiezentrum gab. Als ich die Kurverwaltung betrat, winkte sie mir zu. Kurz darauf beendete sie das Telefonat und stellte sich mit einem breiten Lächeln zu mir an die Theke.

»Becca, so eine Überraschung. Was führt dich denn hierher? Willst du überprüfen, ob ich auch bei der Arbeit mein Powerhouse aktiviere, oder willst du endlich dein Versprechen wahrmachen, mir deine Tochter vorzustellen?«

»Das Zweite natürlich.« Ich lächelte zurück. Elke ist einer dieser Menschen, die bei anderen stets gute Laune hervorrufen. Sie ist die ideale Besetzung für jeden Job mit Publikumsverkehr. »Greta, das ist Elke. Elke, das ist Greta.« Ich zog sachte Gretas Mützchen von ihrem kleinen Kopf, um sie nicht zu wecken. Zum Vorschein kamen ihr dunkler, dichter Haarschopf und ein Stückchen von ihrem Profil.

Elke lachte. »Du meinst, das ist Gretas Hinterkopf und ihr linkes Ohr. Nun, beide sind wirklich wunderschön. Und du bist nur gekommen, um sie mir zu präsentieren?«

Ich gab zu, dass ich noch ein anderes Anliegen hatte. »Ich suche eine Bekannte, die eine eurer Ferienwohnungen gemietet hat. Es ist eine Frau, die ich vor einer Woche am Strand kennengelernt habe. Ich hatte sie für Samstagabend zu uns eingeladen, aber sie ist nicht gekommen und hat auch nicht abgesagt. Ich mache mir Sorgen, deswegen wollte ich sie besuchen, aber ich kenne leider ihre Apartmentnummer nicht.«

»Und du möchtest, dass ich dir die Nummer verrate? Kein Problem, wie heißt die Frau denn?«

»Ich weiß leider nur den Vornamen: Julia. Sie hat mir ihren Nachnamen zwar genannt, aber den habe ich wieder vergessen«, fügte ich hinzu, weil ich Priskas Ungläubigkeit noch im Ohr hatte, wie ich jemanden hatte einladen können, ohne vorher gründlich seinen Lebenslauf zu studieren.

Elke sah das entspannter. »Vergesslich? In deinem Alter? Aber kein Problem, das kriegen wir hin.« Sie setzte sich an einen Computer und tippte drauflos, und ich merkte, wie ich mich bei der Aussicht entspannte, Julia bald persönlich fragen zu können, ob alles in Ordnung sei. Erst dadurch wurde mir bewusst, wie nervös ich gewesen war. Ein bisschen, wie wenn plötzlich die Sonne zwischen den Wolken hervorlugt, und man merkt erst dann, dass man vorher gefroren hat.

Die Entspannung dauerte jedoch nicht lange, denn nachdem Elke einige Minuten die Computermaus durch die Gegend geschoben hatte, sagte sie: »Wir haben zurzeit keine Mieterin hier, die Julia heißt.«

Es fühlte sich an, als hätte jemand die Sonne wieder ausgeknipst. »Nicht?«

»Nein, tut mir leid.«

Ich war total perplex. »Bist du sicher? Darf ich mal selbst sehen?«

Ich machte Anstalten, um den Tresen herumzugehen, doch Elke schüttelte den Kopf. »Nein, tut mir leid, die Daten sind vertraulich. Aber ich bin mir sicher, Becca. Wir sind schließlich nicht das Kempinski mit vierhundert Suiten, und um diese Jahreszeit sind wir auch nicht ausgebucht. Ich habe diese Julia bestimmt nicht übersehen.«

»Aber sie muss da sein. Gibt es vielleicht jemanden, der so ähnlich heißt? Juliane oder Juliana oder so?«

»Nein, hier ist überhaupt keine Frau, die mit J anfängt. Allerdings …« Elke überlegte einen Moment, während ihre Finger einen flotten Marsch auf die Tischplatte trommelten. »Wer hat die Wohnung denn gebucht? Deine Bekannte selbst? Oder ist sie vielleicht bei jemand anderem zu Gast? Dann haben wir sie möglicherweise nicht in unserem System.«

Ich überlegte. »Sie wollte ursprünglich mit ihrem Mann kommen, einem Mark. Vielleicht hat der die Wohnung gemietet? Allerdings ist er nicht mitgekommen. Hättet ihr Julia die Wohnung dennoch gegeben?«

»Das hängt von den Umständen ab. Aber wenn diese Julia allein eingecheckt hätte, hätten wir spätestens dann ihre Daten aufgenommen.«

»Könntest du dennoch mal gucken, ob ihr einen Mark im System habt?«, bat ich.

Elke überflog erneut die Einträge. »Nein, tut mir leid. Hier ist ein Markus, aber der ist mit seiner Frau da. Gertrud. Und beide sind schon über siebzig. Wie alt ist denn deine Bekannte?«

»Neunundzwanzig. Sie kommt aus Frankfurt und ist heute vor neun Tagen angereist. Am Samstag. Habt ihr denn irgendwen, auf den das passen könnte? Ich meine, vielleicht ist Julia ja nur ihr zweiter Vorname.«

Elke scannte ein drittes Mal ihre Listen, schüttelte jedoch erneut den Kopf. »Wir haben zwei Frauen ohne Anhang, aber sie sind beide deutlich älter. Und aus Frankfurt haben wir überhaupt niemanden. Bist du denn sicher, dass deine Bekannte sagte, dass sie hier im Kurhaus wohnt? Nicht nur in der Nähe?«

Ich nickte, Julia hatte es sogar mehrfach erwähnt. Und als ich sie an dem einen Nachmittag von Kühlungsborn nach Hause gefahren hatte, hatte ich sie auf ihren Wunsch hin vor dem Kurhaus abgesetzt. Allerdings hatte ich nicht beobachtet, wie sie hineingegangen war.

»Seltsam«, meinte Elke. »Wie sieht deine Bekannte denn aus?« Ich beschrieb Julia, doch bei Elke klingelte nichts. »Seltsam«, wiederholte sie.

Eine Weile schwiegen wir, während ich versuchte, mich ein bisschen zu berappeln. Seltsam war in meinen Ohren nicht der richtige Ausdruck, ich wusste überhaupt nicht, was ich davon halten sollte. Hatte Julia mich belogen? Oder lag hier ein Missverständnis vor? Doch was hätte ich da missverstehen können? Julia hatte gesagt, sie wohne allein in einem Ferienapartment im Kurhaus, aber offensichtlich stimmte das nicht.

»Bist du okay?« Elke musterte mich besorgt. »Das Ganze scheint dir nahezugehen.«

Ich bemühte mich um ein Lächeln. »Nein, nein, ich verstehe es nur nicht. Vielen Dank für deine Hilfe. Ich überlasse dich dann mal den anderen Gästen.« Während unseres Gesprächs hatte sich eine kleine Schlange gebildet. »Wir sehen uns am Mittwoch.«

Ich ging von der Kurverwaltung direkt wieder zum Strand. Der kürzeste Weg nach Hause wäre durch den Ort gewesen, doch ich hatte mir in den letzten fünfzehn Monaten angewöhnt, immer an den Strand zu gehen, wenn ich ratlos war oder wenn ich Trost suchte oder wenn ich das Gedankenkarussell in meinem Kopf wieder einmal nicht stoppen konnte. Oft half allein der Blick über die Ostsee bis zum Horizont und das Rauschen der Wellen, die auf den Strand liefen, dass ich mich besser fühlte, doch heute war das nicht der Fall. Ich fühlte vor allem eins: Verwirrung. Und die bohrende Frage: Hatte Julia mich wirklich angelogen?

Ich wollte es nicht glauben, und während ich von der Seebrücke aus eine Fähre beobachtete, die am Horizont gen Skandinavien dampfte, suchte ich fieberhaft nach einer anderen Erklärung für die Diskrepanz zwischen Julias Aussage, dass sie im Kurhaus wohne, und der Tatsache, dass sie das offensichtlich nicht tat. Doch sosehr ich auch mein Hirn anstrengte – mir fiel keine plausible Erklärung ein, und schließlich musste ich mir eingestehen, dass es die einzige mögliche Erklärung war: Julia hatte nicht die Wahrheit gesagt. Die Frau, mit der ich mich eine Woche lang jeden Tag getroffen hatte, die ich für eine Freundin gehalten hatte, der ich alles Mögliche anvertraut hatte, hatte mich angelogen. Die Enttäuschung tat unglaublich weh.

Ich vermute, dass Greta das spürte, denn sie wurde wach und begann unvermittelt zu brüllen. Das hatte sie im Tragetuch noch nie gemacht. Ich versuchte, sie zu beruhigen, doch es half nicht viel, und schließlich ging ich mit ihr nach Hause. Aber nachdem ich sie gefüttert und für ihr Mittagsschläfchen hingelegt hatte, kehrten meine Gedanken sofort zu Julia zurück.

Meine Enttäuschung war mittlerweile Ärger gewichen, und in meinem Kopf kreiste ständig die Frage: warum? Warum hatte Julia mich angelogen? Warum hatte sie behauptet, im Kurhaus zu wohnen, wenn das nicht den Tatsachen entsprach? Damit ich sie nicht fand, wenn ich nach ihr suchte? Aber das würde bedeuten, dass sie vorhergesehen hatte, dass ich nach ihr suchen würde. Hatte sie das? Hatte sie vorgehabt, sich eine Weile in mein Leben zu schleichen und dann spurlos zu verschwinden? Doch wozu?

Aber wenn sie es nicht vorhergesehen hatte: Warum hatte sie mich dann belogen? Warum belog man eine Fremde, die man zufällig kennenlernte, über so etwas Banales wie die eigene Urlaubsadresse?

Und warum hielt man die Lüge aufrecht, wenn man sich mit der Fremden angefreundet hatte?

Ich grübelte den ganzen Nachmittag darüber nach. Ich versuchte, mich abzulenken, doch es gelang mir nicht, und sobald ich Greta abends ins Bett gebracht hatte, rief ich Lucy an. Sie war noch im Büro, ich brachte jedoch nicht die Geduld auf, zu fragen, ob ich bei etwas Wichtigem störe, sondern kippte sofort alles, was ich auf dem Herzen hatte, in einem Schwall über ihr aus.

Lucy hörte schweigend zu, wie es ihre Art war. Erst nachdem ich mir Luft verschafft hatte, sagte sie etwas. Und was sie sagte, überraschte mich. Nachdem ich mir im Laufe des Tages vor lauter Grübeln fast einen Knoten in mein Gehirn gemacht hatte über die Frage, warum Julia gelogen hatte und wo sie jetzt war, hatte ich mir von meiner Frau Trost und Klarheit erhofft. Und sie war erstaunlich klar.

»Ich will, dass du die Suche nach Julia einstellst«, sagte Lucy. »Lass die Sache auf sich beruhen.«

Ich hielt mein Handy vom Ohr weg und betrachtete es irritiert. »Sag mal, Lu, hast du mir nicht zugehört? Julia ist verschwunden. Die Frau, mit der ich mich eine Woche lang jeden Tag getroffen habe, ist verschwunden. Außerdem hat sie mich angelogen. Das kann ich doch nicht einfach so stehen lassen.«

»Warum nicht?«

»Ist das dein Ernst? Weil ich wissen will, was los ist. Warum sie mich angelogen hat. Außerdem will ich sie wiedersehen.«

»Wieso?«

»Weil ich sie mag. Weil sie meine Freundin ist.«

Darauf antwortete Lucy nicht sofort. Ich war während des Telefonierens herumgelaufen, zu zappelig, um mich zu setzen. Jetzt blieb ich am Fenster stehen. Auf der Fensterbank lagen Steine, die ich am Strand gesammelt hatte. Ich nahm einen in die Hand, den ich für ein Stück Bernstein hielt. Ich hatte ihn nach einem heftigen Sturm im letzten Winter in der Nähe der Seebrücke entdeckt.

»Bist du da sicher, dass Julia deine Freundin ist?«, fragte Lucy schließlich. »Dass sie das auch so gesehen hat?«

Ich brauchte einen Moment, um zu kapieren, was sie meinte. »Ich bin sicher. Wir haben uns gut verstanden. Ich hatte das Gefühl, dass sie mir vertraut. Sie hat mir ziemlich viel über sich erzählt.«

»Aber du weißt nicht, ob das, was sie dir erzählt hat, die Wahrheit ist. Sie hat über ihre Ferienwohnung gelogen, wer weiß, worüber sie noch gelogen hat. Wer weiß, ob sie wirklich Julia heißt, ob sie wirklich aus Hessen kommt, ob sie wirklich PTA ist?«

Ich wollte sofort zu einem Protest ansetzen. »Warum hätte Julia mich über ihren Namen und ihren Beruf belügen sollen?« – so in der Art. Doch Julia hatte mich ja auch über ihre Ferienadresse belogen, warum also nicht auch in anderen Punkten?

»Wenn das so ist, dann will ich sie erst recht wiedersehen. Ich möchte wissen, warum sie gelogen hat.«

»Ich halte das für keine gute Idee.«

Ich hatte meine Wanderung wieder aufgenommen, doch nun blieb ich irritiert mitten im Wohnzimmer stehen. »Verdammt, Lu, was ist denn los mit dir? Stell dir mal vor, irgendeine Frau macht sich an dich ran, gaukelt dir eine Woche lang vor, sie wäre deine beste Freundin, und dann stellst du fest, dass alles gelogen war. Dann würdest du wohl auch eine Erklärung haben wollen.«

»Das würde ich wohl«, stimmte Lucy zu. »Dennoch finde ich, du solltest die Sache auf sich beruhen lassen.«

»Und wieso?« Mir kam ein Verdacht. »Sag mal, bist du etwa eifersüchtig?«

Für eine Weile drang nur Schweigen aus dem Hörer, doch da ich Lucy nicht sehen konnte, wusste ich nicht, ob es ein erstauntes oder ein ertapptes Schweigen war.

»Habe ich denn Grund zur Eifersucht?«

»Natürlich nicht.«

»Dann bin ich es auch nicht.«

»Was stört dich dann daran, dass ich Julia wiedersehen will?« Ich ließ mich aufs Sofa sinken. »Verdammt, Lu, ich sitze den ganzen Tag allein hier herum. Hast du überhaupt mitgekriegt, wie froh ich war, eine Freundin gefunden zu haben?«, fragte ich scharf.

Nun wurde auch Lucys Stimme schärfer. »Ja, das habe ich, aber ehrlich gesagt, verstehe ich es nicht, Becca! Es war deine Entscheidung, in Rerik zu bleiben. Du weißt, wie froh ich wäre, wenn du bei mir in Hamburg wärst.«

»Na toll, das war ja klar, dass du wieder mit dem Thema kommst. Eigentlich hatte ich angerufen, weil ich deinen Rat wollte, keine Vorwürfe.« Es war eine unfaire Bemerkung von mir, denn Lucy machte mir nie Vorwürfe. Doch ich ärgerte mich, dass Lucy meine Sorgen nicht ernst nahm.

»Ich habe dir meinen Rat gegeben, Becca. Ich kann ihn gerne noch einmal wiederholen, aber er wird dir auch beim zweiten Mal nicht gefallen. Ich finde, du solltest die Sache auf sich beruhen lassen. Und ehrlich gesagt sehe ich auch gar keine Alternative. Du weißt ja nicht, wo Julia ist.«

»Ich kann sie suchen. Ich habe vor, morgen bei den Hotels hier nachzufragen. Julia war die ganze letzte Woche hier, irgendwo muss sie ja übernachtet haben.« Ich war nachmittags auf diese Idee gekommen und ziemlich stolz auf sie, doch Lucy tat sie ab.

»Du kannst nicht alle Ferienwohnungen in Rerik abgrasen. Es sind Hunderte, das wäre Zeitverschwendung.«

Ich wurde immer ärgerlicher. »Ich sagte Hotels, Lucy. Und was stört dich eigentlich daran, wenn ich hier meine Zeit verschwende?«

Für einen Moment drang nur Schweigen aus meinem Handy. Wurde ich laut, wurde Lucy immer ganz ruhig. Schließlich sagte sie vorsichtig: »Becca, du kannst natürlich machen, was du willst. Aber ich glaube, dass dir die Sache einfach nicht guttut. Du bist dabei, dich da in etwas hineinzusteigern und …«

Weiter ließ ich sie nicht kommen. Es war weniger das, was sie sagte, als wie sie es sagte. Ich kannte diesen Tonfall. Nachdem wir Paul verloren hatten, hatte Lucy wochenlang in diesem Tonfall mit mir geredet. Vorsichtig, behutsam, so als könnte jeder Ton in normaler Laustärke dazu führen, dass ich endgültig durchdrehte.

»Rede nicht in diesem Ton mit mir!«

»Welcher Ton?«

»Das weißt du genau. So, als würde ich gleich überschnappen. Ich steigere mich in nichts rein. Und weißt du was, Lucy? Ich hatte dich angerufen, weil ich deinen Rat wollte. Aber der ist so beschissen, da hätte ich auch meine Mutter anrufen können. Und jetzt muss ich auflegen, Greta weint.«

Ich brauchte eineinhalb Stunden, bis ich mich wieder beruhigt hatte. So ist das immer bei mir. Lucy rief noch zweimal an, doch ich ignorierte sie. Ich kochte mir eine heiße Schokolade und trank sie im Kinderzimmer, während ich zusah, wie Greta friedlich schlief. Das beruhigte mich schließlich. Greta ist das mit Abstand schönste Baby der Welt. Ich weiß, das sagen alle Mütter über ihre Kinder, doch Greta … Ich fand sie perfekt von dem Moment an, als Lucy sie mir zum ersten Mal in den Arm legte. Und seitdem war sie jeden Tag noch schöner geworden. Sie hat die strahlendsten Augen, die man sich vorstellen kann. Selbst wenn sie schläft, scheint von ihnen ein Leuchten auszugehen. Und ihr Mund ist wie eine zarte Blüte –

okay, vielleicht nicht gerade, wenn sie brüllt. Aber selbst wenn sie brüllt … Ich liebe einfach den Klang von Gretas Stimme. Wenn sie lacht und gluckst, dann ist das, als würde mein eigenes Herz lachen. Und wenn sie brüllt – nun, dann brüllt sie halt, und es ist meine Aufgabe herauszufinden, warum. Ich habe nie verstanden, wie Eltern wütend auf ihr Baby werden können, nur weil es viel schreit. Sie sollten lieber wütend auf sich selbst werden, wenn sie den Grund für das Schreien nicht finden können.

Um elf rief Lucy ein drittes Mal an. Ich lag bereits im Bett, doch ich ging sofort ran.

»Ich liebe dich«, sagte sie, sobald ich das Gespräch angenommen hatte.

»Und ich liebe dich«, erwiderte ich.

Eine Weile waren wir beide ganz still, während sich auch das letzte bisschen Anspannung in mir wieder in Liebe verwandelte.

»Es tut mir leid, dass ich so hochgegangen bin«, sagte ich dann. »Und dass ich dich mit meiner Mutter in einen Topf geworfen habe. Das war unfair.«

Ich konnte Lucys Erleichterung spüren. »Es gibt schlimmere Töpfe.«

»Nenn mir einen!«

»Den mit Godzilla und Donald Trump?«

Darüber mussten wir beide lachen.

»Es tut mir auch leid«, sagte Lucy dann. »Ich wollte dir nicht das Gefühl geben, dass ich dich bevormunde. Ich mache mir einfach Sorgen.«

Ich versuchte, mich darüber nicht zu ärgern. »Ich wünschte,

du würdest endlich damit aufhören. Es ist schon so lange nicht mehr nötig.«

»So meinte ich das nicht. Ich mache mir nicht deinetwegen Sorgen, sondern wegen dieser Frau, Julia oder wie sie nun heißt. Was, wenn sie«, Lucy zögerte, »gefährlich ist?«

Die Begründung überraschte mich völlig. »Wie kommst du denn darauf?«

»Es ist so ein Bauchgefühl.«

Das überraschte mich noch mehr. Lucy, die Logikerin, die Meisterin der Fakten, argumentierte mit ihrem Bauchgefühl.

»Du musst doch zugeben«, fuhr sie fort, »dass die ganze Sache seltsam ist. Was, wenn die Frau irgendeine Psychopathin ist, die andere Frauen anspricht, um …«

»Um was?«

»Keine Ahnung. Und ich weiß, dass das eine lahme Antwort ist.«

Das war es in der Tat – und völlig untypisch für Lucy. Ich setzte mich aufrechter hin, nahm mir Lucys Kopfkissen und stopfte es hinter meinen Rücken. »Sag mal, Lu, weißt du irgendetwas, das ich nicht weiß?«

»Natürlich nicht. Ich finde die ganze Situation einfach seltsam.«

»Ich auch. Deshalb will ich ja eine Antwort. Und ich glaube nicht, dass Julia eine Psychopathin ist.« Aber ich hätte auch nicht gedacht, dass sie eine Lügnerin war.

Der nächste Tag war in gewisser Weise eine Wiederholung des Montags. Ich ging gegen halb zehn Uhr an den Strand, wo ich wieder Herrn Funke, unseren Nachbarn, sah. Außer ihm war an diesem Morgen noch eine zweite Person im Wasser, eine ältere Schwimmerin, die ich schon einige Male hier gesehen hatte. Ich kannte ihren Namen nicht, erkannte sie aber an der furchtbaren fleischfarbenen Rüschenbadehaube, mit der sie – wie ich mir immer vorstellte – als junge Frau einen Schönheitswettbewerb für Badenixen gewonnen hatte. Warum sonst hätte sie das Ding freiwillig aufsetzen sollen? Doch von Julia fand ich am Strand keine Spur und genauso wenig in den wenigen Reriker Hotels und Pensionen, in denen ich unter einem Vorwand nach ihr fragte.

Entsprechend war ich ziemlich deprimiert, als ich schließlich das Hotel zur Linde verließ. Die Tatsache, dass es in der Zwischenzeit zu regnen begonnen hatte, hob meine Stimmung ebenfalls nicht. Ich hatte keinen Schirm dabei, daher schützte ich Gretas Kopf mit meinen Händen, während ich durch die Straßen nach Hause lief. Noch weiter sank meine Stimmung, als ein Mercedes mit Berliner Kennzeichen dicht an mir vorbeifuhr und eine Fontäne Pfützenwasser gegen meine Jeans spritzte. Als ich schließlich in unsere Straße einbog, wollte ich mich nur noch zusammen mit Greta und einer Tasse heißer Schokolade auf unserer Couch einmummeln. Doch kurz vor meinem Ziel sah ich Manfred Funke und änderte meine Meinung. Herr Funke stand vor seiner Haustür. Seit ich ihn eine Stunde zuvor am Strand getroffen hatte, hatte er sich umgezogen. Er trug jetzt einen Anzug, was wohl bedeutete, dass er auf dem Weg zu seiner Mutter war, die im nahegelegenen Pflegeheim ihrem hundertsten Geburtstag und dem Glückwunschschreiben des Bundespräsidenten entgegenfieberte.

»Herr Funke«, rief ich. »Haben Sie einen Moment Zeit?«

Er drehte sich um, ein Lächeln verzog die runzligen Lippen unter dem buschigen grauen Schnauzer. »Frau Friedrichsen, zweimal an einem Tag. Immer eine Freude, Sie zu sehen. Aber Sie sind ja ganz nass.«

»Der Regen hat mich erwischt. Ich möchte Sie gerne etwas fragen.«

»Immer. Wollen Sie nicht hereinkommen?«

Er machte Anstalten, die Haustür wieder aufzuschließen, doch ich bremste ihn. Manfred Funke war ein netter älterer Herr, aber wen er einmal in sein Wohnzimmer gelockt hatte, den ließ er erst wieder hinaus, wenn derjenige sich alle seine Schwimmmedaillen angesehen und die zugehörigen Erfolgsgeschichten angehört hatte.

»Ich will sie nicht lange aufhalten. Es geht ganz schnell. Sie gehen doch jeden Morgen schwimmen, oder? Ich wollte Sie fragen, ob Sie in den letzten drei oder vier Tagen eine junge Frau am Strand getroffen haben.«

Die Frage schien ihn zu amüsieren. »Ob ich mich mit einer jungen Frau getroffen habe? Nu, so viel Glück hatte ich seit dreißig Jahren nicht mehr, dass sich eine junge Frau mit mir verabredet hätte.« Er gluckste. »Oder meinen Sie, ob ich irgendeiner jungen Frau zufällig begegnet bin? Dann lautet die Antwort: einigen. Ihnen, der jungen Caro Menke und vermutlich einigen Urlauberinnen. Meinen Sie Caro Menke? Sie ist die jüngste der Menkes aus dem Kastanienweg. Sie hat vor einem halben Jahr ihr Abitur gemacht, weiß aber immer noch nicht, was sie damit anfangen will. Hängt den ganzen Tag rum.« Er schüttelte missbilligend den Kopf.

»Nein, ich meine eine Urlauberin. Etwas größer als ich,

schulterlange dunkle Haare. Möglicherweise ist sie auch geschwommen.«

Herr Funke überlegte. »Ich kann mich an niemanden erinnern. Um diese Jahreszeit geht ja kaum jemand ins Wasser. Das letzte Mal, dass jemand im Wasser war, den ich nicht kannte, ist bestimmt eine Woche her.« Er strich sich über seinen Schnauzer. »Warten Sie mal, wann war es genau? Ach ja, am Dienstag. Ich hatte einen Arzttermin, deshalb ging ich etwas früher als sonst schwimmen.« Er lächelte mich an. »Sie erinnern sich bestimmt, wir sind uns begegnet, als Sie zu Ihrem Morgenspaziergang aufbrachen. Ja, an dem Tag war da tatsächlich noch eine Schwimmerin. Sie kam, als ich gerade nach Hause wollte. Lange dunkle Haare, sagen Sie? Das könnte hinkommen. Und sie war jung. Ich dachte noch, sie sei viel zu jung, um so neurotisch zu sein.«

»Neurotisch?« Ich wurde plötzlich ganz kribbelig.

»Nu, sie machte so ein Gewese um ihre Kleidung, zog sie erst aus, als ich ein Stück weg war, und versteckte sie dann im Gestrüpp unten an der Kliffkante. Sie ging gerade ins Wasser, als ich oben an der Schustertreppe ankam.«

»Sie versteckte ihre Kleidung?«

Herr Funke hob seine kräftigen Schwimmerschultern und ließ sie wieder fallen. »So sah es zumindest aus. Vielleicht hatte sie Angst, dass jemand sie klaut. Dabei war der Strand menschenleer, weil das Wetter so schlecht war. Es hat immer wieder genieselt, der erste Regen seit langem.« Seine alten Augen glitzerten neugierig. »Worum geht es denn?«

Babys sind die reinsten Seismographen für das Auf und Ab der Gefühle ihrer Eltern. Zumindest ist Greta das bei mir. Sie wachte noch auf den wenigen Metern zu unserer Haustür auf und begann zu quengeln. Ich bin überzeugt, was sie weckte und beunruhigte, war mein beschleunigter Herzschlag, der ihr signalisierte, dass der sichere Platz an meiner Brust vielleicht doch nicht ganz so sicher war.

Ich zwang mich daher in der nächsten Stunde, mich ganz auf Greta zu konzentrieren. Ich wickelte sie, gab ihr ein Fläschchen, spielte und schmuste mit ihr, bis sie schließlich auf ihrer Krabbeldecke einschlief. Normalerweise aß ich immer etwas, wenn Greta ihren Mittagsschlaf hielt, doch heute hatte ich keinen Appetit. Ich kochte mir nur eine heiße Schokolade, die ich trank, während ich im Wohnzimmer hin und her lief. Ich war viel zu unruhig, um mich zu setzen, und während ich Kreise um unsere Küchentheke und um den Esstisch zog, kreiste in meinem Kopf die Frage: Hatte Julia die Begegnung mit mir inszeniert?

Es deutete alles darauf hin. Nach Herrn Funkes Geschichte war Julia allein am Strand gewesen, als sie vor einer Woche – es kam mir vor, als sei es eine Ewigkeit her – schwimmen ging. Zuvor hatte sie ihre Kleidung so gut wie möglich versteckt. Weil sie wirklich Angst gehabt hatte, jemand könnte vorbeikommen und ihre Sachen klauen? Oder weil sie bei mir genau diesen Eindruck hatte erwecken wollen? So unglaublich es schien, es sprach tatsächlich mehr für die zweite Variante. Denn nach dem, was Herr Funke erzählt hatte, hätte tatsächlich niemand die Zeit gehabt, Julias Sachen zu stehlen.

Julia war schwimmen gegangen, als Herr Funke oben auf der

Schustertreppe ankam. Von dort waren es zu Fuß keine fünf Minuten bis zu uns. Ich hatte Herrn Funke etwa auf halber Strecke getroffen – ich erinnerte mich jetzt ebenfalls daran. Wir hatten einige Worte gewechselt – nur wenige, weil er es wegen seines Arzttermins eilig hatte –, dann war ich selbst über die Schustertreppe zum Strand hinuntergegangen. Julia war wenige Minuten später auf halber Strecke zwischen der Schustertreppe und der sogenannten Liebesschlucht, dem nächsten Aufgang zur Steilküste, auf mich zugelaufen. Das bedeutete, dass sie noch nicht einmal zehn Minuten geschwommen sein konnte. Und wenn ich bei der Rechnung noch berücksichtigte, dass Julia ja nach dem Schwimmen erst vom Wasser zum Fuß der Steilküste hatte laufen müssen, um festzustellen, dass ihre Kleidung weg war, bevor sie mich ansprach, dann war sie noch kürzer im Wasser gewesen. Höchstens sechs oder sieben Minuten, schätzte ich. War es wirklich möglich, dass in dieser kurzen Zeitspanne jemand an den Strand gekommen war, Julias versteckte Kleidung entdeckt und mitgenommen hatte und dann wieder über die Treppe in der Liebesschlucht verschwunden war, ohne dass Julia ihn bemerkte? Es erschien mir äußerst unwahrscheinlich. Es wäre höchstens möglich gewesen, wenn derjenige von oben beobachtet hätte, wie Julia ins Wasser ging, wenn er dann wie der Blitz die Treppe hinunter und über den Strand zum Kleiderversteck gelaufen und dann genauso schnell wieder zurückgerannt wäre. Wenn also jemand ganz gezielt auf Julias Kleidung aus gewesen wäre. Doch warum hätte jemand das sein sollen?

Je länger ich darüber nachdachte, desto unwahrscheinlicher erschien es mir. Ich hatte bisher vermutet – sofern ich überhaupt darüber nachgedacht hatte –, dass wohl einige Jugendliche, die die Schule schwänzten, die Sachen genommen hatten, weil sie das witzig fanden. Aber die hätten sich kaum eine derartige Mühe gemacht. Und noch eine andere Sache war seltsam: dass Julia ihre Sachen überhaupt gut versteckt haben sollte.

Ich hatte Julia als selbstbewusst, pragmatisch, unkompliziert kennengelernt. Ich hätte erwartet, dass sie sich einfach in Wassernähe auszog, ihre Kleidung auf einen Haufen warf und dann schwimmen ging. Sie war nicht der misstrauische Typ, der am liebsten einen abschließbaren Spind an den Strand geschleppt hätte. Wenn sie also ihre Sachen sorgfältig versteckt hatte, dann musste sie einen Grund dafür gehabt haben. Und mir fiel nur ein Grund ein: Sie hatte gewusst, dass ich jeden Morgen am Strand entlangging, und sie hatte diese besondere Begegnung mit mir herbeiführen wollen.

Um vier Uhr hielt ich es nicht mehr aus und wählte Lucys Handynummer. Normalerweise rufe ich Lucy so selten wie möglich tagsüber bei der Arbeit an. Nicht nur, um sie nicht zu stören, sondern weil es mir vor ihren Mitarbeitern peinlich ist. Ich habe Angst, sie denken, dass ich allein zu Hause nicht zurechtkomme. Dass ich das befürchte, liegt daran, dass es eine Zeit lang der Wahrheit entsprach. In den Wochen nach Pauls Tod habe ich an manchen Tagen bis zu zehnmal bei Lucy in der Firma angerufen, und sie musste mehr als einmal alles stehen und liegen lassen und nach Hause fahren, weil ich es dort allein nicht mehr aushielt.

An diesem Dienstag fühlte ich mich zwar nicht annähernd

so verloren, doch ich hatte das Gefühl, über meine Grübeleien paranoid zu werden. Die Frage, ob Julia sich absichtlich an mich herangemacht hatte und zu welchem Zweck, trieb mich langsam, aber sicher in den Wahnsinn, und das beste Gegengift gegen Wahnvorstellungen ist bekanntlich, jemand anderen einen Blick darauf werfen zu lassen.

Ich wählte also Lucys Nummer, landete jedoch direkt auf der Mailbox, was vermutlich bedeutete, dass sie in einem wirklich wichtigen Meeting saß. Ich spielte kurz mit dem Gedanken, ihre Assistentin anzurufen, damit die sie ans Telefon holte, doch das erschien mir übertrieben. Aber an wen sollte ich mich stattdessen wenden? Naheliegend war mein Vater, doch er und meine Mutter haben nur ein gemeinsames Festnetztelefon und ein gemeinsames Handy. Die Chance, dass meine Mutter, der Kontrollfreak, zuerst an den Apparat ging, war groß. Mein Bruder? Haha! Eine Freundin also? Doch in Rerik besaß ich keine, und zu meinen Hamburger Freundinnen hatte ich kaum noch Kontakt. Ich konnte keine von ihnen anrufen und verlangen, dass sie sich nach über einem Jahr Funkstille meine Probleme anhörte. Doch dann fiel mir der perfekte Kandidat ein: Torge. Zwar hatte ich ihn seit über einem Jahr nicht gesehen, doch immerhin hatte ich ihm zwei Monate zuvor zum Geburtstag gratuliert. Und Torge beendete jedes Telefonat und jedes Treffen mit der Versicherung, dass er immer für mich da sei, wenn ich irgendetwas brauchte – besonders natürlich, wenn ich endlich einsehen würde, dass mein Wechsel auf die Homoseite, wie er das nannte, der größte Fehler meines Lebens gewesen war.

Ich hatte Glück, Torge nahm nach dem zweiten Klingeln ab.

»Rebecca, die Liebe meines Lebens. Bist du es wirklich, oder ist mein Display kaputt?«

»Hallo, Torge, ja, ich bin's, aber wenn dein Display behauptet, ich sei die Liebe deines Lebens, dann muss es dringend zum Arzt. Ich war höchstens die Liebe deiner verpickelten, Zahnspange tragenden Pubertät.«

»Hey, ich hatte nie Pickel. Und meine Zähne haben schon bei meiner Geburt die Hebamme zu Begeisterungsstürmen hingerissen, weil sie so ebenmäßig sind. Wie geht es dir?«

Tatsächlich ging es mir allein durch die wenigen Sätze, die wir bis dahin gewechselt hatten, schon besser. Als Paar hatten Torge und ich zwar zuletzt nicht mehr gut funktioniert, aber als mein ältester Freund weckte er in mir immer ein Gefühl von Geborgenheit. Wir kannten uns seit Kindertagen, weil unsere Mütter beste Freundinnen waren. Beide hatten es mir nie verziehen, dass ich Schluss gemacht hatte.

»Gut. Und selbst?«

»Bestens. Wir haben eine neue Praktikantin, die fast so süß ist wie du.«

»Na wunderbar. Ich wollte dich etwas fragen. Hast du einen Moment, oder heckst du gerade eine Strategie aus, wie du einen Fünffachmörder vor dem verdienten Gefängnis bewahren kannst?«

Torge lachte. »Und warum nicht? Es wäre unverantwortlich, einen Fünffachmörder ins Gefängnis zu bringen. Denk mal an die vielen unschuldigen Insassen, die ihm dort ausgeliefert wären, weil sie nicht mich als Verteidiger hatten! Aber ob du's glaubst oder nicht, ich habe tatsächlich gerade eine ruhige Minute. Hättest du nicht angerufen, hätte ich vermutlich ein paar

Klimmzüge am Türrahmen gemacht, um die neue Praktikantin zu beeindrucken.«

»Dann kann sie ja froh sein, dass ihr ein lebenslanges Trauma erspart bleibt. Ich habe ein Problem.«

»Lass mich raten! Du suchst einen guten Anwalt, der dich bei deiner Scheidung vertritt? Ich bin dein Mann.«

Ich rollte mit den Augen. Es dauerte nie lange, bis meine Freude über ein Wiedersehen oder Wiederhören mit Torge in leichtes Genervtsein umschlug. »Kannst du bitte deine lausigen Witze mal stecken lassen? Ich habe wirklich ein Problem.« Er bequemte sich endlich, mir zuzuhören, und hielt seine Klappe, während ich ihm von Julia erzählte. »Und jetzt will ich von dir wissen, was du davon hältst«, schloss ich.

Torge dachte einen Moment nach, bevor er antwortete, zumindest schwieg er, was allerdings auch bedeuten konnte, dass er in irgendwelchen Akten las. »Die Frage ist eher, was du glaubst«, sagte er dann. »Du hast die Frau schließlich kennengelernt.«

Ich schüttelte hilflos den Kopf. »Ich weiß einfach nicht mehr, was ich glauben soll. Als sie mir am Strand entgegenrannte und die Sache mit den geklauten Klamotten erklärte, wirkte sie auf mich absolut aufrichtig, und die ganze Woche über machte sie auf mich einen sehr positiven Eindruck. Ausgeglichen, klug, witzig … Aber wenn ich mir das Zeitlimit angucke, dann ist es quasi ausgeschlossen, dass jemand ihre Sachen gestohlen hat.«

»Hm. Hast du die Zeiten mal gestoppt? Wie lange du tatsächlich von der Stelle, an der du deinen Nachbarn getroffen hast, zur Steilküste brauchst? Wie lange du von dieser Schustertreppe hinunter an den Strand brauchst und so weiter?«

»Nein, aber ich gehe die Strecke jeden Tag. Ich weiß, dass ...«

Torge unterbrach mich. »Wenn du sie nicht gestoppt hast, weißt du gar nichts. Zeugen irren sich notorisch bei Zeitschätzungen. Wenn du glaubst, ein potentieller Kleiderdieb hätte nur sechs bis sieben Minuten gehabt, können es genauso gut fünfzehn gewesen sein.«

»Ich bin sicher, dass ...«

Torge unterbrach mich erneut. »Ich glaube dir, dass du sicher bist. Das sind alle Zeugen. Es ändert nichts daran, dass sie falschliegen können.«

Er sagte das in seinem üblichen Ich-weiß-alles-du-weißt-nichts-Anwaltston, den er früher schon bei Streitigkeiten draufgehabt hatte, als wir noch zusammen waren. Ich ärgerte mich darüber, doch ich hatte ihn angerufen, um seine Anwaltsmeinung zu hören, also schluckte ich meinen Ärger hinunter.

»Und was ist mit den anderen Details? Findest du es nicht unwahrscheinlich, dass jemand Julias Sachen geklaut haben soll? Und dass sie sie überhaupt versteckt hat, obwohl sie nicht der Typ dafür ist?«

Ich konnte förmlich vor mir sehen, wie Torge den Kopf schüttelte. »›Nicht der Typ dafür‹ ist kein juristisches Argument, Becca. Du würdest nicht glauben, was die Leute alles machen, wofür sie nicht der Typ sind. Und was das Verstecken der Kleidung betrifft: Das scheint mir auch kein in Stein gemeißelter Fakt zu sein. Wahrscheinlich hat diese Julia die Sachen einfach abgelegt und sich nichts weiter dabei gedacht. Dass sie sie versteckt hat, interpretiert dein geiler alter Nachbar da nur rein. Und warum sollte nicht jemand die Klamotten gestohlen haben? Die Leute stehlen gerne, das ist ein Fakt, sonst wäre ich längst arbeitslos.«

»Herr Funke ist kein geiler alter Mann«, widersprach ich irritiert.

»Er hat sich immerhin viel Zeit genommen, eine junge Frau beim Ausziehen zu beobachten. Aber wie dem auch sei: Seine Interpretation von dem, was er gesehen hat, kann in jedem Fall falsch sein.«

Das stimmte natürlich, und ich dachte eine Weile darüber nach. Aus einem Augenwinkel bemerkte ich, dass Greta dabei war, wach zu werden. Sie ballte ihre kleinen Händchen, drückte ihren Rücken durch und gab komische kleine Seufzer von sich, untrügliches Zeichen, dass sie gleich die Augen öffnen würde.

Ich konzentrierte mich wieder auf Torge. »Du glaubst also, dass Julia die Begegnung mit mir nicht inszeniert hat.« Eigentlich hätte ich darüber erleichtert sein müssen, doch ich war es nicht. Ich hatte nicht das Gefühl, dass es so einfach war.

»Das habe ich nicht gesagt.« Torge schwieg eine Weile. »Ehrlich gesagt, ich bin unsicher, Becca. Für sich betrachtet, finde ich den Vorfall harmlos. Aber zusammen mit der Tatsache, dass diese Julia verschwunden ist und dir nicht die Wahrheit über ihre Ferienadresse gesagt hat … Und du bist sicher, dass sie sagte, dass sie im Kurhaus wohnt? Nicht nur in der Nähe?«

Dasselbe hatte schon Elke gefragt. »Absolut.« Mir fiel noch etwas ein. »Als sie an dem Dienstagnachmittag wiederkam, habe ich sie gefragt, wie sie denn ohne Schlüssel in ihre Ferienwohnung gekommen sei, weil der Schlüssel ja bei ihren geklauten Sachen gewesen war. Sie sagte, das sei kein Problem gewesen, die Ferienwohnungen im Kurhaus hätten so ein Kartensystem, sie sei einfach zur Kurverwaltung gegangen und habe um eine neue gebeten. Die alte hätten sie gesperrt.«

»Hast du deine Bekannte, die dort arbeitet, danach gefragt?«

»Es ist mir gerade erst wieder eingefallen. Soll ich noch mal hingehen?«

»Was soll das bringen? Du weißt ja schon, dass diese Julia nicht dort gewohnt hat, also war die Geschichte ebenfalls eine Lüge. Allerdings …« Er brach ab.

»Allerdings was?«

»Na ja, die Geschichte zeigt, dass diese Julia sich ziemlich viel Mühe mit ihren Lügen gegeben hat, und das beunruhigt mich.«

Mich beunruhigte es auch, deswegen hatte ich Torge ja angerufen. »Und könntest du mir jetzt endlich verraten, was du mir in der Sache rätst?«, fragte ich leicht gereizt, weil es so lange gedauert hatte, bis Torge mich endlich ernst nahm. Außerdem hatte Greta mittlerweile ihre Augen geöffnet, und ich wusste nicht, wie viel Zeit mir zum Telefonieren blieb.

»Du möchtest meinen Rat? Na gut, aber ich fürchte, er wird dir nicht gefallen. So wie ich das sehe, gibt es drei Möglichkeiten. Erstens: Die ganze Sache ist eine Verkettung unglücklicher Zufälle. Diese Julia ist völlig harmlos, und es gibt eine harmlose Erklärung dafür, warum sie dir nicht die Wahrheit über ihre Ferienwohnung gesagt und warum sie sich nicht mehr gemeldet hat. Das ist möglich, auch wenn ich keine Ahnung habe, wie die Erklärung aussehen könnte. Zweitens: Die ganze Sache ist leider nicht ganz so harmlos, weil diese Julia nicht harmlos ist. Ich will dir keine Angst machen, Becca, aber ich würde nicht völlig ausschließen, dass diese Frau an irgendeiner Form einer psychischen Störung leidet. In dem Fall wäre es vermutlich das Beste, du wendest dich an die Polizei.« Er schwieg einen Moment. »Becca, bist du noch dran? Du sagst ja gar nichts.«

Ich sagte nichts, weil mir bei seinem Rat ein Schauer über den Rücken gelaufen und ich sprachlos war. In dem Moment fiepte mein Handy, um anzukündigen, dass der Akku sich seinem Ende näherte, und ich zuckte heftig zusammen.

»Becca?«

»Ja, ich bin noch dran, aber deine Art, mir keine Angst zu machen, ist echt Scheiße. Glaubst du wirklich, dass Julia eine gestörte Irre ist und dass ich Polizeischutz brauche?«

»Bitte leg mir keine Worte in den Mund! Ich habe nicht behauptet, dass sie dir etwas antun wird. Ich sagte nur, dass diese Julia womöglich an einer psychischen Störung leidet. Und wenn das der Fall ist, ist es gut möglich, dass sie bei der Polizei im System ist, weil andere Leute sich schon über sie beschwert haben. In dem Fall könnte die Polizei dich beruhigen oder gegebenenfalls mit der Frau sprechen.«

»Nur, dass niemand weiß, wo sie ist.«

»Wenn sie im System ist, kennen die Beamten ihre Adresse.«

Ich dachte darüber nach. »Und dazu rätst du mir?«

»Das tue ich, einfach nur für den unwahrscheinlichen Fall, dass diese Frau doch gefährlich ist.«

Ich schluckte. »Und die dritte Möglichkeit?«

Torge räusperte sich, eine Angewohnheit, für die er eigentlich viel zu jung war. Das hatte er auch schon mit sechzehn gemacht, wenn er etwas Wichtiges loswerden wollte. Ich hatte es erst süß, dann affig gefunden. »Die dritte Möglichkeit halte ich für die wahrscheinlichste. Du solltest mal darüber nachdenken, ob diese Julia nicht einen guten Grund gehabt haben könnte, dass sie dich näher kennenlernen wollte.«

Er sagte das in einem absolut bedeutungsschwangeren Ton, doch mir offenbarte sich die Bedeutung nicht. »Was glaubst du denn, was ich in den letzten dreißig Stunden gemacht habe? Mir ist kein Grund eingefallen.«

»Dann denk intensiver nach.«

»Das habe ich.«

»Bist du sicher? Geh mal dein ganzes Leben durch, Becca! Alle Aspekte. Gibt es da wirklich nichts, was dieser Julia, wenn sie denn so heißt, Anlass gegeben haben könnte, dich kennenlernen zu wollen?«

»Mir fällt nichts ein.«

Er stieß einen absolut künstlichen Seufzer aus. »Weil du antwortest, ohne zu überlegen. Denk mal ehrlich nach! Sei ehrlich zu dir selbst, du musst es natürlich nicht zu mir sein.«

Ich war völlig perplex. »Torge, worauf willst du hinaus?«

»Mir wäre es lieber, du kommst selber darauf.«

Ich war kurz davor, ihm einen für ihn leider unsichtbaren Stinkefinger zu zeigen. »Tue ich nicht. Können wir also diese Farce bitte beenden?«

»Na gut. Kann es sein, dass Lucy eine Affäre mit der Frau hatte oder hat?«

Ich prustete los. Ich musste so sehr lachen, dass ich fast einen Schluckauf bekam. »Torge, du bist ein Idiot.«

Er erwiderte nichts.

»Das ist total lächerlich. Lucy würde mich nie betrügen.«

»Das kannst du nicht wissen.«

»Natürlich weiß ich das. Wie kommst du überhaupt darauf?«

»Weil ich zwei ähnliche Fälle kenne, aus meinem privaten Umfeld und aus der Kanzlei. In einem stalkte eine Frau die Geliebte ihres Mannes, im anderen ein Mann den neuen Kerl der Exfreundin. Solche Dinge passieren.« Er schien das wirklich ernst zu meinen.

»Nicht bei Lucy und mir.«

»Das hat vermutlich jeder Partner, der betrogen wird, irgendwann mal gedacht.«

»Wir sind anders.« Langsam wurde ich ärgerlich. »Verdammt, Torge, was soll der Scheiß?«

»Du wolltest meinen Rat, ich habe ihn dir gegeben.«

»Das ist kein Rat. Du versuchst, Lucy schlechtzumachen. Bist du etwa immer noch sauer auf sie?«

Er räusperte sich erneut. »Natürlich bin ich noch sauer auf sie. Aber das hat nichts mit meinem Rat an dich zu tun. Die plausibelste Erklärung für Julias Verhalten ist, dass sie dich kennenlernen wollte, ohne dass du die Wahrheit über sie erfährst. Dafür muss es einen Grund geben. Wenn dir sonst keiner einfällt …«

»… dann muss ich noch lange nicht deinen akzeptieren«, fauchte ich. Dann bemerkte ich, dass Greta aufmerksam in meine Richtung sah, und senkte meine Stimme. »Das ist totaler Bullshit, Torge, und das weißt du genau.«

»Wenn du meinst.«

»Das meine ich, und jetzt ist mein Akku leer.« Das Handy hatte tatsächlich schon wieder gefiept, doch das war nicht der

Grund, warum ich Torge wegdrückte. Ich holte einmal tief Luft und musste dann noch einige Male durchatmen, bis ich mich wieder abgeregt hatte. Ich ärgerte mich wahnsinnig über Torges Unterstellung. Ich hatte keine Ahnung, ob er wirklich glaubte, Lucy würde mich betrügen, oder ob er sich das nur wünschte, weil er dachte, dass ich ihn wegen Lucy verlassen hatte. Dabei stimmte das nicht einmal. Torges und meine Beziehung hatte schon auf dem Sterbebett gelegen, als ich Lucy kennenlernte, und ich hatte sie endgültig beerdigt, Wochen bevor ich daran dachte, mit Lucy eine neue zu beginnen.

Schließlich gelang es mir, den Ärger über Torge abzuschütteln. Wenn er ein Problem mit Lucy hatte, dann war das genau das: sein Problem, nicht meins.

Ich warf einen Blick zu Greta auf ihrer Krabbeldecke. Sie hatte sich von meiner schlechten Laune nicht anstecken lassen, sondern krähte vergnügt vor sich hin. Es war ihr gelungen, den Affen zu packen, der von ihrem Spielebogen hing, und als hätte sie Torges Bemerkung gehört, schien sie sich ebenfalls an einer Art Klimmzug zu versuchen. Dabei schaukelte sie wild hin und her.

Da sie sich offenkundig gerade selbst genug war, lief ich die Wendeltreppe hoch ins Schlafzimmer, wo ich das Ladekabel ins Handy steckte. Dabei fiel mir ein, dass Torge – bevor er mich mit Möglichkeit Nummer drei verärgert hatte – vorgeschlagen hatte, zur Polizei zu gehen, für den Fall, dass Julia eine behördenbekannte Psychopathin war. Ich spielte kurz mit dem Gedanken, die letzten Prozente Handyleistung für einen Anruf bei der Polizei zu nutzen, doch dann beschloss ich, erst einmal darüber nachzudenken. So rätselhaft ich Julias Verhalten auch fand: Sie hatte auf mich völlig normal gewirkt, definitiv nicht labil. Falls ich mit der Polizei redete, dann musste ich mir vorher genau überlegen, was ich sagen wollte.

Ich legte mein Handy aufs Bett und ging wieder hinunter ins Wohnzimmer. Und als ich die unterste Treppenstufe erreichte, verflüchtigte sich ohnehin jeder Gedanke an Julia und an die Polizei, denn Greta lag auf dem Bauch.

Lucy hat mir oft gesagt, ich sei eine tolle Mutter, und an manchen Tagen fand ich, dass sie recht hatte. Zumindest hatte ich viele der wirklich schrecklichen Muttermacken nicht!

Eine der schlimmsten ist in meinen Augen die Vergleichsmanie, die manche Mütter entwickeln. Von Tag eins an vergleichen sie ihre Babys ständig mit anderen und lernen die Phasen der Kindentwicklung auswendig, um dann entweder damit anzugeben, dass die kleine Lisa vor allen anderen ihr Köpfchen heben konnte, oder in Verzweiflung zu verfallen, weil der kleine Timmi irgendein Soll noch nicht erfüllt. Das war eine Muttermacke, die ich definitiv nicht hatte. Zwar standen auch in meinem Bücherregal jede Menge Elternratgeber, und natürlich wusste ich, dass die meisten Babys sich im fünften Monat zum ersten Mal allein vom Rücken auf den Bauch drehen, doch ich wäre nie auf den Gedanken gekommen, diesem Ereignis entgegenzufiebern oder es gar mit meiner Tochter zu trainieren, wie einige dieser irren YouTube-Mütter es tun.

Dennoch war ich natürlich stolz und – okay, ich gebe es zu – ziemlich aus dem Häuschen, als Greta plötzlich auf dem Bauch lag, halb auf ihrem rechten Arm, und mich verdutzt ansah, als könne sie sich genauso wenig erklären wie ich, wie sie plötzlich in diese Lage geraten war. Und natürlich lief ich sofort zu ihr hin, zog ihren Arm vorsichtig unter ihrem Bauch hervor und gab all die albernen Sachen von mir, die Mütter in solchen Situationen sagen. Und natürlich beschloss ich irgendwann, diesen Moment für die Ewigkeit festzuhalten. Ich schnappte mir mein Tablet vom Couchtisch, klappte es auf und gab das Loginmuster ein, doch nichts passierte, und ich bemerkte, dass ich Lucys Tablet erwischt hatte, das sie vergessen haben musste. Egal, natürlich kannte ich auch ihren Entsperrungscode.

Auf dem Bildschirm erschien ein Foto. Ungeduldig wischte ich es beiseite, suchte nach dem Kamera-Icon und machte schließlich die Bilder von Greta. Anschließend setzte ich mich wieder zu ihr auf den Boden, und den restlichen Nachmittag verbrachten wir beide in einer Mama-Tochter-Blase völliger Zufriedenheit. Ich verzichtete auf die Hausarbeit und unseren üblichen zweiten Spaziergang, weil es ohnehin noch in Strömen regnete.

Als ich Greta schließlich ins Bett gebracht hatte, war ich pappsatt vor Glück und entspannt wie seit Tagen nicht mehr. Erst als ich mich mit ein paar belegten Broten auf die Couch setzte, fiel mir wieder ein, was Herr Funke mir über Julia erzählt hatte. Ich hatte mein frisch geladenes Handy mit heruntergenommen und wählte Lucys Nummer, erreichte jedoch wieder nur die Mailbox, also griff ich zu ihrem Tablet und betrachtete die Fotos von Greta in Bauchlage, während ich meine Brote aß. Anschließend überlegte ich, was ich als Nächstes tun sollte. Eigentlich eine müßige Frage, denn Gretas Fläschchen mussten sterilisiert werden, und im Schlafzimmer stapelte sich die Bügelwäsche, doch ich konnte mich nicht dazu aufraffen. Ich war immer noch in meiner gemütlichen Blase und wollte das wohlige Gefühl darin so lange wie möglich auskosten.

Erst dann fiel mir das Foto wieder ein, das Lucy betrachtet haben musste, bevor sie ihr Tablet geschlossen hatte. Es war das Foto einer Frau gewesen, auf irgendeiner Promenade an irgendeinem Fluss aufgenommen. Dunkle lange Haare und ein schwarzer Mantel, mehr hatte mein Unterbewusstsein nicht registriert. Ich hatte flüchtig gedacht, es müsste Lucys Mutter sein, die schwarzes Haar hatte und einen schwarzen Mantel besaß, doch das erschien mir nun unwahrscheinlich. Wer aber war die Frau dann? Und wieso hatte Lucy sich zuletzt ihr Foto angeschaut? Neugierig begann ich, nach dem Bild zu suchen.

Ich möchte gerne erklären, warum ich das tat. Ich weiß, dass das eigentlich keine Rolle spielen sollte angesichts dessen, was später geschah. Aber mir ist es wichtig festzuhalten, dass ich keine schnüffelnde eifersüchtige Ehefrau war. Ich habe schon mehrfach gesagt, dass ich Lucy blind vertraut habe, und das ist die Wahrheit. Ich war überzeugt, dass sie mich nie betrügen würde. Ich war auch überzeugt, dass sie mich nie belügen würde. Ich war schlicht und einfach neugierig, wer die Frau war und warum Lucy sich ihr Foto angesehen hatte, und hatte in dem Moment nichts Besseres zu tun. Genauso hätte ich in ein Buch geschaut, wenn Lucy zuvor darin gelesen hätte, oder einen Song gehört, von dem sie geschwärmt hatte. Und es war auch kein Vertrauensbruch, dass ich ihr Tablet benutzte. Ich hatte das schon oft mit Lucys Erlaubnis getan, wenn meins gerade an der Steckdose hing oder ich es vergessen hatte. Natürlich wäre ich nie auf den Gedanken gekommen, Lucys Mails zu lesen. Aber genauso wäre ich nie auf den Gedanken gekommen, die Fotos auf ihrem Tablet könnten tabu für mich sein. Also suchte ich nach dem Bild – und wünsche mir bis heute, ich hätte es nicht getan. Vielleicht wäre dann alles anders gekommen.

Ich tippte die Bildergalerie auf dem Tablet an und wischte dann chronologisch rückwärts durch die Fotos. Die ersten Bilder waren die, die ich nachmittags von Greta gemacht hatte. Danach kamen hauptsächlich Fotos, die ich schon kannte, weil Lucy sie mir gezeigt oder mir geschickt oder weil ich sie selbst geschossen hatte. Fotos von Greta und mir am Strand, von Greta und mir im Bett, von mir beim Kochen und beim Yoga im Wohnzimmer, Fotos von Lucy am Strand und ein Foto von hohem Seltenheitswert, auf dem Lucy Greta ihr Fläschchen gab. Je weiter ich wischte, desto wärmer wurde mir in meiner Blase. Es waren alles Schnappschüsse, keine inszenierten Happy-Family-Instagram-Bildchen, dennoch zeigten sie, dass wir genau das waren: eine glückliche kleine Familie. Neben den Fotos von uns dreien gab es auch einige von Priska und Finn und einige Landschaftsaufnahmen, die hier an der Küste entstanden waren.

Das Foto, das ich suchte, fand ich schließlich in einer Reihe von Bildern, die nicht hier in der Gegend aufgenommen worden waren. Offenkundig hatte Lucy das Tablet mit auf eine Dienstreise genommen. Es gab einige Selfies von ihr und Finn im ICE. Danach kamen einige Aufnahmen von einem breiten Fluss, der Rhein bei Köln möglicherweise, denn dahin führten Lucys Dienstreisen oft. Und dann kam schließlich das Bild, das ich gesucht hatte.

Mein Unterbewusstsein hatte es sich ganz richtig gemerkt: Ja, das Foto zeigte eine Frau in einem weiten schwarzen Mantel, der im Wind flatterte. Sie stand auf einer Uferpromenade, dahinter war ein Stück Fluss zu sehen, vermutlich derselbe wie auf den Fotos zuvor, allerdings war das nicht klar zu erkennen, da der Bildausschnitt zu klein war, denn die Frau war offensichtlich das Hauptmotiv. Sie wirkte, als sei sie vom Fotografen – von Lucy? – überrascht worden. Sie stand seitlich zum Betrachter, blickte jedoch genau in die Kamera mit einem leicht irritierten Blick, als habe sie über das Wasser geschaut und sich erst im letzten Moment vor der Aufnahme zur Kamera umgedreht.

In einem anderen Punkt hatte sich mein Unterbewusstsein allerdings getäuscht: Die Frau war definitiv nicht Lucys Mutter, auch wenn die Haare ähnlich waren, sie war überhaupt niemand, den ich kannte. Das dachte ich zumindest auf den ersten Blick. Dennoch kam die Frau mir irgendwie bekannt vor. Ich zoomte näher heran und studierte ihr Gesicht. Es war sehr attraktiv, allerdings völlig übertrieben zurechtgemacht. Die Frau mochte in meinem Alter sein oder auch zehn Jahre jünger oder älter, das war unter all der Schminke nicht zu erkennen. Spontan dachte ich, dass ich außerhalb eines Modemagazins noch nie eine Frau mit so viel Farbe im Gesicht getroffen hatte. Dennoch war ich sicher, dass ich die Frau schon einmal gesehen hatte. Ihre Gesichtszüge wirkten vertraut.

Ich kramte in meiner Erinnerung – und zuckte zusammen, als ich in meinem Gedächtnis die richtige Schublade aufzog. Julia! Die Frau auf dem Foto sah genauso aus wie Julia, beziehungsweise sie sah so aus, wie Julia mit fünf Kilo Schminke im Gesicht aussehen würde! Mein Herz klopfte schneller. Das war ausgeschlossen! Das konnte nicht sein!

Aber ich konnte es natürlich leicht überprüfen. Ich zoomte noch näher ins Bild, bis fast nur noch die Augen zu erkennen waren. Bis ihre Farbe zu erkennen war. Oder vielmehr ihre Farben. Denn das linke Auge war grün, das rechte braun.

Ich weiß nicht, ob ich Ihnen wirklich schildern kann, wie ich mich nach dieser Entdeckung fühlte. Man sagt ja manchmal, eine Nachricht habe eingeschlagen wie eine Bombe. Ein bisschen war es auch bei mir so, als wäre Lucys Tablet in meinen Händen explodiert. Ich fühlte mich wie betäubt.

Lucy hatte ein Foto von Julia auf ihrem Tablet! Der Fakt sprang mir aus dem Bildschirm entgegen, doch obwohl er unstreitig war, konnte ich ihn nicht fassen. Denn wenn er fassbar war, wenn er also wahr war, dann musste Lucy Julia kennen, dann musste sie die ganze Zeit gewusst haben, von wem ich sprach. Sie musste gewusst haben, welche Frau ich suchte. Wegen welcher Frau ich mir Sorgen machte. Denn ich hatte Lucy Julia beschrieben, bis hin zu ihrem unverwechselbaren Merkmal, ihren verschiedenfarbigen Augen. Und das musste bedeuten, dass Lucy mich angelogen hatte.

Lucy hatte mich angelogen! Meine Frau, der ich blind vertraute. Die ich nach Greta mehr liebte als alles andere auf der Welt. Die mein Leben wieder lebenswert gemacht hatte. Diese Frau hatte mich angelogen!

Das Foto verschwand vor meinen Augen, als der Sperrbildschirm des Tablets erschien. Ich gab erneut den Logincode ein und studierte erneut das Foto.

Kein Zweifel. Es war Julia.

Für eine Weile saß ich ganz still, unfähig, mich zu bewegen, unfähig, klar zu denken, unfähig, irgendetwas zu tun. Doch irgendwann ließ die Erstarrung nach, neue Gedanken flogen heran wie kleine Geschosse. Lucy hatte Julia gekannt. Was bedeutete das? Woher kannte sie sie? In welcher Beziehung stand sie zu ihr? Hatte Torge etwa recht, dass Lucy mich mit Julia betrog?

Nein! Es war schlimm genug, dass Lucy mich angelogen hatte. Das andere … Niemals!

Doch warum hatte Lucy dann gelogen? Warum hatte sie mir nicht erzählt, dass sie Julia kannte? Und warum hatte ich Julia überhaupt getroffen? Warum hatte diese Person sich in mein Leben geschlichen? Denn dass unsere Begegnung ein Zufall gewesen war, daran glaubte ich endgültig nicht mehr.

Ich bin heute noch stolz auf das, was ich als Nächstes tat. Bestimmt finden Sie mich naiv, aber ich konnte und wollte nicht glauben, dass Lucy eine Affäre mit Julia hatte oder gehabt hatte. Obwohl in dem Moment wirklich viel dafür sprach, weigerte ich mich, es zu glauben. So war unsere Beziehung nicht. So war Lucy nicht. Es musste eine andere Erklärung geben, und ich würde Lucy die Gelegenheit geben, sie mir zu geben.

Ich atmete tief durch und schaffte es tatsächlich, mich so weit zu beruhigen, dass ich Lucys Handynummer auswählen konnte. Meine Finger zitterten, meine Hände waren schweißnass, aber ich schaffte es. Zur Belohnung landete ich wieder auf der Mailbox.

Ich sagte nichts, beendete das Gespräch und tippte gleich auf Wahlwiederholung. Wieder die Mailbox. Danach hielt ich es noch zehn Minuten durch, in denen ich noch dreimal auf der Mailbox landete, dann löste ich mich auf.

Kennen Sie dieses Gefühl? Ist Ihnen das schon einmal passiert? Dass alles, woraus Sie Kraft schöpfen, alles, was Ihnen Halt gibt, einfach zusammenbricht? Sie betrachten Ihr Leben, und es scheint perfekt, dann passiert etwas, und das Leben, in dem Sie sich eingerichtet haben wie in einem schönen, sonnigen Haus, ist weg. Ihr Zuhause ist zusammengebrochen. Ein Erdbeben oder ein Tsunami oder ein Wirbelsturm hat das Fundament weggerissen, die tragenden Mauern, das Dach. Alles, was Ihnen bleibt, sind Trümmer und die Gewissheit, dass Sie es nie schaffen werden, sie wieder zusammenzusetzen.

So hatte ich mich nach Pauls Tod gefühlt. Monatelang saß ich zwischen den Trümmern meines Traums, verloren, hoffnungslos, unfähig, sie wieder zusammenzusetzen. Ohne Lucy hätte ich es nicht geschafft weiterzumachen. Lucy half mir, mein Leben wiederaufzubauen. Sie war der Mörtel in meinem neuen Haus.

Und jetzt hatte sie eine Affäre! Ich konnte mich der Erkenntnis nicht mehr verschließen. Alles andere ergab keinen Sinn. Und vermutlich ging Lucy gerade nicht ans Telefon, weil sie mit ihrer Geliebten zusammen war.

In dem Moment, als ich es endlich akzeptierte, erwachte eine unglaubliche Wut in mir. Ich würde das nicht so hinnehmen, ich würde Lucy zur Rede stellen, sie in flagranti erwischen, sofort. Tränen schossen mir in die Augen, doch ich wischte sie weg. Nein! Ich würde nicht mehr heulen wie ein kleines schwaches Frauchen, das ohne seinen Partner nichts ist. Ich würde etwas unternehmen. Entweder das oder ich würde wahnsinnig werden.

Wild entschlossen lief ich in die Küche, riss ein Blatt Papier von der Küchenrolle und schnäuzte mich. Dann rannte ich die Treppe hinauf. Greta schlief tief und fest und wachte auch nicht auf, als ich ihr eine Mütze überzog und sie mit hinunternahm. Der Maxi-Cosi lag im Flur. Ich legte Greta hinein, dann lief ich noch einmal nach oben, holte ihre Bettdecke und den Autoschlüssel.

Ich hatte vergessen, den Bewegungsmelder einzuschalten, deshalb sprang das Außenlicht nicht an, als ich Greta zur Garage trug. Doch der Regen und mit ihm die Wolken hatten sich verzogen, und der Mond war fast voll, so dass ich mich orientieren konnte. Auch in der Garage machte ich kein Licht, die Innenbeleuchtung meines Wagens genügte mir, um den Maxi-Cosi sicher festzuschnallen und Greta zuzudecken, die wie durch ein Wunder einfach weiterschlief.

Doch als ich mich hinter das Lenkrad schob, geschah ein weiteres Wunder. Ich kam zur Vernunft. Mir wurde klar, dass es Wahnsinn wäre, in meinem aufgelösten Zustand Auto zu fahren. Mit zwei Promille Alkohol im Blut wäre ich dazu eher in der Lage gewesen.

Langsam kroch ich wieder hinter dem Steuer hervor. Ich fühlte mich völlig zerschlagen, und als ich Greta zum Haus zurücktrug, schien sie einen Zentner zu wiegen. Ich war zu erschöpft, um sie ins Bett zurückzubringen, daher stellte ich den Maxi-Cosi auf die Couch, rollte mich darum zusammen und schlief ein.

Ich wachte vom Geräusch der Haustür auf, die leise geöffnet wurde, dann ging das Licht an. Ich blinzelte in die Helligkeit, und plötzlich kniete Lucy vor mir neben der Couch. Sie schlang ihre Arme um mich, und ich schmiegte mich an sie, ohne zu überlegen.

»Wo kommst du denn jetzt her?«, fragte ich verwirrt.

»Aus Hamburg natürlich. Ich war bei meiner Mutter und hatte mein Handy im Wagen vergessen. Als ich in die Wohnung fahren wollte, habe ich deine Anrufe gesehen. Ich habe zurückgerufen, aber du bist nicht rangegangen, da habe ich mir Sorgen gemacht. Dein Handy lag übrigens vor der Haustür. Was ist passiert, Becca?«

Sie hielt mir mein Smartphone hin, ich musste es auf dem Weg zur Garage verloren haben, doch das war mir egal, denn in dem Moment fiel mir alles wieder ein, und ich stieß Lucy mit aller Kraft von mir weg. Sie verlor das Gleichgewicht und plumpste auf den Boden.

»Becca?«

Ich konnte es ihr nicht erklären. Auf einmal war meine Stimme weg, dafür waren die Zweifel wieder da. Zweifel an dem, was ich mir in den Stunden zuvor zusammengereimt hatte. Ich nahm Lucys Tablet vom Couchtisch, gab das Loginmuster ein und zeigte Lucy das Bild von Julia auf der Uferpromenade.

Lucy wurde totenblass. Sie sah von mir zu dem Bild und dann zu Greta. Schließlich sagte sie: »Nicht vor der Kleinen.« Damit hob sie unsere Tochter hoch und trug sie nach oben. Doch sie stellte wohl nur den Maxi-Cosi ab, denn sie war innerhalb von Sekunden wieder unten. Und dann gestand sie es mir.

Teil II

DONNERSTAG

1

Edda Timm betrachtete ihr Werk. Die einäugigen Wächter vom Stamme der Trombonen waren alle tot. Auf drei hatte sie einen Felsbrocken gerollt (ein Hoch auf die Hebelgesetze), bei den anderen hatte sie kreativer sein müssen. (Zum Beispiel hatte sie dem Hauptmann ein Mini-Kaninchen-Paar, die es in der Umgebung in Massen gab, in den Rachen gerammt. Das hatte sich dann so schnell vermehrt, dass der Hauptmann innerhalb von Sekunden explodiert war.) Doch obwohl sie also in der vergangenen Viertelstunde ein echtes Schlachtfest gefeiert hatte, war das Tor zur felsigen Grotte und damit zum nächsten Level von *Crazy Country III* immer noch versperrt.

Nachdenklich studierte Edda das Tor, das die Wächter so kampfeswütig verteidigt hatten. Es bestand aus kunstvoll verzierten Eisenstäben und hing an verrosteten Angeln. Ich will da rein, dachte Edda und rüttelte noch einmal an den Stäben, doch nichts geschah. Sie starrte auf den Bildschirm. Neben dem Tor wuchsen eine Art Olivenbaum und ein kleiner sanddornähnlicher Strauch, dessen Beeren allerdings violett statt gelb waren. Vielleicht wirkten sie abführend, und wenn sie genügend davon aß, wäre sie irgendwann schlank genug, sich zwischen den Stäben hindurchzuzwängen? Doch genauso gut konnten die Dinger tödlich sein. Bei Crazy Country war immer alles möglich.

Edda schob ihren Stuhl zurück und stand auf. Sie würde ihrem Gehirn fünf Minuten Pause gönnen und ihrer Blase fünf Deziliter oder so Erleichterung verschaffen, bevor sie das Rätsel knackte. Dass sie es knacken würde, daran zweifelte sie nicht. Sie knackte jedes Rätsel, sie war der reinste Nussknacker – bei Computerspielen genauso wie in ihrem Job.

Doch als Eddas Blick beim Händewaschen in den Badezimmerspiegel fiel, verflüchtigte sich ihre gute Laune jäh. Sie trug immer noch ihren Schlafanzug. Sie hatte tatsächlich vergessen, sich anzuziehen. Na ja, nicht direkt vergessen, aber sie hatte heute Morgen einfach nicht die Energie aufgebracht, sich zu waschen – zumal ohnehin alle ihre Klamotten im Dreckwäschekorb waren oder darauf warteten, gebügelt zu werden. Die einzigen frischen Sachen, die noch in ihrem Kleiderschrank hingen, waren ein bisschen Unterwäsche und der Hosenanzug, mit dem sie am Montag nach zwei Wochen Urlaub pünktlich um halb acht wieder im Dienst erscheinen würde.

Kurzentschlossen zog Edda ihren Pyjama aus und sprang unter die Dusche. Dann ging sie nackt in ihr Schlafzimmer und wühlte so lange in dem Kleiderhaufen auf dem Holzstuhl, der ihr in schlechten Phasen als Ablage diente, bis sie eine halbwegs akzeptable Jeans und ein Sweatshirt gefunden hatte. Den Rest der Klamotten beförderte sie in die Waschmaschine.

Doch nachdem Edda die Maschine eingeschaltet hatte, verflüchtigte sich der Anflug von Motivation genauso schnell, wie er gekommen war, und stattdessen kroch wieder diese graue

Müdigkeit heran, die ihr mittlerweile nur allzu vertraut war. Sie folgte der Erkenntnis, dass sie zur Abwechslung einmal etwas Nützliches tun sollte, stets auf dem Fuße. Diese Müdigkeit hatte Edda in den letzten zwölf Tagen davon abgehalten, Sport zu treiben, zu putzen, manchmal sogar zu essen, wenn sie sich nicht hatte aufraffen können, zur Pizzeria um die Ecke zu gehen. Sie hatte sie sogar den längst überfälligen Friseurtermin verpassen lassen. Und die Müdigkeit brachte immer auch diese Ohnehin-alles-egal-Gedanken mit. Es war doch ohnehin egal, ob sie putzte, bügelte oder ob ihre Haare Spliss bekamen.

Es waren diese Gedanken, die Edda einen großen Teil der letzten Tage an den Computer getrieben hatten. Denn um sich von ihnen abzulenken, musste sie ihrem Kopf anderes Futter geben, irgendetwas, woran ihr Gehirn sich festbeißen konnte. Und wenn ihr Job das nicht lieferte, dann mussten es eben die endlosen Rätsel in Crazy Country I bis III tun.

Apropos, da war noch ein Tor, das geöffnet werden wollte. Edda ließ die Bügelwäsche Bügelwäsche sein und ging zurück ins Wohnzimmer. Doch in dem Moment klingelte ihr Handy. Das hatte es in den letzten Tagen nur zweimal getan. Einmal hatte ihr entnervter Friseur wissen wollen, wo sie denn bliebe, das andere Mal hatte ihr Vermieter eine Erhöhung der Nebenkosten angekündigt.

Neugierig warf Edda einen Blick aufs Display und bekam sofort dieses Kribbeln im Bauch, vergleichbar wohl nur mit den Gefühlen eines Junkies beim Aufziehen der Spritze oder denen eines Trinkers nach zwei Wochen Entzug beim Anblick eines Wodkaglases.

»Ja?«

»Edda, Neptun sei gedankt, dass ich dich erreiche«, dröhnte die tiefe Stimme von Hilrieke Drexel, Leiterin des Fachkommissariats I der Kriminalpolizei Rostock. »Bitte sag mir, dass du in deiner Wohnung Löcher in die Decke starrst und nicht einen Last-Minute-Flug auf die Kanaren gebucht hast, wie ich es dir empfohlen habe.«

Das Kribbeln in Eddas Bauch wurde stärker, und sie konnte nicht verhindern, dass sich ihr Mund zu einem idiotischen Grinsen verzog. »Tja, ich würde das ja sehr gerne zugeben, Rieke, aber wenn mein Vermieter erfährt, dass ich für die Löcher verantwortlich bin …«

»O danke, danke, danke«, sagte Hilrieke inbrünstig. »Also, Edda, ich weiß, ich habe dir vor zwei Wochen einen Vortrag über den Sinn von Urlaub und über die Wichtigkeit von Erholung und so weiter gehalten, und beim letzten Gewerkschaftstreffen habe ich auf die dreischwänzige Meerjungfrau geschworen, dass ich niemals einen meiner Mitarbeiter aus dem Urlaub holen würde. Aber Britts Sohn hat Ziegenpeter oder Fetaheidi oder was auch immer und Sören ist heute auf einer Beerdigung in Münster. Also: Könntest du wohl deine letzten beiden Urlaubstage für eine bessere Welt opfern und nach Rerik fahren?«

»Worum geht's denn?«

»Ungeklärter Todesfall. Eine Frau ist vom Steilufer gestürzt.«

2

Edda verzichtete darauf, einen Abstecher zur KPI zu machen und sich aus dem Fuhrpark der Kripo einen Dienstwagen zu holen, deshalb brauchte sie nur eine Dreiviertelstunde bis Rerik. Sie kannte das Städtchen, weil sie jeden Flecken ihres Reviers kannte. Rerik war sozusagen der nordwestlichste Außenposten. Es war ein ehemaliges Fischer- und Bauerndorf, das sich schon vor der Wende dem Tourismus verschrieben hatte. Etwa zweitausend Menschen lebten hier, die Zahl der Feriengäste pro Jahr betrug jedoch ein Vielfaches. Im Sommer herrschte lebhafter Trubel am Haffplatz und am Strand, doch jetzt im Herbst standen viele Ferienhäuser und Apartments leer.

Edda parkte ihren Honda Jazz in einem Wohngebiet oben auf der Steilküste und nahm den Pfad durch den Küstenwald, der direkt zur Schustertreppe führte. Hilrieke hatte gesagt, dass die Tote am Fuß des Steilufers auf halber Strecke zwischen den Strandzugängen Schustertreppe und Liebesschlucht gefunden worden war. Als Edda die unterste Treppenstufe erreichte, entdeckte sie den Fundort ohne Mühe, denn er war weiträumig mit rot-weißem Polizeiband abgesperrt, das mit der Steilküste ein Rechteck einschloss.

Edda blieb einen Moment auf dem trockenen lockeren Sand stehen und sah sich um, um sich einen Eindruck von der Umgebung zu verschaffen. Der Strand war hier vielleicht zwanzig Meter breit und verlief als beigefarbenes Band ziemlich genau von Südwesten nach Nordosten. Die Höhe des Kliffs schätzte Edda auf mindestens zwölf, vielleicht sogar fünfzehn Meter. Die Steilküste war überwiegend dicht bewachsen mit irgendwelchen Gräsern und Sträuchern wie Sanddorn, Weißdorn und Hagebutte, aus denen vereinzelte dürre Bäumchen mit kahlen Ästen ragten. Doch es gab auch Stellen, an denen die graubraune Mergel-Lehm-Schicht, die das Fundament des Kliffs bildete, zu sehen war. Besonders die Stelle, die im Zentrum der Absperrung lag, war fast völlig kahl, als sei dort vor einiger Zeit ein Teil des Gesteins abgerutscht und habe den Bewuchs mitgerissen.

Genau unterhalb dieser Stelle waren einige mobile Sichtschutzwände aufgestellt worden, die den Blick auf den Fuß des Kliffs verhinderten. Davor standen drei Männer in den weißen Einweganzügen der Kriminaltechnik auf dem Sand. Der kleinste war unter ein Meter siebzig groß und gestikulierte wild mit seinen kleinen, wie Edda wusste, stets penibel manikürten Händen. Der größte maß knapp zwei Meter. Er hatte feuerrotes Haar und eine Körperhaltung, die Edda selbst auf die Entfernung mühelos lesen konnte: Am liebsten hätte er den kleinen Mann am Kragen gepackt und ins Meer geschleudert. Der dritte Mann stand etwas abseits, als wünschte er sich weit weg.

Außerhalb der Absperrung gafften einige Schaulustige. Als Edda sich über den Strand näherte, holte eine junge Frau mit einem langen gelben Schal, dessen Ende ihr der Wind immer wieder ins Gesicht wehte, ein Smartphone hervor, wohl um zu fotografieren oder zu filmen. Doch einer der uniformierten Beamten, die an den zum Wasser hin liegenden Ecken des umzäunten Rechtecks standen, war sofort bei ihr, und kurz darauf steckte die Frau ihr Handy wieder weg.

Edda zeigte dem anderen Beamten ihren Ausweis, dann tauchte sie unter dem Absperrband hindurch und ging auf die Gruppe der drei Männer zu. Kriminalhauptkommissar Malte Pecker, Chef der Kriminaltechnik, war der Erste, der sie bemerkte.

»Dem Himmel sei Dank, das wurde aber auch Zeit, dass endlich ein bisschen Intelligenz diese Einöde bestrahlt.« Er zog Edda in eine Umarmung, beugte sein feuriges Haupt und raunte ihr ins Ohr: »Noch fünf Minuten mit Adolf, und ich hätte den Stauffenberg gemacht.«

»Dann wärst du gescheitert und würdest an die Wand gestellt.« Edda genoss für einen Moment das Gefühl von Maltes weichem Vollbart an ihrer Wange, bevor sie sich losmachte und an die anderen beiden Männer wandte. Sie nickte Kriminaloberkommissar Kurt Paschke zu und reichte dem Rechtsmediziner Sven Hilter die Hand. »Guten Tag, Dr. Hilter, wie immer eine Freude, Sie zu sehen. Wie geht es Ihnen?«

»Wie es mir geht? Glauben Sie, das ist hier ein gesellschaftliches Ereignis? Wie soll es mir schon gehen? Ich habe um zehn Uhr dreiunddreißig einen Anruf bekommen, dass es angeblich dringend sei. Also bin ich hierhergerast, und wozu? Nur damit ich mir hier seit einer halben Stunde die Beine in den Bauch stehe und den Arsch abfriere, weil unser Pumuckl hier sich nicht traut, die Leiche ohne Ihr Okay freizugeben. Er will Ihnen irgendetwas zeigen. Als ob er nicht schon jeden Quadratzentimeter fotografiert hätte! Dabei war die Frau kaum eine Kandidatin für Germany's Next Topmodel.«

Wie immer bei Wortgefechten mit Sven Hilter – Gespräche waren es eher selten – schossen Edda jede Menge Bemerkungen durch den Kopf, die sie sich jedoch verkniff. Zum Beispiel, dass es bei Hilters Arsch nicht viel gab, das abfrieren konnte, und dass er selbst wohl nur zu einem Schönheitswettbewerb eingeladen würde, wenn die Mitbewerber aus den Stollen von Moria rekrutiert würden. Doch sie war erleichtert, dass der Rechtsmediziner heute kein größeres Problem hatte, als dass seine kostbare Zeit nicht wertgeschätzt wurde. Der Mann machte an jedem Leichenfundort Ärger, besonders wenn er auf Malte traf. Die beiden waren bereits bei Hilters erstem Todesfall aneinandergeraten, weil Hilter in seinem Eifer die Leiche untersucht hatte, bevor Malte alle Spuren gesichert hatte. Malte hatte ihn daraufhin zusammengestaucht, und der Rechtsmediziner war nicht clever genug gewesen, den Anschiss als verdient zu akzeptieren.

»Das ist sehr nett von Ihnen, dass Sie gleich gekommen sind. Dann schlage ich vor, wir verschwenden nicht noch mehr Zeit. Malte?«

Edda nickte Malte zu, und gemeinsam traten sie hinter die Sichtschutzwände.

Edda hatte sich nicht geirrt. An der Stelle, die hinter den Sichtschutzwänden verborgen lag, hatte es vor einiger Zeit einen Erdrutsch gegeben. Vielleicht fünf oder sechs Kubikmeter

Lehm und Mergel bildeten am Fuß des Steilufers einen kleinen Hügel, aus dem allerdings bereits wieder Gräser und niedrige Sträucher emporwuchsen.

Auf diesem Hügel, in einer Höhe von vielleicht zwei Metern über dem Meeresspiegel, lag – wie ein Opfer auf einem Altar – die Tote. Auf den ersten Blick wirkte sie unverletzt. Sie lag auf dem Rücken mit dem Kopf in Richtung Ostsee, Beine und Füße zeigten ein Stückchen den Erdhügel hinauf zum Kliff hin. Der linke Arm lag eng am Körper, der rechte in einem Fünfundvierzig-Grad-Winkel dazu. Der Kopf war zur linken Seite gerollt, die Augen blickten über Edda hinweg auf das Meer, ihr Blick war glasig.

Edda unterdrückte den Impuls, die Hand auszustrecken, um die Augen zu schließen, was sie allerdings von ihrer Position aus ohnehin nicht hätte tun können. Um die Tote zu berühren, hätte sie erst ein Stückchen die Rutschung hochklettern müssen. Wobei Edda nicht sicher gewesen wäre, dass dies tatsächlich die Leiche einer Frau war, wenn Hilrieke es ihr nicht mitgeteilt hätte. Die Tote hatte millimeterkurze schwarze Haare, durch die ihre Kopfhaut hindurchschimmerte. Das runde Gesicht besaß weder ausgeprägte maskuline noch feminine Züge. Auch die Kleidung war geschlechtsneutral: Jeans, Lederjacke, Turnschuhe, die eine mittelgroße, kompakte Gestalt ohne erkennbare Kurven verhüllte. Schmuck trug die Frau ebenfalls nicht, soweit Edda das sehen konnte. Allerdings lag ihre rechte Hand, an der möglicherweise ein Ehering steckte, zwischen den Zweigen eines Hagebuttenstrauchs verborgen.

Edda ließ ihren Blick von der Toten langsam aufwärts wandern bis zur Kante der Steilküste mehr als zehn Meter über

ihr. Wie sie zuvor schon bemerkt hatte, war das Kliff hier wenig bewachsen. Wenn die Frau tatsächlich von oben herabge-
stürzt war – und so sah es aus –, dann hatte sie sich eine
besonders gefährliche Stelle ausgesucht. Die Steilküste ragte
zwar überall fast senkrecht in die Höhe, doch an den meisten
Stellen wuchsen dürre Bäume oder Büsche daraus hervor, die
einen Sturz vielleicht gestoppt oder zumindest gebremst hätten.

»Okay, was willst du mir zeigen?«, fragte Edda schließlich.

»Die hier.« Malte deutete mit dem Zeigefinger auf drei
Täfelchen mit Spurennummern, die in den Hügel gesteckt
worden waren. Alle drei befanden sich an Stellen, die nicht
bewachsen waren, und bezeichneten Spuren im Lehm. Nummer eins, etwa in Kniehöhe, war der Abdruck eines Schuhs,
genauer gesagt der vorderen Hälfte eines Schuhs. Aufgrund
der Größe war er mit hoher Wahrscheinlichkeit von einem
linken Männerschuh mit einem grobstolligen Profil hinterlassen worden. Nummer zwei, einen halben Meter höher, zeigte
einen weiteren halben Schuhabdruck, vermutlich des passen-
den rechten Schuhs. Nummer drei war vermutlich ein Handabdruck.

»Jemand ist hier hochgeklettert und hat sich abgestützt«,
stellte Edda fest.

Malte nickte. »Die Abdrücke stammen von dem Zeugen,
der die Tote gefunden hat. Er hat Kurt erzählt, dass er sichergehen wollte, dass die Frau wirklich tot ist. Von dem Mann
wissen wir auch, dass es eine Frau ist, falls du dich das gefragt
hast. Er kennt sie. Sonst haben wir noch nichts gefunden, um
sie zu identifizieren. In ihren Jackentaschen waren nur ein

gesperrtes Handy, das den Sturz unbeschädigt überstanden zu haben scheint, eine Packung Tempos und ein Schlüssel, in ihren Hosentaschen habe ich noch nicht nachgesehen, weil ich sie nicht bewegen wollte, bevor Adolf sie untersucht hat. Ich bin übrigens von links zu ihr hochgeklettert«, er deutete mit dem Kopf zu einigen niedergedrückten Gräsern, »um die Spuren für dich nicht zu zerstören.«

»Und wegen denen wolltest du auf mich warten?«, fragte Edda skeptisch. Die Spuren waren kaum so bemerkenswert, dass ihr nicht auch Fotos gereicht hätten.

»Absolut.«

Etwas in Maltes Stimme ließ Edda aufhorchen. Sie ging in die Hocke und inspizierte noch einmal den ersten Schuhabdruck. Er war scharf umrissen, nur vorne rechts war er leicht verwischt. Nein, genau genommen stimmte das nicht. Der Abdruck war klar, aber der Lehm darunter war verwischt, als wäre da ein zweiter Abdruck unter dem ersten. Edda betrachtete auch noch einmal den anderen Schuhabdruck und dann den Handabdruck. Auch Letzterer schien bei genauem Hinsehen einen weiteren Abdruck zu überlagern. Den einer weiteren Hand?

»Eine zweite Person?«

Malte grinste breit. »Ich wusste doch, dass auf dich Verlass ist. Ja, ich gehe jede Wette ein, dass vor unserem Zeugen schon jemand hier hochgeklettert ist und sich die Leiche angesehen hat. Allerdings warne ich dich gleich: Ich glaube nicht, dass wir das gerichtsfest werden beweisen können.«

»Es ist trotzdem hilfreich. Danke dir, das war brillant. Gibt's noch etwas, das ich mir ansehen sollte?«

Malte schüttelte den Kopf. »Wenn du hochklettern willst, gebe ich dir einen Schutzanzug, aber ich denke, es genügt, wenn du dir später die Fotos ansiehst.«

»Was ist mit der Absturzstelle?«

Malte strich sich über seinen feuerroten Seeräuberbart. »Gib mir noch ein bisschen Zeit, ich sage dir Bescheid, wenn du sie dir anschauen kannst.«

»Okay, aber habt ihr schon Hinweise, dass die Frau wirklich abgestürzt ist?«

»Hast du Zweifel?«, fragte Malte in überraschtem Ton.

Edda zuckte mit den Achseln. »Ich will nur sichergehen. Könnte es nicht sein, dass die Spuren unter denen des Zeugen von der Toten stammen?«

»Du meinst, sie ist hier hochgeklettert, hat einen Herzinfarkt bekommen, ist hingefallen und gestorben?« Malte schüttelte den Kopf. »Ich habe sie berührt. Von hier sieht man es nicht, aber sie hat jede Menge Knochenbrüche. Ich würde meinen Bart darauf verwetten, dass sie von oben kam.«

»Und wann? Irgendwelche Hinweise?«

Malte schüttelte den Kopf. »Da wirst du Adolf fragen müssen, obwohl mein Bauchgefühl mir sagt, dass sie nicht erst seit heute Morgen da liegt.«

»Okay, dann lassen wir Hilter aus der Startbox.«

Kaum hatte Malte den Fundort freigegeben, stürzte Sven Hilter sich auch schon auf die Leiche wie ein verknallter Teenie auf sein Idol. Edda wusste, dass hinter Hilters Rücken oft über dessen Gier nach totem Fleisch gelästert wurde – in anzüglicher Weise und mit den absurdesten Unterstellungen. Sie beteiligte sich nie daran. Zwar mochte sie den Rechtsmediziner auch nicht sonderlich, doch sie teilte dessen totale Hingabe an den Job. Sie vermutete, dass er genau wie sie kein nennenswertes Privatleben besaß.

Im Gegensatz dazu hatte Kriminaloberkommissar Kurt Paschke definitiv zu viel davon. Eine Frau, drei leibliche und zwei adoptierte Kinder und nach letzter Zählung mindestens sieben Enkel, wie Edda wusste, weil Kurt jedes Mal, wenn er erneut Opa wurde, Kuchen für die Kollegen mitbrachte.

Edda kannte Kurt seit sechs Jahren, seit sie unter Hilrieke Drexel im Fachkommissariat I angefangen hatte. Seit zwei Jahren war sie seine fachliche Vorgesetzte, denn so lange leitete sie nun schon das sogenannte Todesteam, das bei der Kripo Rostock für alle unnatürlichen Todesfälle zuständig war, die nicht Folge eines Verkehrsunfalls waren. Es war aus zwei Gründen Eddas Traumjob: Erstens bekam sie in dieser Position die wirklich spannenden Fälle, zweitens musste sie keine Personalverantwortung übernehmen, die bei Hilrieke hängen geblieben war. Edda wäre lieber im Winter nackt von Rerik bis Warnemünde am Strand entlangspaziert, als auch nur eine einzige Personalbeurteilung zu schreiben. Wie hätte sie zum Beispiel ihre Eindrücke von Kurt in eine geeignete Form bringen sollen? Gründlich, aber langsam? Freundlich, aber mit einer starken Neigung zum Moralisieren? Verlässlich, aber ohne einen Funken Eigeninitiative? Sie hatte sich schon oft gefragt, warum Kurt überhaupt zur Polizei gegangen war, statt sich – beispielsweise – als Weihnachtsmann zu bewerben. Die Untersuchung von Todesfällen und Gewaltverbrechen schien ihn Jahr für Jahr mehr zu belasten.

Auch jetzt war Kurts faltiges Mondgesicht unter den grauen Bürstenhaaren vor Kummer verzogen, während er mithilfe seiner Notizen zusammenfasste, was vor Eddas Ankunft am Fundort geschehen war. »Der Zeuge ist ein gewisser Manfred Funke, siebzig, ehemaliger Hausmeister. Er hat die Leiche gegen halb neun entdeckt, als er schwimmen gehen wollte. Er hatte kein Handy dabei, deshalb lief er nach Hause und rief uns von dort um acht Uhr einundfünfzig an. Er wohnt in der Seestraße, die oben parallel zum Küstenwald verläuft. Dort ist er jetzt übrigens auch, falls du mit ihm reden willst. Nach dem Anruf kam er wieder herunter, um auf uns zu warten. Die Streife war um neun Uhr zwölf hier, ich kam mit dem Team um zehn Uhr fünfzehn. Ich habe dann noch Verstärkung angefordert, je zwei Uniformierte für hier unten und oben, um die Leute aus dem abgesperrten Bereich herauszuhalten, und eine Beamtin wartet vor dem Haus von Lucy Hagen. Es liegt gleich neben dem von Manfred Funke, daher kennt er sie. Die beiden sind Nachbarn.«

»Lucy Hagen? Ist das der Name der Toten?« Edda steckte ihre Hände in die Taschen ihres Mantels. Die Sonne schien, aber hier unten am Strand wehte ein schneidender Wind. Sie wäre bei diesen Temperaturen nicht freiwillig schwimmen gegangen. »Was wissen wir über sie? Hast du schon ihre Angehörigen informiert?«

»Ich wollte es, aber es war niemand da. Deshalb habe ich die uniformierte Beamtin dahingestellt. Sie ruft mich an, sobald Frau Hagens ... äh ... Frau nach Hause kommt.«

»Frau?«

»Ja. Lucy Hagen ist ... war lesbisch.« Kurt räusperte sich verlegen. »Sie war mit einer Frau verheiratet, einer«, er warf einen weiteren Blick in sein zerfleddertes Notizbuch, »Rebecca Friedrichsen. Die beiden leben seit etwas mehr als einem Jahr in Rerik, sie haben eine kleine Tochter, wenige Monate alt. Herr Funke sagt, dass er Lucy Hagen kaum gekannt habe, aber mit Rebecca Friedrichsen unterhält er sich oft. Sie ist Physiotherapeutin, arbeitet zurzeit wegen der Tochter aber nicht. Anscheinend geht sie jeden Morgen am Strand spazieren. Herr Funke sagt, es sei ungewöhnlich, dass sie um diese Zeit noch nicht hier war. Allerdings steht ihr Auto nicht in ihrer Garage. Ich habe das überprüft. Am Haus gibt es eine Doppelgarage, das Tor ist nur angelehnt, darin steht ein silberner BMW 118d, eineinhalb Jahre alt. Er ist auf eine Firma namens FinGames zugelassen. Komischer Name, keine Ahnung, was die machen.«

»Computerspiele«, erklärte Edda.

Kurt sah sie beeindruckt an. »Kennst du die?«

»Ich habe davon gehört. Sie haben eine sehr erfolgreiche Serie von Adventure-Action-Games herausgebracht, Crazy Country I bis III.« Sie verzichtete auf die zusätzliche Information, dass sie in diesem verrückten Land einen großen Teil ihres Urlaubs verbracht hatte. »Was hat FinGames mit Rebecca Friedrichsen und Lucy Hagen zu tun?«

Kurt hob seine herabhängenden Schultern an und ließ sie wieder fallen. »Ich vermute, dass Lucy Hagen für die arbeitet, denn auf Rebecca Friedrichsen ist ein brandneuer Ford Kuga zugelassen, dunkelblau. Der steht, wie gesagt, nicht in der Garage und auch nicht woanders auf der Straße, das habe ich überprüft.«

»Gut. Sonst noch was?«

»Das war's, bis auf eins: Soll ich noch weitere Verstärkung anfordern?«

Edda überlegte. Ihr Team bestand inklusive ihr selbst aus vier Leuten, es fehlten noch Kriminalhauptkommissar Sören Voss, ihr Stellvertreter, und Kriminaloberkommissarin Britt Keller. Doch Sören war auf der Beerdigung seines Vaters, und Britt pflegte ihren kranken Sohn. Bei größeren Ermittlungen, Mordfällen zum Beispiel, konnte Edda auf weitere Mitarbeiter des Fachkommissariats zurückgreifen, doch sie war sich noch nicht sicher, ob das in diesem Fall notwendig sein würde. Es hing davon ab, ob sich dieser Sturz als Unfall erweisen würde, als Suizid – oder als etwas Spannenderes.

»Wir sehen mal, wie weit wir beide kommen. Du kannst Rieke allerdings schon vorwarnen, dass ich später ein paar Leute für eine Haus-zu-Haus-Befragung brauche. Aber zuerst will ich hören, was Hilter zu sagen hat. Ruf mich an, wenn er fertig ist, ich unterhalte mich in der Zwischenzeit mit Herrn Funke.«

Auf dem Weg zurück zur Schustertreppe zückte Edda ihr Smartphone und googelte FinGames und Lucy Hagen. Sie brauchte nur zwei Minuten, um festzustellen, dass Lucy Hagen das Entwicklerstudio vor acht Jahren zusammen mit zwei Freunden gegründet hatte und jetzt eine der Geschäftsführerinnen war, doch es wunderte sie nicht, dass Kurt es nicht herausgefunden hatte. Kurt war zwar nur ein Dutzend Jahre älter als sie, aber in vielen Dingen schienen sie Generationen zu trennen. Zweifellos wusste Kurt, was Google war, doch es als Recherchetool bei der Polizeiarbeit zu verwenden, wäre für

ihn genauso wenig infrage gekommen, wie einen Kondom-
automaten im Vatikan aufzustellen.

Oben auf dem Steilufer angekommen, steckte Edda ihr
Smartphone weg und ging durch den Küstenwald zur Seestraße. Zu ihrer Linken sah sie zwischen Baumstämmen hindurch das rot-weiße Band, mit dem die mutmaßliche Absturzstelle abgesperrt war. Sie hätte die Stelle gern sofort inspiziert,
doch es war immer besser, auf eine Einladung in Maltes Re-
vier zu warten. Stattdessen ging sie zu der Adresse, die Kurt
ihr gegeben hatte.

Das Haus, in dem Lucy Hagen gelebt hatte, stand in einem
um diese Jahreszeit reichlich zerzausten Garten. Es war ein
hübsches Backsteinhaus mit einem Erker, weißgefassten Spros-
senfenstern und einer kirschrot lackierten Eingangstür, das
für einen Drei-Personen-Haushalt etwas überdimensioniert
schien. Edda musste an die Autos der Bewohnerinnen denken. An Geld mangelte es hier offensichtlich nicht. Das weiß-
getünchte Haus von Manfred Funke nahm sich daneben be-
scheidener aus. Doch so unterschiedlich die beiden Häuser
waren, hatten sie eins gemeinsam: Sie gehörten zu den wenigen
reinen Privathäusern in der Straße. Vor den meisten anderen
Häusern hingen Schilder mit der Aufschrift »Ferienwohnung
zu vermieten«.

Edda sprach kurz mit der Beamtin, die auf die Rückkehr
von Rebecca Friedrichsen wartete, jedoch nichts Neues zu berichten hatte, dann klingelte sie bei dem Mann, der die Tote
gefunden hatte.

Dass Manfred Funke ein passionierter Schwimmer war,
wäre auch einem weniger aufmerksamen Beobachter nicht

entgangen. Das Wohnzimmer, in das der Mann Edda führte, war ohnehin nicht groß, wirkte jedoch noch kleiner, weil sein Besitzer es sich mit über hundert Pokalen und Medaillen teilte. Sie standen in einer Vitrine, in zwei Regalen und hingen an den Wänden. Ein flüchtiger Blick enthüllte, dass sie Funkes gesamte Lebenszeit abdeckten, von einer Bronzemedaille bei der ersten Berliner Jugendspartakiade bis hin zu einer Silbermedaille bei Deutschen Seniorenmeisterschaften im Freistil. Edda fühlte sich an die Wohnung einer Nachbarin aus ihrer Kindheit erinnert, die mit unzähligen Katzen zusammengelebt hatte, und fragte sich, ob die Trophäen für Manfred Funke vielleicht auch eher Gefährten waren als bloße Dekorationsobjekte. Zumindest pflegte er sie genauso liebevoll, wie die Frau sich damals um ihre Katzen gekümmert hatte. Die Pokale glänzten, als wären sie erst kürzlich poliert worden.

Besuchern gegenüber war Funke ebenfalls fürsorglich, denn er bot Edda den bequemsten Sessel an und ruhte nicht, bis sie wenigstens ein Glas Wasser akzeptiert hatte. Dann erzählte er ihr noch einmal, wie er die tote Lucy Hagen gefunden hatte. Sein Bericht war kurz, klar und auf den Punkt. Als Edda eine entsprechende Bemerkung machte, brummte er:

»Kein Wunder, ich erzähle das heute ja auch schon zum dritten Mal. Aber das soll kein Vorwurf an Sie sein, junge Frau. Mir ist schon klar, dass Sie immer alles wiederholen müssen. Ich wünschte nur, ich hätte Ihnen etwas Angenehmeres zu erzählen.«

Edda war dreiundvierzig, und »Junge Frau« war keine Anrede, die sie schätzte, doch sie ging darüber hinweg. »Es muss ein Schock für Sie gewesen sein.«

Seine vorstehenden Augen glänzten verdächtig. »Natürlich – aber weniger wegen mir. Ich bin ein alter Knacker, ich kenne den Tod, ich kann ihn ertragen. Aber wenn ich an die arme Frau Friedrichsen denke … Das wird ein furchtbarer Schlag für sie sein. Ich nehme an, Sie haben sie noch nicht informiert?«

Sein Blick glitt zum Fenster, das auf die Straße hinausging. Zweifellos hätte er die Ankunft Rebecca Friedrichsens mitbekommen. Edda fragte sich, ob der Mann häufig am Fenster stand.

»Nein, bisher konnten wir sie nicht erreichen. Können Sie uns weiterhelfen? Kennen Sie vielleicht Frau Friedrichsens Mobilnummer?«

Er schüttelte den Kopf. »Wozu hätte sie mir die geben sollen? Wenn sie mir etwas sagen möchte, kann sie jederzeit schnell vorbeikommen.«

»Macht sie das oft?«

Ein weiteres Kopfschütteln. »Sie ist nur zweimal hier gewesen, und einmal hat sie mich zum Kaffee eingeladen. Aber wir unterhalten uns fast jeden Tag, wenn wir uns draußen treffen. Sie ist ganz wild auf lange Spaziergänge. Die Kleine nimmt sie dann immer in einem Tragetuch mit. Sie ist total vernarrt in sie.« Er strich sich über seinen Walrossschnauzer. »Wirklich, es ist seltsam, dass ich sie heute noch nicht gesehen habe. Sie geht jeden Morgen spazieren.«

»Sie ist offensichtlich weggefahren.«

»Aber normalerweise fährt sie immer erst später am Tag irgendwohin.« Er seufzte. »Vielleicht ist es besser so. Je später sie es erfährt … Sie ist total verliebt in ihre Frau – war, muss ich jetzt wohl sagen –, und umgekehrt. Die beiden hätten Sie mal zusammen sehen sollen. Unter der Woche war Frau Hagen ja meistens in Hamburg, aber am Wochenende sind die beiden immer mit der Kleinen spazieren gegangen, zum Strand oder zum Einkaufen. Hand in Hand, ein Herz und eine Seele. Meine Güte, ich darf gar nicht daran denken. Es ist eine Schande, wenn so etwas Kostbares zerbricht.«

Er griff zu seiner Teetasse und führte sie mit einer zitternden Hand zum Mund. Edda musterte ihn neugierig. Sie hätte den Mann für konservativ gehalten, doch das lesbische Paar im Nebenhaus hatte ihn offenbar nicht gestört.

»Können Sie mir vielleicht jemanden nennen, der uns sagen kann, wie wir Frau Friedrichsen am besten erreichen? Einen anderen Nachbarn? Oder Bekannte oder Verwandte hier in Rerik?«

»Ich wüsste niemanden, nein. Die beiden wohnen noch nicht so lange hier. Und sie haben hier sicherlich keine Verwandten. Frau Friedrichsen hat mir kurz nach ihrem Einzug erzählt, dass sie hier keine Menschenseele kennt.«

»Was ist mit anderen Müttern? Hat Frau Friedrichsen keinen Kontakt zu denen?«

Funke stellte die Tasse ab und überlegte. »Soweit ich weiß, nicht. Sie hat mir mal erzählt, dass sie gern allein ist.« Er hob eine Hand. »Aber warten Sie mal, da sind die Frauen aus ihrem Gymnastikkurs. Frau Friedrichsen ist Physiotherapeutin, sie gibt jeden Mittwochabend Gymnastikkurse im Physiotherapiezentrum. Vielleicht hat eine von den Frauen ihre Handynummer. Oder jemand vom Physiotherapiezentrum. Wenn Sie dort mal nachfragen …«

»Das werde ich, danke für den Tipp. Wissen Sie zufällig, ob Frau Friedrichsen gestern Abend auch ihre Kurse gegeben hat?«

Diesmal musste Funke nicht nachdenken. »Ja, natürlich. Ich habe sie gesehen, als sie losgegangen ist. Mit ihrer Matte unterm Arm. Es war schon dunkel, aber die Außenleuchte brannte. Ich stand zufällig am Fenster. Das muss um kurz vor sieben gewesen sein, Frau Hagen war kurz vorher aus Hamburg gekommen. Mittwochs kommt sie immer nach Hause, um auf Greta aufzupassen, wenn Frau Friedrichsen beim Sport ist. Sonst übernachtet sie unter der Woche in Hamburg, die beiden haben dort noch eine Wohnung.«

»Kennen Sie die Adresse?«

Er schüttelte den Kopf, sein Blick glitt wieder zum Fenster.

Dieses Mal nahm Edda die Vorlage auf. »Stehen Sie oft am Fenster und schauen hinaus?«

Funke blickte sie ertappt an, dann wich er ihrem Blick aus. »Oft? Nein, das würde ich nicht sagen«, wehrte er ab. Doch dann schüttelte er den Kopf. »Ach was, das stimmt ja nicht. Doch, ich schaue ab und zu hinaus, seit die beiden drüben wohnen. Natürlich stehe ich nicht ständig da und beobachte sie, aber ja, wenn ich am Fenster vorbeigehe, werfe ich meistens einen Blick hinüber.« Er schwieg einen Moment. »Es ist einfach schön, nette, junge Nachbarn zu haben. Viele junge Leute gehen hier weg, suchen woanders Arbeit. Und ich selbst habe keine Kinder. Dabei mag ich Kinder, habe sie immer gemocht. Ich war Hausmeister an der Grundschule hier im Ort. Keiner von denen, vor denen die Kinder Angst haben. Einer von den Guten.«

Er blickte an Edda vorbei zu seinen Pokalen, für einen Moment schien er weit in der Vergangenheit zu sein. Edda erwiderte nichts.

»Und Frau Friedrichsen ist auch eine von den Guten«, fuhr Funke schließlich fort. »Sie ist eine wirklich nette Frau. Das hat sie nicht verdient.« Sein Schnauzer zitterte. »Ich verstehe überhaupt nicht, wie das Ganze passieren konnte. Wie Frau Hagen von der Steilküste fallen konnte, meine ich. Ich zerbreche mir darüber jetzt seit drei Stunden den Kopf, aber ich kapiere es einfach nicht. Gut, an der Stelle ist kein Geländer, aber es ist ja nicht so, dass der Pfad da direkt an der Kliffkante vorbeiführt und …«

»Einen Moment bitte.« Edda beugte sich vor. »Heißt das, Sie waren an der Absturzstelle?« Das war eine neue Information. Bisher hatte Edda angenommen, Funke sei vom Leichenfundort direkt nach Hause und von dort direkt zurück zum Leichenfundort gegangen. So hatte er es geschildert, dreimal.

Funke sah sie irritiert an. »Natürlich war ich da, schon oft. Ach, Sie meinen, nachdem ich Frau Hagen gefunden habe? Nein, aber ich kenne jeden Quadratmeter im Küstenwald und kann mir ausrechnen, wo es ist. Und ich sage Ihnen, in dem Bereich gibt es gar keine gefährlichen Stellen. Da ist noch nie jemand runtergefallen. Und es war ja kein Sturm oder so.«

»Vielleicht hat Frau Hagen im Dunkeln den Weg verfehlt?«

Er schnaubte. »Im Dunkeln? Gestern Nacht war Vollmond, und es war absolut sternenklar. Ich habe selbst um acht noch eine Runde gedreht, man hätte da draußen ein verdammtes Buch lesen können.«

Nach dem Gespräch mit Manfred Funke war Edda noch neugieriger auf eine Besichtigung der Stelle, von der Lucy Hagen mutmaßlich in den Tod gestürzt war, doch zunächst ging sie zu Fuß zu dem Physiotherapiezentrum, das nur zwei Straßen weiter lag, und sprach mit dem Geschäftsführer. Der Mann konnte ihr wenig über Rebecca Friedrichsen erzählen, außer dass sie eine ausgezeichnete und beliebte Kursleiterin war. Er bestätigte, dass sie am Vorabend zwischen sieben und neun dort wie gewohnt zwei Pilateskurse, einen für Anfänger, einen für Fortgeschrittene, gegeben hatte, und gab Edda ihre Handynummer. Edda rief sofort an, erreichte die Mailbox und hinterließ eine Bitte um Rückruf. Anschließend ging sie zurück zum Küstenwald, um zu fragen, wie es mit einer Audienz bei Malte stand. Sie hatte Glück. Er holte sie persönlich ab.

Eddas erster Gedanke beim Anblick der mutmaßlichen Absturzstelle war, dass Manfred Funke recht hatte. Es war erstaunlich, dass hier eine junge Frau versehentlich in den Tod gestürzt sein sollte. Malte hatte mit Edda den Wanderweg genommen, der an der Steilküste entlang durch den Küstenwald führte. Es war allerdings kein schmaler ausgesetzter Pfad für schwindelfreie Wanderer, wie Edda halb erwartet hatte, sondern ein breiter, bis auf wenige Wurzeln ebener Weg, über den man bequem einen Kinderwagen schieben konnte. Er wurde zum Landesinnern hin von Bäumen, zum Meer hin sporadisch von krüppeligen Windflüchtern, Hagebuttensträuchern oder – an Stellen, an denen er sich der Kliffkante gefährlich näherte – von einem weißlackierten Geländer begrenzt. An der Stelle, zu der Malte Edda führte, war der Weg etwa zwei Meter von dieser Kante entfernt, entsprechend gab es kein Geländer. Es wuchsen dort auch keine Sträucher, nur zwei Bäume ragten direkt aus der Kliffkante, ein Rotdorn und eine kleine krüppelige Eiche.

»Ich vermute, dass sie dort runtergesegelt ist.« Malte deutete auf die Lücke zwischen den Bäumen, die vielleicht zwei Meter breit war. »Wenn du da runterschaust, siehst du die Tote genau unter dir. Links oder rechts davon kann es nicht passiert sein, weil man sonst Spuren an den Sträuchern sehen müsste. Und wenn sie noch weiter weg abgestürzt wäre, wäre sie woanders gelandet.«

Edda sah sich um. Malte hatte recht. Auf einer Länge von etwa fünfzehn Metern war die Lücke zwischen den Bäumen die einzig mögliche Absturzstelle. Vermutlich war Lucy Hagen also dort hinuntergefallen. Doch die Theorie, dass sie versehentlich vom Weg abgekommen und deshalb gestorben war, konnte Edda streichen. Dazu war der Abstand zur Kliffkante zu groß und der Weg zu breit und zu gut erkennbar. Und das bedeutete, dass der Fall gerade sehr viel interessanter geworden war.

»Was ist mit Spuren?« Der Boden zwischen dem Weg und der Kliffkante war mit Laub, Eicheln und Rotdornbeeren bedeckt.

Malte schüttelte den Kopf. »Nichts Brauchbares, aber das war auf dem Laub auch nicht zu erwarten. Es gibt ein paar relativ frisch geknickte Zweige, also ist wohl vor Kurzem jemand da herumgetrampelt. Ich würde vermuten, dass es gestern war, genauer kann ich es nicht sagen.«

»Und auf dem Weg?«

»Der war schon völlig zertrampelt, als wir gekommen sind. Wir haben Fotos gemacht, hätten wir Spurennummern aufgestellt, hätten wir vor lauter Schildern den Weg nicht mehr gesehen. Aber da das hier ohnehin ein beliebter Spazierweg ist …« Malte zuckte mit den Achseln. »Ich fürchte, hier finden wir nichts, was dir weiterhilft. Das gilt übrigens für die ganze Umgebung. Ich habe noch nie einen Wald gesehen, in dem so wenig Müll herumliegt. Entweder die Reriker sind superordentlich, oder sie schicken jeden Morgen einen Straßenkehrer hier hoch. Das einzig Interessante ist vielleicht eine geographische Information: Dieser Weg«, er deutete auf einen Pfad, der senkrecht von der Kliffkante wegführte, »führt schnurstracks geradeaus, genau zum Haus der Toten. Möchtest du übrigens runtergucken? Ich halte dich fest.«

Malte streckte eine Hand aus, eine Geste, die Edda allerdings nicht sonderlich einladend fand. Sie redete nicht gern darüber, doch sie litt an einer leichten Höhenangst und hasste es, in Abgründe zu blicken. Dennoch trat sie bis auf einen halben Meter an den Rand heran, beugte sich vor und spähte hinunter. Zehn oder zwölf Meter unter ihr konnte sie Dr. Hilter sehen, der gerade seine Arzttasche schloss. Sie hielt auch Ausschau nach Zeichen dafür, dass hier ein Körper hinuntergefallen war, vielleicht gegen die Steilwand geprallt war oder Ähnliches, doch sie fand keine. Es hätte sie auch gewundert, Malte hätte es erwähnt.

In dem Moment klingelte Eddas Handy. Dankbar für den Vorwand trat sie von der Kante weg. »Ja?«

Es war Kurt, der ihr mitteilte, dass Dr. Hilter mit der Leichenschau fertig war.

Das Gespräch mit dem Rechtsmediziner dauerte nicht lange, brachte jedoch die Bestätigung, auf die Edda gewartet hatte. Unter den üblichen Einschränkungen – »Vorläufiges Ergebnis«, »Genaueres nach der Obduktion«, »Nageln Sie mich nicht fest!« – stellte Dr. Sven Hilter fest, dass Lucy Hagen mit hoher Wahrscheinlichkeit infolge eines Sturzes vom Steilufer gestorben war. Hilter hatte die Leiche umgedreht und zahlreiche Knochenfrakturen, vor allem an den Extremitäten, ertastet. Den Todeszeitpunkt schätzte er auf zwischen acht Uhr am vergangenen Abend und Mitternacht. Zur Ursache für den Sturz – ein Schwächeanfall, Alkohol, Drogen, ein Stoß, ein freiwilliger Sprung – konnte er selbstverständlich noch nichts sagen.

»Momentan weiß ich nur eins mit Sicherheit: Wenn sie freiwillig gesprungen ist, dann ist sie nicht gesprungen.« Hilter lächelte zufrieden über Eddas verwirrten Gesichtsausdruck.

»Und was soll das bedeuten?«

»Dass sie nicht abgesprungen ist. Zumindest nicht mit viel Kraft. Denn wenn sie sich kräftig abgestoßen hätte, wäre sie weiter weg vom Kliff im Sand gelandet, nicht auf der Erdrutschung. Das sagt uns die Physik, Frau Timm.« Das Letzte sagte Hilter in einem seufzenden Tonfall, als erklärte er den Punkt schon seit Stunden, scheiterte aber an Eddas beschränktem Verständnis für Naturwissenschaften.

Edda lächelte freundlich. »Mir reicht's, wenn Sie's mir sagen. Heißt das, Sie schließen Suizid aus?«

Hilter hatte sich während seiner Erklärungen aus dem Schutzanzug geschält. Jetzt strich er sich den Seitenscheitel glatt, der – zusammen mit seinem Nachnamen und seiner un-

charmanten Art – für seinen Spitznamen verantwortlich war.
»Das heißt es natürlich nicht, sonst hätte ich es gesagt. Sie kann durchaus freiwillig gestürzt sein, nur eben nicht mit viel Kraft abgesprungen. Sie kann zum Beispiel einfach oben über die Kante gegangen sein. Ein kleiner Schritt, und sie war weg.«

»Was ist mit Fremdeinwirkung?«

»Durchaus möglich, aber wiederum gilt: keine zu starke. Wenn das Opfer direkt oben an der Kante gestanden hätte, dann hätte ein kräftiger Stoß sie ebenfalls bis auf den Sand befördert. Aber ein leichter Schubser, der sie nur aus dem Gleichgewicht gebracht hätte – das würde passen.«

Edda überlegte. »Und wenn sie weiter weg von der Kante stand? Wie hätte sich dann ein kräftiger Stoß ausgewirkt?«

Hilter blickte am Kliff hoch, dann zuckte er mit den Achseln. »Das hängt davon ab, wo sie genau stand und wie heftig der Stoß war. Warum befragen Sie dazu nicht Kommissar Pumuckl? Er hat doch bestimmt ein paar hübsche Spuren für Sie da oben gefunden? Nein? Nun, wir können nicht alle Genies sein.« Er lächelte hämisch, dann drückte er Kurt, der das Gespräch schweigend verfolgt hatte, den Schutzanzug in die Hand. »Entsorgen! Und kümmern Sie sich darum, dass die Leiche abtransportiert wird! Ich habe noch einen Termin, und nachdem ich ja schon verspätet loslegen musste …« Ohne sich zu verabschieden, stapfte er über den Sand davon.

Edda sah ihm schweigend nach, bis er die Schustertreppe erreichte, dann wandte sie sich an Kurt und beauftragte ihn, eine Haus-zu-Haus-Befragung in der Seestraße und im angrenzenden Wohngebiet zu organisieren. »Wir haben jetzt ein Zeitfenster. Ich will von jeder Person wissen, die gestern zwischen acht und Mitternacht oben im Küstenwald oder unten am Strand entlanggegangen ist. Ich will wissen, ob die Leute etwas beobachtet oder gehört haben.«

»Und was machst du?«

»Ich versuche, Rieke zu überreden, eine Durchsuchung des Hauses zu beantragen.«

»Ist es dafür nicht ein bisschen früh?«, fragte Kurt überrascht. »Willst du nicht erst auf Frau Friedrichsen warten?«

Edda schüttelte nachdenklich den Kopf. »Ich bin mir nicht sicher, ob sie zurückkehrt. Ihre Abwesenheit kommt mir seltsam vor.«

3

Lasse Enders spannte seine Bauchmuskeln an, um sein Sixpack zur Geltung zu bringen, vergebens. Die große Schwarzhaarige, die unten auf der Seestraße entlanglief, blickte nicht zu ihm hoch. Sie schien es eilig zu haben, ihre Schritte waren zielstrebig. Dennoch fand Lasse es schade. Sie verpasste etwas – und er verpasste den Kick, den es ihm stets versetzte, wenn Frauen ihn bewundernd ansahen. Und den, wenn aus der Bewunderung Gier wurde, sobald sie alles sahen, was er zu bieten hatte.

Die Schwarzhaarige stieg in einen roten Honda, und Lasse entspannte sich wieder. Allerdings nur für einen Moment, dann hörte er *ihre* Stimme hinter sich.

»Was machst du denn da am Fenster, Babe? Gönnst du den Möwen eine Peepshow?«

Nach vierundzwanzig Stunden fast nonstop in Maras Gesellschaft hätte Lasse nicht sagen können, was ihn mehr nervte: der lächerliche amerikanische Kosename oder ihre Kontrollwut, mit der sie ihm von Raum zu Raum der Ferienwohnung folgte, die mit jeder Stunde zu schrumpfen schien.

»Ich beobachte die Polizisten. Es scheinen immer mehr zu werden. Es muss was Größeres passiert sein.«

»Hier passiert nie etwas, Babe. Zumindest nicht da draußen. Hier drinnen hingegen …«

Mara drängte sich von hinten an ihn heran. Lasse spürte, dass sie so nackt war wie er und dass ihre Nippel schon wieder hart waren. Das bedeutete natürlich, dass sie erwartete, dass auch bei ihm etwas hart wurde.

»Ich glaube doch, dass etwas passiert ist. Sie haben einen Teil des Waldes abgesperrt, man kann das Polizeiband zwischen den Bäumen hindurch sehen.«

»Ich würde lieber etwas ganz anderes sehen.« Sie schlang ihre Arme von hinten um ihn und versuchte, ihn umzudrehen. Als er stehen blieb, ließ sie stattdessen ihre Hände abwärtsgleiten.

»Ich wette, es ist etwas Ernstes. Nutzen sie Absperrband nicht vor allem bei Todesfällen? Dein Schwager ist doch bei der Kripo, du solltest das wissen.«

Der erhoffte dämpfende Effekt trat nicht ein. »Ich weiß vor allen Dingen, dass man mit Toten nicht vögeln kann.« Maras Finger hatten ihr Ziel erreicht, begannen zu streicheln, zu reiben, zu zupfen.

»Und wenn es mit dem Streit gestern Abend zu tun hat?«

Doch auch Lasses letzter Versuch scheiterte.

»Warum sollte es? O ja, das fühlt sich doch schon besser an, Babe. Sollen wir's hier machen, wo uns alle zugucken?«

Lasse gab auf. »Warum nicht?« Er drehte sich zu ihr um. Hier, im Bett, auf dem Esstisch – sie war die Chefin, und ihm war es ziemlich egal, solange die ersehnte Beförderung dabei heraussprang.

Bevor sie Hilrieke Drexel anrief, sprach Edda in der Abgeschlossenheit ihres Wagens mit Sebastian, um ihre Gedanken zu klären. Wie immer ging er sofort ans Telefon. Natürlich. In Eddas Vorstellung konnte sie sich immer auf Sebastian Weller, Erster Kriminalhauptkommissar a.D., bis zu seiner Pensionierung ihr Vorgänger als Leiter des Todesteams, verlassen.

»Edda, wie interessant, an deinem vorletzten Urlaubstag von dir zu hören. Lass mich raten, ein neuer Fall?«

Es war typisch für Sebastian. Jeder andere hätte wohl »schön« statt »interessant« gesagt, doch Sebastian hatte sich noch nie für all die kleinen Höflichkeitslügen begeistern können, die dem Rest der Menschheit als gesellschaftliches Schmiermittel dienten.

»Ich würde dir gerne davon erzählen. Hast du Lust, mir zuzuhören?«

»Klar, ich habe ja sonst nichts zu tun. Allerdings frage ich mich schon, warum du dich nicht in den letzten zwei Wochen gemeldet hast, als *du* nichts zu tun hattest. Lass mich raten: *Edda bricht ein*?«

Edda musste lächeln, das Spiel hieß *Edna bricht aus*, wie Sebastian genau wusste. »Crazy Country. Und ich hätte mich gemeldet, aber ich hatte Schwierigkeiten, dich zu erreichen. Außerdem – worüber hätten wir reden sollen?«

»Auch wieder wahr. Also, was gibt's?«

Edda rückte den Fahrersitz nach hinten, um mehr Beinfreiheit zu erlangen, und fasste die Erkenntnisse des Vormittags zusammen, während sie sich vorstellte, wie Sebastian in seinem Sessel neben dem Bücherregal mit Kriminalliteratur saß und mit zusammengeschobenen buschigen Augenbrauen zuhörte.

Ihr Bericht war noch nicht sonderlich strukturiert, doch deshalb führte sie ja dieses Gespräch.

»Okay.« Sebastian wiederholte die wichtigsten Punkte. »Diese Lucy Hagen ist also gestern Abend zwischen acht und Mitternacht vom Steilufer gestürzt. Als mögliche Ursache für den Sturz haben wir wie üblich die drei Kategorien Fremdeinwirkung, Suizid und Unfall, wobei du dazu tendierst, Letzteren auszuschließen. Ich halte das für reichlich verfrüht.«

»Nur, weil du den Absturzort nicht gesehen hast«, widersprach Edda sofort. »Glaub mir, versehentlich kann man da nicht runterfallen.«

»Tagsüber vielleicht nicht, aber im Dunkeln? Ja, ich weiß, du hast gesagt, der Nachbar behauptet, Vollmond und wolkenlos, aber erstens hast du das noch nicht überprüft, und zweitens hast du gesagt, die Absturzstelle liege im Wald beziehungsweise am Waldrand. Blätter, Unterholz, Stämme, die Schatten werfen … Da kann man schon mal die Orientierung verlieren.«

Edda schüttelte den Kopf. »Kein Unterholz. Der Wald ist ziemlich licht, die Bäume stehen weit auseinander. Ich werde das noch einmal überprüfen, aber ich bin sicher, Funke hat recht. Und der Pfad ist zwei Meter von der Kliffkante entfernt.«

»Nicht viel, wenn man Alkohol oder Drogen konsumiert hat. Das kannst du nicht ausschließen, bevor der toxikologische Befund nicht vorliegt.«

Natürlich hatte Sebastian in diesem Punkt recht. »Ich weiß, und deswegen verwerfe ich die Unfalltheorie auch noch nicht. Aber mein Gefühl sagt mir etwas anderes, und darüber wollte ich mit dir reden. Mir kommt die Abwesenheit der Ehefrau verdächtig vor.«

»Wieso? Nur weil dieser Funke es ungewöhnlich findet, dass sie ihren Morgenspaziergang nicht gemacht hatte? Ich fände es eher ungewöhnlich, wenn eine junge Frau ihren alten Nachbarn über alle ihre Pläne informiert.«

»Weil Lucy Hagen gestern vor Mitternacht starb«, entgegnete Edda. »Rebecca Friedrichsen muss entweder davor oder danach weggefahren sein, und beide Optionen ergeben nicht viel Sinn.« Sie sortierte noch einmal ihre Gedanken, bevor sie sie aussprach. »Nach Aussage des Nachbarn und des Geschäftsführers des Physiotherapiezentrums war Rebecca Friedrichsen gestern von sieben bis neun dort. Sie ist zu Fuß dorthingegangen, musste also erst wieder nach Hause, bevor sie wegfahren konnte. Mit Duschen und so weiter war es dann mindestens halb zehn, vermutlich später. Wer fährt denn um die Zeit noch weg? Noch dazu mit einem Baby? Aber wenn Rebecca Friedrichsen erst heute Morgen aufgebrochen ist, dann hätte sie doch mitbekommen müssen, dass ihre Frau weg war. Hilter sagt, dass Lucy Hagen vor Mitternacht starb. Sie muss also vor Mitternacht das Haus verlassen haben. Und selbst wenn sie erst hinausging, als Rebecca schon schlief, hätte die doch beim Aufstehen etwas merken müssen.«

»Nur wenn die beiden ein gemeinsames Schlafzimmer haben«, widersprach Sebastian. »Vielleicht schlafen sie getrennt, das kommt in den besten Familien vor – weil eine schnarcht oder weil sie unterschiedliche Biorhythmen haben. Oder vielleicht schläft Rebecca Friedrichsen bei dem Kind. Es gibt hunderte Möglichkeiten, Edda.«

Edda schüttelte den Kopf. »Aber sie passen alle nicht sonderlich gut zu dem, wie Funke die beiden geschildert hat. Er sagte, sie seien total verliebt. Es klang eher nach Gute-Nacht-Kuss vorm Schlafengehen und Abschiedskuss vor jeder Trennung von mehr als zehn Minuten.«

»Das ist aber nur die Beobachtung eines Zeugen. Und wenn es bei den beiden so harmonisch zugeht – wieso glaubst du dann an eine Familientragödie?«

»Tu ich gar nicht«, behauptete Edda.

»Warum willst du dann eine Durchsuchung des Hauses?«

Edda zuckte mit den Achseln. »Ich will sichergehen, dass wir nichts übersehen.«

»In diesem Stadium?« Sebastian lachte spöttisch. »Edda, es ist jetzt halb eins. Lucy Hagen wurde um halb neun gefunden. Das sind vier Stunden. Du kannst nicht die Häuser von Hinterbliebenen durchsuchen, nur weil die nicht sofort parat stehen, wenn du ihnen mitteilen willst, dass sie frisch verwitwet sind. Wenn es ein eindeutiger Fall von Mord wäre, dann ja, aber nicht bei einem möglichen Unfall. Das genehmigt Rieke dir nie.«

Edda ahnte, dass Sebastian recht hatte. Sie hatte selbst Zweifel gehegt, deswegen hatte sie ihn angerufen. »Würdest du es genehmigen?«, fragte sie.

Sebastian ließ sich Zeit mit der Antwort. »Nur, wenn ich mir sicher wäre, dass wirklich dein kriminelles Bauchgefühl dir zu der Durchsuchung rät, nicht deine Neigung zum Voyeurismus.«

Es war ein Schlag unter die Gürtellinie. »Ich habe keine Neigung zum Voyeurismus.«

Sebastian quittierte den Protest mit einem Lachen. »Nenn es, wie du willst. Hausdurchsuchungen geben dir einen Kick. Du bist süchtig danach, in das Leben anderer Leute einzutauchen, weil dein eigenes so leer ist. Apropos: Du musst endlich etwas dagegen unternehmen, bevor du so endest wie ich.«

Edda runzelte die Stirn. »Ich habe noch zwanzig Jahre bis zur Pensionierung.«

»Na und? Glaub mir, Edda, zwanzig Jahre vergehen verdammt schnell.«

Kurt Paschke erreichte die Seestraße, als Edda ihren Wagen startete.

Nachdem Kurt beaufsichtigt hatte, wie die Mitarbeiter des Beerdigungsinstituts Lucy Hagens Leichnam in einen Leichensack gelegt und auf eine Trage gehoben hatten, hatte er einen Moment gewartet, bevor er ihnen über den Strand zur Schustertreppe gefolgt war. Er wollte nicht, dass die Männer mit ihrer Last hörten, wie er auch ohne Zusatzgewicht beim Erklimmen der Treppe keuchte. Oben angekommen, hatte Kurt dann erstmals einen Blick auf die Absturzstelle geworfen. Er musste Edda recht geben: Es war höchst unwahrscheinlich, dass Lucy Hagen hier versehentlich abgestürzt war. Dennoch wunderte er sich nicht, als Edda in der Seestraße neben ihm hielt, das Fahrerfenster hinunterließ und ihm erklärte, dass es ihr nicht gelungen sei, die Chefin davon zu überzeugen, eine Hausdurchsuchung zu beantragen. Er hatte ja gleich gesagt, dass es dafür zu früh war.

»Rieke meint, ich soll erst mit mindestens einer Person sprechen, die Hagen und Friedrichsen besser kennt als Funke«, erklärte Edda. »Ich fahre deshalb nach Hamburg zu FinGames. Hagen hat die Firma zusammen mit einem Ehepaar Hofmeister gegründet. Finn und Priska Hofmeister. Ich will mit ihnen reden. Sie sind ebenfalls Geschäftsführer. Außerdem schaue ich bei der Hamburger Wohnung von Hagen und Friedrichsen vorbei. Möglicherweise ist Friedrichsen dort.«

»Hast du denn die Adresse?«

»Rieke versucht, sie herauszukriegen. Sie mobilisiert übrigens auch Verstärkung für die Haus-zu-Haus-Befragung. In spätestens einer Stunde sollten die Leute hier sein. Falls sich dabei etwas Interessantes ergibt oder falls Friedrichsen nach Hause kommt, möchte ich sofort informiert werden.« Ohne auf eine Antwort zu warten, ließ Edda das Fenster wieder hochsurren und fuhr davon.

Kurt blickte ihr mit gemischten Gefühlen nach. Es wunderte ihn nicht, dass Edda nicht auf eine Erwiderung gewartet hatte, genauso wenig wunderte es ihn, dass sie nach Hamburg brauste und ihn hier zurückließ, damit er die Haus-zu-Haus-Befragung organisierte. Seit Edda vor zwei Jahren die Leitung des Todesteams übernommen hatte, hatte sie ihn nicht einmal nach seiner Meinung gefragt oder ihn mit einer Aufgabe betraut, für die mehr erforderlich war als Erfahrung. Einerseits ärgerte Kurt sich über diesen Mangel an Wertschätzung, andererseits musste er insgeheim zugeben, dass es für ihn eine Erleichterung war. Je älter er wurde, desto lieber waren ihm Routineaufgaben, am allerliebsten solche, die er so erledigen konnte, wie er es seit Jahren gewohnt war, ohne dass neue Techniken oder neue Abläufe alles durcheinanderbrachten. Dabei tat Kurt sich – zumindest seiner eigenen Einschätzung nach – gar nicht so schwer, neue Techniken zu erlernen. Doch es machte ihm keinen Spaß mehr, weil es ihm das Gefühl gab, dass sein bisheriges Wissen entwertet wurde, dass *er* entwertet wurde, alt, überholt.

Und das war auch sein Problem mit seiner jungen Chefin, deren Wagen jetzt aus seinem Blickfeld verschwand: Edda gab Kurt stets das Gefühl, nicht auf der Höhe der Zeit zu sein, zu langsam, zu schwerfällig. Zwar hatte sie noch nie etwas Derartiges zu ihm gesagt, aber er konnte ihre Vorbehalte spüren. Genau wie er am Morgen die von Hilrieke Drexel gespürt hatte, als sie darauf bestanden hatte, Edda aus ihrem Urlaub zu holen, statt ihm die Leitung des Einsatzes in Rerik zu übertragen. Genau wie er oft die von Sebastian Weller gespürt hatte, der allerdings ohnehin alle Menschen außer Edda verachtet hatte. Und wohin hatte ihn das geführt?

Kurt schob die Gedanken an jetzige und frühere Vorgesetzte zur Seite, als er von hinten ein Fahrzeug heranrollen hörte, dann ertönte eine Hupe, und Kurt konnte sich gerade noch mit einem Sprung zur Seite retten, bevor ein weißer Tesla S mit überhöhter Geschwindigkeit an ihm vorbeiraste. Während Kurt noch der Gedanke durch den Kopf schoss, dass er sich unbedingt das Kfz-Kennzeichen einprägen musste, um diesen Irren zumindest für eine Weile aus dem Straßenverkehr zu ziehen, bremste der Wagen fünfzig Meter weiter mit quietschenden Reifen ab und kam vor der Garage des Hauses von Lucy Hagen und Rebecca Friedrichsen zum Stehen. Im nächsten Moment wurde die Fahrertür aufgestoßen, ein großer, schlanker, dunkelhaariger Mann kletterte heraus und rannte auf die Haustür zu. Er war so schnell, dass die uniformierte Beamtin ihn erst erreichte, als er bereits einen Finger auf die Klingel presste. Als sie ihn ansprach, fuhr er herum.

Kurt vermochte nicht zu hören, was die beiden besprachen, doch er konnte es sich denken, während er am Straßenrand stand und darauf wartete, dass sein wild pochendes Herz sich beruhigte und seine wackligen Beine aufhörten zu zittern. Dann ging er mit festen Schritten auf die beiden zu. Als er sie erreichte, zog der Mann gerade ein Portemonnaie aus der Gesäßtasche seiner Jeans, klappte es auf und hielt es der Beamtin unter die Nase.

»So. Zufrieden? Jetzt sagen Sie mir endlich, was hier los ist. Was ist mit Lucy? Ist ihr etwas passiert?« Für einen Mann hatte er eine recht hohe Stimme, die sich vor Aufregung fast überschlug.

Kurt räusperte sich. »Kann ich helfen?«

Die junge Beamtin drehte sich zu ihm um. »Dieser Herr«, sie warf einen Blick in den Personalausweis, »Herr Finn Hofmeister, sagt, er sei ein Freund von Lucy Hagen. Er möchte sie besuchen. Er macht sich Sorgen, ihr könne etwas zugestoßen sein.«

Kurt benötigte einen Moment, um den Namen einzuordnen, dann fand er die richtige Schublade. Edda hatte Finn Hofmeister vorhin erwähnt. Er war einer der drei Mitbegründer und Geschäftsführer von FinGames. Für Kurt waren Computerspiele Teufelszeug, das Kinder dumm, dick und aggressiv machte. Dennoch hatte er erwartet, dass ein Geschäftsführer einen Anzug oder zumindest eine Krawatte tragen würde. Doch der Mann, der vor ihm stand, trug enge Jeans und ein Hemd mit offenem Kragen. Zudem war er unrasiert und schien eine schlechte Nacht hinter sich zu haben, wenn die fahle Haut und die Schatten unter seinen Augen nicht seine ständigen Begleiter waren.

»Finn Hofmeister? Geschäftsführer bei FinGames?«

Der Mann sah ihn überrascht an. »Ja. Und wer sind Sie?«

»Kriminaloberkommissar Paschke, Kripo Rostock.«

»Kripo? Was zum Teufel hat das zu bedeuten? Warum ist die Kripo hier, und warum lassen Sie mich nicht zu Lucy?«

Kurt räusperte sich erneut. Er hasste diesen Teil seines Jobs noch mehr als den Anblick von Toten. Er hatte das schon viel zu oft gemacht. »Es tut mir sehr leid, Herr Hofmeister, ich habe eine schlechte Nachricht für Sie. Es hat einen Unglücksfall gegeben. Frau Lucy Hagen ist tot. Mein herzliches Beileid. Ich … Herr Hofmeister? Alles in Ordnung? Langsam, warten Sie, ich helfe Ihnen.«

Der Mann hatte zu schwanken begonnen. Kurt wollte ihn am Arm packen, um ihn zu stützen, doch Hofmeister stieß ihn weg. »Ich glaube, mir wird schlecht.« Er machte drei schnelle Schritte zur Seite und erbrach sich würgend und spuckend über einen Hagebuttenstrauch, der die Grenze zwischen Garagenauffahrt und Vorgarten markierte.

4

»Es tut mir leid, dass ich Sie gestoßen habe. Und vorher auf der Straße – das waren auch Sie, oder? Ich hätte Sie nicht weghupen sollen, entschuldigen Sie, ich war viel zu schnell. Glauben Sie mir, normalerweise pflege ich nicht wie ein Irrer durch Wohngebiete zu rasen, ich wollte bloß … Ich weiß gar nicht mehr, was ich wollte.«

»Schon gut«, beschwichtigte Kurt großzügig. »Geht's wieder?«

Finn Hofmeister setzte zu einem Nicken an, dann schüttelte er den Kopf. »Nein, eigentlich nicht. Ehrlich gesagt, weiß ich gerade nicht, wie überhaupt jemals wieder etwas gehen soll. Ohne Lucy, meine ich.«

Er wischte mit dem Ärmel über seine Augen, wandte den Kopf ab und starrte durch die Windschutzscheibe die Straße entlang. In Ermangelung einer besseren Alternative hatte Kurt sich mit ihm in den Dienstwagen gesetzt, mit dem er hergefahren war.

»Es tut mir sehr leid.« Unbeholfen tätschelte Kurt die Schulter des jungen Mannes. Laut Personalausweis war Finn Hofmeister vierunddreißig, doch er wirkte in seinem Kummer zehn Jahre jünger. Oder lag das daran, dass auf Kurt mittlerweile jeder unter fünfzig jung wirkte? »Sie und Frau Hagen standen sich nahe?«

Hofmeister nickte langsam. »Sie war meine beste Freundin, mein bester Kumpel – und mein ältester. Außer meinen Eltern kenne ich niemanden so lange wie Lucy. Sie ist … war wie eine Schwester für mich. Scheiße, ich kann gar nicht glauben, dass ich jetzt wirklich in der Vergangenheit von ihr reden muss.« Er zwinkerte mehrfach, um weitere Tränen zurückzuhalten.

Kurt wartete einen Moment lang ab. »Wo haben Sie sich denn kennengelernt?«

Hofmeister wandte ihm sein Gesicht zu. »Im Kindergarten. Erst fand ich sie natürlich doof, weil sie ein Mädchen war, aber dann hat sie einer Erzieherin Marmelade in die Schuhe gekippt, weil die mich wegen irgendetwas ungerecht angemacht hatte. Danach war ich ihr Nummer-eins-Fan.« Ein Lächeln erhellte sein Gesicht. »So haben wir uns immer gegenseitig genannt. Nummer-eins-Lucy-Fan und Nummer-eins-Finn-Fan. Unsere Eltern hat das wahnsinnig gemacht und auch die Erzieherinnen, weil wir verlangt haben, dass sie uns auch so ansprechen. Wir waren dann zusammen in der Schule und an der Uni. Und eigentlich hatten wir vor, später zusammen in ein Seniorenheim zu ziehen, um gemeinsam das Pflegepersonal aufzumischen, aber jetzt …« Er schluckte. Sein Gesicht verzerrte sich vor Schmerz. Dann sah er Kurt an. »Was ist denn überhaupt passiert? Gab es einen Verkehrsunfall?«

»Frau Hagen ist gestern Abend von der Steilküste gestürzt. Nicht weit von hier.«

Hofmeister starrte Kurt an. »Von der Steilküste?«, wiederholte er perplex. »Hier? Aber da sind doch überall Geländer an den gefährlichen Stellen.«

»Sie kennen sich hier aus?«

Er fuhr sich mit einer Hand durch die dunklen Haare, die für Kurts Geschmack zu lang waren. »So würde ich das nicht sagen. Aber wir waren ein paarmal hier, meine Frau und ich, um Lucy und Rebecca zu besuchen. Da sind wir auch spazieren gegangen. Also wie konnte …?«

»Das wissen wir noch nicht«, unterbrach Kurt, »aber wir untersuchen es, deshalb würde ich Ihnen gerne einige Fragen stellen. Zunächst einmal: Wieso sind Sie heute hier? Laut Ihrem Ausweis wohnen Sie in Hamburg, und Ihre Firma ist auch dort.«

Hofmeister nickte langsam. »Das ist richtig. Ich war den ganzen Morgen im Büro und bin von dort hergefahren, weil ich mir Sorgen um Lucy gemacht habe. Ich habe mehrmals versucht, sie zu erreichen, aber sie ging nicht an ihr Handy. Um zehn hatten wir eine wichtige Besprechung, aber da kam sie auch nicht. Ich habe dann Rebecca angerufen, aber die ging auch nicht ran und …« Er unterbrach sich. »Verdammt, Rebecca! Wie geht es ihr? Ich muss mit ihr reden, vielleicht kann ich etwas für sie tun.« Seine Hand schoss zum Türgriff, als wollte er gleich losrennen.

Kurt hielt ihn zurück. »Frau Friedrichsen ist nicht zu Hause, wir können später über sie sprechen. Beantworten Sie bitte zuerst meine Fragen. Verstehe ich das richtig: Sie sind nur hierhergefahren, weil Frau Hagen heute nicht zu einer Besprechung erschienen ist und nicht erreichbar war?«

Hofmeister schüttelte heftig den Kopf. »Nein, natürlich nicht. Hauptsächlich wegen gestern Abend.« Er fuhr sich mit beiden Händen durchs Gesicht. »Entschuldigen Sie, das können Sie ja gar nicht wissen. Lucy rief mich gestern Abend an. Sie sagte, es sei etwas geschehen und sie müsse dringend mit mir reden. Sie war total aufgelöst, deswegen fuhr ich hierher. Doch als ich kam, war Lucy nicht da.«

Auch wenn Kurt es nur seiner Frau gegenüber zugegeben hätte: Finn Hofmeisters Aussage verschaffte ihm eine ziemliche Genugtuung. Edda hatte ihn in Rerik zurückgelassen und war nach Hamburg gefahren, weil sie sich dort interessante neue Erkenntnisse erhofft hatte. Doch stattdessen waren die interessanten neuen Erkenntnisse zu Kurt nach Rerik gekommen. In Kurts Augen war es ein weiterer Beweis für die von ihm gern geäußerte These, dass es den Menschen nur schaden konnte, wenn sie ständig durch die Weltgeschichte rasten.

»Erklären Sie mir das noch einmal in aller Ruhe und von Anfang an«, forderte er Finn Hofmeister auf. »Frau Hagen rief Sie gestern Abend an. Können Sie genau sagen, wann das war?«

Hofmeister zuckte mit den Achseln. »So gegen neun, schätze ich, genau weiß ich es nicht.« Ihm fiel etwas ein. »Doch, warten Sie, der Anruf muss ja gespeichert sein.« Er rutschte auf dem Beifahrersitz herum, zog sein Smartphone aus der engen Gesäßtasche seiner Jeans und tippte darauf herum. »Ja, hier ist er. Lucy rief um zwanzig Uhr neunundfünfzig an. Ich war in Rostock, in einem Restaurant in der Altstadt. Ich hatte in der Designakademie eine Besprechung gehabt und noch etwas gegessen.«

»Und Frau Hagen bat Sie, vorbeizukommen? Es war ihre Idee?«, hakte Kurt nach.

Hofmeister nickte. »Sie sagte, es sei etwas geschehen, sie müsse unbedingt mit mir reden. Ich fragte sie natürlich, ob wir das nicht am Telefon besprechen könnten. Ich war müde und musste noch nach Hamburg zurückfahren und hatte überhaupt keine Lust auf einen Umweg. Aber Lucy wollte unbedingt persönlich mit mir reden. Sie klang ziemlich panisch, deswegen fuhr ich hierher. Doch als ich klingelte, war Lucy nicht da.«

»Wissen Sie ungefähr, wann das war?«

Er tippte wieder auf seinem Smartphone herum. »Das muss kurz vor zehn gewesen sein. Ich habe zwei- oder dreimal geklingelt, dann habe ich versucht, Lucy anzurufen, und ihr eine Nachricht geschickt. Das war genau um zweiundzwanzig Uhr.« Er hielt Kurt das Handy hin.

Ohne es zu nehmen, studierte Kurt die Anrufliste. »Wissen Sie, ob die Klingel funktioniert hat? Haben Sie sie gehört?«

Hofmeister nickte.

»Und was taten Sie danach?«

Er wurde rot. »Ich wartete noch eine Weile, aber schließlich fuhr ich wieder nach Hause.«

Kurt musterte ihn überrascht. »Aber kam Ihnen Frau Hagens Abwesenheit denn nicht seltsam vor?«

»Natürlich, aber was hätte ich denn machen sollen?« Hofmeister fuhr sich verlegen mit der Hand durch die Haare. »Ich habe wirklich ziemlich lange gewartet. Ich dachte auch erst, dass Lucy bald zurück sein müsste, weil im ganzen Haus Licht brannte. Aber irgendwann habe ich aufgegeben. Ich habe noch einmal versucht, sie anzurufen, und ihr eine Nachricht geschickt. Das war um«, ein weiterer Blick auf sein Handy, »zweiundzwanzig Uhr einundvierzig.« Er schwieg einen Moment. »Aber ich hatte die ganze Nacht ein schlechtes Gefühl, ich konnte nicht schlafen und habe heute Morgen sofort wieder versucht, Lucy anzurufen. Irgendwann hielt ich es nicht mehr aus und bin hierhergefahren, obwohl Priska dagegen war.«

»Priska ist Ihre Frau?«

Er nickte. »Wir hätten um zwölf noch eine Besprechung gehabt, aber ich war einfach zu nervös. Verdammt!« Er hieb plötzlich mit der Faust gegen das Handschuhfach. »Wieso bin ich gestern Abend nicht geblieben? Wieso habe ich Lucy nicht gesucht? Sie haben gesagt, dass sie gestern gestorben ist. Glauben Sie, sie lag die ganze Zeit da unten, während ich hier oben war?«

Kurt hielt das durchaus für wahrscheinlich. »Das kann ich Ihnen leider nicht sagen, wir wissen nicht, wann Frau Hagen genau starb.«

Finn Hofmeister schüttelte heftig den Kopf. »Bestimmt lag sie da. Sonst wäre sie zu Hause gewesen, sie wusste schließlich, dass ich komme. Oder sie wäre zumindest an ihr Handy gegangen. Verdammt, vielleicht hätte ich sie sogar retten können. Wenn ich sie gesucht hätte, wenn ich …« Er brach ab.

Kurt legte ihm tröstend eine Hand auf den Arm. »Ich glaube nicht, dass Sie Frau Hagen hätten retten können. Der Rechtsmediziner meint, sie sei direkt nach dem Sturz gestorben. Machen Sie sich keine Vorwürfe.«

Doch der junge Mann boxte wieder gegen das Handschuhfach. »Wie soll ich mir keine Vorwürfe machen? Meine beste

Freundin ruft mich an, weil sie mich braucht, und was mache ich? Ich warte ein bisschen, dann fahre ich wieder. Dabei hätte ich mir denken müssen, dass etwas passiert ist. Aber gestern Abend … Ehrlich gesagt, ich war total genervt. Der ganze Tag war Scheiße gewesen, der Termin in der Designakademie total unergiebig, ich war müde, ich hatte überhaupt keinen Bock hierherzufahren. Und dann hatte Lucy mich auch noch versetzt. Zumindest dachte ich das. Nach der Warterei war ich so sauer auf sie, dass ich … Also, die Nachricht, die ich geschickt habe, war nicht gerade nett. Das Letzte, was ich ihr geschrieben habe, sind Vorwürfe.«

Er starrte vor sich hin durch die Windschutzscheibe. Kurt gab ihm einen Moment, bevor er mit den Fragen fortfuhr.

»Ich würde gern noch einmal auf Frau Hagens Anruf zurückkommen. Sie sagten, sie hätte etwas mit Ihnen besprechen wollen, dass etwas passiert sei. Haben Sie irgendeine Idee, worum es dabei gegangen sein könnte?«

Hofmeister starrte weiter auf die Straße, auf der ein mit Nordic-Walking-Stöcken bewaffnetes Paar entlangmarschierte. »Nein.«

»Würden Sie bitte darüber nachdenken?«

Hofmeister tat es, dann schüttelte er den Kopf. »Ich habe wirklich keine Ahnung.«

»Glauben Sie, dass es eher etwas Privates war? Oder dass es um etwas ging, das mit Ihrer Firma zu tun hat?«

Finn Hofmeister zuckte mit den Achseln. »Ich habe vermutet, es ging um etwas Privates, weil sie ja von zu Hause anrief.«

»Dann lassen Sie uns noch einmal über die Zeit reden, in

der Sie gestern auf Frau Hagen gewartet haben. Was haben Sie da getan? Und wo haben Sie gewartet? Vor der Haustür?«

»Nur die ersten paar Minuten. Ich bin ein bisschen auf und ab gegangen, aber es war kalt, deswegen habe ich mich schließlich in den Wagen gesetzt.«

»Und ist Ihnen in der Zeit irgendetwas Ungewöhnliches aufgefallen? Haben Sie etwas gehört oder jemanden gesehen?«

Hofmeister runzelte die Stirn in dem Bemühen, sich zu erinnern. »Ich glaube, da war ein älteres Paar, als ich kam. Und später ging noch jemand vorbei. Oder waren es mehrere? Ich weiß es nicht mehr. Warum wollen Sie das wissen?«

Kurt ignorierte die Frage. »Und haben Sie auch jemanden im Küstenwald gesehen? Oder etwas von dort gehört? Stimmen? Vielleicht einen Streit?«

»Nein, wieso fragen Sie das?«, wiederholte Hofmeister.

»Nun, wie gesagt, wir stellen Nachforschungen an, wie es zu Frau Hagens Sturz kam.«

»Sie glauben, es war gar kein Unfall?«, fragte Hofmeister ungläubig. »Dass jemand sie gestoßen hat?« Er lachte schrill auf und schüttelte dann heftig den Kopf. »Das können Sie vergessen, das ist ausgeschlossen. Lucy war die Beste. Jeder hat sie geliebt. Niemand hätte je so etwas getan.« Er starrte einen Moment stumm vor sich hin. »Was ist denn überhaupt mit Rebecca? Haben Sie mit ihr geredet? Hat sie denn keine Erklärung dafür, dass Lucy draußen war, obwohl sie doch eigentlich auf mich warten wollte?«

»Wir haben noch nicht mit Frau Friedrichsen gesprochen. Sie ist nicht zu Hause.«

Edda erhielt die Information hinter Lübeck auf der A1, die sie gut gelaunt entlangbrauste, während im Radio Popmusik lief. Sie genoss die seltene Gelegenheit, allein zu Ermittlungen unterwegs zu sein, die ihr die Abwesenheit von Sören und Britt gab. Doch ihre gute Laune erhielt einen Dämpfer, als sie erfuhr, dass sie Finn Hofmeister verpasst hatte. Edda hasste es, wichtige Informationen nur aus zweiter Hand zu erfahren, besonders wenn die zweite Hand jemand war, dem sie weniger Vernehmungsgeschick zutraute als sich selbst. Und das tat sie, abgesehen von Sebastian Weller, bei jedem Kollegen.

Allerdings hob der Inhalt von Finn Hofmeisters Aussage ihre Laune wieder an, da er bestätigte, dass Eddas Instinkt richtig gewesen war. Lucy Hagen hatte kurz vor ihrem Tod etwas mit ihrem besten Freund besprechen wollen. Etwas, das so dringend war, dass es keinen Aufschub duldete, und das so heikel war, dass sie nicht am Telefon darüber reden wollte. Doch statt zu Hause auf Hofmeister zu warten, war Lucy Hagen draußen vom Steilufer gestürzt. Das bewies zwar nicht, dass ihr Tod kein Unfall gewesen war, war jedoch ein deutlicher Hinweis auf weiteren Ermittlungsbedarf.

»Und da ist noch etwas«, kam Kurts Stimme durch die Freisprechanlage. »Ich habe Hofmeister nach Rebecca Friedrichsen gefragt. Er sagte, er habe keine Ahnung, wo sie sein könne, halte es jedoch für ausgeschlossen, dass sie gestern Abend noch weggefahren ist. Erstens fährt Frau Friedrichsen sehr ungern nachts Auto. Zweitens hatte Greta, das ist die Tochter, eine Weile Schwierigkeiten mit dem Einschlafen. Frau Friedrichsen hält sich deshalb an einen strikten Schlaf-wach-Rhythmus. Sie bringt die Kleine jeden Abend Punkt halb acht ins Bett. Andererseits schließt Hofmeister aber auch aus, dass sie heute Morgen weggefahren ist, ohne dass ihr die Abwesenheit ihrer Frau aufgefallen ist. Die beiden schlafen im selben Zimmer und haben laut Hofmeister eine sehr enge Beziehung. Er nannte sie ›beneidenswert glücklich‹. Hofmeister ist über Rebecca Friedrichsens Abwesenheit sehr beunruhigt.«

»Wie gut kennt er sie?«, fragte Edda.

Kurt überlegte einen Moment. »Ich würde sagen, recht gut, auch wenn er in erster Linie mit Lucy Hagen befreundet war. Er war Trauzeuge bei der Hochzeit. Ich habe ihn übrigens auch gefragt, ob er jemanden weiß, der uns helfen kann, Rebecca Friedrichsen zu finden. Er sagte etwas sehr Interessantes: Anscheinend hatte Frau Friedrichsen in Hamburg einige gute Freundinnen, aber seit sie in Rerik lebt, das sind mittlerweile fünfzehn Monate, hat sie keinen Kontakt mehr zu denen. Ich habe den Eindruck, da ist irgendetwas vorgefallen.«

»Was könnte das sein?«

»Das hat Hofmeister nicht gesagt.«

»Hast du nicht nachgebohrt?«

Kurt zögerte. »Ich fand es zu früh. Wer weiß, ob es überhaupt relevant ist.«

Edda verdrehte die Augen. Zu früh? Überhaupt relevant? Was glaubte Kurt, wer er war? Ein Psychotherapeut, der sich erst für zwanzig Sitzungen Vertrauensaufbau bezahlen ließ, bevor er sich den heiklen Themen zuwandte?

Kurt fuhr fort: »Die Personen, die Rebecca Friedrichsen außer Lucy Hagen am nächsten stehen, sind laut Hofmeister ihre Eltern. Sie leben in Hamburg, Rebecca Friedrichsen ist dort aufgewachsen, genauso übrigens wie Lucy Hagen. Ihre Mutter lebt ebenfalls in Hamburg, ihr Vater ist gestorben, als Hagen drei war.«

»Hast du die Adressen?«

»Hofmeister kannte nur die von Ilona Hagen, die des Bioladens, in dem sie halbtags arbeitet, und die der Wohnung, in der Hagen unter der Woche übernachtet hat. Es ist dieselbe, die sie während des Studiums mit Hofmeister teilte.« Kurt räusperte sich. »Ich denke übrigens, wir sollten Hagens Mutter informieren. Sie ist die nächste Angehörige nach der Ehefrau. Andererseits wird die Chefin jetzt wohl den Durchsuchungsbeschluss beantragen.«

Edda nickte. Vermutlich würde Hilrieke Drexel das nun tun, und es ärgerte sie. Denn sie war jetzt nicht in Rerik, sie war kurz vor Hamburg, und es gab nur eine sinnvolle weitere Vorgehensweise. »Rede du mit Rieke. Wenn ihr den Beschluss habt, geht ihr rein, du hast die Aufsicht, bis ich komme. Aber ruf mich sofort an, wenn es irgendwas Wichtiges gibt. Ich fahre weiter nach Hamburg.«

5

Zwei der Adressen, die Kurt Edda gegeben hatte, lagen in Hamburg-Ottensen, die dritte in Altona-Altstadt. Nach einem Blick auf Google Maps legte Edda sich eine Route zurecht, die sie erst zur Wohnung von Lucy Hagen und Rebecca Friedrichsen führte, anschließend zum Bioladen, in dem Ilona Hagen arbeitete, und zu deren Wohnung. Doch wie sich herausstellte, konnte sie sich die Stopps zwei und drei auf ihrer Tour sparen. Denn als sie in der Keplerstraße ihren Zeigefinger auf die Klingel neben dem Schild Friedrichsen/Hagen drückte, ertönte kurz darauf das Summen des Türöffners. Edda, die eigentlich nicht damit gerechnet hatte, war überrascht und – wenn sie ehrlich war – ein bisschen enttäuscht.

Edda wusste, dass sie sich in vielen Punkten von anderen Kriminalpolizisten unterschied, der wichtigste war vermutlich, dass sie komplizierte Fälle liebte. Auch wenn das schlecht für die Produktivitätsquote und die Überstundenkonten ihres Teams war: Je verwickelter ein Fall, je komplexer ein Problem, je härter eine Nuss, desto mehr Spaß hatte Edda daran, sie zu knacken. Das war in ihrem Job nicht anders als bei Computerspielen.

Der Fall Hagen hatte sich in dieser Hinsicht in den letzten Stunden durchaus vielversprechend angelassen. Was zunächst wie ein tragischer Unfall ausgesehen hatte, war mit hoher Wahrscheinlichkeit doch keiner. Hinzu kam Lucy Hagens Anruf bei Finn Hofmeister und die erklärungsbedürftige Abwesenheit ihrer Ehefrau. Im Stillen hatte Edda sich schon auf einen langwierigen, komplizierten Fall gefreut, in dem die Fahndung nach Rebecca Friedrichsen eine zentrale Rolle spielte. Doch als der Summer ertönte, fürchtete sie, der Fall könnte sich binnen Kurzem in Luft auflösen. Wenn Rebecca Friedrichsen oben mit einer banalen Erklärung für ihre Abwesenheit und für Lucy Hagens Sturz wartete, musste Edda vielleicht sogar die Hausdurchsuchung abblasen.

Edda drückte die Haustür auf und stieg die ausgetretenen Holzdielen hoch. Das Haus war ein Altbau, wie die Etagenhöhe und das bunt gefliese Treppenhaus verrieten. Die Eichentreppe war ausgetreten und eng, doch auf den Absätzen vor den Wohnungen war Platz, den die Bewohner zum Überwintern von Balkonpflanzen, zum Abstellen von Kinderrollern und Regenschirmen und, vor allem, für Schuhe nutzten. Im zweiten Stock, Eddas Ziel, standen vor einer Wohnungstür so viele schmutzige Schuhe, dass dahinter vermutlich ein Tausendfüßler wohnte. Das Paar Stiefeletten auf dem Fußabtreter gegenüber wirkte dagegen richtig einsam. Die zugehörige Tür war offen, und dort wartete eine Frau, die Edda offensichtlich gerade beim Putzen gestört hatte. Zu einem weinroten, über einem üppigen Busen spannenden Wollkleid trug sie Birkenstockschlappen und rosa Gummihandschuhe. In ihrer rechten Hand hatte sie eine Flasche mit Glasreiniger. Bei ihrem Anblick erwachte Eddas Hoffnung auf einen komplizierten Fall wieder. Sie fand es schwer, das Alter der Frau abzuschätzen. Sie hatte weiche, runde Hamsterbacken, an denen Falten offensichtlich nicht allzu gut hafteten, doch der Ansatz ihrer schwarzgefärbten langen Haare war grau, so dass Edda sie auf mindestens fünfzig schätzte. Mit Sicherheit war sie älter als dreißig und konnte somit nicht Rebecca Friedrichsen sein.

Die Frau schien genau wie Edda jemand anderen erwartet zu haben. »Oh, Sie sind nicht der Paketbote«, sagte sie zur Begrüßung.

Edda lächelte freundlich. »Mein Name ist Timm, Edda Timm. Ich möchte zu Frau Friedrichsen.« Die Tatsache, dass sie von der Kripo kam, ließ sie zunächst unerwähnt. Sie wollte nicht die Pferde scheu machen, bevor sie wusste, mit wem sie sprach.

Die Frau reagierte dennoch verblüfft. »Zu Rebecca?«, fragte sie nach. Und als Edda nickte, fuhr sie fort: »Aber Rebecca war schon seit Monaten nicht mehr hier. Sie ist umgezogen. Sie wohnt jetzt an der Küste.«

»Ich weiß, in Rerik. Aber dort ist sie heute leider nicht, deshalb wollte ich es hier versuchen. Dies ist doch offiziell die Wohnung von Lucy Hagen und Rebecca Friedrichsen, nicht wahr?«

Die Frau nickte langsam. »Das schon, aber …« Sie sah Edda ratlos an. »Wie gesagt, Rebecca ist nie hier.«

»Wissen Sie zufällig, wie ich sie erreichen kann? Ich muss sie dringend sprechen. Ich bin von der Kripo Rostock.« Edda zückte ihren Dienstausweis.

Die Frau erschrak. »Ist denn etwas passiert?«

»Leider ja. Darf ich fragen, wer Sie sind? Wohnen Sie hier? Oder putzen Sie hier?«

Die Frau verzog beleidigt ihre Miene. »Putzen? Nein, natürlich nicht.« Sie blickte auf den Glasreiniger in ihrer Hand. »Das heißt doch, gerade putze ich. Ich hatte Lucy versprochen, mich mal um ihre Fenster zu kümmern, weil sie nie Zeit dafür findet.« Sie zerrte den Gummihandschuh von ihrer Rechten und reichte sie Edda. »Ich bin Ilona Hagen, Lucys Mutter, Rebeccas Schwiegermutter. Bitte sagen Sie mir, warum Sie sie suchen.«

Kurz darauf saß Edda mit Ilona Hagen in der Küche der Wohnung und war nicht mehr froh, allein nach Hamburg gefahren zu sein. Sie konnte sich nicht erinnern, wann sie zuletzt eine Todesnachricht überbracht hatte. Normalerweise überließ sie diese Aufgabe ihren Kollegen, denn sie besaß kein Talent dafür. Tatsächlich dauerte es eine Weile, bis Ilona Hagen verstand, dass ihre Tochter tot war. »Aber Lucy kann doch schwimmen«, beharrte sie immer wieder. »Sie hat schon mit sechs ihr Seepferdchen gemacht und mit zehn das goldene Schwimmabzeichen.« Edda musste ihr dreimal erklären, dass Lucy nicht ins Wasser, sondern auf den Strand gestürzt war, bis die Frau ihren Versuch aufgab, mit dem Festhalten an einem vermeintlichen Gegenbeweis die Realität abzuwehren.

Anschließend saß Edda mit durchgedrücktem Rücken auf einem der fünf unterschiedlichen Stühle, die sich um den zerkratzten Kiefernholzesstisch gruppierten, und sah sich unauffällig um, während Ilona Hagen weinte. Die Küche sah aus wie in einer typischen Studenten-WG, von den zusammengewürfelten Möbeln über die Regenbogenfahne, die über den Türrahmen drapiert war, bis zu den Flyern diverser Restaurants und Pizzadienste, die mit Magneten an der Kühlschranktür befestigt waren. Allerdings war es hier ordentlicher und vor allem sauberer als in üblichen Studentenküchen – mit Ausnahme des Fensters, dem selbst Edda etwas Wasser gegönnt hätte. Doch Ilona Hagen würde es sich heute nicht mehr vornehmen.

Edda saß ganz still, um der trauernden Mutter Raum für ihren Schmerz zu geben. Sie sagte nichts, sondern wartete einfach ab, während die Frau weinte. Erst als Ilona Hagen schluchzend um ein Papiertaschentuch bat, zog Edda eine Packung aus der Tasche ihres Mantels und reichte sie ihr.

Ilona Hagen schnäuzte sich, dann richtete sie ihren tränenverhangenen Blick auf Edda. »Wie kann das sein?«, schluchzte sie. »Das ist so ungerecht. Lucy ist doch alles, was ich habe. Sie ist eine so wundervolle Tochter.«

»Es tut mir wirklich sehr leid.«

»Aber wie konnte das passieren? Lucy ist so klug und vernünftig, das war sie schon als Dreijährige. Sie hat sich selbst das Lesen beigebracht und wusste vor mir, dass man Löffel nicht in die Mikrowelle legen darf und Wasserflaschen nicht ins Gefrierfach. Wie konnte sie denn da von einer Klippe fallen? Ist ein Stück abgebrochen? Wie auf Rügen? Nein? Aber wieso dann? Ist es denn so gefährlich dort? In diesem Fall hätten die Behörden doch etwas unternehmen müssen. Verbotsschilder aufstellen oder Geländer anbringen oder so etwas.«

Es war, fand Edda, eine typisch deutsche Reaktion, sofort die Frage nach der Verantwortlichkeit der zuständigen Behörden zu stellen. »Wir wissen noch nicht, wie es passieren konnte«, sagte sie. »Wir möchten es herausfinden, dazu würde ich Ihnen gerne einige Fragen stellen.«

Ilona Hagen schüttelte den Kopf. »Aber ich weiß doch nichts. Ich war ja noch nie dort.«

»Sie haben Ihre Tochter noch nie in Rerik besucht?«

»Nein.« Sie knüllte das Taschentuch zu einem Ball zusammen und presste es an ihren üppigen Busen. »Ich wollte es, aber es hat nie gepasst. Zuerst sagte Lucy immer, es ginge Rebecca nicht gut genug. Sie wolle niemanden sehen, deshalb solle ich nicht kommen. Deshalb sollte niemand kommen! Ich habe mich daran gehalten, obwohl ich fand … Ich meine, wieso konnte ich meine Tochter nicht sehen, nur weil *sie* allein sein wollte? Es war ja nicht so, dass ich mich aufgedrängt hätte.« Sie schluchzte. »Aber Lucy meinte immer, wir würden uns ja regelmäßig hier in Hamburg sehen, und da hatte sie natürlich recht. Wir trafen uns jede Woche dienstags, abwechselnd hier oder bei mir.«

Sie brach erneut in Tränen aus. Edda zupfte ein frisches Taschentuch aus der Packung.

»Warum ging es Frau Friedrichsen denn nicht gut?«

Ilona Hagen schnäuzte sich erneut. »Sie hatte eine Fehlgeburt. Und danach hatte sie einen Zusammenbruch. Sie wollte weg aus Hamburg, deshalb schlug Lucy vor, dass sie für eine Weile nach Rerik zogen, bis Rebecca sich erholt hatte.« Sie schüttelte den Kopf. »Das war so typisch für Lucy, sie denkt immer nur an andere. Dabei war die Pendelei für sie furchtbar stressig. Aber so ist Lucy. Immer für andere da. Sie war immer für mich da, zumindest bis sie Rebecca kennenlernte. O mein Gott, sie fehlt mir jetzt schon! Wie soll ich nur ohne sie …«

Ihre Unterlippe begann wieder zu zittern, doch ihre Tränen schienen für den Moment versiegt. Mit glasigen Augen starrte sie die Flyer am Kühlschrank an, als sei in ihnen die Antwort auf ihre Frage zu finden. Dann wandte sie Edda ruckartig ihren Kopf zu. »Aber ich verstehe das nicht. Warum sind Sie überhaupt hier? Warum suchen Sie hier nach Rebecca? War sie denn nicht bei Lucy in Rerik? Und wieso hat sie mich nicht informiert? Wenn Lucy doch schon gestern gestorben ist – wie konnte Rebecca mich so lange im Unklaren lassen?«

Ilona Hagen schoss die Fragen im Stakkato auf Edda ab. Edda ging auf die letzte zuerst ein. »Da gibt es leider ein Problem: Wir konnten Ihre Schwiegertochter bisher nicht erreichen, deshalb suchen wir sie. Möglicherweise weiß sie noch gar nichts vom Tod ihrer Frau.«

Ilona Hagen riss ihre dunkel umrandeten Augen auf, die Wimperntusche war vom Weinen verschmiert. »Aber war Rebecca denn nicht dabei? Wieso ist Lucy denn dann spazieren gegangen? Noch dazu im Dunkeln? Sie geht nie allein spazieren.«

»Wir wissen es nicht, Frau Hagen. Wir hoffen, dass Frau Friedrichsen es uns vielleicht erklären kann, sobald sie zurückkommt.«

»Aber wie soll Rebecca denn erklären, wie es zu dem Unfall kam, wenn sie nicht dabei war?«

»Nun«, sagte Edda vorsichtig, »um ganz offen zu sein, Frau Hagen, wir sind nicht sicher, dass Ihre Tochter wirklich durch einen Unfall starb. Ich möchte Sie nicht unnötig belasten, aber ich muss Sie darauf hinweisen, dass es auch andere Möglichkeiten gibt.«

Ilona Hagen wurde unter ihrer Schminke blass, nur die Rougeflecken auf ihren Wangen leuchteten. »Sie meinen, jemand könnte meiner Lucy das angetan haben?«

»Wir können zu diesem Zeitpunkt leider nichts ausschließen. Auch nicht, dass Ihre Tochter freiwillig …«

Doch Ilona Hagen unterbrach sie sofort. »Nein, auf keinen Fall. Das hätte Lucy nie getan. Das hätte sie mir nicht angetan.«

Sie schien davon felsenfest überzeugt, doch in Eddas Augen besagte das wenig. Die wenigsten Eltern ahnten, was in den Köpfen ihrer Kinder vorging, selbst solange diese noch bei ihnen wohnten. Lebten die Kinder ihr eigenes Leben, war die Kluft zwischen dem, was der eine empfand, und dem, was der andere darüber dachte, noch größer.

»Sie sagten vorhin, Sie hätten an jedem Dienstag Kontakt zu Lucy gehabt. Auch vorgestern?«

Ilona Hagen nickte.

»Können Sie mir schildern, wie Ihre Tochter da und überhaupt in der letzten Zeit war? Eher fröhlich? Eher traurig?«

»Lucy war wie immer.« Die Antwort kam wie aus der Pistole geschossen.

»Würden Sie sich bitte einen Moment Zeit nehmen, darüber nachzudenken«, bat Edda sanft.

»Da gibt es nichts nachzudenken.« Ilona Hagen ballte ihre linke Hand zu einer Faust und drückte sie gegen ihr Brustbein, als wollte sie es schützen. »Lucy war wie immer. Sie war glücklich. Das, was Sie da andeuten, das hätte sie nicht getan.«

»Vorhin sagten Sie, die Pendelei habe Ihre Tochter gestresst.«

»Aber das ist doch kein Grund.« Sie presste ihre Handflächen gegeneinander. »Und sie war nur gestresst, weil Rebecca darauf bestand, in Rerik zu bleiben. Lucy wollte zurück nach Hamburg, sie haben sich deswegen gestritten. Aber ansonsten war Lucy glücklich. Oder sie wäre es gewesen, wenn sie endlich eingesehen hätte, dass Rebecca …« Sie brach ab.

»Dass Rebecca was?«, hakte Edda nach.

Ilona Hagen holte tief Luft und stieß sie zischend aus. »Diese Frau war wie ein Vampir«, sagte sie dann, und die Bitterkeit in ihrer Stimme war nicht zu überhören. »Sie saugte Lucy aus und nahm ihr jede Energie. Früher war Lucy voller Tatendrang, sie gründete ihre Firma, setzte sich für andere ein, kümmerte sich um mich, engagierte sich für Schwulen- und Lesbenrechte. Ich war so stolz auf sie, das können Sie sich gar nicht vorstellen!« Ihr Blick flog zu der Regenbogenfahne. »Aber in den letzten Jahren drehte sich bei ihr alles nur noch um Rebecca. Becca hier, Becca da. Rebecca sorgte dafür, dass sie immer im Mittelpunkt stand. Und Lucy verstand das nicht! Ich habe versucht, es ihr zu sagen, aber es führte immer zu Streit. Dabei ist Rebecca nicht einmal lesbisch.«

»Nicht?«, fragte Edda verblüfft.

»Vor Lucy hatte sie nur männliche Freunde.«

»Nun, vielleicht wusste sie bis dahin nicht, dass sie lesbisch ist. Oder sie ist bi.«

»Oder sie fand es opportun, so zu tun, um sich eine reiche Ehefrau zu angeln.« Ilona Hagens Gesicht verzog sich zu einer hässlichen Grimasse. »Aber es war alles falsch. Rebecca ist falsch, und tief in ihrem Innern hat Lucy das gewusst. Wieso sonst hätte sie Angst haben sollen, dass Rebecca sie für einen Mann verlässt?«

»Hat Lucy das denn gesagt?«

Ilona Hagen nickte bekräftigend. »Als sie nach Rerik zogen. Sie hat es hinterher bereut und behauptet, sie habe es nicht so gemeint. Aber ich weiß, dass ich recht habe: Rebecca ist falsch.«

Kurt öffnete das Haus in der Seestraße mit dem Schlüssel, den Malte Pecker in Lucy Hagens Hosentasche gefunden hatte. Die Kriminaltechniker waren mit der Untersuchung des Waldes fast fertig. Malte hatte zwei Mitarbeiter dortgelassen, die anderen teilte er für die Hausdurchsuchung ein. Kurt übernahm zusammen mit der einzigen Frau in Maltes Team das Wohn-Ess-Zimmer, einen großen Raum im Erdgeschoss, der von der Küche nur durch eine Theke getrennt war. Während die Kriminaltechnikerin den Raum systematisch in Abschnitte unterteilte, sah Kurt sich um. Er war neugierig darauf, wie Lucy Hagen und Rebecca Friedrich leben mochten. Neugierig und besorgt, denn er war – wie seine Töchter ihn gern kritisierten – in gewissen Dingen ein altmodischer Mann.

Zwar hatte Kurt sich in den letzten Jahren mühsam daran gewöhnt, dass es offensichtlich als normal galt, wenn Männer Männer liebten oder Frauen Frauen, aber dass homosexuelle Paare Kinder bekamen, ging ihm entschieden zu weit. In Kurts Augen brauchte ein Kind einen kompletten Elternsatz, also eine Mutter und einen Vater, ein weibliches Vorbild und ein männliches. So hatte die Natur es vorgesehen, so war es deshalb ideal. Natürlich konnte es auch in einer richtigen Ehe passieren, dass ein Elternteil starb und dann der andere beide Rollen ausfüllen musste, aber ein Kind von vornherein so zu planen, dass es ohne Vater heranwachsen musste, erschien Kurt selbstsüchtig und dem Kind gegenüber in höchstem Maße unfair – und über die Art und Weise, wie das Kind in dem Fall produziert wurde, wollte er schon gar nicht nachdenken.

Doch zu Kurts Erleichterung sah es im Wohnzimmer völlig normal aus. Tatsächlich erinnerte ihn die Einrichtung an das Zuhause seiner jüngsten Tochter, die vor einem halben Jahr ebenfalls zum ersten Mal Mutter geworden war – abgesehen davon, dass die Möbel hier neu waren, während Leonie ihre gebraucht erstanden hatte. Es gab buntgestrichene Wände, ein kirschrotes Sofa, auf dem ein gelber Stoffelefant und eine Rassel lagen, eine Spieldecke mit zugehörigem Spielbogen, Buchenholzregale mit mehr DVDs als Büchern – hauptsächlich Elternratgeber und Krimis – und jede Menge Fotos in bunten Rahmen. Die meisten zeigten Lucy Hagen und eine zweite Frau und ein Baby, vermutlich Rebecca Friedrichsen und Greta. Kurt musterte Rebecca Friedrichsen neugierig. Sie war ein ganz anderer Typ als ihre Ehefrau: klein, zierlich und bildhübsch mit glatten, langen, rotblonden Haaren, Sommersprossen und Haselmausaugen. Kurt konnte sich gut vorstellen, wie sie jungen Männern den Kopf verdrehte, und es war ihm schleierhaft, wieso sie Frauen bevorzugen sollte.

»Herr Paschke, kommen Sie mal?« Die Kriminaltechnikerin hatte die Türen eines weißlackierten Schränkchens geöffnet, in dem mehrere Ordner standen. »Das dürften die persönlichen Papiere der Toten sein. Wollen Sie die selbst durchsehen?«

Kurt las die Aufschriften auf den Ordnern, »Haus Rerik«, »Wohnung Hamburg«, »Steuern« und so weiter, und öffnete den Deckel einer Pappschachtel. Darin lagen durcheinander Fotos, mehrere Bündel mit Kontoauszügen und schließlich ein Familienstammbuch. Kurt schlug es auf und sah, dass es nur vier Dokumente enthielt: die Heiratsurkunde von Lucy Antonia Hagen und Rebecca Katharina Friedrichsen und drei Geburtsurkunden, die der Frauen und die der Tochter, Greta Marie Friedrichsen, geboren am einundzwanzigsten Mai, Mutter: Rebecca Katharina Friedrichsen, Vater: keine Angabe. Kurt rümpfte die Nase. Er hatte es ja befürchtet. Wie sollte ein Kind eine eigene Identität entwickeln, wenn es noch nicht einmal wusste, wo es herkam? Und was war mit den Rechten des Vaters?

Kurt legte das Familienstammbuch zurück und trug die Ordner und die Kontoauszüge zum Esstisch. Er verstand nicht allzu viel von finanziellen Dingen – die Steuererklärung überließ er stets seiner Frau –, doch selbst ihm blieb nicht verborgen, dass Lucy Hagen und Rebecca Friedrichsen für ein so junges Paar sehr wohlhabend waren. Zwar war die Wohnung in Hamburg gemietet, doch das Haus in Rerik gehörte ihnen. Zusätzlich hatten sie in einen Aktienfonds investiert und besaßen drei Konten, ein gemeinsames, eins, das Rebecca Friedrichsen gehörte, und eins für Lucy Hagen.

Kurt blätterte gewissenhaft durch die Kontoauszüge. Auf dem gemeinsamen Konto lagen knapp sechzehntausend Euro, darauf gingen Lucy Hagens monatliche Bezüge als Geschäftsführerin bei FinGames ein, es gab regelmäßige Barabhebungen von hundert oder zweihundert Euro, und es wurden all die üblichen Haushaltsausgaben abgebucht, vom Strom bis zu den GEZ-Gebühren. Anfang Juni waren vierundzwanzigtausend Euro an einen Autohändler überwiesen worden, vermutlich für den neuen Ford Kuga. Auf dem Konto von Rebecca

Friedrichsen lagen knapp zweitausend Euro. Bis vor fünfzehn Monaten war darauf regelmäßig ihr Gehalt von einer Physiotherapiepraxis eingegangen, seitdem hatte es nur noch gelegentliche Barabhebungen und zwei Überweisungen an Amazon gegeben. Das Konto von Lucy Hagen schließlich wies ebenfalls einen Kontostand von etwa zweitausend Euro auf, doch als Kurt zurückblätterte, machte er eine interessante Entdeckung: Offensichtlich hatte Lucy Hagen Anfang des Jahres Aktien und Fondsanteile verkauft, um eine Summe von insgesamt etwa fünfunddreißigtausend Euro flüssig zu machen, die sie dann in zwei Tranchen am dritten März und am zweiten April bar abgehoben hatte. Kurt pfiff durch die Zähne und schrieb die Beträge und Daten in sein Notizbuch. Seiner Erfahrung nach gab es selten einen legalen Grund, warum Menschen so viel Bargeld benötigten.

»Kurt? Wir haben etwas gefunden.«

Malte Pecker stand in seinem weißen Schutzanzug auf der untersten Stufe der Wendeltreppe, die vom Wohnzimmer in den ersten Stock führte. Kurt steckte sein Notizbuch ein und folgte ihm nach oben, wo Malte ihn in das Schlafzimmer führte, einen mit nordischer Schlichtheit eingerichteten Raum mit graublau gestrichenen Wänden, einem breiten Doppelbett aus Kiefernholz und einem weißlackierten Schrank mit sechs Türen. Die mittleren beiden standen offen. Kleider und Hosen hingen nach keinem erkennbaren System geordnet auf Bügeln an einer Stange, auf den Brettern darüber stapelten sich Pullis und T-Shirts zu schiefen Türmen.

»Hier.« Malte deutete mit der Hand auf den Boden des Schranks, auf dem außer einer feinen Staubschicht nichts lag.

Kurt zog seine buschigen Augenbrauen fragend hoch. »Da ist nichts.«

»Aber da war was. Sieh dir die Staubränder an.«

Kurt war mittlerweile in einem Alter, in dem ungewohnte Bewegungen immer beschwerlicher wurden, und als er in die Hocke ging, schmerzten prompt seine Knie. Doch aus der Nähe sah er, was Malte meinte. Tatsächlich war nicht der ganze Schrankboden mit Staub bedeckt, ein Rechteck, das bis zur vorderen Schrankkante reichte, war frei. »Da lag etwas, etwas Rechteckiges.«

Malte nickte. »Und zwar bis vor Kurzem, weil die freie Fläche noch nicht wieder eingestaubt ist. Ich wette, es war ein Koffer oder ein Trolley.«

»Wie kommst du darauf? Es könnte genauso gut eine Kiste gewesen sein. Oder etwas anderes.« Kurt richtete sich schnaufend wieder auf.

»Weil hier auch ein Trolley auf dem Boden liegt.« Malte öffnete die nächsten beiden Schranktüren. Auch hier gab es eine Kleiderstange, an der Winterjacken und einige Hosenanzüge hingen, in die Fächer darüber waren Handtücher und Bettwäsche gestopft. Auf dem Schrankboden lag ein Trolley aus rotem Kunststoff, dem ein Rad fehlte. »Und weil wir sonst keinen einzigen Koffer gefunden haben. Zwei Frauen – da würde ich auf mindestens zwei Koffer tippen. Außerdem glaubt Heiko, dass Kleidung von der Kleinen fehlt.« Malte schloss die Schranktür wieder. »Ob von einer der Mütter Kleidung fehlt, kann ich nicht sagen, zu unordentlich. Aber die Sachen im Kinderzimmer sind aufgeräumt wie ein Spind vor der Inspektion.«

Malte ging Kurt voraus in das Zimmer gegenüber dem Schlafzimmer, offensichtlich das Kinderzimmer mit einer Babywiege, über der ein Mobile hing, einer Wickelkommode, einer weiteren Kommode, einem Schaukelstuhl und einem Stapel Pampers in einer Ecke. Die Wände waren hellgelb gestrichen mit einer Bordüre mit bunten Elefanten.

Heiko Bachmann, ein großer hagerer Kollege, wie Kurt fünffacher Vater, zog die Schubladen der Kommode auf. »Wenn es um die Tochter geht, sind die Mütter sehr penibel«, erklärte er. »In der oberen Schublade liegen Bodys und Strampler, in der zweiten Shirts, Söckchen und Mützen, darunter Spucktücher und so weiter.«

Kurt warf einen Blick in die Schubladen, in denen der genannte Inhalt tatsächlich sorgfältig übereinandergelegt war. Doch es gab Lücken, als seien je ein Stapel Bodys, Strampler und so weiter entfernt worden. »Okay, ihr habt mich überzeugt. Es sieht aus, als hätte jemand, vermutlich Frau Friedrichsen, für eine mehrtägige Reise gepackt. Aber in dem Fall hat sie die Entscheidung wegzufahren ziemlich kurzfristig getroffen.«

Die beiden Kriminaltechniker sahen ihn fragend an.

»Der Kinderwagen steht unten im Flur. Den hätte sie bei sorgfältiger Planung doch wohl mitgenommen.«

6

Edda erhielt die Ergebnisse der Hausdurchsuchung, als sie auf dem Weg zu Karin und Erich Friedrichsen war, deren Adresse Ilona Hagen ihr gegeben hatte. Sie war gespannt auf die Begegnung mit Rebecca Friedrichsens Eltern und auf deren Ansicht über die Beziehung zwischen ihrer Tochter und ihrer Schwiegertochter. Edda hatte zwei unterschiedliche Versionen über die Natur dieser Beziehung gehört – harmonisch und liebevoll versus geprägt von Berechnung auf der einen und ein Sich-Benutzen-Lassen auf der anderen Seite –, und sie fragte sich, welche Version der Wahrheit näher kommen mochte. Oder stimmten beide? Vielleicht hatten die beiden Frauen eine liebevolle Beziehung geführt, solange Lucy Hagen ihrer Partnerin jeden Wunsch von den Augen abgelesen hatte?

Karin und Erich Friedrichsen lebten im Norden von Hamburg-Niederstedt, in einem ruhigen Wohngebiet unweit der S-Bahn-Linie nach Wedel. Hier verbargen sich Einfamilienhäuser hinter üppigen Hecken, Bäume säumten die Straßen, auf denen gefallenes Laub klebte. An den Straßenrändern parkten Autos mittlerer und gehobener Preiskategorie.

Das Grundstück der Friedrichsens unterschied sich dadurch von seinen Nachbarn, dass die umgebende Hecke penibel in eine rechteckige Form gestutzt war. Auch der Rasen war akkurat getrimmt, der Fußweg ordentlich gefegt und selbst der Griff am Gartentor blank poliert. Offensichtlich führte hier jemand ein strenges Regiment, und nachdem Edda das Ehepaar Friedrichsen kennengelernt hatte, vermutete sie, dass es Karin Friedrichsen war. Sie war eine elegante Frau Anfang sechzig, mit einem graublonden Pagenschnitt, der ein attraktives, aber strenges Gesicht einrahmte. Und sie war Lehrerin, wie Edda erfuhr, als sie von ihr darauf hingewiesen wurde, dass sie sie beim Korrigieren von Französischaufsätzen störte.

»Was gibt es denn Dringendes?«, fragte sie, während sie Edda in ein geschmackvoll eingerichtetes Wohnzimmer mit nicht weniger als drei Vasen mit frischen Blumen führte. »Falls es wieder um die Hakenkreuzschmierereien auf unserem Garagentor geht: Ich habe Ihren Kollegen bereits erklärt, dass ich überzeugt bin, es war Lars Jansen, ein ehemaliger Schüler. Er musste das Gymnasium verlassen, nachdem er wiederholt rassistische, antisemitische und homophobe Bemerkungen gemacht hatte. Ich dachte, die Angelegenheit sei geklärt.«

Sie bot Edda einen Sessel an, nahm selbst auf einem Sofa Platz und klopfte mit der flachen Hand auf die Sitzfläche. Ihr Mann setzte sich gehorsam neben sie. Wie ein Hund, schoss es Edda durch den Kopf.

»Ich bin aus einem anderen Grund hier. Es geht um Ihre Schwiegertochter.«

»Um Inka?« Karin Friedrichsen zog überrascht eine feine hellblonde Augenbraue hoch.

»Um Lucy Hagen, die Frau Ihrer Tochter Rebecca. Es tut mir sehr leid, Ihnen das mitteilen zu müssen, aber sie ist tot. Sie starb gestern Abend. Sie ist in Rerik von der Steilklippe gestürzt.«

»Das ist ja grauenvoll.« Karin Friedrichsen schlug eine gepflegte kleine Hand vor den Mund, mit der anderen tastete sie nach der Hand ihres Mannes.

Erich Friedrichsen war ein großer, hagerer Mann mit einem silbernen Haarkranz und einem melancholischen Gesicht, das bei Eddas Worten einen schockierten Ausdruck annahm. Einen Moment lang sahen die beiden sich in entsetztem Schweigen an, dann sprachen sie gleichzeitig.

»Rebecca! Das wird ein furchtbarer Schlag für sie sein.« Erich Friedrichsen wandte sich an Edda. »Wie geht es unserer Tochter? Haben Sie mit ihr gesprochen?«

»Rebecca! Ach du meine Güte, das Kind muss außer sich sein. Wir müssen zu ihr. Wir fahren sofort los.« Bei den letzten Worten erhob Karin Friedrichsen sich auch schon.

Edda hielt sie zurück. »Sie können jetzt nicht …«, begann sie, doch die andere schnitt ihr das Wort ab.

»Selbstverständlich können wir. Erich, wir brechen sofort auf. Rebecca wird niemals allein damit zurechtkommen.«

»Ihre Tochter ist verschwunden.«

Jetzt hatte Edda die volle Aufmerksamkeit der beiden. Sie erklärte die Zusammenhänge, während Karin Friedrichsen stehend zuhörte und nervös mit der Perlenkette an ihrem Hals spielte. Doch die Nervosität hielt nicht lange an.

»Aber das heißt doch nicht, dass Rebecca verschwunden ist«, sagte sie, als Edda ihre Erklärung beendet hatte. »Sie wissen lediglich nicht, wo sie ist.« Sie strich sich verärgert über ihren schmalen Rock.

»Sie haben uns mit Ihrer dramatisierenden Wortwahl einen großen Schrecken eingejagt. Wahrscheinlich macht Rebecca einfach mit Greta einen Ausflug, und der Akku in ihrem Handy ist leer. Das passiert ihr oft, sie ist sehr nachlässig in solchen Dingen. Bestimmt kommen die beiden bald nach Hause, es ist ja gerade erst fünf Uhr.«

Edda sah sie ernst an. »Das ist zwar möglich, aber leider unwahrscheinlich. Wie ich bereits erklärt habe, sind die Umstände der Abwesenheit Ihrer Tochter recht ungewöhnlich. Außerdem vermuten wir, dass sie zu einer mindestens mehrtägigen Reise aufgebrochen ist. Einige meiner Kollegen sind gerade in ihrem Haus, sie haben festgestellt, dass ein Koffer und Kleidung fehlen.«

»In ihrem Haus? Das ist ja unerhört. Wie kommen Ihre Kollegen dazu, in Rebeccas Haus einzudringen?«

»Sie sind nicht eingedrungen, es wurde ein richterlicher Durchsuchungsbeschluss ausgestellt.« Edda sah weiteren Protest voraus und fuhr fort: »Es tut mir leid, das muss Ihnen wie eine sehr extreme Maßnahme vorkommen. Aber es ist durchaus üblich, glauben Sie mir bitte. Wir müssen die genauen Umstände des Todes Ihrer Schwiegertochter ermitteln, und wir wollen Ihre Tochter und Ihre Enkelin so schnell wie möglich finden. Zwar sieht es so aus, als sei Ihre Tochter mit Greta aus freien Stücken weggefahren, aber unter den gegebenen Umständen machen wir uns Sorgen.«

»Sind Sie denn sicher, dass die beiden zusammen sind?«, warf Erich Friedrichsen ein.

»Wir gehen davon aus, aber sicher wissen wir es nicht. Deswegen würde ich Ihnen gerne einige Fragen stellen.«

Karin Friedrichsen schüttelte den Kopf. »Ich werde erst einmal versuchen, Rebecca anzurufen. Ich glaube nicht, dass sie verreist ist. Sie hätte uns davon erzählt. Und nur weil sie vor einigen Stunden nicht an ihr Handy gegangen ist …«

Sie ging mit kleinen, entschiedenen Schritten zu einem zierlichen Walnussholzsekretär, nahm das Telefon von der Basisstation und wählte. Dann lauschte sie, während sich auf ihrer glatten Stirn eine kleine steile Falte bildete. »Rebecca, Kind, hier ist Mama. Wir machen uns Sorgen um dich. Bitte melde dich umgehend.« Sie beendete die Verbindung, kehrte jedoch nicht zur Sitzecke zurück, sondern wählte eine neue Nummer. »Samuel? Mama hier. Ja, ich weiß, dass du gerade im Büro bist, aber es ist wichtig. Ich versuche, Rebecca zu erreichen. Weißt du, wo sie ist? Ja, es ist etwas passiert. Lucy hatte einen Unfall. Sie ist tot. Nein, ich kann jetzt nicht mehr sagen, ich muss zuerst mit Rebecca sprechen. Sie ist weggefahren, doch niemand weiß, wohin. Wann hast du zuletzt mit ihr gesprochen? So lange schon nicht mehr? Nun, darüber reden wir zu einem anderen Zeitpunkt. Gib mir umgehend Bescheid, falls sie sich meldet.« Sie beendete auch dieses Gespräch, nur um wiederum gleich ein neues zu beginnen.

Edda ließ sie gewähren, denn zum einen mochten die Anrufe einen nützlichen Hinweis ergeben, zum anderen würde Karin Friedrichsen nach den Telefonaten vermutlich eher bereit sein, Fragen zu beantworten. Gemeinsam mit Erich Friedrichsen, dessen Blick auf seiner Frau ruhte, wartete Edda schweigend ab. Nach einer Viertelstunde hatte Frau Friedrichsen sechs Anrufe getätigt. Beim letzten sprach sie wieder auf eine Mailbox.

»Torge, mein Lieber, Karin hier. Könntest du mich bitte dringend zurückrufen? Es geht um Rebecca. Ich weiß, es ist ein heikles Thema, aber es ist sehr wichtig. Wir machen uns Sorgen um sie. Sie scheint … verschwunden zu sein.«

Sie beendete die Verbindung und kehrte mit dem Telefon in der Hand langsam zur Sitzecke zurück, wo sie sich wieder neben ihren Mann setzte. Er ergriff ihre Hand, und sie wandte sich an Edda.

»Was hat das zu bedeuten?« Die selbstbewusste Arroganz in ihrer Stimme war nicht verschwunden, doch nun schwang Besorgnis darin mit. »Wo kann sie nur sein?«

Edda beugte sich vor. »Das versuchen meine Kollegen und ich herauszufinden, Frau Friedrichsen, und ich hoffe, Sie können mir dabei helfen. Sie sagten vorhin schon, dass Ihre Tochter Ihnen nichts von einer geplanten Reise erzählt hat. Ihnen auch nicht, nehme ich an?« Edda sah Erich Friedrichsen fragend an, der zustimmend nickte. »Das bedeutet dann möglicherweise, dass Rebecca die Reise kurzfristig geplant hat. Haben Sie irgendeine Idee, wohin sie gefahren sein könnte?«

Beide schüttelten die Köpfe.

»Wohin pflegt sie denn zu verreisen, wenn sie spontan für ein Wochenende wegfährt? Vielleicht zu einer Freundin?«

Karin Friedrichsen knetete ihre Hände in ihrem Schoß. »Aber das ist es ja: Rebecca würde nie kurzfristig verreisen. Sie ist kein spontaner Mensch – im Gegenteil. Sie fühlt sich am wohlsten, wenn sie alles, was sie tut, vorher genau plant. Selbst Kleinigkeiten wie Fahrten zum Supermarkt. Und sie ist mit Greta noch nie über Nacht weggefahren. Ich bin sicher, sie hätte es erzählt. Es wäre eine große Sache für sie. Nicht wahr, Erich?«

Ihr Mann nickte.

»Wann haben Sie denn zuletzt mit ihr gesprochen?«, fragte Edda.

»Am Sonntagabend«, erklärte Karin Friedrichsen prompt. »Wir telefonieren immer sonntags.«

»Und wie hat Ihre Tochter auf Sie gewirkt?«

Sie überlegte. »Wie immer.«

»Worüber haben Sie denn gesprochen?«

»Nun, ich habe ihr von einem klassischen Konzert erzählt, das mein Mann und ich am Samstag in der Elbphilharmonie besucht hatten. Dann sprachen wir darüber, dass sie Greta demnächst Brei zufüttern möchte. Sie war wie immer«, wiederholte sie. »Nicht wahr, Erich?«

Wieder sah Karin Friedrichsen ihren Mann um Zustimmung heischend an, doch diesmal zögerte er. »Erich?«

Erich Friedrichsen strich sich mit seinen Händen über die hohlen Wangen, dann sah er seine Frau entschuldigend an. »Nun, Liebling, ich würde nicht sagen, dass Rebecca wie immer war. Ich hatte das Gefühl, dass sie etwas bedrückte.«

»Davon hast du bisher nichts gesagt«, entgegnete sie überrascht.

»Weil ich nicht wusste, was es war. Ich habe sie gefragt, ob alles in Ordnung sei, und Rebecca bejahte. Aber ich hatte das Gefühl, dass das nicht stimmte. Doch da sie offensichtlich nicht darüber reden wollte …«

»Du hättest nachhaken müssen! Du weißt doch, wie Rebecca ist. Von sich aus sagt sie nie etwas, man muss ihr alles aus der Nase ziehen.« Für einen Moment sah Karin Friedrichsen so aus, als wollte sie das Thema vertiefen, doch dann erinnerte sie sich wieder, worum es eigentlich ging.

Edda wandte sich an Erich Friedrichsen. »Haben Sie irgendeine Vermutung, warum Ihre Tochter bedrückt gewesen sein könnte? Auch wenn sie nichts gesagt hat? Hatte sie vielleicht Streit mit Lucy?«

Er verneinte augenblicklich. »Das glaube ich nicht. Rebecca und Lucy sind … waren sehr verliebt. Auch noch nach sechs Jahren. Ich meine, bestimmt streiten sie sich manchmal, aber …« Er brach hilflos ab. Dann fragte er mit brüchiger Stimme: »Glauben Sie, dass Rebecca auch etwas passiert ist? Wie Lucy?«

Edda zögerte. »Ich kann es Ihnen ehrlich nicht sagen, Herr Friedrichsen. Wir gehen momentan davon aus, dass Rebecca aus eigenem Antrieb in ihrem Wagen weggefahren ist, aber wohin oder warum oder wann genau … Eine Möglichkeit wäre vielleicht folgende: dass Ihre Tochter den Sturz ihrer Frau mitbekommen hat und dass der Schock sie veranlasst hat, erst einmal davonzulaufen.« Sie fügte nicht hinzu, dass die wahrscheinlichste Ausprägung dieses Szenarios war, dass Rebecca Friedrichsen für den Tod ihrer Ehefrau verantwortlich war. »Der Fluchtinstinkt ist in manchen Menschen sehr mächtig.«

Karin Friedrichsen widersprach sofort. »Aber Sie sagten, Lucy sei gestern Abend nach acht gestorben. Rebecca würde um die Zeit nicht mehr mit Greta draußen herumlaufen. Und sie hätte sie bestimmt nicht allein im Haus zurückgelassen.«

Es war ein triftiges Argument, doch Erich Friedrichsen schien widersprechen zu wollen. »Sehen Sie das auch so?«, fragte Edda ihn.

Er nickte langsam. »Rebecca stellt Gretas Wohlergehen über alles andere, allerdings … Sie neigt tatsächlich dazu wegzulaufen, wenn unvorhergesehene Dinge passieren. Das hat sie schon als Kind getan. Sie zieht sich dann an irgendeinen Ort zurück, um erst einmal in Ruhe nachdenken zu können.«

»Und wohin könnte sie sich zurückgezogen haben?«

»In unser Ferienhaus«, sagte er prompt. »Es ist auf Rügen. Wir haben es vor zwölf Jahren gekauft. Freunde, die dort ebenfalls ein Haus besitzen, hatten es uns empfohlen.«

»Hat Rebecca einen Schlüssel?«

»Nein, aber sie könnte ihn sich von Frau Hasselt geholt haben.« Auf Eddas fragenden Blick hin fuhr er fort: »Gerda Hasselt wohnt in Binz. Wir vermieten das Haus, wenn wir selbst nicht dort sind, und Frau Hasselt kümmert sich darum – auch darum, dass geputzt wird und so weiter. Aber momentan steht das Haus leer, oder?«

Er sah fragend seine Frau an, die sofort wieder zum Telefon griff. Doch der Anruf endete mit einer Enttäuschung, Gerda Hasselt hatte nichts von Rebecca gehört.

»Vielleicht gibt es eine andere Möglichkeit, wie Rebecca ins Haus gelangt sein könnte?«, hakte Edda nach. »Haben Sie einen Ersatzschlüssel unter einem Blumentopf deponiert oder etwas Ähnliches? Nein? Ich werde das dennoch überprüfen lassen. Geben Sie mir bitte die Adresse?« Sie notierte sie. »Und ich hätte auch gerne die Namen und Adressen von weiteren Personen, bei denen Rebecca sein könnte. Ich weiß, Sie haben schon einige angerufen, aber wir müssen dennoch mit diesen Personen sprechen. Wir benötigen die Namen aller Freundinnen, Bekannten, Verwandten, zu denen Rebecca regelmäßig Kontakt hat.«

Die Bitte löste ein unbehagliches Schweigen aus, das Erich Friedrichsen schließlich brach. »Ich fürchte, Rebecca hatte in letzter Zeit wenig Kontakt zu anderen Menschen. Sie hat in Rerik sehr zurückgezogen gelebt. Es ging ihr eine Weile nicht so gut.« Er rang offensichtlich mit sich, ob er mehr erzählen sollte.

Edda nahm ihm die Entscheidung ab. »Wegen ihrer Fehlgeburt?«

»Sie wissen davon?«

»Frau Hagen, Lucys Mutter, hat mir erzählt, dass Rebecca und Lucy deswegen nach Rerik gezogen sind, weil Rebecca etwas Abstand benötigte.« Edda runzelte die Stirn. »Allerdings hätte ich gedacht, dass Rebecca die Kontakte wieder aufgenommen hätte, nachdem sie ja nun erfolgreich Mutter geworden war.«

Friedrichsen nickte. »Das hatte sie sicherlich vor, allerdings …«

Seine Frau mischte sich ein. »Es war ihr peinlich. Sie hatte sich so lange nicht bei ihren Freundinnen gemeldet, dass sie es schwierig fand, den Kontakt wiederherzustellen.«

Dafür hatte Edda Verständnis. »Dann geben Sie mir bitte dennoch die Namen der Freundinnen, vielleicht hat Rebecca sich bei einer von ihnen gemeldet. Und natürlich den Namen und die Adresse von Gretas Vater. Könnte Rebecca bei ihm sein?«

Die Ehegatten warfen sich einen Blick zu. »Nein«, erwiderte Karin Friedrichsen scharf. »Er lebt in Kanada. Er spielt keine Rolle im Leben des Kindes.« Sie kniff ihre Lippen zu einer schmalen Linie zusammen. Mehr schien sie zu dem Thema nicht sagen zu wollen.

Edda sah ihren Mann an.

»Felix Sattler ist vor über einem Jahr nach Toronto gezogen«, erklärte der. »Er ist schwul. Rebecca und Lucy hatten ihn ausgesucht, weil sie ursprünglich wollten, dass ihr Kind regelmäßig Kontakt zu seinem Vater hat. Damals wohnte er noch in Hamburg, ganz in der Nähe der beiden. Doch es ist alles etwas anders gekommen als geplant.«

»Das kann man wohl sagen«, zischte seine Frau. »Alles ist anders gekommen als geplant. Dabei war es von Anfang an ein unsinniger Plan. Zwei Frauen, die ein Kind …« Sie brach ab.

Ihr Mann legte seine Hand auf ihre. »Das ist doch jetzt im Moment nicht wichtig, Karin.«

Sie zog ihre Hand weg. »Glaubst du? Nur dass das Ganze nicht passiert wäre, wenn Rebecca bei Torge geblieben wäre. Ich wusste, dass die Sache kein gutes Ende nimmt, und ich hatte recht. Lucy ist tot, und wer weiß, wie sie zu Tode gekommen ist. Und die Polizei sitzt hier und verdächtigt unsere Tochter, etwas damit zu tun zu haben.«

»Aber das stimmt doch gar nicht«, protestierte ihr Mann erschrocken. »Sie wollen Rebecca nur finden …«

»Sei nicht so naiv!«, herrschte sie ihn an. »Was glaubst du denn, warum sie all die Fragen stellt?« Sie wandte sich an Edda. »Aber Sie irren sich. Unsere Tochter hat damit nichts zu tun.

Diese ganze Sache mit Lucy war nur eine Verirrung. Sie hätte bestimmt wieder …«

Edda erfuhr nicht, wie sie den Satz beenden wollte, denn in dem Moment klingelte das Telefon. Karin Friedrichsen griff hastig danach. »Ja? Torge? Weißt du, wo Rebecca ist? Nein?« Ihr Gesicht wurde wieder blass. Sie lauschte einen Moment. »Wir wissen es nicht. Lucy ist tot. Es gab einen Unfall. Lucy ist gestern Abend in Rerik vom Steilufer gestürzt, und Rebecca ist seitdem verschwunden. Niemand weiß, wo sie ist. Und die Polizei ist hier, und wir machen uns große Sorgen. Vielleicht kannst du uns beistehen? Wir wissen nicht, wie wir uns verhalten sollen.« Sie warf Edda einen Blick zu. »Ja, sie ist gerade hier. Warte bitte, ich gehe ins Arbeitszimmer.«

Karin Friedrichsen stand auf und verließ das Wohnzimmer. Zurück blieb eine angespannte Stille, die ihr Mann schließlich brach.

»Halten Sie es wirklich für möglich, dass Lucys Sturz gar kein Unfall war, sondern etwas anderes?«

Edda bemühte sich, ein offenes und ehrliches Gesicht zu machen. »Ich kann es Ihnen wirklich nicht sagen, Herr Friedrichsen. Wir wissen noch viel zu wenig über die Umstände dieses Sturzes. Deswegen wollen wir ja so dringend mit Ihrer Tochter sprechen. Nur sie kann uns sagen, ob gestern Abend irgendetwas Ungewöhnliches vorgefallen ist.«

Er dachte eine Weile darüber nach, dann schüttelte er den Kopf. »Ich kann es einfach nicht fassen, dass Lucy tot sein soll. Sie ist … war ein feiner Mensch, ein wirklich feiner Mensch. Sie hat Rebecca über alles geliebt. Sie hat sie glücklich gemacht. Sie hat ihr Sicherheit gegeben, Stabilität, vor allem nach der Sache mit Paul.«

»Paul?«

»Rebeccas Fehlgeburt. Sie erwartete einen Sohn, war schon im fünften Monat. Sie hatte bereits ein Kinderzimmer für ihn eingerichtet, das war noch in ihrer Hamburger Wohnung. Danach …« Er blickte an Edda vorbei in den ordentlichen Garten, auf seinem Gesicht ein Ausdruck tiefen Schmerzes. Dann wechselte er das Thema. »Sie dürfen meiner Frau nicht übelnehmen, was sie gesagt hat. Dass Lucy gewissermaßen selbst schuld ist an ihrem Tod wegen ihres Lebensstils. Das ist natürlich Unsinn. So denkt Karin nicht, nicht wirklich.«

Edda war da nicht so sicher. »Ich kann mir vorstellen, dass es manchmal auch für liberale Menschen nicht einfach ist, wenn die Kinder eigene Wege gehen – sehr eigene Wege.«

Er lächelte flüchtig über ihre vorsichtige Formulierung. »Ach, das ist es nicht einmal. Bevor sie Lucy traf, war Rebecca mit einem Jungen zusammen, mit dem sie quasi aufgewachsen ist. Torge Berger – meine Frau telefoniert gerade mit ihm. Er ist der Sohn von Karins ältester Freundin. Karin und Hella planten schon ihre gemeinsame Zukunft, als die beiden noch in der Grundschule waren.« Er schwieg einen Moment. »Ich habe mich immer gefragt, ob dieser Wunsch der beiden nicht verantwortlich dafür war, dass Rebecca und Torge überhaupt zusammengekommen sind. Es war nie eine gleichberechtigte Beziehung.« Er seufzte. »Torge ist ein lieber Junge, aber er hat sich selbst immer wichtiger genommen als Rebecca. Wahre Liebe tut das nicht, sie stellt die eigenen Interessen hintenan. Lucy hat das für Rebecca getan.«

»Und umgekehrt?«

»Oh, umgekehrt war es auch so. Zumindest vor der Fehlgeburt. Danach …« Er seufzte. »Kummer macht die Menschen selbstsüchtig. Finden Sie nicht auch?«

Edda war der Meinung, dass die meisten Menschen keinen besonderen Anlass benötigten, um sich selbstsüchtig zu verhalten. Doch bevor sie die Antwort diplomatisch verpacken konnte, kam Karin Friedrichsen zurück.

»Torge Berger möchte Sie sprechen. Er ist ein Freund der Familie, Rechtsanwalt. Sie sollen ihn in seiner Kanzlei aufsuchen. Er hat Ihnen etwas mitzuteilen.«

Als Edda Torge Berger zwanzig Minuten später in dessen Kanzlei an der Elbchaussee die Hand schüttelte, war sie nicht weiter überrascht, dass Karin Friedrichsen bis heute unglücklich darüber war, dass ihre Tochter diesen Mann verlassen hatte. Zumindest auf den ersten Blick wirkte Berger wie der fleischgewordene Traum aller Schwiegermütter. Er war groß, schlank und rothaarig und sah auf eine brave Matthias-Schweighöfer-Art gut aus. Er hatte einen angesehenen, krisenfesten Beruf und gute Manieren und wirkte so angepasst und konventionell, dass er seine Angetraute auf einer Familienfeier garantiert nie blamieren würde. Auch Edda fand Berger ausgesprochen attraktiv – in seiner Eigenschaft als Zeuge. Denn was er zu sagen hatte, war alles andere als konventionell.

»Lassen Sie mich das noch einmal zusammenfassen«, sagte sie schließlich, nachdem er geendet hatte. »Rebecca rief Sie vorgestern, am Dienstag, an und erzählte Ihnen, dass sie eine Woche zuvor, also vor neun Tagen, am Strand eine Frau namens

163

Julia kennengelernt habe. Die Frau war nackt, weil angeblich ihre Kleidung gestohlen worden war, und Rebecca half ihr mit einer Hose und einer Jacke aus. Daraufhin freundeten die beiden sich an und trafen sich dann jeden Tag bis einschließlich Freitag. Danach verschwand die Frau wieder aus Rebeccas Leben. Sie erschien am Samstagabend nicht zu einem Essen, zu dem sie eingeladen worden war, und meldete sich auch sonst nicht mehr. Als Rebecca sich auf die Suche nach ihr machte, stellte sie fest, dass einige Angaben der Frau nicht stimmten – zum Beispiel ihre Behauptung, ein Ferienapartment im Reriker Kurhaus gemietet zu haben. Außerdem äußerte Rebecca Ihnen gegenüber den Verdacht, dass die Begegnung am Strand inszeniert war, weil die Zeit, in der diese angebliche Julia allein am Strand war und in der also jemand ihre Kleidung hätte stehlen können, zu kurz war.« Edda runzelte die Stirn. »Können Sie sich an die genauen Zeitangaben erinnern?«

Torge Berger warf einen Blick auf den gelben Kanzleiblock, der vor ihm auf seinem Schreibtisch lag, und ratterte einige Zahlen herunter, während Edda mitschrieb. »Ich habe mir Notizen gemacht«, ergänzte er, »während ich mit Rebecca gesprochen habe. Das ist ein Automatismus bei mir, obwohl es kein dienstliches Gespräch war. Rebecca hat mich angerufen, weil wir Freunde sind, nicht in meiner Eigenschaft als Anwalt. Sonst hätte ich Ihnen das alles natürlich gar nicht mitgeteilt.«

Edda nickte. Berger hatte sie bereits zweimal darauf hingewiesen, dass er durch seine Aussage kein Anwaltsgeheimnis verletzte. Das Bedürfnis, sich gegen alles und jeden abzusichern, war in Eddas Augen eine typische Anwaltsmacke und wahnsinnig unsexy. »Und meine Zusammenfassung ist korrekt?«

»Genauso hat Rebecca mir die Sache geschildert. Ich kann natürlich nicht bezeugen, dass sich alles wirklich so abgespielt hat.«

»Hatten oder haben Sie denn Zweifel daran?«

»Sie meinen, ob ich Rebecca geglaubt habe? Das habe ich. Warum hätte sie mich anlügen sollen?«

Da wären Edda viele Gründe eingefallen, angefangen von Geltungsbedürfnis bis hin zu handfesten kriminellen Motiven. »Sie müssen doch zugeben, dass die Geschichte ausgesprochen seltsam klingt.«

»Das ist mir durchaus aufgefallen«, entgegnete er trocken.

»Und was haben Sie Rebecca geraten?«

Berger wehrte sofort wieder ab. »Ich habe ihr keinen juristischen Rat gegeben. Ich habe ihr nur meine Meinung als Freund gesagt.«

»Und die lautete wie?«

Er lehnte sich in seinem schwarzledernen Chefsessel zurück. Der Sessel, wie alles in dem Büro, sah teuer aus. Edda kannte Strafverteidiger, die sich am Rande des Existenzminimums mit Pflichtverteidigungen durchschlugen, doch Torge Berger gehörte offensichtlich nicht in diese Kategorie. Er arbeitete für eine von Hamburgs Topkanzleien, und nach der Ausstattung seines Büros zu schließen, war er ein geschätzter Mitarbeiter. Allerdings war das Büro recht klein, möglicherweise ein Hinweis darauf, dass er mit seinen zweiunddreißig Jahren noch auf der untersten Stufe der Karriereleiter hockte.

»Ehrlich gesagt war ich nicht sicher, was ich von der Geschichte halten sollte. Ich habe Rebecca geraten, zur Polizei zu gehen, für den Fall, dass die Frau an einer psychischen Störung leidet und dort schon bekannt ist.« Er sah Edda fragend an, was diese davon hielt, doch sie verzog keine Miene. »Außerdem kam mir die Idee, dass die Frau, diese Julia, irgendeinen Grund gehabt haben könnte, Rebecca auf diese … na ja, inoffizielle Art kennenlernen zu wollen.«

»Zum Beispiel?«

Er fuhr sich mit dem Zeigefinger zwischen Hemdkragen und Hals entlang, als sei seine Krawatte, hellblau mit konservativem Langweilermuster, zu eng. »Ich dachte, dass Lucy vielleicht eine Affäre mit dieser Frau gehabt hat.« Er sah Eddas zweifelnden Gesichtsausdruck und fügte hinzu: »Ich hatte mal mit einem Fall zu tun, in dem eine Frau die heimliche beziehungsweise eher nicht so heimliche Geliebte ihres Mannes stalkte, und dachte, hier läge vielleicht eine vergleichbare Konstellation vor.«

Edda dachte darüber nach. »Aber wenn Sie Lucy Hagen eine Affäre unterstellen, dann wäre die Konstellation hier wohl eher umgekehrt. Dann hätte ihre Geliebte ihre Ehefrau gestalkt. Dieselbe Konstellation wäre es, wenn Rebecca eine Affäre mit einem Mann oder einer Frau gehabt hätte und wenn Julia die Frau dieses Mannes oder dieser Frau wäre.« Sie musterte ihn einen Moment lang. »Aber auf den Gedanken, dass Rebecca eine Affäre haben könnte, sind Sie nicht gekommen?«

Er wirkte ehrlich überrascht. »Natürlich nicht.«

»Warum natürlich?«

»Weil Rebecca nicht fremdgehen würde.«

»Nicht? Aber sie hat doch auch Sie mit Lucy betrogen.«

»Wie kommen Sie denn darauf?«

»Oder Sie zumindest für sie verlassen.«

Er seufzte, es klang ziemlich theatralisch. »Ich nehme an, Karin Friedrichsen hat Ihnen erzählt, dass Rebecca und ich früher ein Paar waren? Es stimmt, wir waren zusammen, seit ich siebzehn und Rebecca fünfzehn war. Das Ganze hielt neun Jahre, dann haben wir uns getrennt.«

»Und der Grund?«

Er runzelte die Stirn. »Ich wüsste zwar nicht, was Sie das angeht, aber: Wir waren einfach zu jung, als wir zusammenkamen. Wir haben uns dann beide in verschiedene Richtungen weiterentwickelt, so dass es irgendwann nicht mehr gepasst hat. Das war uns beiden klar, Rebecca war nur diejenige, die es zuerst ausgesprochen hat.«

Er leierte das so nüchtern herunter, dass Edda prompt Zweifel kamen, ob es sich wirklich so zugetragen hatte. Oder war die Beziehung der beiden tatsächlich so leidenschaftslos gewesen wie das geschilderte Ende? Dann war es kein Wunder, dass Rebecca Friedrichsen sich anderweitig umgesehen hatte.

»Und kurz darauf begann Rebecca ihre Beziehung mit Lucy?«

Er schüttelte den Kopf. »Ich weiß nicht, wann das genau war. Rebecca und ich hatten nach unserer Trennung eine Zeit lang keinen Kontakt.«

»Aber heute sind Sie wieder Freunde. Wie kam das?«

Er griff zu einem Lineal, spielte damit und bog es, bis es fast zerbrach. »Unsere Familien sind befreundet. Rebecca und ich waren befreundet, bevor wir ein Paar wurden. Wir wollten diese Freundschaft nicht wegwerfen.« Er legte das Lineal beiseite und musterte Edda. »Allerdings verstehe ich nicht, warum Sie sich so brennend für meine Beziehung zu Rebecca interessieren.«

»Ich interessiere mich für Rebecca Friedrichsen. Wie ich Ihnen schon erklärt habe, versuchen wir dringend, sie zu finden. Je mehr wir über sie wissen, desto eher gelingt uns das.«

»Und wie ich schon sagte, habe ich keine Ahnung, wo sie sein könnte. Das Ganze ist … seltsam.« Er klang besorgt.

Edda wartete, ob er noch etwas hinzufügen würde, bevor sie fragte: »Wie gut kannten Sie Lucy Hagen eigentlich?«

Berger rollte mit seinem Sessel ein Stück nach hinten und begann, umständlich die Ärmel seines Hemdes aufzukrempeln. »Nicht sehr gut. Ich habe sie nur ein paarmal auf Familienfeiern getroffen, wenn Karin und Erich Geburtstag feierten beispielsweise. Ich war nie bei Rebecca und ihr zu Hause, weder in Hamburg noch in Rerik.«

»Und wie hat Rebecca auf Ihre Ratschläge beziehungsweise auf Ihre Meinung reagiert, dass Lucy vielleicht eine Affäre hat?«

Der Anwalt verzog das Gesicht. »Sie wurde wütend. Sie schloss es kategorisch aus und legte auf. Und bevor Sie fragen: Seitdem habe ich nichts mehr von ihr gehört.«

»Glauben Sie, dass sie Lucy auf Ihren Verdacht ansprechen wollte?«

»Keine Ahnung.«

Edda überlegte. »Ich möchte noch einmal auf das zurückkommen, was Sie vorhin sagten: dass Sie Rebecca keine Affäre zutrauen. Angenommen, sie hätte doch eine: Glauben Sie, sie hätte sie eher mit einem Mann oder einer Frau?«

Torge Berger runzelte die Stirn. »Ich verstehe Ihre Frage nicht.«

Edda lächelte freundlich. »Es ist doch ganz einfach. Würde Rebecca ihre Frau eher mit einem Mann oder einer Frau betrügen? Hätte sie mehr Interesse an einer lesbischen Affäre oder an einer heterosexuellen?«

»Woher soll ich das wissen?«

»Nun, Sie hatten doch mal eine sexuelle Beziehung zu ihr. Hatten Sie damals schon den Eindruck, dass sie eigentlich lieber eine Frau als Partnerin gehabt hätte?« Es war eine milde Provokation, doch erfolgreich.

Torge Berger errötete. »Ich hatte nie Zweifel daran, dass Rebecca in sexueller Hinsicht durchaus zufrieden in unserer Beziehung war«, entgegnete er gestelzt. »Erklären Sie mir jetzt, warum Sie sich so für Rebeccas sexuelle Orientierung interessieren? Oder ist das blanker Voyeurismus Ihrerseits?«

Edda zuckte mit den Achseln. »Weil mir spontan nur ein plausibles Szenario einfällt, das alle Unstimmigkeiten in dieser Sache erklären könnte. Wenn Rebecca eine Affäre mit einer gewissen Person hatte, könnte die Frau vom Strand, Julia oder wie auch immer, die bisherige Partnerin dieser Person sein. Das würde erklären, warum sie Rebecca kennenlernen wollte. Und wenn Rebecca ihrer Frau gestern Abend die Affäre gestanden hat oder sie gar wegen dieser Affäre verlassen wollte, könnte das ein auslösender Faktor für Lucys Unfall gewesen sein.«

»Inwiefern?«

»Wir können Suizid nicht ausschließen.«

»Das ist pure Spekulation.«

Edda zuckte mit den Achseln. »Sie haben Lucy doch kennengelernt. Können Sie sich vorstellen, dass sie sich deswegen das Leben nehmen würde? Wenn Rebecca sie verlassen würde? Alle, mit denen ich bisher gesprochen habe, haben bestätigt, dass sie sehr verliebt in ihre Frau war.«

Berger schüttelte den Kopf. »Ich kenne sie nicht gut genug, um das beurteilen zu können. Aber glauben Sie ernsthaft, jemand würde sich in Rerik vom Steilufer stürzen, um Suizid zu begehen? So hoch ist das nun auch wieder nicht. Es wäre kaum eine todsichere Methode.«

»Und woher wissen Sie, wie hoch das Steilufer in Rerik ist? Sie sagten vorhin, Sie hätten Rebecca dort noch nie besucht.«

Er wurde wieder rot. »Wir haben früher einmal dort Urlaub gemacht. Gemeinsam mit Rebeccas Familie. Soweit ich weiß, war das der Grund, dass Lucy dort das Haus kaufte. Rebecca hat immer von Rerik geschwärmt.« Er schüttelte den Kopf. »Ich glaube dennoch nicht, dass Rebecca eine Affäre hatte.«

»Aber wenn, dann wäre es doch interessant, zu wissen, ob mit einem Mann oder einer Frau. Es würde uns bei der Suche nach ihr helfen. Immerhin ist es möglich, dass sie jetzt bei dieser Person ist.«

Edda fuhr von Torge Bergers Kanzlei direkt zurück nach Rerik, doch wegen des Feierabendverkehrs rund um Hamburg erreichte sie ihr Ziel erst nach neun. Kurt und Maltes Team waren längst abgezogen, doch das hielt Edda nicht davon ab, sich noch einmal selbst im Haus umzusehen. Sebastian hatte behauptet, Hausdurchsuchungen gäben ihr einen Kick, und das stimmte. Allerdings stimmte seine Diagnose nur zum Teil. Es war nicht nur voyeuristische Neugier, die Hausdurchsuchungen in Edda befriedigten. Wenn Edda sich in den Häusern oder Wohnungen der Toten aufhielt, dann trat sie dabei mit diesen Toten in einen engen Kontakt, viel enger, als sie ihn normalerweise mit lebenden Menschen pflegte. Wenn sie sich ansah, wie die Toten gewohnt hatten, wenn sie die Dinge berührte, die sie vor ihr berührt hatten, ihre Briefe las oder – falls sie Tagebuch geschrieben hatten – vielleicht sogar ihre Gedanken, dann fühlte sie sich ihnen nahe. Normalerweise verspürte Edda kein Bedürfnis nach Nähe zu anderen Menschen. Die Begegnungen mit Kollegen und allen, die sie täglich beruflich sprechen musste, reichten ihr. Aber das Zusammensein mit den Toten beziehungsweise mit dem, was sie hinterlassen hatten, gab ihr einen Frieden, den sie sonst selten verspürte.

Doch bevor Edda sich von dem Streifenbeamten, der vor dem Haus parkte, den Schlüssel holte, ging sie noch einmal zu der Stelle, von der Lucy Hagen in den Tod gestürzt war. Sie wollte sich dort in Ruhe umsehen, ohne dass Maltes Mitarbeiter in ihren weißen Schutzanzügen um sie herumkrabbelten wie außerirdische Käfer. Außerdem wollte sie die Stelle unter den Bedingungen sehen, die zum Zeitpunkt von Lucy Hagens Tod geherrscht hatten, und jetzt war eine gute Gelegenheit, denn der Himmel war wolkenfrei und der Mond immer noch so gut wie voll.

Edda nahm den schmalen Pfad, der dem Haus von Lucy Hagen und Rebecca Friedrichsen gegenüber in den Küstenwald führte, und stellte schnell fest, dass Manfred Funke mit seiner Analyse der Lichtverhältnisse recht gehabt hatte. Seine Behauptung, man könne ein verdammtes Buch lesen, war zwar übertrieben, doch Edda hatte keinerlei Mühe, sich zu orientieren. Obwohl der Pfad schmal und uneben war, kam sie gut voran, da sie jede Baumwurzel und jeden Stein problemlos erkennen konnte. Dasselbe galt für die Umgebung der Absturzstelle. Die Umrisse der Eiche und des Rotdorns, zwischen denen Lucy Hagen abgestürzt war, hoben sich scharf vom nächtlichen Meer dahinter ab und warfen klare schwarze Schatten auf den Strand. Im Mondlicht konnte Edda sogar einzelne Eichenblätter und Rotdornbeeren unterscheiden, die an der Stelle lagen, an der Lucy Hagen vor ihrem Tod zuletzt festen Boden unter den Füßen gehabt hatte.

Edda blieb eine ganze Weile oben auf dem Steilufer stehen, schaute auf die dunklen Wellen der Ostsee, deren Schaumkronen im Mondlicht weiß leuchteten, lauschte, wie sie grollend auf den Strand liefen, lauschte dem Wind, der die Blätter rascheln ließ, die noch an den Bäumen hingen, und dachte über das nach, was Torge Berger ihr erzählt hatte. Über die Frau namens Julia, die Rebecca Friedrichsen angeblich an diesem Strand kennengelernt hatte und die auf so mysteriöse Weise erst in ihr Leben eingedrungen war und es dann wieder verlassen hatte.

Edda hatte keine Ahnung, was sie von der Geschichte halten oder ob sie sie überhaupt glauben sollte. Sie war zu neunzig Prozent sicher, dass Torge Berger sie nicht angelogen hatte – hauptsächlich, weil sie ihm nicht genügend Fantasie zutraute, sich eine solche Geschichte auszudenken –, aber das bedeutete nicht, dass Rebecca Friedrichsen ihm die Wahrheit gesagt hatte. Doch selbst wenn die Geschichte im Großen und Ganzen stimmte, warf sie etliche Fragen auf. Nicht nur die offensichtlichen – Wer war diese Julia? Wieso hatte sie Rebecca Friedrichsen angelogen? Wo war sie jetzt? –, sondern weitere:

Warum hatte Rebecca Friedrichsen sich überhaupt mit der Frau angefreundet? Warum ging sie mit einer Frau, der sie zufällig begegnete, sofort eine solch enge Beziehung ein, dass die beiden sich täglich trafen? Und wie hatte die Beziehung zwischen den beiden genau ausgesehen? Waren sie nur Freundinnen gewesen? Oder war mehr passiert? Hatten sie eine sexuelle Beziehung begonnen, die Rebecca Friedrichsen Torge Berger gegenüber aus Scham oder aus einem anderen Grund verschwiegen hatte? Und dann war da natürlich die Hauptfrage: Hatte die Sache etwas mit Lucy Hagens Tod und Rebecca Friedrichsens Verschwinden zu tun? Vor ihrem Gespräch mit dem Anwalt hätte Edda darauf gewettet, dass Rebecca Friedrichsen in den Tod ihrer Frau verwickelt und deshalb mit ihrer Tochter geflohen war. Jetzt fragte sie sich, ob die Sache nicht komplizierter war.

Sie wurde aus diesem Gedanken gerissen, als sie durch das Grollen des Meeres und das Rauschen der Blätter im Küstenwald hindurch eine Stimme vernahm, die den Pfad entlangschallte. Kurz darauf kam ein Mann in einem dunklen Mantel um eine Biegung. Er hielt ein Handy ans linke Ohr.

»Ja, natürlich muss ich es sagen, *mir* ist das klar. Es könnte immerhin wichtig sein. Aber Mara ist total ausgerastet, als die geklingelt haben, und hat mir verboten, an die Tür zu gehen. Sie hat Angst, das mit uns könnte rauskommen. Was soll das heißen, ich hätte damit rechnen müssen? Ich dachte, wir fahren nur zum Vögeln hierher und …«

Der Mann brach ab, als er Edda erblickte, und blieb wie angewurzelt stehen. Für einen Moment sahen sie einander an. Es war hell genug, dass Edda erkennen konnte, dass er noch keine dreißig und ausgesprochen attraktiv war. Dann nickte er ihr zu und ging weiter. Als er an ihr vorbei war, setzte er das Gespräch fort, leiser jetzt. Das Letzte, was Edda hörte, war: »Ich will die Beförderung.«

Dann ging sie zurück zur Seestraße, um sich nach dem Sterben auch mit dem Leben von Lucy Hagen zu beschäftigen.

FREITAG

1

Am nächsten Morgen wachte Edda schon eine Stunde vor dem Weckerklingeln auf, obwohl sie nur drei Stunden geschlafen hatte. Sie war erst nach Mitternacht nach Hause gekommen, dann hatte sie noch die Wäsche aufgehängt, die den ganzen Tag in der Maschine gelegen hatte, anschließend gebügelt und ihre Wohnung vom Müll der vergangenen zwei Urlaubswochen befreit und schließlich ein langes Gespräch mit Sebastian geführt. Jetzt nutzte sie die Gelegenheit, noch schnell ihr Bad zu putzen, bevor sie in die Kriminalpolizeiinspektion ging, die nur einen Katzensprung von ihrer Wohnung entfernt lag.

Um acht Uhr informierte sie das Todesteam, das wieder vollzählig war, und zwei temporäre Mitarbeiter, die Hilrieke Drexel zur Unterstützung abgestellt hatte. »Dr. Hilter hat gestern noch Schnelltests auf Drogen und Alkohol gemacht, das Ergebnis ist negativ. Falls er bei der Obduktion heute keine sonstigen Gründe dafür findet, warum Lucy Hagen unsicher auf den Beinen hätte sein sollen, können wir einen Unfall ohne Fremdbeteiligung wohl endgültig ausschließen.«

»Was ist mit einem Selfie im Mondschein?«, warf Britt Keller ein. Ihr Sohn war immer noch krank, doch heute wurde er von ihrem Partner betreut. Offensichtlich hatte das Zuhausebleiben am Vortag ihrem natürlichen Aktivitätsdrang nicht genügt, denn sie wippte auf ihrem Stuhl vor und zurück. Britt war zweiunddreißig, und Edda schätzte sie aus vielen Gründen, vor allem aber, weil Britt fast so versessen auf Todesermittlungen war wie sie selbst. »Ich habe irgendwo eine Statistik gelesen, dass immer mehr Menschen sterben, weil sie sich vor irgendeinem Abgrund ablichten wollen und nicht darauf achten, wo sie hintreten. Im letzten Jahr gab es auch auf Rügen zwei Fälle.« Sie grinste. »Aber wenigstens sind sie mit einem Lächeln auf den Lippen gestorben.«

Edda grinste zurück. »Eine schöne Idee, aber Hagens Handy steckte in ihrer Hosentasche. Jetzt liegt es übrigens beim LKA, ich hoffe, sie schaffen es bald, das Ding zu knacken. Also, einen Unfall ohne Fremdbeteiligung schließe ich fürs Erste aus. Bleiben Suizid oder jemand war bei Hagen, als sie fiel. Erste Kandidatin wäre die Ehefrau. Ich habe die Fahndung nach ihr eingeleitet. Wir gehen heute auch mit Details über den Tod von Hagen und mit ihrem Namen an die Öffentlichkeit. Rieke hält um neun Uhr eine Pressekonferenz ab. Wenn Friedrichsen unschuldig ist und ihre Abwesenheit nicht mit Hagens Tod zusammenhängt, sollte sie spätestens dann auftauchen, wenn sie vom Tod ihrer Frau erfährt. Wenn nicht, dann sagt uns das auch etwas.«

»Ist die Fahndung nach ihr öffentlich?«, fragte Sören Voss, Eddas Stellvertreter. Im Gegensatz zu Britt saß er auf seinem Stuhl, als hätte er einen Stock verschluckt. Wie immer trug er einen grauen Anzug mit messerscharfen Bügelfalten, allerdings heute mit schwarzer Krawatte. Edda fiel ein, dass sie ihm zum Tod seines Vaters kondolieren sollte.

»Erst mal nur intern, aber wenn Friedrichsen heute nicht auftaucht, denken wir noch mal darüber nach.«

»Sie scheinen ja recht sicher zu sein, dass sie noch lebt«, warf Thomas Gertz ein, eins der beiden temporären Teammitglieder. »Für mich sieht das Ganze eher nach einer klassischen Familientragödie aus. Ein Mann tötet erst seine Frau, dann seine Kinder, dann sich selbst. Wäre die Friedrichsen ein Kerl, würden wir nach ihrer Leiche suchen und nach der des Babys. Oder schließen Sie das aus, weil Sie einer Frau nicht so viel Gewalt zutrauen?«

Die letzte Bemerkung begleitete Gertz mit einem süffisanten Lächeln. Edda wusste, dass er Ambitionen hatte, dauerhaft ins Todesteam zu wechseln. Früher hatte er es mit Einschleimen versucht, seine neueste Masche waren offenbar pseudo-provokative Fragen.

»Ich schließe es nicht aus, halte es aber für unwahrscheinlich, weil Rebecca Friedrichsen dann wohl kaum einen Koffer gepackt hätte, wie ich vorhin ausführlich berichtet habe.« Edda sah Gertz so lange an, bis sein süffisantes Lächeln verschwand. »Okay, so viel zu Rebecca Friedrichsen. Die Fahndung läuft, wir können da nicht viel machen, ich möchte daher, dass wir uns im Moment auf Lucy Hagen konzentrieren. Britt und ich, wir fahren gleich nach Hamburg zu FinGames. Ich möchte mit Priska Hofmeister und noch einmal mit ihrem Mann reden, außerdem mit den Mitarbeitern. Wie ging es Hagen in letzter Zeit? Hatte sie Grund für einen Suizid? Hatte sie Streit mit jemandem? Wie war ihre Beziehung zu Friedrichsen?

Hat jemand eine Ahnung, worüber sie kurz vor ihrem Sturz so dringend mit Finn Hofmeister reden wollte? Das Übliche. Sie, Gertz, werden uns dabei unterstützen, außerdem kommt Malte mit ein paar Leuten mit für eine Durchsuchung von Hagens Büro, Beschlagnahme ihrer Computer, möglicher Firmenhandys et cetera. Anschließend sollen sie sich noch die Hamburger Wohnung vornehmen. Sie«, Edda nickte Kevin Dietz zu, dem zweiten temporären Kollegen, »fahren ebenfalls nach Hamburg und reden mit Friedrichsens früheren Freundinnen und Kolleginnen und mit ihrem Bruder und ihrer Schwägerin. Vorwand bei allen Gesprächen ist, dass wir nach Friedrichsen suchen, weil wir uns Sorgen um sie machen. Lassen Sie nicht raushängen, dass wir sie uns als Täterin vorstellen können, sonst machen die Leute dicht. Das gilt für alle. Offizielle Sprachregelung ist, dass die Ursache für den Sturz offen ist, aber Rieke wird in der Pressekonferenz andeuten, dass wir an einen Unfall glauben.«

»Soll ich allein fahren?«, fragte Kevin.

»Trauen Sie sich das nicht zu?«

»Doch. Klar.«

»Gut. Ich möchte möglichst viel über Friedrichsens Charakter wissen, über ihre Beziehung zu Hagen, sonstige Beziehungen, die sie hatte, einfach alles. Hier sind Namen und Adressen.«

Edda schob ein Blatt Papier zu Kevin hinüber. Er nahm es mit Begeisterung, wie Edda bemerkte. Ebenfalls bemerkte sie, dass Thomas Gertz die Begeisterung nicht teilte. Vermutlich ärgerte es ihn, dass sein jüngerer Kollege die anspruchsvollere Aufgabe bekam. Es störte Edda nicht. Kevin war besser geeignet für den Job. Die Namen auf der Liste gehörten fast ausschließlich zu Frauen unter vierzig. Mit seinen achtundzwanzig Jahren sah Kevin aus wie ein knuddeliger Welpe. Je nach Alter und Persönlichkeitsstruktur wollten Frauen ihn entweder bemuttern, oder sie verliebten sich in ihn. Er würde mehr erfahren als Gertz, der Frauen durch sein Machogehabe regelmäßig vor den Kopf stieß.

Edda wandte sich an Kurt, der bisher wie üblich kein einziges Wort gesagt hatte. Edda war sich nie sicher, ob er nichts beizutragen hatte oder ob er auf eine persönliche Einladung wartete, die nie kam. Auch wie üblich machte er ein unzufriedenes Gesicht. »Du fährst wieder nach Rerik und überwachst die Haus-zu-Haus-Befragung. Wir haben noch lange nicht alle Anwohner und Feriengäste erwischt. Außerdem sprichst du bitte mit Elke von der Kurverwaltung.«

Kurt zückte sein Notizbuch. »Elke und wie weiter?«

»Das wirst du herausfinden müssen«, beschied Edda ihn. »Sie ist die Frau, mit der Friedrichsen angeblich wegen des Ferienapartments dieser mysteriösen Julia geredet hat. Ich will eine Bestätigung dieses Gesprächs. Außerdem war Elke möglicherweise am Mittwochabend beim Pilateskurs, falls ja, ist sie eine der Letzten, die Rebecca Friedrichsen gesehen hat.«

Kurt nickte, und Edda wandte sich an Sören. »Du übernimmst wie üblich hier die Leitung. Falls irgendetwas Wichtiges reinkommt, ruf mich an!«

2

Die Geschäftsräume von FinGames lagen in der Hamburger Hafencity, unweit der Elbphilharmonie, mit Blick auf den Sandtorhafen. Von außen war das Gebäude ein wenig bemerkenswerter Bau mit Backsteinfassade und viel Glas, innen jedoch schrie einem aus jeder Ecke entgegen, dass hier ein hippes ehemaliges Start-up residierte, das auch als Mittelständler weiterhin hipp sein wollte. Die Spieleentwickler von FinGames arbeiteten in einem lichtdurchfluteten Großraumbüro, dessen Decken von Säulen mit dem Firmenlogo – petrolblaue Haifinne in einem gelben Kreis – getragen wurden. Mindestens vierzig Schreibtische standen verstreut, und dazwischen gab es alles, was das moderne Entwicklerherz nach den neuesten Erkenntnissen der Ergonomieforschung begehren mochte – von Sitzecken mit quietschbunten Bezügen und Stehtischen mit Obst und Biosnacks über den obligatorischen Tischkicker bis hin zu einem Fitnessraum, der durch eine Glaswand abgetrennt war. Ebenfalls durch Glaswände abgetrennt waren die Büros der drei Geschäftsführer und zwei Besprechungsräume. Im größeren der beiden vernahmen Britt und Thomas Gertz die Mitarbeiter, im kleineren saß Edda mit Priska Hofmeister.

Die Co-Geschäftsführerin von FinGames war eine Überraschung. Auf dem Foto auf der FinGames-Homepage hatte sie in ihrem Kostüm und mit hochgesteckten Haaren seriös bis zu Biederkeit gewirkt, doch in natura war sie alles andere als das. Sie war eine selbstbewusste Blondine mit üppigen Kurven, die sie in eine knackenge Jeans und eine schrill bunte Bluse hüllte, bei deren Anblick Edda fürchtete, bleibende Schäden an ihren Augen zu erleiden. Ihr Benehmen war nicht weniger lebhaft als die Bluse, so dass es fast aufgesetzt wirkte. Doch Edda hatte den Eindruck, dass es tatsächlich ihrer Persönlichkeit entsprach – zumindest ihrer Persönlichkeit nach dem Tod einer engen Freundin. Und dass Lucy Hagen für Priska Hofmeister nicht nur eine Kollegin gewesen war, wurde schnell deutlich.

»Die ganze Sache ist absolut grauenvoll«, sagte sie, während sie sich auf einen der Stühle fallen ließ, die um den ovalen Konferenztisch standen. »Als ich es gestern gehört habe, habe ich geflennt wie ein Kleinkind. Ich weiß gar nicht, wann ich das letzte Mal geheult habe, wahrscheinlich wegen irgendeinem Scheiß als Fünfjährige. Am liebsten wäre ich heute zu Hause geblieben und hätte den ganzen Tag weitergeheult, aber das konnte ich Finn nicht antun. Einer muss ja hier den Laden schmeißen, und er ist völlig fertig. Er sitzt den ganzen Tag hinter seinem Schreibtisch, starrt Löcher in die Luft und blafft jeden an, der klopft. Also gebe ich vor zu arbeiten, obwohl ich mich nicht konzentrieren kann. Aber was soll ich sonst machen? Vielleicht können Sie es mir sagen? Ihr Geschäft ist doch der Tod. Sie haben doch ständig mit ›Hinterbliebenen‹ zu tun.« Sie setzte das Wort mit vier Fingern in Anführungszeichen, als wollte sie sich davon distanzieren. »Wie gehen die damit um? Aber sagen Sie mir bloß nicht, dass die Zeit alle Wunden heilt. Das ist bestimmt wahr, aber ich will es jetzt nicht hören.« Sie blickte Edda herausfordernd in die Augen.

Edda hielt dem Blick stand. »Ich kann Ihnen leider nicht sagen, was Sie tun sollen, Frau Hofmeister. Ich kann Ihnen nur sagen, dass Ihr Verlust mir sehr leidtut.«

Priska Hofmeister nickte heftig. »Das sollte es auch. Lucy war etwas ganz Besonderes! Sie war die Beste – der beste Mensch, den ich je kennengelernt habe. Ich habe eine Weile gebraucht, um es zu kapieren, aber dann … Scheiße, mir kommen schon wieder die Tränen.« Sie sprang auf, lief zu einem Tisch an der Glaswand, auf dem Getränke und Snacks standen, und griff zu einer Papierserviette. Sie schnäuzte sich, dann ließ sie sich wieder auf ihren Stuhl fallen.

»Was war an ihr denn so Besonderes?«, fragte Edda.

»Alles.« Priska Hofmeister knüllte die Serviette zu einem Ball in ihrer Hand und warf ihn über fünf Meter in einen Papierkorb. Dann atmete sie einmal tief durch. »Entschuldigen Sie, das war eine Nichtantwort. Sie wollen wissen, was an Lucy so besonders war? Also, sie war klug, wirklich klug. Nicht nur hochintelligent, das sind wir schließlich alle hier, sondern …«, sie suchte nach dem richtigen Begriff, »… weise. Ja, weise.« Sie nickte bekräftigend. »Und sie war gut. Loyal. Uneigennützig. Lucy versuchte immer, allen und allem gerecht zu werden. Sie versuchte immer, alle Seiten einer Sache vorurteilsfrei zu betrachten. Das ist etwas Besonderes. Die meisten Menschen interessieren sich nur dafür, wie eine Sache sie persönlich betrifft. Lucy dachte in größeren Zusammenhängen. Aber dabei war sie keine naive Weltverbesserin wie ihre Mutter in ihrem Biorapunzeltürmchen. Lucy war ein Nerd.«

Das letzte Wort sagte sie mit einer Inbrunst, wie andere das Wort Gott oder Superstar aussprachen. Es überraschte Edda, da der Begriff für die meisten Menschen negativ besetzt war. Als sie eine entsprechende Bemerkung machte, schüttelte Priska Hofmeister heftig den Kopf.

»Weil Nerds in unserer Gesellschaft als seltsam gelten. Als Fachidioten, die sich in ihre Computer verkriechen und strähnige Haare und Schweißfüße haben. Aber ein Nerd zu sein bedeutet nur, dass man sich leidenschaftlich für eine Sache interessiert. Dass man versucht, sie perfekt zu machen.«

Die Definition gefiel Edda. »Und wofür hat Frau Hagen sich interessiert?«

Priska Hofmeister fuhr sich mit beiden Händen durch ihre üppige Mähne. »Um Gottes willen, nennen Sie Lucy bloß nicht Frau Hagen, das hätte sie gehasst. Sie hat Förmlichkeiten verabscheut. Ich habe heute Morgen erst überlegt, ob ich nicht ein Kostüm anziehen sollte, irgendetwas Dunkles, Ernstes, einem Trauerfall angemessen. Aber Lucy hätte das lächerlich gefunden. Für sie zählte, was Menschen im Kopf und im Herz haben, nicht auf der Haut. Wo waren wir? Ach ja. Lucy hat für vieles gebrannt. Für die Firma, für die Gameentwicklung, für den Kampf gegen Schwulen- und Lesbendiskriminierung. Sie war sogar einmal bei einer Demo in Moskau dabei. Dabei wurde ihr der Arm gebrochen und …« Sie brach ab und schüttelte den Kopf. »Aber das wollen Sie vermutlich alles gar nicht wissen. Sie wollen die genauen Umstände von Lucys Tod aufklären – obwohl ich Ihnen jetzt schon sagen kann, dass es ein

Unfall war.« Sie sah Edda eindringlich an. »Ich weiß, dass Sie das nicht glauben, sonst wären Sie nicht mit einem Großaufgebot hier eingerückt, und Ihre Kollegen würden jetzt nicht Lucys Büro durchsuchen«, sie deutete mit dem Kopf nach links, wo – durch die Glaswand gut sichtbar – Malte gerade einen Laptop einpackte, »aber niemand, der sie kannte, hätte Lucy das angetan, und sie hätte sich bestimmt nicht das Leben genommen. Sie war kein Feigling. Wenn sie ein Problem hatte, hat sie nach einer Lösung gesucht. Aufgeben wäre für sie nicht infrage gekommen.«

Priska Hofmeister schien genau wie Ilona Hagen keine Zweifel daran zu hegen, und zu ihrer Überraschung fiel es Edda schwer, sich von dieser Sicherheit nicht anstecken zu lassen. Die Frau besaß eine überzeugende Persönlichkeit.

»Und wenn Lucy etwas Schlimmes zugestoßen wäre?«

»Auch dann nicht. Abgesehen davon – was hätte ihr Schlimmes zustoßen sollen? Sie war jung, sie war gesund, hier läuft alles super.«

»Wie hätte sie Ihrer Ansicht nach zum Beispiel reagiert, wenn ihre Frau sie verlassen hätte?«

Priska Hofmeister hatte ihre Worte mit zahlreichen Gesten unterstrichen, doch jetzt blieben ihre Hände in der Luft stehen, und sie sah Edda verblüfft an. »Das glauben Sie nicht ernsthaft, oder? Wie kommen Sie denn darauf?« Sie überlegte einen Moment. »Ist es, weil Rebecca weggefahren ist, ohne jemandem Bescheid zu sagen? Finn hat mir davon erzählt, und ich gebe zu, das ist tatsächlich untypisch für sie. Aber wieso hätte Rebecca Lucy verlassen sollen?«

»Vielleicht hat sie eine andere – oder einen anderen.«

»Das glaube ich im Leben nicht.« Priska Hofmeister lachte auf, dann sah sie Eddas ernstes Gesicht. »Hören Sie, ich möchte nicht das kleine Naivchen spielen. Natürlich gehen Leute fremd, auch solche in nach außen hin perfekten Beziehungen, aber Rebecca …« Sie schüttelte heftig ihre blonden Locken. »Sie hat sich in den letzten fünf Monaten für nichts anderes interessiert als für Greta. Und davor hat sie sich für nichts anderes interessiert als für ihre Schwangerschaft. Sie hätte gar nicht die emotionalen Ressourcen gehabt, sich auf eine Affäre einzulassen. Und wo hätte sie denn jemanden treffen sollen? Wenn sie nicht gerade einsame Strandspaziergänge macht, hockt sie doch den ganzen Tag zu Hause.« Die letzte Bemerkung klang abfällig, die Geschäftsführerin von FinGames schien kein Fan des klassischen Hausfrau-und-Mutter-Daseins zu sein.

»Nun, sie hat tatsächlich jemanden am Strand kennengelernt, vor zehn Tagen, eine Frau namens Julia. Sagt Ihnen der Name etwas?«

Priska Hofmeister kniff überlegend ihre Augen zusammen. »Julia? So hieß die Frau, auf die wir am Samstagabend vergeblich gewartet haben. Rebecca hatte sie und Finn und mich zum Essen eingeladen. Meinen Sie die?«

Edda nickte. »Erzählen Sie mir von Samstagabend.«

Priska Hofmeister zuckte mit den Achseln. »Da gibt's nicht viel zu erzählen. Lucy und Rebecca hatten Finn und mich zum Essen eingeladen. Das machen sie so alle paar Wochen. Normalerweise sind wir zu viert, aber diesmal erzählte Rebecca, eine Freundin würde dazukommen. Mich hat das überrascht, weil ich dachte, dass Rebecca niemanden in Rerik kennt. Aber vermutlich hat sie Julia genau deswegen eingeladen.«

»Wie meinen Sie das?«

Priska Hofmeister seufzte. »Um mir zu beweisen, dass sie eben doch Freunde in Rerik hat und damit einen guten Grund, dort leben zu wollen.« Sie verzog ihren breiten Mund. »Rebecca und ich hatten bei unserem letzten Treffen vor Samstag eine Auseinandersetzung. Ich habe ihr ziemlich deutlich gemacht, wie selbstsüchtig ich es finde, dass sie sich nach Gretas Geburt immer noch in Rerik vergräbt. Ich finde … fand das unfair Lucy gegenüber.«

»Inwiefern?«

»Weil die Pendelei zwischen Rerik und Hamburg für Lucy total stressig war.« Sie lächelte etwas gequält. »Jetzt wundern Sie sich vermutlich, wie ich dazu kam, mich in die Beziehung anderer Leute einzumischen. Ich habe mich selbst gewundert. Normalerweise tue ich das nicht, und ich würde jedem ins Gesicht springen, der mich oder Finn mit Eheratschlägen beglücken würde, aber …« Sie schwieg einen Moment, während sie mit ihren dunkelrot lackierten Fingernägeln auf die Tischplatte trommelte. »Wissen Sie, Lucy war in den letzten Monaten oft völlig fertig. Ständig versuchte sie, an zwei Orten zugleich zu sein. Wir hatten hier jede Menge zu tun, weil der Launch von Crazy Country IV bevorsteht, aber Lucy wollte auch Rebecca mit Greta unterstützen. Finn und ich haben versucht, sie in der Firma zu entlasten, was jedoch schwierig war. Die einfachste Lösung wäre gewesen, wenn Rebecca mit Greta zurück nach Hamburg gezogen wäre, aber sie lehnte es einfach ab, und das hat mich wahnsinnig geärgert. Ich sagte Lucy, sie solle sich das nicht bieten lassen, doch Lucy konnte Rebecca nichts abschlagen. Na ja, kein Wunder, Rebecca war ihre Achillesferse. Jeder hat eine, Finn ist meine.« Sie schwieg einen Moment gedankenverloren, dann konzentrierte sie sich wieder auf Edda. »Wo waren wir? Ach ja, Sie wollten etwas über diese Julia wissen. Ich kann Ihnen leider nicht viel sagen, ich habe sie nicht kennengelernt, weil sie am Samstag nicht aufgetaucht ist.«

»Erzählen Sie mir alles, was Frau Friedrichsen über Julia erzählt hat«, bat Edda.

Priska Hofmeister zuckte mit den Achseln. »Das war auch nicht viel. Nur, dass sie sie am Strand kennengelernt hat. Jemand hatte ihre Klamotten geklaut, und Rebecca lieh ihr eine Hose oder so. Ach ja, und dass sie ein grünes und ein braunes Auge hatte. Oder war es ein grünes und ein blaues? Rebecca hat bestimmt noch ein paar Details erwähnt, die ich wieder vergessen habe, denn ehrlich gesagt haben sie mich auch nicht brennend interessiert. Warum interessieren Sie sich denn so für Julia? Glauben Sie etwa, Rebecca hat eine Affäre mit ihr und ist jetzt bei ihr? Aber dann hätte sie sie nicht zu sich nach Hause eingeladen, um sie Lucy vorzustellen. So krass ist Rebecca nicht.«

Ein guter Punkt, dachte Edda. »Ich interessiere mich für Julia, weil es in der Beziehung zwischen ihr und Frau Friedrichsen einige Ungereimtheiten gibt. Wussten Sie, dass Frau Friedrichsen nach dem Samstag vergeblich versucht hat, Julia zu finden?« Edda fasste zusammen, was Torge Berger ihr erzählt hatte.

Priska hörte aufmerksam zu. »Nein, das wusste ich nicht. Ich habe mit Rebecca seit Samstag nicht gesprochen, und Lucy hat auch nichts erwähnt.« Sie schüttelte irritiert den Kopf. »Haben Sie was dagegen, wenn wir mal eine kurze Pause machen? Ich muss nachdenken.« Sie stand auf und stellte sich mit dem Rücken zu Edda ans Fenster, das den Blick auf den Sandtorhafen freigab, dessen Wasser in der Oktobersonne funkelte.

Edda wartete schweigend ab. Sie fand die Aktion ungewöhnlich. Wenn Zeugen Zeit brauchten, dann versuchten sie in der Regel, sie durch ausweichende Antworten oder angebliche Erinnerungslücken zu schinden. Sie fand es angenehm, jemand zu treffen, der klar sagte, was er wollte. Noch dazu eine Frau, schließlich wurden Frauen immer noch darauf konditioniert, zu gefallen und sich nach der Agenda anderer zur richten. Doch Priska Hofmeister schien sich überhaupt wenig Gedanken über ihre Wirkung auf andere zu machen.

Schließlich drehte sie sich wieder um. »Ich frage mich langsam, ob ich meine Meinung nicht doch revidieren muss. Als Sie vorhin hier ankamen und sagten, dass Sie mit uns allen reden wollen und Lucys Büro durchsuchen und so weiter, da habe ich mich gefühlt wie in einem schlechten Film. Mir erschien das alles unnötig dramatisch, und ich kann immer noch nicht glauben, dass Lucys Sturz etwas anderes war als ein Unfall. Andererseits gibt es wirklich viele Ungereimtheiten, wie Sie das nennen. Rebeccas mysteriöse Reise, das komische Verhalten dieser Julia, dann Lucys Anruf bei Finn.«

»Darüber wollte ich auch mit Ihnen reden«, hakte Edda ein. »Haben Sie irgendeine Idee, worüber Lucy mit Ihrem Mann sprechen wollte?«

»Keine. Es sei denn, Sie haben recht, und Rebecca hatte ihr wirklich gerade eröffnet, dass sie ihre Beziehung beenden wolle.« Sie sah Edda fragend an. »Halten Sie das wirklich für möglich? Gibt es denn darauf irgendwelche Hinweise?«

»Direkte nicht«, gab Edda zu, »aber es würde einiges erklären. Was Lucy mit Ihrem Mann besprechen wollte, wo Frau Friedrichsen jetzt ist, warum sie niemandem erzählt hat, dass sie für ein paar Tage verreisen möchte.«

»Und könnte es auch Lucys Tod erklären? Halten Sie es für möglich, dass Rebeccas potentieller Partner etwas damit zu tun hat?«

Priska Hofmeisters Augen fixierten Eddas, und Edda zögerte mit der Antwort. Sie hatte den Eindruck, dass die Frau überlegte, ob sie ihr etwas anvertrauen sollte, und dass es von ihrer Antwort abhing, ob sie es tun würde oder nicht. »Ich weiß es nicht«, sagte sie ehrlich, »ich kann es aber auf keinen Fall ausschließen.«

Priska Hofmeister nickte, als hätte sie das erwartet. »Dann möchte ich Ihnen etwas erzählen. Wie gesagt, ich glaube nicht, dass Rebecca eine Affäre hat und Lucy verlassen wollte, aber nur für den unwahrscheinlichen Fall ...« Sie schien sich einen Ruck zu geben. »Rebecca ist tatsächlich fremdgegangen. Ich dachte immer, es wäre eine einmalige Sache gewesen, aber vielleicht irre ich mich.«

Edda gab sich keine Mühe, ihre Überraschung zu verbergen. »Woher wissen Sie das?«

»Lucy hat es mir erzählt.«

»Und wann war das?«

»Dass Lucy es mir erzählt hat? Drei Monate vor Gretas Geburt. Dass Rebecca fremdgegangen ist? Neun Monate vor Gretas Geburt.«

Bevor Kurt Paschke die Reriker Kurverwaltung aufsuchte, um dort nach der Mitarbeiterin namens Elke zu fragen, beging er einen kleinen Akt der Rebellion und machte eine Pause in dem Café nebenan. Er ahnte, dass seine Chefin das nicht gutgeheißen hätte. Edda nahm sich während Ermittlungen nie Zeit zum Essen, und sie schien zu erwarten, dass auch ihre Mitarbeiter sämtliche persönlichen Bedürfnisse zurückstellten, bis ein Fall gelöst war.

Doch Kurt war verärgert. Am Vortag hatte er klaglos die Routineaufgaben übernommen, auf die Edda keine Lust hatte, doch heute sah die Lage anders aus. Der Fall Lucy Hagen war nicht mehr als klarer Unfall eingestuft, Hilrieke Drexel hatte zwei Mitarbeiter zur Unterstützung abgestellt. Wieso zum Kuckuck wurden diese dann nicht für unterstützende Tätigkeiten herangezogen? Wieso durften die in Hamburg Zeugen vernehmen, während er schon wieder in Rerik die Haus-zu-Haus-Befragung beaufsichtigen musste? Die einzige anspruchsvolle Aufgabe, die die Chefin ihm für heute übertragen hatte, war die Befragung dieser Elke. Doch Kurt bezweifelte, dass dabei viel herauskommen würde – wäre es eine erfolgversprechende Spur, hätte Edda dafür selbst einen Abstecher nach Rerik gemacht.

Daher der Besuch im Café als kleiner Akt des Ungehorsams. Kurts Pflichtgefühl war jedoch zu groß, als dass er ihn länger als zehn Minuten ausgedehnt hätte, und so betrat er gegen elf Uhr die Kurverwaltung. Dort hatte er in zweifacher Hinsicht Glück, denn erstens hatte er keine Schwierigkeiten, in der Kurverwaltung die richtige Elke zu finden, weil es nur eine Mitarbeiterin dieses Namens gab, und zweitens war Elke

Binder an diesem Vormittag auch anwesend und nahm sich bereitwillig eine halbe Stunde Zeit für ihn. Kurt hatte den Eindruck, dass es ihr nicht nur darum ging, Informationen zu geben, sondern auch welche zu bekommen. Kein Wunder, sie war gewissermaßen doppelt betroffen. Zum einen sorgte sie sich um Rebecca Friedrichsen, zum anderen – wenig verwunderlich – um den Ruf des Ferienortes. Rerik war vom Tourismus abhängig, die Steilküste war ein Besuchermagnet, und niemand konnte vorhersagen, wie sich ein tödlicher Sturz von eben dieser auf den Tourismus auswirken würde.

Nachdem er Elke Binder den offiziellen Stand der Dinge erläutert hatte, kam Kurt auf den Grund seines Besuches zu sprechen, und Frau Binder bestätigte, dass Rebecca Friedrichsen am vergangenen Montag bei ihr gewesen war und nach einer Julia gefragt hatte, die in einem der Apartments wohnen sollte, die die Kurverwaltung verwaltete.

»Es war wirklich eine seltsame Geschichte. Warum behauptet jemand, er wohne bei uns, wenn es gar nicht der Fall ist? Und ich hatte den Eindruck, dass es Rebecca wirklich sehr irritierte. Sie war so überzeugt, dass diese Julia bei uns ein Apartment gemietet hat, dass sie sie mir sogar beschrieben und mich gefragt hat, ob ich die Frau gesehen hätte.«

»Können Sie sich an die Beschreibung noch erinnern?« Kurt zückte sein Notizbuch.

»Natürlich, es ist ja erst vier Tage her. Rebecca beschrieb die Frau als über einen Meter siebzig groß, schlank, mit schulterlangen dunklen Haaren und zwei verschiedenfarbigen Augen, einem grünen und einem braunen. Deshalb war ich mir auch so sicher, dass ich sie noch nie gesehen habe. Das mit den Augen hätte ich bestimmt bemerkt.« Sie warf einen Blick auf Kurts Mitschrift. »Aber wieso interessiert Sie das? Und wieso fragen Sie nicht Rebecca? Sie könnte Ihnen die Frau besser beschreiben als ich.«

»Frau Friedrichsen ist für ein paar Tage verreist. Wir konnten leider noch nicht mit ihr sprechen.«

»Heißt das, sie weiß noch gar nichts vom Tod ihrer Frau? Wie furchtbar!« Elke Binder wirkte aufrichtig bekümmert.

»Vermutlich nicht. Sie wissen nicht zufällig, wo sie ist?«

»Nein, sie hat mir nicht einmal erzählt, dass sie wegfährt. Aber das ist nicht verwunderlich. Wir kennen uns eigentlich kaum, nur vom Pilates.« Sie überlegte einen Augenblick. »Das erklärt, warum sie am Mittwochabend so geistesabwesend wirkte. Vermutlich war sie in Gedanken schon auf ihrer Reise.«

Kurt wurde hellhörig. »Geistesabwesend?«, wiederholte er.

»Ja. Sie war so unkonzentriert, dass sie uns eine Übung dreimal durchführen ließ.«

Kurt machte sich eine weitere Notiz. »Ist Ihnen sonst noch etwas Ungewöhnliches an ihr aufgefallen?«

»Nein.« Elke Binder musterte Kurt scharf durch ihre blaue Brille. »Aber wieso fragen Sie das? Sie klingen wie ein Polizist aus dem Tatort, der nach einem Mord ermittelt. Sind Sie wirklich sicher, dass der Tod von Rebeccas Partnerin ein Unfall war? Ehrlich gesagt, hegen wir alle hier starke Zweifel. Der Weg oben auf der Steilküste ist an allen kritischen Stellen gesichert. Da ist noch nie jemand abgestürzt, wir halten das eigentlich für ausgeschlossen.«

Kurt klappte sein Notizbuch zu. »Wir können noch nicht abschließend sagen, was der Grund für den Sturz von Frau Hagen war. Die Fragen dienen wirklich nur dazu, Frau Friedrichsen ausfindig zu machen. Beunruhigen Sie sich nicht, Frau Binder.«

Als er kurz darauf die Kurverwaltung verließ und zu seinem Wagen ging, den er gegenüber vor der Reriker Kirche geparkt hatte, fragte Kurt sich, ob Elke Binder ihm das abgenommen hatte. Er bezweifelte es. Die Zeiten, in denen die Menschen klaglos akzeptierten, was die Vertreter der Staatsgewalt ihnen verkündeten, waren lange vorbei. Doch dann richtete Kurt seine Gedanken entschlossen auf einen anderen Punkt. Als Elke Binder diese Julia beschrieben hatte, insbesondere die Farben ihrer Augen, da hatte sich irgendwo in seinem Kopf eine Erinnerung geregt. Er war sicher, vor einiger Zeit von einer Frau mit zwei verschiedenfarbigen Augen gelesen zu haben. Doch wo und in welchem Zusammenhang?

Kurt schloss seinen Wagen auf und setzte sich hinters Steuer, fuhr jedoch nicht los, sondern versuchte, die Erinnerung zu erhaschen, während er durch die Windschutzscheibe am Kirchturm hochschaute. Zwei Möwen umkreisten die Spitze und schaukelten im Wind. Dann fiel es Kurt ein. Er hatte in der Zeitung einen Artikel über Menschen mit verschiedenfarbigen Augen gelesen. Den Anlass für den Artikel wusste Kurt nicht mehr, doch er erinnerte sich an den Fachbegriff, der das Phänomen beschrieb, Iris-Heterochromie, und an die Ursache: Die unterschiedlichen Farben rührten von einer Pigmentierungsstörung in der Iris her. Das Phänomen galt bei Menschen als sehr selten, als Beispiele waren ein Model abgebildet gewesen und eine Frau, die kurz zuvor als vermisst gemeldet worden war. Und je länger Kurt nachdachte, desto sicherer wurde er, dass die Frau ebenfalls Julia geheißen hatte.

Julia Bauer oder Meier oder ein ähnlicher Nachname. Und sie hatte in Köln gelebt.

Seltsam. Eine Julia mit verschiedenfarbigen Augen war vor einigen Monaten in Köln verschwunden. Und eine Julia mit verschiedenfarbigen Augen war vor Kurzem hier in Rerik verschwunden. Zufall?

Doch Kurt erhielt nicht die Gelegenheit, weiter darüber nachzudenken, denn in dem Moment klingelte sein Handy. Es war einer der Beamten, die an der Haus-zu-Haus-Befragung teilnahmen.

»Oberkommissar Paschke? Sind Sie in der Nähe? Wir sind gerade in einer Ferienwohnung in der Seestraße, die zurzeit von einem«, er machte eine deutliche Pause, »einem Paar aus Berlin belegt ist. Der Mann ist am Mittwochabend im Küstenwald spazieren gegangen und hat dort einen Streit gehört.«

»Aber ich dachte, Gretas Vater sei ein gewisser Felix Sattler«, sagte Edda. »Frau Friedrichsens Eltern haben mir das erzählt.«

Priska Hofmeister nickte. »Weil Rebecca es ihnen erzählt hat und weil es auch der ursprüngliche Plan war. Und bei dem ist ihre Mutter schon ausgeflippt. Wenn Rebecca ihr erzählt hätte, dass sie zweieinhalb Monate nach ihrer Fehlgeburt mit dem nächstbesten Kerl in die Kiste gesprungen ist, um ein neues Kind zu zeugen, dann hätte ihre Mutter vermutlich der Schlag getroffen.« Sie seufzte. »Ich erzähle Ihnen die ganze Geschichte, aber erst mal brauche ich etwas zu trinken. Für Sie auch etwas?«

Sie ging zu dem Tisch mit den Getränken und öffnete eine Flasche mit irgendeiner hippen Hallo-wach-Kräuterlimonade.

Edda bat um ein Mineralwasser. Priska Hofmeister reichte ihr eine Flasche und ein Glas, dann setzte sie sich auf den Konferenztisch und ließ ihre Beine baumeln.

»Es war Lucys Idee«, begann sie. »Nicht die, überhaupt ein Kind zu bekommen, das war Rebeccas. Lucy hätte es zu ihrem Glück nicht gebraucht, dreimal nachts aufzustehen und stinkende Babywindeln zu wechseln oder sich mit anderen Eltern um einen Hortplatz zu streiten oder gar mit ihnen am Spielplatz rumzuhängen.« Sie schnitt eine Grimasse. »Aber Rebecca wollte unbedingt ein Kind, deswegen stimmte Lucy unter der Bedingung zu, dass es Kontakt zu seinem Vater haben würde. Das war ihr sehr wichtig. Sie sagte, sie wolle keine Halbwaise produzieren.«

»Weil sie selbst ihren Vater früh verloren hatte?«, fragte Edda.

Priska Hofmeister schüttelte den Kopf. »Weil sie es dem Kind gegenüber unfair gefunden hätte, ihm den Vater vorzuenthalten.« Sie lächelte. »Das meinte ich vorhin. Lucy hat immer versucht, alle Seiten einer Medaille zu sehen. Sie brauchte keine persönliche Betroffenheit, um zu erkennen, was das Richtige ist.« Sie leerte ihre Limo und stellte die Flasche auf den Tisch. »Lucy begann, in ihrem schwulen Freundeskreis nach einem geeigneten Kandidaten zu suchen, und schließlich einigten sie und Rebecca sich mit Felix. Felix schien der ideale Kandidat zu sein. Er war ein alter Freund von Lucy, die beiden kannten sich schon lange, hatten ähnliche Ansichten und so weiter. Er lebte in einer festen Beziehung, sein Partner war einverstanden, und er wohnte sogar in der Nähe von Rebecca und Lucy. Es klang alles ziemlich perfekt. Die drei planten das Ganze also durch, und schließlich wichste Felix in einen Becher und … Na ja, das können Sie sich ja selbst ausmalen. Es verlief alles nach Plan, und Rebecca wurde tatsächlich schon beim ersten Versuch schwanger.« Sie schnitt eine Grimasse. »Nur dummerweise sah der Plan nicht vor, dass Felix seinen Partner zwei Monate später beim Fremdgehen erwischen und kurz darauf ein Mega-Job-Angebot in Toronto bekommen würde.« Sie schwieg.

»Und das änderte alles?«, fragte Edda.

»Zunächst mal nicht, obwohl Lucy stinksauer auf Felix war, weil er das Kind im Stich lassen wollte. Doch kaum war er weg, hatte Rebecca ihre Fehlgeburt.« Priska Hofmeister machte eine Pause und starrte an ihren Füßen vorbei auf den Teppichboden.

Als sie nicht weitersprach, sagte Edda: »Ihr Vater hat gesagt, die Fehlgeburt hätte sie sehr mitgenommen.«

Priska Hofmeister nickte langsam. »Ja, es war furchtbar. Ich habe Rebecca in der Zeit nicht getroffen, aber Lucy hat es erzählt. Und selbst wenn nicht, hätten wir es hier gemerkt, weil Lucy selbst ganz krank vor Sorge um Rebecca war. Sie lief herum wie ein Geist, außerdem ging sie oft schon mittags nach Hause, weil Rebecca es dort allein nicht aushielt.« Sie biss sich auf die Unterlippe. »Rebecca erholte sich erst, als sie nach Rerik zogen. Ich dachte damals, das sei eine Schnapsidee, weil Rebecca dort dann noch mehr allein sein würde, aber offensichtlich tat es ihr gut. Sie verarbeitete die Sache – das dachten wir zumindest. Doch dann erzählte Lucy, dass Rebecca wieder schwanger sei. Als ich sie fragte, wie das passiert sei, sagte sie, dass Rebecca fremdgegangen sei.«

»Was hat sie Ihnen genau erzählt?«, wollte Edda wissen.

»Eigentlich nicht mehr als das. Ich habe sie natürlich gefragt, wer der Vater ist, aber sie sagte, dass Rebecca es selbst nicht wüsste. Es sei ein anonymer One-Night-Stand gewesen.«

»Frau Friedrichsen wusste selbst nicht, mit wem sie geschlafen hat?« Edda schüttelte es innerlich. Sie selbst hatte nichts gegen One-Night-Stands, es war tatsächlich ihre liebste, weil unverbindlichste Art, Sex zu haben. Aber sie wäre im Leben nicht auf den Gedanken gekommen, das Sperma eines völlig Fremden in sich aufzunehmen. »Und wie hat Lucy auf das Fremdgehen und die Schwangerschaft reagiert?«

Priska Hofmeister runzelte die Stirn. »Genau weiß ich das nicht, ich war ja nicht dabei, als Rebecca es ihr sagte. Mir erzählte Lucy das Ganze erst später, und da behauptete sie, es wäre für sie okay, weil Rebecca ja nur fremdgegangen sei, um schwanger zu werden.«

»Nur?«, wiederholte Edda.

»Das hat sie so gesagt, ja.«

»Und glauben Sie, dass es okay für sie war?«

Priska Hofmeister ließ sich Zeit mit der Antwort. »Ich weiß es nicht«, sagte sie schließlich. »Lucy wirkte tatsächlich relativ entspannt, als sie davon erzählte. Andererseits war es ein riesiger Vertrauensbruch. Selbst wenn Rebecca mit dem Mann nicht aus Liebe oder Lust geschlafen hat – sie hätte Lucy in die Entscheidung, ein Kind zu bekommen, einbeziehen müssen.« Sie schüttelte den Kopf. »Also, ich würde so etwas nicht verzeihen.« Sie schwieg eine Weile. »Ich weiß es nicht«, wiederholte sie dann. »Wenn es wirklich wichtig ist, schlage ich vor, dass Sie Finn fragen. Er war Lucys bester Freund. Es kann sein, dass sie ihm mehr gesagt hat als mir. Allerdings befürchte ich, er wird ziemlich sauer sein, dass ich Ihnen davon erzählt habe.«

3

Finn Hofmeister reagierte tatsächlich verärgert. Edda fand ihn in seinem Büro. Durch die Glastür sah sie, dass er noch immer an seinem Schreibtisch saß. Als sie klopfte, reagierte er nicht, doch als sie die Tür öffnete, fuhr er sofort herum.

»Priska, ich habe dir schon dreimal gesagt, ich will allein sein. Du kannst nichts für mich tun, also ...« Er brach ab, als er Edda erblickte. »Oh, Sie sind nicht meine Frau.«

»Kriminalhauptkommissarin Timm, ich würde gerne mit Ihnen reden. Haben Sie einen Moment Zeit?«

»Natürlich.« Er fuhr sich verlegen durch sein hochrotes Gesicht, dann stand er auf und reichte Edda die Hand. »Finn Hofmeister. Entschuldigen Sie bitte, dass ich Sie angeblafft habe. Ich dachte, Sie wären meine Frau. Nicht, dass Priska es verdient hätte, von mir angemacht zu werden. Es ist nur ... Ich kann es nicht ertragen, dass sie ständig behauptet, es sei nicht meine Schuld.« Er schüttelte gereizt den Kopf. Dann deutete er auf einen Sessel, petrolblau wie das FinGames-Logo. »Wollen Sie sich nicht setzen?«

Er wartete, bis Edda Platz genommen hatte, bevor er sich wieder auf seinen Stuhl fallen ließ. Edda studierte sein attraktives Gesicht, das jetzt wieder blass war. Finn Hofmeister wirkte ziemlich mitgenommen. Seine Augen waren rotgerändert, sein Atem alles andere als frisch. Edda glaubte, eine Alkoholfahne zu riechen.

»Was sei nicht Ihre Schuld?« Sie zog den Sessel näher.

Hofmeister hob seine Arme und ließ sie fallen, dass sie an seinen Körper klatschten. »Was wohl? Lucys Tod. Priska behauptet, ich hätte nichts tun können, aber das ist nicht wahr. Lucy hat mich angerufen. Sie hat mich gebraucht. Und was habe ich gemacht?«

Es war eine rhetorische Frage, Edda antwortete trotzdem. »Sie sind zu ihr gefahren.«

Er lachte auf, kurz und bitter. »O ja, das bin ich, und was habe ich dort getan?« Diesmal beantwortete er die rhetorische Frage selbst. »Ich habe vierzig Minuten nutzlos vor Lucys Tür herumgehangen, bevor ich wieder gefahren bin. Dabei hätte ich sie suchen müssen. Ich hätte wissen müssen, dass etwas nicht stimmt. Ich hätte etwas unternehmen müssen!«

Er ballte seine linke Hand zur Faust. Er schien irgendetwas darin einzuschließen, doch Edda konnte nicht sehen, was es war. Sie konnte den Frust des Mannes verstehen. Mit Schuldgefühlen kannte sie sich aus, deshalb probierte sie es mit Schocktherapie.

»Haben Sie Lucy Hagen vom Steilufer gestoßen?«

Es dauerte einen Moment, dann nahm sein blasses Gesicht einen fassungslosen Ausdruck an. »Bitte?«

»Das ist eine einfache Frage. Antworten Sie! Haben Sie Lucy Hagen vom Steilufer in Rerik gestoßen und so ihren Tod verursacht?«

Er wurde knallrot. »Sind Sie verrückt? Natürlich nicht. Was …?«

Edda schnitt ihm das Wort ab. »Dann tragen Sie auch nicht die Schuld an ihrem Tod. Und bevor Sie widersprechen, dass es nicht so einfach ist – doch, es ist so einfach. Wir handeln, wir treffen täglich Hunderte Entscheidungen. Diese Entscheidungen haben Konsequenzen. Doch wir können nicht für jede Konsequenz verantwortlich gemacht werden, die wir weder gewollt noch vorhergesehen haben.«

Edda trug das mit mehr Vehemenz vor als beabsichtigt. Eigentlich hatte sie gar nicht geplant, so etwas zu sagen. Doch die Worte schienen gut gewählt, Finn Hofmeister entspannte sich sichtlich. Seine Hand lockerte sich, und Edda konnte sehen, dass er einen kleinen quietschgelben Antistressball mit einem aufgemalten Gesicht darin hielt.

»Glauben Sie das wirklich?«

Nein, dachte Edda, nur ein Idiot würde das glauben. »Ja.«

»Und glauben Sie auch, dass jemand Lucy von der Klippe gestürzt hat? Es klang gerade ein wenig so.«

»Wir untersuchen die Möglichkeit.«

»O Gott!« Er schwieg eine lange Zeit, in der er eifrig den gelben Ball knetete. Seine Finger öffneten und schlossen sich, so dass das aufgemalte Gesicht grotesk verzerrt wurde. »Okay«, sagte er schließlich, »ich akzeptiere das, obwohl ich es mir nicht vorstellen kann. Lucy hatte keine Feinde – allein das Wort klingt so melodramatisch. Aber wenn Sie das untersuchen, dann unterstütze ich Sie natürlich. Was wollen Sie wissen?«

»Zuerst möchte ich noch einmal mit Ihnen über Mittwochabend sprechen.« Edda lehnte sich in ihrem Sessel zurück und ging mit Finn Hofmeister noch einmal durch, was er am Vortag bereits Kurt erzählt hatte, ohne jedoch neue Erkenntnisse zu gewinnen. »Und ist Ihnen mittlerweile eine Idee gekommen, worüber Lucy mit Ihnen sprechen wollte? Ich nehme an, Sie haben darüber nachgedacht.«

Er lachte kurz auf. »Was glauben Sie denn? Aber mir ist nichts eingefallen.«

»Gestern sagten Sie zu meinem Kollegen, Sie glauben, Lucy hätte Sie wohl eher aus privaten Gründen angerufen als aus beruflichen.«

»Habe ich das? Ja, kann gut sein.«

»Mit Privatleben – meinten Sie da Lucys Beziehung zu Rebecca? Glauben Sie, dass es Probleme zwischen den beiden gab?«

Er wehrte sofort ab. »Nein, bestimmt nicht.«

»Was meinten Sie dann?«

Er zögerte. »Ich weiß eigentlich gar nicht so genau, was ich meinte«, gab er dann zu. »Ich kann mir nur nicht vorstellen, dass Lucy mich wegen irgendeiner Firmenangelegenheit gebeten hätte, nach Rerik zu kommen. Das hätten wir auch am Telefon klären können. Oder am nächsten Tag hier.«

»Wie läuft es denn gerade hier bei Ihrer Firma?«

Sein Gesicht hellte sich auf. »Super, einfach super. Wir bringen bald Crazy Country IV raus, pünktlich zum Weihnachtsgeschäft. Es war zuletzt ziemlich hektisch, aber wir haben es rechtzeitig fertig produziert. Und die Vorbestellzahlen sind fantastisch und …« Er brach ab und machte ein sorgenvolles Gesicht. »Allerdings weiß ich nicht, wie wir ohne Lucy weitermachen sollen. Sie war unser Chief Technology Officer.« Er fuhr sich mit seinen Händen durch die dunklen Haare. »Gott, ich fasse es nicht. Das ist doch zum Kotzen. Jetzt mache ich mir auch noch Sorgen ums Geschäft. Dabei ist das doch jetzt echt egal. Sie erwähnten vorhin Rebecca. Was ist mit ihr? Hat sie sich mittlerweile gemeldet?«

»Leider nicht, aber wir haben Hinweise darauf, dass sie für ein paar Tage mit Greta verreisen wollte. Haben Sie eine Idee, wo sie hingefahren sein könnte?«

Er schüttelte den Kopf. »Ich hoffe nur, es geht den beiden gut.« Er klang ernsthaft besorgt.

Edda musterte ihn aufmerksam. »Halten Sie es für möglich, dass sie vielleicht bei Gretas Vater sind?«

Die Frage irritierte Finn Hofmeister, das war ihm deutlich anzusehen. Seine Hand verkrampfte sich um den Ball. Als er sah, dass Edda es bemerkte, öffnete er seine Finger wieder, doch es schien ihn Mühe zu kosten. »Sie meinen bei Felix Sattler? In Kanada?«

»Nein, ich meine bei dem Mann, mit dem Rebecca ohne Lucys Wissen und Einverständnis geschlafen hat, um ein Kind zu zeugen. Ihre Frau hat mir davon erzählt.«

Priska Hofmeister hatte die Reaktion ihres Mannes korrekt vorhergesehen. Er verzog ärgerlich den Mund. »Das hätte sie nicht tun sollen. Das hat doch hiermit überhaupt nichts zu tun.«

»Das können Sie nicht wissen. Sie müssen uns solche Dinge sagen, Herr Hofmeister.«

Er schüttelte den Kopf. »Das geht niemanden außer Rebecca und Lucy etwas an.«

»Leider doch. Bei Ermittlungen zu ungeklärten Todesfällen geht die Polizei alles etwas an. Da bleibt nichts privat.«

»Das ist doch ein Klischee.«

»Aber ein wahres.« Edda schwieg einen Moment. »Wir müssen wissen, wer dieser Mann ist, Herr Hofmeister. Wenn auch nur, um auszuschließen, dass er etwas mit Lucys Tod zu tun hat.«

»Aber das ist doch Bullshit. Rebecca hat nur einmal mit dem Kerl geschlafen, vor vierzehn Monaten. Sie kennt nicht einmal seinen Namen.«

»Hat sie Ihnen das erzählt?«

»Nein, Lucy.«

»Hat Lucy Ihnen sonst noch etwas erzählt? Vielleicht, wo Rebecca den Mann kennengelernt hat?«

Finn Hofmeister schüttelte den Kopf, wich Eddas forschendem Blick jedoch aus und schien ausgesprochen erleichtert, als ihr Handy klingelte. Edda warf einen Blick aufs Display und drückte den Anruf weg. Doch das Handy klingelte erneut. Wieder Kurt. Edda nahm das Gespräch an.

Es war selbst für Kurt eine ungewöhnliche Vernehmung gewesen. Auf Familienfeiern erzählte er seinen zahlreichen Verwandten gern, dass er in seinem Job schon alles gesehen und erlebt hatte. Er hatte Personen zu Hause in ihren Wohnungen, Häusern und Villen befragt, bei ihrer Arbeit in Cafés, Werkstätten oder Oben-ohne-Bars, seine Arbeit hatte ihn auf Ausflugsboote, Fischerkähne und zwölfstöckige Kreuzfahrtschiffe geführt. Aber eine Vernehmung in einer Ferienwohnung, während eine erwachsene Frau sich nebenan im Schlafzimmer eingesperrt hatte, war auch für ihn neu.

Die Frau war die eine Hälfte des Paares, das die Ferienwohnung gemietet hatte. »Sie ist verheiratet«, erklärte der junge uniformierte Beamte, der Kurt angerufen hatte. Sie standen im Flur des Apartments, von dem drei Türen zu Küche, Wohnzimmer und Schlafzimmer abgingen. »Allerdings nicht mit Herrn Enders, mit dem sie hier ist. Deshalb will sie nicht in die Sache verwickelt werden. Laut Herrn Enders hat sie ihm deswegen sogar verboten, die Tür zu öffnen, als wir gestern geklingelt haben. Heute hat sie es auch wieder versucht, doch er hat sich durchgesetzt.« Der Uniformierte senkte die Stimme. »Das scheint bei Frau X schwierig zu sein, aber vermutlich steht Enders auf den dominanten Typ, sonst wäre er kaum mit ihr hier. Vielleicht lässt er sich auch von ihr den Hintern versohlen.«

Er grinste Kurt breit an, doch der erwiderte den Blick so kalt, dass das Grinsen schnell wieder verschwand. »Entschuldigen Sie, Chef.«

»Haben wir ihre Personalien?«

»Nur seine. Nachdem Herr Enders uns hereingelassen hat, hat sie uns durch die Schlafzimmertür angeschrien, dass wir verschwinden sollen. Seitdem hat sie nichts mehr gesagt. Herr Enders wollte uns ihren Namen auch nicht geben. Aber seine Daten haben wir: Lasse Enders, achtundzwanzig, wohnhaft in Berlin. Er arbeitet als Produktionsassistent bei *Bear Entertainment*. Kennen Sie die Firma?«

Kurt nickte. Er kannte die Firma sogar recht gut. Seine Schwägerin, die Frau seines Bruders, arbeitete dort als Produktionsleiterin für eine Vorabend-Krimiserie. Sie hatte ihn einmal gebeten, sie zu beraten, allerdings waren seine Vorschläge auf taube Ohren gestoßen. Die Serie war haarsträubend unrealistisch.

»Wie gehen wir weiter vor?«

Kurt überlegte. »Sie bleiben hier stehen. Sollte die Frau das Zimmer verlassen, geben Sie mir bitte Bescheid. Ich rede in der Zwischenzeit mit Herrn Enders.«

Kurt legte seine Hand auf die Klinke der Wohnzimmertür, doch bevor er sie herunterdrückte, atmete er einmal tief durch. Eddas Vorgänger Sebastian Weller hatte ihm oft vorgeworfen, sein moralisches Urteil würde sein fachliches trüben. Das war natürlich Blödsinn, dennoch musste Kurt zugeben, dass die Situation ihn nicht wenig anwiderte. Er hatte nichts für Ehebruch übrig und noch weniger für Menschen, die die Polizei bei ihrer Arbeit behinderten.

Kurt öffnete die Wohnzimmertür, und im nächsten Moment war er froh, noch einmal tief eingeatmet zu haben, denn die Luft in dem Raum war stickig und stank nach Schweiß, Alkohol und Sex, als seien die Fenster seit Tagen nicht geöffnet worden. Auch der Anblick, der sich ihm bot, vermochte Kurts Laune nicht zu bessern. Die Ferienwohnung war eine der gehobenen Preiskategorie, die Hauptattraktion war eine große schwarze Ledercouch mit Blick auf einen 55-Zoll-Fernseher. Vor der Couch stand ein niedriges Tischchen mit zahlreichen leeren und halbleeren Flaschen. Außer einer Flasche Wasser enthielten alle Alkohol oder hatten Alkohol enthalten. Unter dem Tisch entdeckte Kurt einen leuchtend roten Spitzenslip, der passende BH lag etwas weiter entfernt auf einem Teppich.

Kurt ließ seinen Blick von diesen unappetitlichen Details zu dem Mann wandern, der nur mit einem Bademantel bekleidet auf der Couch saß. Er war groß und dunkel und hatte schwarze lockige Haare, die ihm bis fast auf die Schulter reichten. Kurts Töchter hätten ihn vermutlich als Typ Latin Lover bezeichnet, doch Kurt bevorzugte den Begriff Gigolo, und er fühlte sich in seiner Einschätzung bestätigt, als der Mann bei seinem Anblick aufsprang, wobei sein Bademantel noch weiter aufklaffte und den Blick auf eine unbehaarte rasierte Brust und auf den größten Penis freigab, den Kurt je in natura gesehen hatte.

»Lasse Enders.« Der Mann streckte die Hand aus.

Kurt übersah sie geflissentlich, wie er sich auch bemühte, alles andere zu übersehen. »Kriminaloberkommissar Paschke.« Er zog sich einen Stuhl vom Esstisch heran, weil er nicht neben dem Mann auf der Couch sitzen wollte. »Sie haben also eine Aussage zu machen.«

»Äh, ja, ich …«, stotterte der Mann konsterniert. Er zog seine Hand zurück, wobei sein Blick nach unten fiel, und verknotete hastig den Bademantel. »Ja, das ist richtig. Genau genommen habe ich die Aussage bereits bei Ihrem Kollegen gemacht.«

»Und nun machen Sie sie noch einmal bei mir. Von Anfang an.« Kurt sparte es sich, ein »bitte« hinzuzufügen.

»Natürlich, wenn Sie wollen.« Der Gigolo setzte sich wieder. »Also, es war vorgestern, Mittwochabend, als die Frau vom Steilufer gestürzt ist, von der in den Nachrichten berichtet wurde. Ich bin draußen rumgelaufen, und auf dem Rückweg habe ich gehört, wie sich zwei gestritten haben.«

»Moment. Eins nach dem anderen. Wann war das?« Kurt zog sein Notizbuch hervor.

»Haben Ihre Kollegen Ihnen das denn nicht gesagt? Ich weiß es nicht. Ich habe keine Ahnung, wie lange ich spazieren gegangen bin.«

»Und wann sind Sie losgegangen?«

»Das weiß ich auch nicht. Irgendwann nach acht, vielleicht kurz nach, es kann aber auch schon halb neun gewesen sein. Ich brauchte dringend frische Luft. Wir waren den ganzen Tag drin gewesen.«

»Sind Sie allein rausgegangen? Ohne Ihre … Freundin?« Kurt machte eine deutliche Pause vor dem letzten Wort, um klarzumachen, wie wenig er von dieser Konstellation hielt.

Der Gigolo nickte.

»Und in welche Richtung gingen Sie?«

»Wenn man auf die Straße rausgeht, nach rechts. Nicht zur Seebrücke, sondern in die andere Richtung. Die Straße geht am Ende in einen Kiesweg über, der zu einem der Strandabgänge führt. Aber ich bin nicht runter zum Strand gegangen, sondern oben auf der Steilküste den Pfad entlang. Es war kein Problem, es war Vollmond, ich konnte mich gut orientieren.«

»Und wie lange sind Sie diesem Pfad gefolgt?«

Er zuckte mit den Achseln. »Vielleicht eine halbe Stunde, vielleicht eine Stunde. Ich hatte keine Uhr dabei und mein Handy vergessen. Ich kann Ihnen auch nicht sagen, wie schnell ich ging, oder so. Es war einfach eine tolle Stimmung da draußen, und ich wollte meine Ruhe.« Er griff zu der Wasserflasche und trank einen Schluck. »Irgendwann kehrte ich dann wieder um. Ich ging auf demselben Weg zurück. Und als ich fast wieder hier war, hörte ich dann den Streit.«

Kurt blickte von seinen Notizen auf. »Dann berichten Sie mir jetzt von dem Streit. Möglichst genau. Wo waren Sie zu dem Zeitpunkt?«

Der Gigolo lehnte sich auf dem Sofa zurück. »Schon wieder

in der Seestraße, nicht weit von hier, aber die Stimmen kamen aus dem Küstenwald, von mir aus gesehen von rechts. Es waren zwei Stimmen, die sich anschrien. Zumindest schrie die eine, die andere konnte ich eigentlich nicht hören.«

»Das heißt, Sie hörten nur eine Stimme? Woher wissen Sie dann, dass es ein Streit war?« Kurt musterte den Gigolo misstrauisch.

»Weil …« Er brach ab und dachte nach. »Es klang so«, sagte er schließlich lahm. »Die Person mit der lauten Stimme machte der anderen Vorwürfe – so klang es zumindest. Dann gab es eine kurze Pause, so als würde jemand antworten, dann brüllte die Stimme wieder etwas.«

»Und was sagte diese Stimme?«

Er schüttelte den Kopf. »Das konnte ich nicht genau verstehen, weil die beiden zu weit weg standen.«

»Haben Sie die beiden Personen gesehen?«

»Nein. Ich habe natürlich in die Richtung geguckt, aber die Bäume waren im Weg. Ich vermute, sie standen vielleicht direkt am Rand des Steilufers.«

»War die Stimme männlich oder weiblich?«

Wieder schüttelte er den Kopf. »Ich bin mir nicht sicher. Ich dachte erst, es sei eine Frau, aber vielleicht war es auch ein Mann mit einer nicht zu tiefen Stimme.« Er überlegte. »Aber es könnte sein, dass die Stimme so etwas geschrien hat wie: ›Das kannst du nicht machen!‹ Zumindest klang es so ähnlich, aber ich glaube nicht, dass Sie das aufschreiben sollten.«

Kurt blickte von seinem Notizbuch auf.

»Ich meine, ich bin mir wirklich nicht sicher. Es kann sein, aber vielleicht hat sie auch etwas anderes geschrien.«

»Sind Sie überhaupt bei irgendetwas sicher?«, fragte Kurt gereizt.

Der Gigolo antwortete nicht.

»Und das ist alles, was Ihnen einfällt?«

Der Gigolo nickte.

Kurt klappte sein Notizbuch zu. »Können Sie mir zeigen, wo genau Sie waren, als Sie die Stimme hörten?«

»Klar.« Der Gigolo stand auf, wobei er diesmal glücklicherweise darauf achtete, dass seine Blöße bedeckt blieb. Er öffnete das Fenster und deutete hinaus.

Kurt trat neben den Mann, bemüht, ihn nicht zu berühren, und folgte mit den Augen dem ausgestreckten Zeigefinger. Er zeigte direkt auf die Straße vor dem Haus von Lucy Hagen und Rebecca Friedrichsen, das keine fünfzig Meter von der Absturzstelle entfernt lag.

»Das heißt, Enders ist frühestens um acht losgegangen, spätestens um halb neun, und sein Spaziergang hat mindestens eine Stunde gedauert, höchstens aber zwei. Also hat der Streit irgendwann zwischen einundzwanzig und zweiundzwanzig Uhr dreißig stattgefunden, richtig?«

Edda hatte sich zum Telefonieren in den Konferenzraum zurückgezogen, in dem sie zuvor mit Priska Hofmeister gesprochen hatte. Nebenan vernahmen Britt und Gertz immer noch die Mitarbeiter. Gerade betrat ein Endzwanziger mit einem buschigen rotbraunen Pferdeschwanz den Raum, in der Hand einen der Fragebögen, die Britt nach ihrer Ankunft verteilt hatte, um die Vernehmungen zu beschleunigen.

Kurt bestätigte das, schränkte aber sofort ein: »Nur, wenn

dieser Enders sich richtig erinnert, und beschwören würde ich das nicht. Der Mann hat überhaupt kein Zeitgefühl, und anscheinend haben er und die Frau den ganzen Tag nur eins im Sinn gehabt, deswegen kann er die Zeiten an nichts festmachen.« Kurt schnaufte empört. »Und wie es in der Wohnung aussieht! Der reinste Saustall, überall Flaschen und Unterwäsche. Dabei sind die beiden erst am Mittwochmorgen angekommen.«

Edda runzelte die Stirn. »Willst du damit andeuten, dass Enders am Mittwochabend betrunken gewesen sein könnte?«

»Er behauptet, er hätte vor seinem Spaziergang nur ein Glas Rotwein getrunken, aber wer weiß, ob das stimmt.«

Die Missbilligung troff aus Kurts Stimme wie Wasser aus einem ausgedrückten Schwamm. Edda verdrehte die Augen. Es war nichts Neues, dass Kurt die Zuverlässigkeit seiner Zeugen an deren moralischem Wohlverhalten maß.

»Was ist mit der Frau? Glaubst du, du bekommst sie dazu, mit dir zu reden? Ihre Aussage ist wichtig. Sie kann vielleicht genauer sagen, wann Enders zurückkam.«

»Ich habe es schon versucht, durch die Tür. Keine Antwort. Als die Kollegen reingekommen sind, hat sie geschrien, sie sollten aus ihrer Wohnung abhauen, seitdem kam von ihr kein Pieps mehr.«

»Kein Pieps?«, wiederholte Edda alarmiert. »Hältst du es für möglich, dass sie sich etwas angetan hat? Aus Angst, dass ihre Affäre auffliegt?«

»Nein, keine Sorge. Ich kann sie umhergehen hören. Was soll ich tun? Warten, bis sie rauskommt? Das kann dauern, und selbst dann kann ich sie nicht zwingen, mit mir zu reden.«

Edda nickte nachdenklich. Tatsächlich besaß die Polizei weniger Rechte, als Zivilisten im Allgemeinen annahmen. Sie konnte Zeugen nicht zu einer Aussage zwingen, das konnte nur ein Richter per Vorladung. Und sie durfte auch nicht einfach in eine Wohnung eindringen, wenn der Besitzer oder Mieter das untersagte. Was hatte die Frau noch gleich geschrien? Die Polizei solle aus *ihrer* Wohnung verschwinden?

»Kurt, wer von den beiden hat eigentlich die Ferienwohnung gemietet? Er oder sie?«

Kurt zögerte. »Ich dachte, beide. Ist es wichtig?«

»Finde es heraus.«

Während Kurt die Information einholte, beobachtete Edda durch die Glaswand, wie Britt im Nebenraum mit dem Mitarbeiter mit dem Pferdeschwanz sprach. Die beiden hatten die Köpfe zusammengesteckt wie zwei Studenten, die in der Mensa Spicktipps für die nächste Klausur austauschten. Britt sah auch aus wie eine Studentin mit den kurzen blonden, heute besonders verstrubbelten Haaren, der engen Jeans, dem figurbetonten T-Shirt, darüber ein Hoodie, dessen Reißverschluss sie je nach Bedarf öffnete oder schloss, um sexy oder sportlich zu wirken. Es war Britts Lieblingstrick, sich bei Vernehmungen möglichst in einem ähnlichen Stil zu kleiden und zu verhalten wie die Zeugen, um Nähe und Vertrauen herzustellen. Edda hatte sie extra am Morgen angerufen und ihr gesagt, dass heute hauptsächlich Softwareentwickler und Grafikdesigner auf ihrem Programm stehen würden. Wären sie in eine Bank gefahren, hätte Britt ihr Max-Mara-Kostüm und ihre Knigge-Manieren aus dem Schrank geholt und Brille statt Kontaktlinsen getragen.

Kurt kam zurück. »Herr Enders sagt, sie habe die Wohnung gemietet. Übers Internet.«

Was bedeutete, dass die Polizei sich streng genommen nicht darin aufhalten durfte. Edda überlegte. Sie selbst hatte kein Problem damit, gelegentlich die eine oder andere Regel zu übertreten, wenn es ihr Ergebnisse einbrachte. Doch Hilrieke Drexel sah das naturgemäß anders, und es war nicht sinnvoll, sie ohne Not zu verärgern. Und man konnte nie wissen, ob Frau X nicht auf den Gedanken kam, sich zu beschweren.

»Okay, Kurt, dann macht ihr bitte Folgendes: Ihr verlasst umgehend die Wohnung, und du postierst eins der Streifenhörnchen davor. Wenn die Frau rauskommt, soll es sie höflich um ein Gespräch bitten. Ja, ich weiß, sie wird es vermutlich ablehnen. Wir versuchen in der Zwischenzeit, ihren Namen herauszufinden. Zum Beispiel über ihr KFZ-Kennzeichen, falls sie mit dem Auto da ist. Sie sind in Enders' Wagen gefahren? Okay, dann gehen wir über den Vermieter. Gib mir mal die genaue Anschrift der Ferienwohnung. Hat sie einen Namen? Villa Waldblick, Nummer sieben? Okay, wenn Frau X übers Internet gebucht hat, bekommen wir die Kontaktdaten des Vermieters schnell heraus. Ich sage Sören, er soll sich darum kümmern.

Gibt es sonst noch was bei dir? Hast du mit Elke von der Kurverwaltung gesprochen?«

»Ja, sie hat bestätigt, dass Frau Friedrichsen am Montag wegen dieser Julia dort war, die sie am Strand kennengelernt hat. Frau Binder hat mir auch eine Beschreibung dieser Julia gegeben: über ein Meter siebzig groß, schlank, schulterlange dunkle Haare, ein braunes und ein grünes Auge.«

»Sehr gut, das könnte uns helfen, die Frau zu finden. Aber woher weiß Frau Binder das? Hat sie die Frau gesehen?«

»Rebecca Friedrichsen hat sie beschrieben. Übrigens ist mir in dem Zusammenhang etwas eingefallen. Vor ein paar Monaten wurde in Köln eine Frau vermisst. Sie hieß ebenfalls Julia und hatte ebenfalls zwei verschiedenfarbige Augen. Ich erinnere mich nicht mehr an die Details, aber es ist interessant, oder?«

Auf jeden Fall, fand Edda. »Gut, ich gebe die Information an Sören weiter, er soll mal im Computer nachsehen. Bleib du an der Haus-zu-Haus-Befragung dran.«

Nach ihrem Telefonat mit Sören sprach Edda noch einmal mit Finn Hofmeister, anschließend ging sie in den großen Konferenzraum, in dem Britt soeben die Vernehmung mit Pferdeschwanz beendete.

»Hey, das war super. Ich danke Ihnen, und wie gesagt, es tut mir echt leid.« Sie versetzte dem Mann einen vertraulichen kleinen Boxschlag gegen den Oberarm, den er mit einem Lächeln quittierte.

»Alles klar, sagen Sie Bescheid, wenn Sie mich noch mal brauchen.« Er zog mit hingerissener Miene ab.

Britt grinste Edda an. »Sie fressen mir aus der Hand.«

»Deshalb habe ich dich mitgenommen. Hast du einen Moment?«

»Heißt das, es ist Mittagspause?« Britt schob ihren Stuhl zurück, schnappte sich zwei Müsliriegel, eine Banane und eine Flasche Kräuterlimonade, die auch hier auf einem Tisch angeboten wurden, und folgte Edda durch die Tür. »Wohin?«

»Wenn ich dich so ansehe: zum nächsten Picknickplatz. Oder legst du schon Wintervorräte an?«

»Haha! Du hättest auch Hunger, wenn du dir den ganzen Morgen Heiligengeschichten hättest anhören müssen. Was glaubst du denn, warum es bei katholischen Messen zwischendurch Brot und Wein gibt? Aber keine Sorge, es ist kein Mundraub, Priska Hofmeister sagte, wir sollen uns bedienen.«

»Na, dann ist es ja gut, dass es hier noch mehr Snacks gibt.« Edda öffnete die Tür zum kleinen Konferenzraum.

Britt zog einen Flunsch. »Ich dachte, ich kriege endlich mal ein bisschen Bewegung.« Sie blieb mitten im Raum stehen und riss die Packung des ersten Müsliriegels auf. Edda nahm sich ein Mineralwasser. Als sie die Flasche geöffnet hatte, schälte Britt schon die Banane. »Also, was gibt's?«, fragte sie kauend.

»Ich wollte hören, was ihr bisher erfahren habt.« Edda setzte sich. »Heiligengeschichten?«

Britt biss ein Stück Banane ab, kaute, schluckte. »Ja, grauenvoll. Erinnerst du dich an den Fall Arnold Hering?«

»Der Unternehmer, der vor zwei Jahren erschossen wurde?« Edda erinnerte sich gut, es war Sebastians letzter Fall gewesen. »Wie kommst du auf den, wenn du von Heiligengeschichten sprichst?«

»Weil es in denen immer auch einen Bösen gibt, der die Guten in Versuchung führt. Weißt du noch, wie wir damals Arnolds Mitarbeiter befragt haben und jeder, wirklich jeder hatte eine negative Geschichte über ihn in petto? Der Mann war so grässlich und hatte so viele Leute belästigt, genötigt, entlassen oder sonst wie geschädigt, dass die halbe Belegschaft ein Motiv hatte, ihn abzuknallen. Tja, Lucy Hagen war offensichtlich das genaue Gegenteil. Wenn die ermordet wurde, fresse ich meinen Dienstausweis.« Stattdessen schob sie sich die restliche Banane in den Mund.

»So schlimm?«

»Schlimmer«, entgegnete Britt mit vollem Mund. »Ich musste den ganzen Morgen Tränen trocknen wie ein verdammter Seelsorger und mir wieder und wieder anhören, dass Hagen die beste Chefin der Welt war und absolut unersetzlich ist. Selbst die Kerle – und das sind hier zwei von drei – haben mir vorgeschwärmt, wie Hagen einmal Mitarbeiterin A geholfen hat, Beruf und Neugeborenes unter einen Hut zu bringen, indem sie eine Firmenbabysitterin eingestellt hat. Wie sie den Streit zwischen Mitarbeiter B und Mitarbeiter C geschlichtet hat, indem sie Mitarbeiter C das Versprechen abgerungen hat, seine Schweißfüße in Zukunft in Turnschuhe statt in offene Sandalen zu stecken. Wie sie Mitarbeiter D zur Schnecke gemacht hat, nachdem der über die Programmierfähigkeiten von Mitarbeiter E gelästert hatte. Und so weiter und so fort. Und dabei war sie noch nicht einmal Mutter-Teresa-mäßig langweilig, sondern zusätzlich eine geniale Programmiererin, kreativ, humorvoll. Nenn mir zehn positive Eigenschaften, und ich bin mir sicher, sie hatte mindestens elf davon.«

Edda runzelte die Stirn. »Das kann nicht sein, so gut ist niemand.«

Britt warf die Bananenschale über vier Meter zielsicher in den Mülleimer. »Offensichtlich doch. Ich habe kein einziges negatives Wort über Hagen gehört, weder direkt noch in den Zwischentönen. Und ich glaube nicht, dass es daran lag, dass sie tot ist. Nil nisi bonum und so weiter. Normalerweise lässt trotzdem immer jemand durchblicken, dass der oder die Tote doch nicht Jesus Christ Superstar war. Das einzige Negative, das ich heute über Hagen gehört habe, ist, dass es ihr in letzter Zeit wohl nicht allzu gut ging. Das haben durch die Bank alle bemerkt.«

Die Information ließ Edda aufhorchen. »In letzter Zeit? Was heißt das genau? In den letzten Tagen?«

»Eher in den letzten Wochen und oder Monaten, je nachdem, wen man fragt. Die meisten schieben das entweder auf den Babystress oder auf Hagens Pendelei zwischen Hamburg und Rerik oder auf beides. Mit einer Ausnahme allerdings.« Britt trat an die gläserne Wand, die den Konferenzraum vom Großraumbüro trennte. »Siehst du das Babyface dort in dem verwaschenen T-Shirt?«, fragte sie. »Der mit dem Glücksschwein auf dem Schreibtisch, als wäre er bei der theoretischen Führerscheinprüfung? Das ist Claas Welke alias Mister Fußgeruch. Der meinte, dass Hagen mehr bedrückt hätte als nur das Hin und Her zwischen Hamburg und Rerik. Im Sommer hätte sie eine Weile ›sehr unglücklich‹ gewirkt, seine Worte. So sehr, dass er sie sogar danach gefragt hat – was für ihn vermutlich genauso schwierig war, als wenn er sie um ein Date gebeten hätte. Sprühende Konversation ist nicht sein zweiter Vorname.«

Edda stellte sich neben Britt und musterte den Mann, der selbst sehr unglücklich wirkte. Er mochte Mitte dreißig sein und sah tatsächlich ein bisschen wie ein Riesenbaby aus mit seinen hängenden Schultern, dem weichen, speckigen Gesicht und dem hellen Haarflaum. Er starrte auf einen Computerbildschirm, schien jedoch nicht zu arbeiten. »Und was hat Hagen ihm gesagt?«

»Dass es nett von ihm sei, sich Sorgen zu machen, dass bei ihr jedoch alles in Ordnung sei und sie zurzeit nur nicht so gut schlafe.«

»Hm. Klingt für mich nach einer höflichen Ausflucht.«

»Oder nach einer frischgebackenen Mutter – beziehungsweise deren Partnerin. Daniel und ich hatten in den ersten drei Monaten nach Theos Geburt Augenringe wie Riesenveilchen.« Britt zuckte mit den Achseln. »Ich würde dem ohnehin nicht allzu viel Bedeutung beimessen. Ich habe noch ein paar andere danach gefragt, ob ihnen diese Extrabedrücktheit aufgefallen ist, auch die Psychologin, die für die Personalentwicklung verantwortlich ist. Sie hat auch bemerkt, dass Hagen zuletzt nicht in Topform war, doch sie schob es auf den Nachgeburtsstress und die Pendelei. Ich halte ihre Einschätzung für verlässlicher als die von Mister Fußgeruch.«

Edda hielt nicht allzu viel von Psychologen, doch sie vertraute Britts Einschätzung. »Wie sieht's mit den Hofmeisters aus? Hast du über die auch was rausgekriegt?«

Britt setzte sich auf den Tisch und ließ ihre Beine baumeln. »Ich hab's versucht, allerdings waren die Mitarbeiter in dem Punkt nicht so gesprächig. Kein Wunder, über tote Chefs klatscht es sich leichter als über lebende. Zu Priska Hofmeister: Sie ist definitiv nicht so beliebt wie Hagen – okay, zwei Heilige wären ja auch gruselig –, aber sie wird von allen hier geschätzt. Von manchen wohl auch gefürchtet, weil sie eine scharfe Zunge hat und eine Abneigung gegen alles und alle, die ihr unnütz die Zeit stehlen. Sie ist für die Finanzen verantwortlich und diejenige der drei Geschäftsführer, die am häufigsten nein sagt, wenn Mitarbeiter etwas wollen. Auch schon mal dann, wenn ihr Mann zuvor bereits zugestimmt hat. Ihr Mann ist deswegen natürlich beliebter als sie, wird allerdings nicht im gleichen Maße als Chef wahrgenommen. Er ist übrigens der kreative Kopf hier, hat die Oberaufsicht über das Game Design. Lass es mich so ausdrücken: Würden die drei einen Segeltörn organisieren, dann würde Priska Hofmeister das Ziel bestimmen und gemeinsam mit Hagen die Route dorthin festlegen. Hagen würde für die Ausrüstung sorgen und zusätzlich eine Bordapotheke einpacken, und Finn Hofmeister wäre derjenige, der in der Messe eine Runde schmeißt.« Sie grinste. »Nicht zu vergessen wäre er auch derjenige, in dessen Kajüte die eine oder andere Mitarbeiterin gerne übernachten würde – was allerdings auch seine Frau weiß, weswegen sie ihn mit Argusaugen überwacht. Sie gilt als eifersüchtig.«

Die letzte Bemerkung überraschte Edda. Sie hätte Priska Hofmeister nicht für unsicher gehalten, allerdings hatte die Frau von ihrem Mann als ihrer Achillesferse gesprochen. »Hat sie dafür einen konkreten Grund?«

Britt warf einen Blick durch mehrere Glaswände hindurch bis zum Büro von Finn Hofmeister, der immer noch vor seinem Computer saß. »Du meinst, abgesehen von dem offensichtlichen, dass er so lecker ist wie ein Snickers auf Beinen? Keine Ahnung, ob da konkret schon mal was vorgefallen ist. So deutlich wurde niemand.« Sie überlegte. »Vermutlich eher nicht mit einer Kollegin, sonst hätte seine Frau es wohl mitbekommen, und nach dem, was ich über sie gehört habe, hätte es hier dann so gescheppert, dass jetzt noch die Wände klirren würden. Im großen Ganzen gilt die Beziehung der beiden als stürmisch, aber gut.«

»Und was ist mit dem Verhältnis zwischen Hagen und den Hofmeisters?«

»Das gilt ebenfalls als gut. Dafür, dass die drei sich jeden Tag gesehen haben, scheint es ziemlich reibungslos gelaufen zu sein. Bis auf eine Sache: In letzter Zeit gab es eine größere Auseinandersetzung wegen eines Themas, das Hagen auf die Agenda gesetzt hat. Es geht um die Entwicklung eines Computerspiels, das psychisch kranken Menschen helfen soll.«

Edda runzelte die Stirn. »Ich wusste nicht, dass es so etwas gibt.«

Britt leerte ihre Limo. »Anscheinend ist es eine recht neue Entwicklung, aber es gibt schon erste Spiele, die bei der Therapie von psychisch kranken Jugendlichen ergänzend eingesetzt werden. Sie können den Jugendlichen zum Beispiel helfen, ihre Gefühle besser zu verstehen oder gewisse soziale Fähigkeiten zu erlernen, wenn bei Adventuregames mehrere Protagonisten gemeinsam Aufgaben lösen müssen.«

»Und darum gab es Streit?«

Britt wackelte mit ihrem Kopf. »Streit ist zu viel gesagt. Hagen wollte das gern machen, hatte auch Kontakt zu entsprechenden Experten aufgenommen, aber die Hofmeisters waren dagegen, weil sie das finanzielle Risiko als zu groß einschätzten. Im Prinzip war das Thema damit auch erledigt, allerdings gab Hagen sich wohl nicht so leicht geschlagen. So, wie ich das verstanden habe, fing sie immer wieder damit an, was Priska Hofmeister genervt hat. Allerdings kann ich mir nicht vorstellen, dass sie sie deswegen von einer Klippe gestürzt hat.« Britt rieb sich über ihre kurzen blonden Haare und verstrubbelte sie noch mehr. »Und das war's von mir. Bei dir was Interessantes?«

»Ein paar Sachen.« Edda erzählte von Rebecca Friedrichsens One-Night-Stand und von Kurts Gespräch mit Lasse Enders.

Über Letzteres amüsierte Britt sich königlich und lachte so schallend, dass Thomas Gertz aus dem anderen Konferenzraum zu ihnen herübersah. »Sie hat sich im Schlafzimmer versteckt? Wahnsinn! Aber sie glaubt nicht wirklich, dass sie damit durchkommt, oder? Und was hast du jetzt vor?«

Edda stellte ihre Wasserflasche weg. »Sie soll erst mal die Gelegenheit bekommen, sich abzuregen. Sobald Sören ihren Namen herausbekommen hat, schicke ich noch einmal jemanden hin. Vielleicht ist sie ja zugänglicher, wenn sie weiß, dass wir ihre Identität ohnehin kennen.«

»Du meinst, wenn man die Bitte um Auskunft mit dem Hinweis verbindet, sie ansonsten in ihrem trauten Heim aufzusuchen, wenn sie gerade mit ihrem Ehemann beim Abendbrot sitzt?« Britt grinste breit. »Aber warum hat dieser Enders Kurt nicht den Namen genannt?«

»Kurt meinte, er will es sich nicht mit ihr verderben.«

Britt runzelte die Stirn. »Aber die Affäre ist doch wohl ohnehin vorbei. Oder glaubt er, dass sie ihn nach dem ganzen Theater wieder ranlässt? Sie muss ja eine Granate im Bett sein, wenn sie den ganzen Aufwand wert ist.«

Edda zuckte mit den Achseln. »Ich weiß es nicht. Ehrlich gesagt ist die Affäre der beiden mir ziemlich egal. Wichtig ist, was Enders gehört hat. Ein Streit an der Absturzstelle oder ganz in der Nähe, am Mittwochabend zwischen neun und halb elf.«

Britt nickte langsam. »Aber wir können nicht sicher sein, dass Hagen an dem Streit beteiligt war. Enders hat nur eine

Stimme gehört und weiß offenbar ja nicht mal, ob sie männlich oder weiblich ist.«

»Ich bin sicher. Es passt genau ins Zeitfenster. Hofmeister sprach mit Hagen um neun. Als er um zehn bei ihr klingelte, war sie nicht zu Hause. Vermutlich war sie da schon tot. Ich habe ihn noch mal gefragt, ob er etwas von diesem Streit mitbekommen oder Enders gesehen hat, zweimal nein.«

Britt überlegte. »Aber das heißt nicht zwingend, dass der Streit vor zehn stattfand. Er kann genauso gut stattgefunden haben, als Hofmeister in seinem Wagen saß. Oder er hat sich selbst mit Hagen gestritten, und seine ganze Geschichte, dass er geklingelt hat und so weiter, ist gelogen.«

Edda nickte. »Oder so. Allerdings frage ich mich, wie dann Friedrichsens Verschwinden damit zusammenhängt. Oder das doppelte Verschwinden dieser grün-braun-äugigen Julia, die Friedrichsen am Strand kennengelernt hat.« Britt sah sie fragend an, und sie fügte erklärend hinzu: »Wir haben eine Beschreibung der Frau bekommen. Sie hat ein grünes und ein braunes Auge, und Kurt hat sich an einen entsprechenden Vermisstenfall erinnert. Vor ein paar Monaten verschwand in Köln ebenfalls eine Julia mit zwei verschiedenfarbigen Augen.«

»Wie seltsam.«

Edda nickte. Es war in der Tat seltsam, sogar sehr seltsam, und das gefiel ihr. Umso härter eine Nuss war, desto mehr Spaß machte es, sie zu knacken.

4

Nach ihrem Gespräch mit Britt unterstützte Edda die Kollegen eine Weile bei der Befragung der FinGames-Mitarbeiter, dann fuhr sie zu Lucy Hagens Finanzberater, dessen Namen Kurt in ihren Unterlagen gefunden hatte und dessen Büro ebenfalls in Hamburg lag. Leider war der Mann zwar geschwätzig, konnte jedoch nicht sagen, wofür seine Mandantin fünfunddreißigtausend Euro in bar benötigt haben mochte.

Auf der Rückfahrt nach Rostock stellte Edda wilde Spekulationen über diese Frage an. Wie Kurt war sie der Meinung, dass Barabhebungen in dieser Größenordnung selten einen legalen Grund hatten, doch ihr fiel nur eine kriminelle Aktion ein, in die Lucy Hagen verwickelt hätte sein können und die ihr plausibel erschien: Erpressung. Generell traute Edda zwar allen Menschen alles zu, daher hätte es sie nicht überrascht, hätte jemand ihr erzählt, dass Lucy Hagen in ihrer Freizeit eine Drogenküche betrieben oder Tigerpotenzpillen geschmuggelt habe, doch hatten die Zeugenbefragungen nicht den geringsten Hinweis auf irgendwelche kriminellen Handlungen geliefert. Doch Erpressung schien Edda durchaus möglich. Gerade Menschen mit einem tadellosen Ruf waren anfällig für Erpressung. Das setzte allerdings voraus, dass Lucy Hagen etwas getan hatte, weswegen sie erpressbar war. Doch was? Edda hätte diesen Punkt gern mit Sebastian diskutiert, traute sich jedoch nicht, ihn während der Fahrt anzurufen. Für Gespräche mit Sebastian brauchte sie stets ihre volle Konzentration, so dass ihr keine für den Verkehr geblieben wäre.

Auch als Edda in ihrem Büro ankam, fand sie keine Zeit für ein Telefonat. Es war Viertel vor sieben, und auf ihrem Schreibtisch warteten mehrere Berichte, die im Laufe des Tages dort gelandet waren. Sie schob alle beiseite, von denen sie vermutete, dass Sören sie in der Abendbesprechung ohnehin vorstellen würde, und las nur den Obduktionsbericht.

Dr. Sven Hilter mochte nicht populär sein, aber er war schnell, so dass er nicht bloß eine Zusammenfassung geschickt hatte, sondern gleich den vollständigen Bericht, der allerdings keine Überraschungen enthielt. Lucy Hagen war definitiv an den Folgen eines Sturzes aus großer Höhe gestorben, und dieser Sturz hatte definitiv in Rerik stattgefunden, denn die Auffindestelle war auch die Aufprallstelle, wie das Spurenbild vor Ort und Hagens Verletzungen bewiesen. Die Verletzungen waren zahlreich, neben den Knochenbrüchen, die Hilter schon am Fundort ertastet hatte, gab es Verletzungen am Brustkorb, am Herz und an der Aorta. Letztendlich hatten starke innere Blutungen zu Hagens Tod geführt – und zwar innerhalb von Minuten nach dem Aufprall. Zu den Gründen für den Sturz enthielt der Bericht nur eine Reihe von Ausschlüssen. Lucy Hagen hatte keinen Alkohol im Blut gehabt und keine sonstigen Drogen oder toxischen Substanzen. Bis zu ihrem Sturz war sie eine kerngesunde Frau gewesen, wie auch ihr Hausarzt bestätigte, mit dem Hilter – gewissenhaft wie immer – telefoniert hatte.

Nachdem Edda den Bericht gelesen hatte, war es Zeit für die Abendbesprechung mit ihrem Team. Sören Voss war wie üblich der Erste, der all die großen und kleinen Informationen vortrug, die im Laufe des Tages bei ihm eingegangen waren, und seine erste Amtshandlung bestand darin, Eddas Hoffnung auf einen komplizierten Fall und eine Verbindung mit dem Vermisstenfall aus Köln zunichtezumachen. Er hatte die Details zu dem Fall ausgegraben und sich von der Kölner Kriminalpolizei einen Zwischenbericht mailen lassen.

»Julia Beyer, neunundzwanzig, zuletzt wohnhaft in Köln, Größe ein Meter dreiundsechzig, Haare dunkelbraun, besondere Kennzeichen: linkes Auge grün, rechtes Auge braun, zuletzt gesehen am zwanzigsten Mai, vermisst gemeldet am neunundzwanzigsten Mai, ist tot. Sie wurde ermordet, ihr Kopf wurde am achten Juni in einer Mülltonne in einer Straße in der Nähe ihrer Wohnung entdeckt.«

Sören blickte von seinen Notizen auf in die Runde. Für einen Moment herrschte Schweigen, denn obwohl für alle im Raum der Tod zum beruflichen Alltag gehörte, war ein abgetrennter Kopf in einer Mülltonne nichts, über das man mit einem »Nun ja, das kann passieren« hinwegging.

»Ich erinnere mich an den Fall«, sagte Hilrieke Drexel, die sporadisch an den Besprechungen des Todesteams teilnahm, schließlich. »Er ging durch die nationale Presse. War die Frau nicht schwanger und ihr Liebhaber der Täter?«

Sören wiegte seinen Kopf hin und her. »Das war die Vermutung der Kölner Kollegen – beziehungsweise ist es noch, denn sie konnten den Fall nicht aufklären. Julia Beyer hatte zahlreiche Liebhaber – die Kollegen sind nicht einmal sicher, ob sie alle identifiziert haben –, und es war nicht klar, welcher der Kindsvater war. Die Polizei vermutet, dass einer von ihnen sie und den Fötus getötet hat – möglicherweise weil er verheiratet ist und Angst hatte, die Affäre komme heraus.« Er machte eine kurze pietätvolle Pause. »Nun ja, eine grausige Geschichte, aber es gibt keinen Zusammenhang mit unserem Fall. Wenn Julia Beyer im Frühling starb, kann sie nicht im Herbst Rebecca Friedrichsen am Strand begegnet sein. Ich denke, wir können den Punkt abhaken.«

Edda stimmte widerstrebend zu. »Aber nur den Punkt Julia Beyer aus Köln, nicht den Punkt Julia vom Strand. Wir sollten versuchen, die Frau zu finden. Sie ist in Friedrichsens Leben aufgetaucht, kurz bevor deren Frau gestorben ist. Zwei ungewöhnliche Ereignisse in einem kurzen Zeitraum, die dieselbe Person betreffen – das macht mich misstrauisch.«

»Aber wie willst du vorgehen?« Sören klang skeptisch. »Wir haben nur ihren Vornamen und eine vage Beschreibung, wir haben noch nicht einmal ein Phantombild.«

Das war Edda selbst klar. »Ich werde mir etwas überlegen. Was hast du noch?«

Sören legte den Bericht über Julia Beyer zur Seite und griff zu einem zusammengetackerten Stapel DIN-A4-Blätter. »Die Verkehrsdaten von Hagens Handy und vom gemeinsamen Festnetztelefon von Hagen und Friedrichsen. Außerdem haben die Jungs vom LKA Hagens Handy geknackt. Es ging schneller als gedacht, weil sie die PIN raten konnten. Sie setzt sich aus dem Hochzeitsdatum und Friedrichsens Geburtsdatum zusammen. Hagen benutzte Signal als Messenger. Ich habe hier alle Nachrichten, die sie in den letzten drei Monaten bekommen oder geschrieben und nicht gelöscht hat, außerdem einige E-Mails aus den letzten Tagen.«

»Wieso nur aus den letzten Tagen beziehungsweise drei Monaten?«, fragte Edda.

Ein zufriedener Ausdruck huschte über Sörens Gesicht. Er war immer zufrieden, wenn er Antworten parat hatte. Deswegen liebte er Besprechungen, denn er kam stets besser vorbereitet als ein Musterstudent zur Masterprüfung. »Weil Hagen das Handy erst vor drei Monaten gekauft und damit zwar E-Mails gelesen und geschrieben, sie aber nicht länger darauf gespeichert hat. Ich vermute mal, die übrigen sind auf ihrem Firmenlaptop. Auch die Mails, die noch auf dem Handy sind, sind beruflich.« Er warf einen Blick in seine Unterlagen. »Eine ist von Finn Hofmeister, der eine Bewerbung an Hagen weiterleitet. Eine ist von einer Doktorandin vom Institut für Psychologie der Universität Hamburg, die Ideen für ein neues Computerspiel skizziert, das bei der Behandlung psychisch Kranker helfen soll. Zwei sind von einer Professorin von der technischen Hochschule in Aachen. Die beiden tauschen sich über irgendwelche Algorithmen aus. Sehr technisch.«

Er räusperte sich. »So weit, so unspektakulär. Die Anrufe und Signalnachrichten sind interessanter. Ich hatte noch keine Gelegenheit, sie alle durchzusehen, aber einige Punkte sind mir schon aufgefallen. Erstens: Finn Hofmeister hat die Wahrheit gesagt, das geht aus den Verkehrsdaten und den Nachrichten klar hervor. Hagen hat ihn am Mittwochabend um zwanzig Uhr neunundfünfzig angerufen, das Telefonat hat fünf Minuten und sechs Sekunden gedauert. Dann hat Hofmeister um zweiundzwanzig Uhr bei Hagen angerufen und ihr auf die Mailbox gesprochen: ›Scheiße, Lucy, wo bist du? Ich steh vor deinem Haus, du hast gesagt, du bist da.‹ Vier Minuten später hat er ihr noch eine Nachricht geschrieben. ›Lucy? WTF! Du sagtest, wir würden reden!‹ Und schließlich hat er um zweiundzwanzig Uhr neununddreißig noch mal angerufen, jedoch nichts auf die Mailbox gesprochen, und um zweiundzwanzig Uhr einundvierzig eine letzte Nachricht geschickt: ›WTF! Ich hau jetzt ab.‹« Sören sah von dem Blatt auf. »Diese Nachrichten sind alle ungelesen, und der Anruf auf der Mailbox ist nicht abgehört worden. Es sieht also so aus, als sei Hagen um zweiundzwanzig Uhr schon tot gewesen. Die letzte gespeicherte Aktion, die sie auf dem Handy vorgenommen hat, war der Anruf bei Hofmeister.« Er räusperte sich. »WTF steht übrigens für what the fuck. Ich habe das gegoogelt.«

»Was ist mit weiteren Nachrichten und Anrufen?«, fragte Edda. »Hat ihr sonst noch jemand nach Mittwochabend zwanzig Uhr neunundfünfzig geschrieben oder versucht, sie zu erreichen?«

Sören schüttelte den Kopf. »Am Mittwochabend nicht, aber am Donnerstag. Es gibt insgesamt sechs Anrufe, einen von ihrer Mutter, zwei von Priska Hofmeister, drei von Finn Hofmeister. Die Hofmeisters haben ihr auch noch jeweils eine Nachricht geschickt, dass sie sich Sorgen machen und dass Hagen sich melden soll.«

»Wie Hofmeister ausgesagt hat«, warf Kurt ein.

Sören nickte.

»Das heißt, Friedrichsen hat sich nicht gemeldet«, stellte Edda fest.

»Dazu komme ich als Nächstes.« Sören blätterte zur nächsten Seite in seinem Stapel. »Wie gesagt, ich habe noch nicht alle Nachrichten gelesen, aber alle zwischen Hagen und Friedrichsen. Außerdem habe ich die Telefonverbindungen zwischen den beiden analysiert. Dabei ergibt sich ein klares Muster: Hagen und Friedrichsen haben sich in der Regel mehrmals am Tag Textnachrichten geschickt. Der Ton in den Nachrichten bestätigt meiner Ansicht nach, was die bisherigen Zeugen, abgesehen von Hagens Mutter, über die Beziehung der beiden ausgesagt haben: Sie war liebevoll und von Respekt geprägt. Die Hälfte der Nachrichten sind Liebesbotschaften. ›Ich liebe dich!‹ oder ›Ich denke an dich!‹ oder mal nur ein Herz oder ein Kussmund. In den übrigen Nachrichten geht es um die Tochter oder um praktische Dinge, Terminabsprachen, Erledigungen, kurze Fragen. Zum Beispiel Hagen an Friedrichsen: ›Fahre gleich einkaufen. Sollen wir am Wochenende Kürbisgulasch machen?‹ Solche Sachen. Oft schickt Friedrichsen Hagen auch Fotos oder Videos von Greta.«

Sören schlug das Blatt um. »Jetzt zu den Telefonaten. Auch hier gibt es ein klares Muster. Hagen und Friedrichsen haben fast an jedem Montag-, Dienstag- und Donnerstagabend telefoniert. Die Montags- und Donnerstagstelefonate fanden in der Regel nach einundzwanzig Uhr dreißig statt und dauerten meist eine halbe, manchmal bis zu einer ganzen Stunde. Die Dienstagstelefonate waren später und kürzer. Mittwochs und freitags und an den Wochenenden haben die beiden so gut wie nie telefoniert, vermutlich weil Hagen an diesen Tagen in

Rerik war. Warum sie dienstags später telefonierten, weiß ich nicht. Möglicherweise hatte Hagen einen regelmäßigen Termin?« Er sah fragend in die Runde.

»Sie besuchte ihre Mutter«, sagte Edda.

»Auch am letzten Dienstag?«

Edda nickte. »Warum fragst du?«

»Weil es am letzten Dienstag eine Abweichung vom normalen Muster gab. Da versuchte Friedrichsen Hagen schon um zwanzig Uhr fünfundvierzig anzurufen, allerdings erfolglos. Dann erneut zwei Minuten später, dann um zwanzig Uhr fünfzig, zweiundfünfzig und fünfundfünfzig. Fünf Anrufe in zehn Minuten.«

»Und Hagen ging nicht ran?«, hakte Edda nach.

Sören verneinte. »Sie rief um zweiundzwanzig Uhr drei zurück, landete aber ihrerseits nur auf der Mailbox. Sie versuchte es dann noch zweimal innerhalb der nächsten Minuten mit demselben Ergebnis. Und das war der letzte Handykontakt zwischen den beiden. Danach gab es weder Nachrichten noch Anrufe, auch den ganzen Mittwoch über nicht.«

Eine Weile herrschte Schweigen, während alle nachdachten.

»Für mich sieht es so aus, als sei da etwas passiert«, sagte Britt schließlich. »Fünf Anrufversuche in zehn Minuten, das klingt dringend. Aber warum ging Hagen nicht ran? Selbst wenn sie bei ihrer Mutter war?«

»Da könnte ich mir einiges denken«, meinte Edda. »Vielleicht war der Akku leer, oder sie hatte das Telefon ausgeschaltet, um ihre Mutter nicht zu vergrätzen, weil die sich ohnehin schon wegen Rebecca vernachlässigt fühlte. Was ich erstaunlicher finde: Wieso ging Friedrichsen nicht ran, als Hagen zurückrief? Selbst wenn sie den Anruf aus irgendeinem Grund zunächst verpasst hat: Warum haben die beiden dann nicht später miteinander gesprochen, sondern gewartet, bis Hagen am Mittwochabend nach Hause kam?« Sie wandte sich an Sören. »Wann war denn der letzte Kontakt vor zwanzig Uhr fünfundvierzig? Kannst du uns die Nachrichten von dem Tag vorlesen? Gab es da etwas Besonderes?«

Sören blätterte in seinen Unterlagen. »Nur das Übliche. Kurzer Austausch nach dem Aufstehen, begonnen von Hagen: ›Habe von dir geträumt.‹ ›War es schön?‹ ›O ja!‹ ›Ich liebe dich.‹ ›Ich liebe dich noch mehr.‹ Herz. Kussmund. Dann hat Friedrichsen um fünfzehn Uhr neunundfünfzig einmal vergeblich versucht, Hagen anzurufen, landete aber nur auf der Mailbox. Dann kamen die Anrufversuche ab zwanzig Uhr fünfundvierzig.« Er tippte mit dem Zeigefinger auf eine Zeile. »Der Anruf nachmittags ist übrigens auch ungewöhnlich. Tagsüber haben die beiden so gut wie nie telefoniert.«

»Hat Friedrichsen an dem Nachmittag nicht mit diesem Exfreund telefoniert?«, warf Britt ein. »Torge Berger? Wegen der Julia vom Strand? Vielleicht wollte sie erst mit ihrer Frau darüber reden, und als sie sie nicht erreichte, versuchte sie es bei Berger.«

Edda nickte. »Gut möglich, allerdings erklärt das nicht die Anrufe abends.« Sie warf einen Blick auf die Uhr, schon halb acht. »Okay, lassen wir das für den Moment. Hast du sonst noch was?«

Sören schüttelte den Kopf.

»Was ist mit dem Namen von Frau X? Hast du den Vermieter der Ferienwohnung erreicht?«

»Noch nicht.«

»Okay, Malte, mach du weiter.«

Edda ließ ihre Mitarbeiter reihum ihre Erkenntnisse zusammenfassen. Die meisten Berichte waren negativ. Keine weiteren Erkenntnisse bei der Haus-zu-Haus-Befragung in Rerik, noch keine Erkenntnisse durch die Durchsuchung von Lucy Hagens Büro und ihrer Hamburger Wohnung. Der Letzte, der vortrug, war Kevin Dietz. Er war schon die ganze Zeit auf seinem Stuhl herumgezappelt wie ein Welpe, der aus dem Hundekörbchen will. Jetzt sprudelten die Informationen nur so aus ihm heraus.

»Ich war in Hamburg und habe mit Friedrichsens Bruder und Schwägerin gesprochen, außerdem mit einer Freundin, die Friedrichsen schon aus der Grundschulzeit kennt, und mit zwei Kolleginnen aus der Physiotherapiepraxis, in der sie bis vor eineinhalb Jahren gearbeitet hat. Keiner von denen hat in den letzten Tagen von Friedrichsen gehört. Tatsächlich hatten die Freundin und die Kolleginnen seit über einem Jahr keinen Kontakt mehr zu ihr. Sie haben übereinstimmend ausgesagt, dass Friedrichsen nach ihrer Fehlgeburt vor eineinhalb Jahren an einer schweren Depression erkrankte und sich in deren Folge komplett zurückzog. Alle drei haben eine Weile versucht, den Kontakt zu halten, doch Friedrichsen reagierte entweder gar nicht oder ablehnend, bis die anderen aufgaben.«

Kevin machte eine Pause, um Luft zu holen. Thomas Gertz nutzte sie prompt. »Das wussten wir doch alles schon«, sagte er in betont gelangweiltem Ton.

Edda runzelte die Stirn. »Tja, willkommen beim Todesteam, Wiederholung ist alles«, beschied sie Gertz. »Machen Sie weiter, Kevin, was haben die Zeugen über Friedrichsens Charakter ausgesagt?«

Kevin war klug genug, seinem älteren Kollegen keinen schadenfrohen Blick zuzuwerfen. »Ehrlich gesagt, kriege ich den noch nicht ganz zu fassen. Im Prinzip sagen alle, dass Friedrichsen ein sehr freundlicher Mensch ist, zurückhaltend, einfühlsam, nett – das waren so die häufigsten Adjektive. Allerdings neigt sie auch zu leidenschaftlichen Ausbrüchen und kann auf stur schalten, wenn ihr etwas nicht passt. Und sie ist ein Gewohnheitstier, den Begriff haben sowohl die Freundin als auch die Kolleginnen benutzt. Friedrichsen sei regelrecht fixiert auf Pläne, Pünktlichkeit und so weiter. Alle drei halten es für sehr unwahrscheinlich, dass sie ohne triftigen Grund spontan zu einem Kurztrip aufgebrochen sein soll. Allerdings meinte die Freundin auch, dass Friedrichsen dazu neigt, den Kopf zu verlieren und übertrieben zu reagieren, wenn etwas Unerwartetes oder Überraschendes passiert. Das mag sie gar nicht.«

»Haben Sie ein Beispiel?« Edda machte sich lieber selbst ein Bild, als sich auf die Charakteranalyse anderer zu verlassen.

Kevin nickte. »Zum Beispiel hat ihr Ex, Torge Berger, an ihrem Geburtstag mal eine Überraschungsparty für Friedrichsen geschmissen. Er holte sie zu Hause ab, sie dachte, sie gingen schick essen, doch er behauptete, etwas in seiner Wohnung vergessen zu haben. Also fuhren sie dorthin, er öffnete die Tür, und da standen ihre Familie, ihre Freunde und ihre Kollegen und schrien: ›Überraschung!‹ Friedrichsen wurde knallrot, starrte alle eine geschlagene Minute an und lief dann davon. Sie machte einfach auf dem Absatz kehrt. Anschließend hatte sie einen Megakrach mit Berger. Sie war sauer, weil er ihren Wunsch, nur zu zweit zu feiern, ignoriert hatte, er war sauer, weil sie seine Mühen nicht zu schätzen wusste – und weil er ihr an dem Abend nicht wie geplant vor allen Leuten einen Antrag machen konnte.«

Edda horchte auf. »Ich wusste nicht, dass bei den beiden vom Heiraten die Rede war.«

»Ich habe es von der Freundin. Sie hatte zusammen mit Berger die Party organisiert, und er hatte ihr von dem geplanten Antrag erzählt. Friedrichsen und Berger trennten sich kurz darauf, die Freundin ist sich nicht sicher, ob Friedrichsen überhaupt davon erfahren hat.«

Edda empfand zum ersten Mal so etwas wie eine Geistesverwandtschaft mit Rebecca Friedrichsen. In ihren Augen dienten Überraschungspartys – und noch schlimmer: Heiratsanträge vor Publikum – selten den Interessen des Überraschten, sondern eher einem exhibitionistischen Bedürfnis des Überraschenden.

»Okay, was ist mit dem Bruder und der Schwägerin? Sagen sie dasselbe?«

Zum ersten Mal zögerte Kevin. »Ehrlich gesagt, ich bin mir nicht sicher. Im Großen und Ganzen haben sie dasselbe gesagt, ja, doch ich habe Zweifel, dass sie dasselbe denken.« Er warf einen Blick in die Runde. »Ich hatte das Gefühl, dass da mal böses Blut geflossen ist – mindestens zwischen Friedrichsen und ihrer Schwägerin. Ich habe zuerst mit der Schwägerin geredet, Inka Friedrichsen, bei ihr zu Hause. Sie erzählte mir wie alle anderen, dass sie sich gar nicht vorstellen könne, wo Friedrichsen sei, dass die bestimmt erschüttert sei über Hagens

Tod und so weiter und so fort. Aber die ganze Zeit hatte ich den Eindruck, dass sie Vorbehalte gegenüber Friedrichsen hat, jedoch aus Loyalität gegenüber ihren angeheirateten Verwandten nichts sagen wollte. Einerseits. Andererseits schien sie darauf zu brennen, einmal richtig über ihre Schwägerin abzulästern. Ich wollte mich deshalb langsam vortasten, doch da kam der Bruder nach Hause, Samuel Friedrichsen.«

»Was sagt er über seine Schwester?«

»Dasselbe wie alle. Er präsentierte sich ein bisschen als großer, beschützender Bruder, allerdings kaufe ich ihm die Rolle nicht ab. Sie scheinen sich nicht sehr nahezustehen. Er war bisher kein einziges Mal in Rerik. Als ich ihn gefragt habe, wann er seine Schwester das letzte Mal gesehen oder mit ihr gesprochen habe, konnte er sich nicht erinnern.«

»Hast du ihn direkt gefragt, ob zwischen ihnen etwas vorgefallen ist?«

»Habe ich, aber da wurde er ziemlich abweisend. Warum ich das wissen wolle, was das mit Hagens Tod zu tun habe, es gehe mich nichts an, und überhaupt sei alles in Ordnung.« Kevin machte eine Pause. »Ich denke, es wäre sinnvoll, da noch mal nachzubohren, und zwar morgen um elf.« Er grinste breit. »Ich habe zufällig mitbekommen, dass Samuel Friedrichsen da einen Termin hat. Seine Frau wäre also allein zu Hause.«

Edda nickte. Sie konnte sich zwar momentan nicht vorstellen, was ein mögliches Zerwürfnis zwischen Friedrichsen und ihrem Bruder beziehungsweise ihrer Schwägerin mit Hagens Tod zu tun haben sollte, doch Rebecca Friedrichsen war die Tatverdächtige Nummer eins, und das bedeutete, dass Edda alles über sie wissen wollte, was es zu wissen gab. Nicht umsonst hatte Sebastian gern behauptet, sie ermittle nicht, sie stalke.

»Noch ein Punkt: Was ist mit Friedrichsens Beziehung zu Hagen? Was haben die Zeugen dazu gesagt?«

»Im Prinzip dasselbe wie alle. Sie sei sehr harmonisch gewesen, und sie alle fanden die Vorstellung absurd, Friedrichsen hätte Hagen des Geldes wegen geheiratet, wie Hagens Mutter meint. Genauso übrigens wie die Vorstellung, Friedrichsen könne fremdgegangen sein.«

Edda runzelte die Stirn. »Und woher wollen sie das wissen, wenn sie sie so lange nicht gesehen haben?«

»Genau das habe ich auch gefragt. Sie meinten, Friedrichsen würde nicht einmal flirten und keinen Wert auf eine oberflächliche Beziehung liegen. Ich habe dann insistiert, ob sie – im Fall der Fälle – wohl eher eine Affäre mit einem Mann oder einer Frau hätte.«

»Und?«

»Sie waren alle einer Meinung: mit einem Mann.«

Nach der Abendbesprechung zog Edda sich in ihr Büro zurück, um in Ruhe über all die Informationen nachzudenken, die sie heute bekommen hatte und die in ihrem Kopf herumrappelten wie Puzzleteile in einem Karton. Sie liebte diesen Teil ihres Jobs, den Moment, wenn sie all die Puzzleteile vor ihrem geistigen Auge ausbreitete, um sie dann zusammenzusetzen und zu sehen, was für ein Muster sie ergaben. Das Faszinierende bei Tötungsdelikten war, dass es immer nur ein richtiges Muster gab: die Wahrheit. Auch wenn die Informationen vielleicht zunächst in eine falsche Richtung deuten mochten, weil noch einige Puzzleteile fehlten, auch wenn sie ein falsches Bild suggerierten – irgendwann setzte sich alles zur Wahrheit zusammen.

Beim Fall Lucy Hagen hatte Edda noch kein Gespür dafür, wie das endgültige Bild aussehen mochte, doch zwei Dinge zeichneten sich ab: dass es ein kompliziertes Bild und dass Rebecca Friedrichsen ein zentrales Motiv sein würde.

Rebecca Friedrichsen und ihre mysteriöse Abwesenheit – Edda war noch nicht sicher, wie Letztere ins Bild passte. Die einfachste Möglichkeit war natürlich, dass Rebecca Friedrichsen ihre Ehefrau während eines Streits vom Steilufer gestoßen hatte, dass sie dann zum Strand hinuntergelaufen war, um zu sehen, ob ihre Frau tot war, und dass sie dann in Panik mit ihrer Tochter geflohen war.

Zu diesem Szenario passten die Schuh- und Handabdrücke unter Manfred Funkes Abdrücken, die Malte entdeckt hatte, vor allem aber die Zeitangaben: Lucy Hagen hatte Finn Hofmeister gegen neun angerufen, um etwas Dringendes zu besprechen, doch als er um zehn geklingelt hatte, hatte niemand geöffnet. Lasse Enders hatte zwischen neun und halb elf einen Streit gehört. Am wahrscheinlichsten war, dass Lucy Hagen und Rebecca Friedrichsen nach deren Rückkehr vom Physiotherapiezentrum um kurz nach neun gestritten hatten. In dem Fall war Rebecca Friedrichsen um zehn vermutlich zu Hause beim Packen gewesen, hatte aber nicht auf Hofmeisters Klingeln reagiert. Und nachdem Hofmeister gefahren war, war sie dann mit ihrer Tochter ebenfalls aufgebrochen, wohin auch immer. Dieses Szenario erklärte, warum Finn Hofmeister Rebecca Friedrichsen nicht gesehen und warum das Licht im

Haus zwar abends um zehn, nicht jedoch morgens, als die Polizei kam, gebrannt hatte. Es erklärte, warum Rebecca Friedrichsen eine für sie völlig untypische spontane Reise unternommen hatte. Und es erklärte, warum Rebecca Friedrichsen nicht nach Hause kam, obwohl die lokalen Zeitungen und Radiostationen den ganzen Tag vom Tod ihrer Ehefrau berichtet hatten.

Für dieses Szenario sprach auch die Statistik. Wenn Frauen Opfer von Gewalt wurden, dann war der Täter häufig der Partner – oder eben in diesem Fall die Partnerin. Allerdings hatten solche Beziehungsdelikte in der Regel eine lange Vorgeschichte, geprägt von Streitigkeiten und Gewalt, worauf in diesem Fall nichts hindeutete. Die Beziehung zwischen Lucy Hagen und Rebecca Friedrichsen schien nach fast allen Zeugenaussagen überdurchschnittlich harmonisch gewesen zu sein. Wieso also sollte Rebecca Friedrichsen ihre Frau getötet haben?

Edda lehnte sich in ihrem Stuhl zurück und dachte über mögliche Motive nach. Geld? Ein beliebter Streitpunkt unter Paaren, und Ilona Hagen hatte behauptet, Rebecca Friedrichsen habe ihre Tochter des Geldes wegen geheiratet. Und als Ehefrau würde Rebecca Friedrichsen zumindest einen großen Teil von Lucy Hagens Vermögen erben. Doch wenn sie es wirklich darauf abgesehen hätte, dann hätte sie ihre Frau wohl geplant getötet, während der Streit auf der Steilküste eher ein Indiz dafür war, dass die eigentliche Tat spontan erfolgt war. Was dann? Warum hätte Rebecca Friedrichsen eine Frau töten sollen, die ihr sogar den One-Night-Stand verziehen hatte, der ihr ihre Tochter beschert hatte? Zumindest nach Aussage von

Priska Hofmeister. Wobei Edda nicht sicher war, inwiefern sie diese Aussage glauben konnte. War es wirklich realistisch, dass eine Beziehung einen solchen Vertrauensbruch schadlos überstand? Edda hielt das für unwahrscheinlich. Allerdings gab es an der Geschichte von Gretas Zeugung mindestens zwei weitere Aspekte, die sie unwahrscheinlich fand.

Während Edda über diese Aspekte nachdachte, fiel ihr Blick auf eine große Karte, die an der Wand hing und das Gebiet zeigte, für das die Kripo Rostock zuständig war. Sebastian Weller hatte sie aufgehängt, als dies noch sein Büro gewesen war. Edda hatte sie hängen lassen, wie sie ohnehin kaum etwas verändert hatte. Sie hatte wenig Interesse an Inneneinrichtung, und so wurde sie täglich an Sebastian erinnert. Sie vermisste ihn mehr, als sie für möglich gehalten hätte. Sie vermisste es, mit ihm ihre Fälle durchzugehen. Sie brauchte das. Diskussionen mit ihren anderen Kollegen waren nie so hilfreich, so klärend.

Edda nahm sich vor, mit Sebastian zu reden, sobald sie nach Hause kam. Andererseits – warum sollte sie es nicht sofort tun? Es war unwahrscheinlich, dass sie jetzt noch gestört wurde, die meisten Mitarbeiter waren längst gegangen.

Edda griff zum Handy und entspannte sich sofort, als sie sich vorstellte, wie Sebastian den Hörer abnahm.

»Hallo, Edda, du bist früh dran. Sag nicht, du bist schon zu Hause. Es ist noch nicht mal halb neun.«

»Ich bin im Büro, aber ich würde gern den Fall mit dir durchgehen.«

»Hast du dafür nicht Kollegen?«

»Keine wie dich.«

»Wohl wahr.« Er lachte dröhnend. »Schieß los.«

In der nächsten Viertelstunde fasste Edda noch einmal zusammen, was sie heute erfahren hatte, und wie immer half allein das Lautaussprechen, ihre Gedanken zu klären. Doch das war nur die halbe Miete, sie brauchte auch Sebastians Input.

»Ich habe Sorge, dass ich etwas übersehe oder dass ich meine Prioritäten falsch setze«, schloss sie. »Was meinst du?«

Sebastian ließ sich Zeit mit seiner Antwort. »Heißt das, du willst gar nicht meine Meinung zu deinem Fall, sondern zu deiner Vorgehensweise?«, fragte er dann. »Seit wann bist du so unsicher?«

»Bin ich gar nicht«, behauptete Edda prompt.

»Bist du doch.«

Edda zuckte ungeduldig mit den Achseln. »Falls ja, ist es deine Schuld. Du hättest mich nicht anlügen dürfen.«

»Du hättest mir nicht glauben dürfen.« Eine Weile herrschte Schweigen, und Edda befürchtete schon, Sebastian würde sie im Stich lassen, doch schließlich hörte sie wieder seine Stimme. »Okay, du willst meine Meinung zu deiner Vorgehensweise? Ich denke, dass du vielleicht wirklich die Tatsachen falsch gewichtest. Du legst viel zu viel Gewicht auf das Baby und viel zu wenig auf den Mordfall Julia Beyer. Sehr beunruhigend. Ich erkenne dich kaum wieder. Ein Baby interessiert dich mehr als ein Mordfall? Du entwickelst doch wohl nicht Mutterinstinkte?«

Edda wehrte sofort ab. »Natürlich nicht. Wie kommst du darauf?«

»Weil du mir in epischer Breite geschildert hast, wie es zu Friedrichsens Schwangerschaft kam, während du die mögliche

Verbindung zu dem Mordfall in Köln nur nebenbei erwähnt hast.«

Edda zuckte mit den Achseln. »Weil es keine mögliche Verbindung ist. Julia Beyer ist tot. Verbindung gekappt.«

Sebastian schnaubte. »Edda, ich habe ja, wie du weißt, hier keinen Zugriff auf Wikipedia, aber ich bin mir dennoch sicher, dass Iris-Heterochromie ein ziemlich seltenes Phänomen ist. Zumindest habe ich in meinem ganzen Leben niemanden mit verschiedenfarbigen Augen kennengelernt. Du hast gleich mit zwei Frauen zu tun, die nicht nur genau dieselbe Anomalie haben – ein Auge grün, eins braun –, sondern auch denselben Vornamen und die beide in gewisser Weise in einen Kriminalfall verwickelt sind. Und du hältst das für Zufall?«

»Was soll es sonst sein? Es kann keinen Zusammenhang geben. Julia Beyer war schon ein paar Monate tot, bevor Friedrichsen am Strand ihre Julia kennengelernt hat. Das bedeutet …«

Sebastian unterbrach sie. »Das bedeutet nur, dass es sich nicht um dieselbe Julia handelt, es bedeutet nicht, dass es überhaupt keinen Zusammenhang gibt. Ich denke, du solltest erst mal eine Verbindung suchen, bevor du sie kategorisch ausschließt.«

Edda dachte darüber nach. In ihren Ohren klang es nicht sehr plausibel, doch sie war nicht so dumm, Sebastians Instinkte zu ignorieren. Aber ihre eigenen Instinkte waren ebenso gut. »Okay, ich gehe dem nach, aber ich werde auch nicht die Frage nach Gretas Vater außer Acht lassen. Mein Instinkt sagt mir, dass der eine Rolle spielt.«

»Dazu musst du ihn erst mal finden.«

»Das ist ja der Punkt: Ich frage mich, ob ich ihn nicht schon gefunden habe. Ob es nicht Finn Hofmeister ist.« Im selben Moment, als sie es laut aussprach, kamen Edda schon erhebliche Zweifel an ihrer Theorie.

Auch Sebastian klang skeptisch. »Wie kommst du darauf?«

Edda stand auf und trat ans Fenster. Es war längst dunkel geworden. Laternen erhellten die Straße und die Fußgängerbrücke über die S-Bahn-Gleise, die der KPI gegenüberlag. In diesem Moment fuhr eine S-Bahn vorbei, und Edda beobachtete die Menschen hinter den hellerleuchteten Fenstern, während sie ihre Gedanken sortierte. »Aus zwei Gründen«, erklärte sie dann. »Erstens kann ich mir nicht vorstellen, dass Rebecca Friedrichsen einen One-Night-Stand mit einem völlig Fremden gehabt haben soll, weil es nicht zu ihrem Charakter passt. Alle Zeugen beschreiben sie als zurückhaltend, vorsichtig, definitiv nicht promiskuitiv. Sie flirtet nicht einmal. Dass sich so eine Frau in einer Bar einen Kerl zum Vögeln aufreißt, scheint mir genauso unwahrscheinlich wie dass ein Zwergpinguin plötzlich eine Eisbärin anspringt. Außerdem wird Friedrichsen als Mensch beschrieben, der alles am liebsten genau durchplant und Überraschungen hasst. Hätte sie da wirklich die Gene ihres Kindes dem Zufall überlassen, indem sie sich das Sperma von irgendeinem Wildfremden holt? Ganz abgesehen von den sonstigen Gefahren bei ungeschütztem Geschlechtsverkehr. Zweitens …«

Sebastian unterbrach sie. »Vergiss nicht, dass sie sich sehnlichst ein Kind gewünscht hat. Und für Lesben ist es bekanntermaßen schwieriger, an eins zu kommen.«

»Aber genau das glaube ich bei Friedrichsen nicht«, entgegnete Edda. »Okay, Felix Sattler war weg, aber das kann doch kein Grund gewesen sein, von irgendwem Sperma zu nehmen. Hagen hatte jede Menge schwuler Freunde. Warum hat sie nicht einen anderen gefragt?«

»Vielleicht hat sie das, aber keiner war bereit dazu. Und deshalb entschloss Friedrichsen sich, das Problem im Alleingang zu lösen.«

Edda schüttelte den Kopf. »Das glaube ich nicht. Priska Hofmeister hat gesagt, dass der angebliche One-Night-Stand zweieinhalb Monate nach der Fehlgeburt war. Ich kann mir nicht vorstellen, dass Friedrichsen sich innerhalb so kurzer Zeit von einer Fehlgeburt erholt, versucht, einen neuen geeigneten Spender zu finden, aufgibt und dann beschließt, irgendwen zu vögeln. Es ist viel plausibler, dass sie einen geeigneten Spender gefunden hat.«

Sebastian schwieg einen Moment. »Okay, das mag sein. Aber wie kommst du darauf, dass ausgerechnet Finn Hofmeister der Vater ist?«

»Weil er ziemlich nervös reagiert hat, als ich ihn auf Gretas Vater angesprochen habe. Und falls seine Frau es nicht weiß, würde es erklären, warum Hagen ihr die Geschichte mit dem One-Night-Stand aufgetischt hat.«

Sebastian schnaubte. »Du weißt schon, dass das pure Spekulation ist, oder?«

Edda grinste. »Deswegen rede ich ja mit dir, liebster Sebastian.«

»Aber selbst wenn du recht hast – was ich ehrlich gesagt bezweifle: Warum interessiert dich das so brennend? Glaubst du ernsthaft, die Geschichte hat etwas mit Hagens Tod zu tun?«

Edda starrte aus dem Fenster. Eine weitere S-Bahn fuhr vorbei. »Ich weiß es nicht, allerdings könnte ich mir vorstellen …«

Doch in dem Moment hörte sie ein Geräusch hinter sich und fuhr herum. Sören Voss stand in der offenen Bürotür. Vor Schreck brach Edda der Schweiß aus.

»Sören, was soll der Scheiß?«, fauchte sie, um ihre Verlegenheit zu überspielen. »Kannst du nicht anklopfen?«

Sörens Gesicht, das normalerweise stets dieselbe ernsthaft-ausdruckslose Miene zeigte, nahm einen erstaunten Ausdruck an. »Das habe ich. Störe ich? Soll ich später wiederkommen?«

Edda ließ ihr Handy in ihrer Blazertasche verschwinden. »Nein, alles gut. Was gibt's denn?«

»Es geht um Frau X. Ich habe hier ihre Daten.« Sören trat ganz ins Zimmer und reichte Edda einen Zettel.

»Ach, haben sich die Vermieter doch noch gemeldet? Sehr gut.«

Sören schüttelte den Kopf. »Ich habe am späten Nachmittag mit ihnen telefoniert. Ich wollte es in der Abendbesprechung nicht sagen, weil Kurt dabei war.«

Edda runzelte die Stirn. »Das verstehe ich nicht.«

»Lies den Zettel.«

Edda tat, wie ihr geheißen, dann blickte sie Sören an. »Mara Paschke? Paschke wie in Kurt Paschke?«

Sören nickte. »Es ist seine Schwägerin, ich habe das überprüft. Erinnerst du dich, dass Kurt mal bei dieser Vorabendkrimiserie als Berater fungiert hat? Mara Paschke ist die verantwortliche Produktionsleiterin. Sie ist mit Kurts älterem Bruder verheiratet, daher hat er den Job bekommen. Sie arbeitet bei

Bear Entertainment, genau wie Lasse Enders, vermutlich ist sie seine Chefin.«

»Ach du gequirlte Scheiße, kein Wunder, dass sie sich geweigert hat, aus dem Schlafzimmer zu kommen, als Kurt draußen stand. Und kein Wunder, dass Enders uns ihren Namen nicht verraten wollte.« Edda schüttelte den Kopf, während sie sich bildlich vorstellte, wie Kurt von außen an der Schlafzimmertür horchte, während die Frau seines Bruders es innen tat. Der Gedanke reizte sie zum Lachen, doch Sören hatte schon bei ihrem Kraftausdruck eine pikierte Augenbraue gehoben. »Okay, Sören, gute Arbeit, danke. Ich kümmere mich morgen darum.«

Sie nickte ihm zu, und er verschwand. Doch kaum war er weg, ließ Edda sich in ihren Schreibtischstuhl fallen, legte den Kopf in den Nacken und lachte herzhaft, auch wenn ihr klar war, dass Sören sie für verrückt halten würde, wenn er sie so sah. Aber er – genau wie ihre anderen Mitarbeiter, ganz zu schweigen von Hilrieke – würde sie auch für verrückt halten, wenn er wüsste, dass sie immer noch Gespräche mit Sebastian führte. Und natürlich lachte Edda jetzt auch, weil die Anspannung, bei einem solchen Gespräch fast erwischt worden zu sein, nachließ.

Als Edda schließlich genug gelacht hatte, war es schon neun Uhr. Zeit, nach Hause zu gehen. Sie stand auf, schnappte sich ihre Tasche und wollte gerade das Licht ausschalten, als ihr Smartphone klingelte. Der Beamte, der im Streifenwagen vor dem Haus Hagen/Friedrichsen in Rerik wartete, teilte ihr mit, dass fünf Minuten zuvor Rebecca Friedrichsen mit ihrer Tochter nach Hause gekommen war.

Teil III

FREITAGABEND

1

Edda nahm Sören mit nach Rerik. Es war eine Ausnahme. Sören nahm selten an Vor-Ort-Ermittlungen teil, noch seltener an Vor-Ort-Vernehmungen. Jeder Kripobeamte besitzt seine eigenen Methoden, Zeugen zum Reden zu bringen. Britt Keller nutzte ihre Wandlungsfähigkeit, Kevin Dietz seine Welpen-Masche. Sören Voss hatte keine Masche, Sören war einfach Sören. In seinen biederen grauen Anzügen mit dem biederen stahlgrauen Beamtenhaarschnitt und den unbeweglichen Gesichtszügen strahlte er den Charme eines Steuerformulars aus: unnahbar, einschüchternd, hochoffiziell. Dabei mangelte es ihm nicht grundsätzlich an Empathie, doch da er sie selten zeigte, neigten Menschen in seiner Gegenwart zum Verstummen. In Vernehmungsräumen waren sein unpersönliches Auftreten und seine neutrale Mimik oft von Vorteil, weil sie einen unbeeinflussbaren Staat symbolisierten, bei Zeugen zu Hause verhinderten sie allerdings, dass diese sich entspannten.

Doch Sören war als einziger Mitarbeiter des Todesteams noch in der KPI, und Edda wollte die Befragung von Rebecca Friedrichsen nicht verschieben. Sie brannte darauf, mit der Frau zu sprechen, die so unerwartet zurückgekommen war.

Eddas erster Eindruck von Rebecca Friedrichsen war, dass diese zu klein war – ein Phänomen, das Edda nur allzu vertraut war. Sie hatte sich in den vergangenen eineinhalb Tagen so intensiv mit der Frau beschäftigt, hatte mit ihren Verwandten und Bekannten über sie geredet, hatte ihre Lebensumstände und ihren Charakter erforscht, hatte auszuloten versucht, ob sie eines Mordes fähig wäre, und schließlich über mögliche Mordmotive spekuliert, bis Rebecca Friedrichsen in ihrem Kopf genügend Raum einnahm, um alle Möglichkeiten zu umfassen. Die Realität war – wie so oft – anders. Rebecca Friedrichsen war klein und zierlich und sah eher aus wie ein verheulter Teenager als wie eine dreißigjährige Ehefrau und Mutter oder gar Superschurkin. Sie trug Jeans und ein graues Sweatshirt mit Kapuze und kauerte mit angezogenen Beinen auf ihrer roten Couch. Ihre rotblonden langen Haare hingen ihr wirr um das gerötete, fleckige Gesicht. Sie hatte offensichtlich viel geweint in den letzten Stunden und wirkte emotional so ausgelaugt und körperlich so erschöpft, dass Edda sich in einem Punkt bestätigt fühlte: Wenn Rebecca Friedrichsen ihre Frau getötet hatte, dann hatte sie es nicht geplant getan, denn ihr Kummer schien echt zu sein. Allerdings hieß das nicht, dass sie sie nicht während eines Streits getötet hatte und es jetzt bereute.

Während Edda sich und Sören vorstellte, starrte Rebecca Friedrichsen an ihr vorbei, als hörte sie gar nicht zu, doch schließlich blickte sie zu ihr hoch.

»Timm? Sie haben mir eine Nachricht auf meine Mailbox gesprochen, nicht wahr? Entschuldigen Sie bitte, dass ich nicht zurückgerufen habe. Ich habe mein Handy erst heute Mor-

248

gen abgehört, nachdem«, sie schluckte, »nachdem ich erfahren hatte, dass Lucy tot ist. Aber da konnte ich nicht … Ich konnte nicht … O mein Gott!« Sie schluchzte auf und schlug sich beide Hände vors Gesicht.

Edda zog sich einen Sessel heran und bedeutete Sören, sich auf einem weiteren Stuhl möglichst unsichtbar zu machen. »Es tut mir wirklich sehr leid, Frau Friedrichsen. Ich möchte Ihnen mein herzliches Beileid aussprechen, auch im Namen meiner Kollegen.«

»Danke.« Rebecca Friedrichsen nahm die Hände von ihrem tränennassen Gesicht. »Entschuldigen Sie, ich kann gar nicht aufhören zu weinen.« Sie sah sich suchend um. »Irgendwo hatte ich doch Tempos.«

»Nehmen Sie die.« Edda beugte sich vor und reichte ihr eine Packung Taschentücher.

»Danke.«

Edda wartete, bis Rebecca sich geschnäuzt hatte, dann sagte sie: »Frau Friedrichsen, ich weiß, das muss sehr schwierig für Sie sein, aber wir müssen Ihnen leider einige Fragen stellen. Glauben Sie, Sie schaffen das?«

Sie schluckte. »Der Polizist vor der Tür hat mir schon gesagt, dass Sie kommen wollen, aber … Muss das wirklich heute sein? Ich möchte mich eigentlich nur noch im Bett verkriechen.«

»Es ist leider sehr dringend.«

Rebecca Friedrichsen schwieg einen Moment, dann nickte sie. »Ich … Ich kann es versuchen. Aber ich weiß gar nicht, was … Ich kann nicht mehr klar denken, seit ich es gehört habe …«

Edda beschloss, einfach mit den Fragen zu beginnen. »Wann haben Sie es denn erfahren?«

Rebecca Friedrichsen holte tief Luft. »Heute Morgen.«

»Und wie haben Sie es erfahren?«

Sie starrte auf das Taschentuch in ihrer Hand. »Aus den Nachrichten. Ich habe Radio gehört, und der Sprecher sagte, dass in Rerik eine Frau von der Steilklippe gestürzt sei, eine Hamburger Unternehmerin. So viele gibt es da ja nicht, deswegen habe ich gleich im Internet nachgeguckt. Bei der Ostsee-Zeitung. Und da stand Lucys Name, und da war sogar ein Foto von ihr und …« Ihr Atem ging so schnell, dass Edda schon fürchtete, sie würde hyperventilieren, doch dann beruhigte sie sich wieder.

»Das muss ein schlimmer Schock gewesen sein.«

Sie nickte bloß.

»Wo waren Sie denn eigentlich in dem Moment?«

Rebecca Friedrichsen blickte verwirrt auf. »In der Küche.«

»Ich meine, in welchem Haus, an welchem Ort?«

»O ja, natürlich, entschuldigen Sie, wie dumm von mir.« Sie biss sich auf die Unterlippe. »Auf Rügen. In einem Ferienhaus.«

»Im Ferienhaus Ihrer Eltern?« Edda ließ sich ihre Überraschung nicht anmerken.

Rebecca Friedrichsen schüttelte den Kopf. »Nein. Ein Freund hat da ein Ferienhaus, genauer gesagt, seine Familie. Ich …« Sie brach ab und starrte Edda an. »Woher wissen Sie, dass meine Eltern auf Rügen ein Ferienhaus besitzen?«

»Weil wir mit ihnen geredet haben. Wir haben seit gestern Mittag versucht, Sie zu finden. Wie heißt denn Ihr Freund?«

»Torge Berger.«

»Und wusste er Bescheid, dass Sie in dem Haus sind?«

»Natürlich.« Es klang völlig unbefangen.

»Wann haben Sie es denn mit ihm abgesprochen? Wir hatten den Eindruck, Ihr Ausflug nach Rügen sei ein spontaner Einfall gewesen, da Sie Ihren Eltern nicht davon erzählt hatten.«

Sie zögerte, bevor sie nickte. »Ja, das stimmt. Ich habe es erst am Mittwochnachmittag beschlossen. Da habe ich Torge angerufen, und er sagte, es sei okay, wenn ich mir den Schlüssel nehme und ein paar Tage dortbleibe. Sie haben einen Ersatzschlüssel im Fahrradschuppen versteckt, und der Schuppen ist mit einem Zahlenschloss gesichert. Torge sagte mir die Kombination.«

»Ah ja.« Edda musterte die junge Frau. Sie machte einen offenen, ehrlichen Eindruck – genau wie Torge Berger einen offenen, ehrlichen Eindruck gemacht hatte, als er ihr versicherte, er habe keine Ahnung, wo seine Jugendfreundin sei. »Und wann genau sind Sie nach Rügen gefahren?«

»Am Mittwochabend.«

»Das heißt, Sie waren von Mittwochabend bis heute Nachmittag in diesem Ferienhaus? Darf ich fragen, was Sie dort gemacht haben?«

Sie zuckte mit den Achseln. »Ehrlich gesagt, nicht viel. Mit meiner Tochter gespielt, spazieren gegangen. Ich brauchte mal einen Tapetenwechsel.«

»Aus einem besonderen Anlass?«

»Nein, einfach so.« Wieder sah sie Edda unbefangen an.

»Und um wie viel Uhr sind Sie hier losgefahren?«

Sie überlegte. »Ich weiß es nicht mehr. Ist es denn wichtig?«

»Es ist sogar sehr wichtig. Frau Friedrichsen, Ihre Frau ist am Mittwochabend gestorben, und wir versuchen, die genauen Umstände zu klären. Dazu gehört, dass wir klären, was sie in den Stunden vor ihrem Tod gemacht hat. Soweit wir das bisher wissen, sind Sie die Letzte, die sie gesehen und mit ihr gesprochen hat. Sie waren doch am Mittwochabend mit ihr zusammen, oder nicht?«

Rebecca Friedrichsen nickte. »Aber ich weiß nicht, wie es zu ihrem Sturz kam«, sagte sie dann verzweifelt. »Ich war doch nicht hier.« Sie änderte ihre Haltung, setzte sich in den Schneidersitz und knetete ihre Hände in ihrem Schoß.

Edda wartete einen Moment, ob sie etwas hinzufügen würde, dann sagte sie: »Erzählen Sie uns bitte von Mittwochabend. Wann kam Ihre Frau nach Hause?«

Rebecca Friedrichsen überlegte. »Um kurz vor sieben. Ich musste dann gleich weg, ich gebe mittwochs immer Kurse im Physiotherapiezentrum.«

»Und wann kehrten Sie zurück?«

»Um kurz nach neun, fünf nach, zehn nach vielleicht.«

»Und was taten Sie dann?«

Sie sah Edda aus ihren sanften Haselmausaugen offen an. »Nichts Besonderes. Ich unterhielt mich mit Lucy, dann duschte ich, verabschiedete mich von ihr und fuhr los. Ich wollte nicht, dass es zu spät wird.«

»Das heißt, Sie achteten doch auf die Uhrzeit?«

Rebecca Friedrichsen zögerte. »Nicht wirklich.«

Edda beließ es dabei. »War Ihre Frau zu Hause, als Sie losfuhren?«

Rebecca Friedrichsen griff zur Kordel ihres Hoodies und begann, sie um ihren Finger zu wickeln. »Natürlich.«

»Und war sie mit der geplanten Reise einverstanden?«

Sie riss überrascht die Augen auf. »Natürlich. Was hätte sie dagegen haben sollen?«

»Nun, immerhin war sie doch extra aus Hamburg gekommen, um Sie zu sehen, oder nicht? Und wenn Sie ihr dann eröffnet haben, dass Sie spontan wegfahren …« Edda gab ihrer Stimme einen leicht vorwurfsvollen Klang, bevor sie den Satz in der Luft hängen ließ, in der Hoffnung, Rebecca Friedrichsen würde sich verteidigen.

Sie tat es prompt. »Lucy kam immer mittwochs nach Hause, um auf Greta aufzupassen. Und ich hatte ihr schon nachmittags am Telefon gesagt, dass ich wegfahren würde.«

»Und wieso warteten Sie dann nicht bis zum nächsten Morgen?«

Die Antwort kam ebenfalls prompt. »Ich wollte den Berufsverkehr vermeiden, ich fahre gern nachts Auto.«

»Ah ja.« Edda musterte Rebecca Friedrichsen schweigend.

Die junge Frau hielt ihrem Blick stand, allerdings spielten ihre Finger nervös mit der Kordel. Sie schien es zu bemerken, ließ die Kordel los und griff nach einem Dekokissen, das sie sich vor den Bauch hielt. Wie einen Schutzschild. »Hören Sie, ich möchte nicht unhöflich sein, aber ich bin wirklich völlig erschöpft …«

»Natürlich«, sagte Edda sofort, »das verstehe ich, und ich möchte Sie nicht unnötig quälen, aber wir müssen leider einige Dinge klären.« Sie lächelte aufmunternd. »Ich weiß nicht, ob Ihnen das klar ist: Wir haben in den letzten Tagen mit beträchtlichem Aufwand nach Ihnen gesucht. Wir und vor allem Ihre Eltern und Ihre Freunde haben uns Sorgen um Sie gemacht. Ihre Eltern haben auch versucht, Sie anzurufen, leider erfolglos. Haben Sie sich mittlerweile bei ihnen gemeldet?«

Rebecca Friedrichsen nickte. »Ich habe sie vorhin angerufen. Sie haben mir gesagt, dass Sie mich suchen.« Sie legte das Kissen beiseite, stellte ihre Füße auf den Boden, setzte sich aufrecht hin und strich sich die Haare aus dem verweinten Gesicht. »Es tut mir leid, dass ich Ihnen so viel Mühe bereitet habe. Ich wollte nur mal für ein paar Tage raus. Ich konnte doch nicht wissen …« Sie brach ab und sah Edda um Verständnis heischend an.

Edda nickte freundlich. »Natürlich nicht. Aber wir haben uns in der Tat viel Mühe gegeben, Sie zu finden, Frau Friedrichsen.« Sie machte eine Kunstpause. »Wir haben zum Beispiel mit etlichen Ihrer Freunde und Bekannten gesprochen, unter anderem mit Herrn Berger. Er sagte uns, er habe keine Ahnung, wo Sie seien.«

Edda hatte diesen Moment schon oft erlebt, doch sie genoss ihn jedes Mal aufs Neue. Der Moment, auf den jeder Kriminalbeamte bei einer Vernehmung hinarbeitete. Der Moment, in dem ein Zeuge oder Verdächtiger mit einem unwiderlegbaren Beweis für seine Lügen konfrontiert wurde. Die meisten reagierten ganz unterschiedlich darauf. Manche beharrten auf ihrer Aussage, andere brachen gemeinsam mit ihrem Lügengebäude zusammen, wieder andere arrangierten sich beziehungsweise ihre Aussage geschmeidig im Licht der neuen Fakten.

Rebecca Friedrichsen reagierte zunächst kaum. Ihre Augen weiteten sich, ihr Mund formte sich zu einem »Oh!«. Dann saß sie ganz still, doch Edda konnte förmlich spüren, wie es in ihrem Innern arbeitete, während sie versuchte, sich eine neue Strategie zurechtzulegen. Schließlich blickte sie Edda fest in die Augen.

»Hören Sie, es tut mir leid, ich habe vorhin geschwindelt. Ich wollte nicht, dass Sie denken, ich sei einfach bei Bergers eingebrochen. Ich kenne die Familie wirklich gut, ich bin sicher, sie hätten nichts dagegen, dass ich für ein paar Tage bei ihnen untergekrochen bin.« Sie bedachte Edda mit einem schüchternen Kleine-Mädchen-Lächeln. »Die Wahrheit ist, dass ich vergessen hatte, Torge anzurufen. Es fiel mir erst ein, als ich schon auf Rügen war. Und da es mitten in der Nacht war und ich die Schlosskombination von früher kannte …«

»Aber warum haben Sie Herrn Berger nicht am nächsten Tag angerufen?«

Sie warf einen Blick auf ihr Smartphone, das auf dem Couchtisch zwischen ihr und Edda lag. »Weil mein Akku leer war. Ich hatte das Handy in die Steckdose gesteckt und zu spät gemerkt, dass die kaputt war. Und dann war das Netz weg. Ich konnte erst heute Morgen wieder telefonieren. Deswegen habe ich auch nicht mitbekommen, dass meine Eltern angerufen haben«, fügte sie hinzu.

»Und Sie bleiben dabei, dass Sie am Mittwochnachmittag beschlossen haben, nach Rügen zu fahren?«

Rebecca Friedrichsen nickte.

»Und Sie informierten Ihre Frau darüber? Schrieben Sie ihr eine Nachricht oder riefen Sie sie an?«

Sie überlegte kurz. »Ich rief sie an.«

»Und wann?«

»Die genaue Uhrzeit weiß ich nicht mehr.«

»Die Uhrzeit wäre sehr wichtig.« Edda tat, als überlegte sie. »Haben Sie etwas dagegen, wenn ich es in Ihrer Anrufliste nachsehe?«

Edda streckte eine Hand nach dem Handy aus, doch Rebecca Friedrichsen war schneller. Blitzschnell beugte sie sich vor, schnappte sich ihr Smartphone und steckte es in die Gesäßtasche ihrer Jeans. Edda lehnte sich zufrieden in ihrem Sessel zurück.

»Frau Friedrichsen, möchten Sie uns nicht die Wahrheit sagen?«

Hektische rote Flecken erschienen auf ihren Wangen. »Das habe ich.«

»Warum darf ich mir dann Ihr Handy nicht ansehen?«

»Weil … weil das übergriffig ist.«

Edda schüttelte den Kopf. »Frau Friedrichsen, wir haben die Verkehrsdaten des Handys Ihrer Frau angefordert. Sie haben am Mittwoch nicht mit ihr telefoniert.«

Rebecca Friedrichsen wurde immer nervöser. Ihre Augen huschten von Edda zu Sören und zurück. »Ich weiß nicht mehr, wann ich es Lucy erzählt habe. Ich dachte, es sei Mittwochnachmittag gewesen, aber was spielt das für eine Rolle? Meine Frau ist tot. Sie hatte einen Unfall. Und Sie bedrängen mich und bedrängen mich und …« Ihre Stimme wurde schrill.

Edda schüttelte den Kopf. »Ich möchte Sie nicht bedrängen, Frau Friedrichsen, ich möchte nur, dass Sie mir die Wahrheit sagen. Haben Sie sich mit Ihrer Frau am Mittwochabend gestritten?«

»Nein.«

»Wann haben Sie beschlossen, nach Rügen zu fahren?«

»Am Mittwochnachmittag.«

»Und wann sind Sie hingefahren?«

»Am Abend.«

»Um wie viel Uhr?«

»Das weiß ich nicht.«

»Und wieso haben Sie nicht bis zum nächsten Morgen gewartet?«

»Das sagte ich schon: Ich wollte den Berufsverkehr vermeiden.«

»Und das, obwohl Sie es hassen, nachts Auto zu fahren?«

»Ich dachte, es wäre besser, weil …« Sie brach ab und funkelte Edda an. »Ich habe nicht gesagt, dass ich nachts nicht gerne fahre.«

»Nein, aber Ihre Eltern und Ihre Freunde haben es uns versichert.«

»Sie irren sich.«

»Irren sie sich auch, wenn sie sagen, dass Sie normalerweise bei Ihrer Tochter auf einem festen Schlafrhythmus bestehen? Und dennoch haben Sie sie ohne Not mitten in der Nacht aus ihrem Bettchen geholt und ins Auto verfrachtet und …«

Weiter kam Edda nicht, denn Rebecca Friedrichsen war aufgesprungen. »Lassen Sie meine Tochter aus dem Spiel!«, fauchte sie.

Edda sah zu ihr hoch. »Dann sagen Sie mir, was passiert ist. Ich glaube Ihnen nicht, dass Ihr Ausflug nach Rügen geplant war. Sagen Sie mir, was am Mittwochabend zwischen Ihnen und Ihrer Frau vorgefallen ist.«

Und dann tat Rebecca Friedrichsen es. Eine Weile stand sie keuchend da, wurde abwechselnd rot und wieder blass, ballte ihre kleinen Hände zu Fäusten und funkelte Edda an, bis sie plötzlich losschrie. »Wenn Sie es unbedingt wissen müssen – wir haben uns gestritten, okay? Lucy und ich haben uns ganz furchtbar gestritten, deshalb bin ich weggefahren. Wir haben uns gestritten wie noch nie. Und dann ist sie einfach rausgelaufen, und da dachte ich …« Ihre Stimme schnappte fast über. »Ich dachte, ich mache dasselbe, ich laufe auch einfach davon. Ich wusste ja nicht, dass ich sie nie wiedersehe. Ich wusste es nicht! Und jetzt ist sie tot, und Sie bedrängen mich und …« Sie schien nicht mehr weiterzuwissen, stattdessen griff sie nach dem Dekokissen und schleuderte es mit aller Kraft in Eddas Richtung. Dann warf sie sich auf die Couch und vergrub ihr Gesicht in ihren Händen, während ihr Körper von wilden Schluchzern geschüttelt wurde.

Edda legte das Kissen, das sie aufgefangen hatte, zufrieden neben sich auf den Boden. Sie warf einen Blick zu Sören, dessen sonst so ausdruckslose Miene einen Anflug von Mitgefühl zeigte. Als er ihren Blick erhaschte, machte er eine Kopfbewegung in Richtung der Theke, die den Wohnbereich von der Küche trennte, und stand auf.

Edda folgte ihm. »Was ist?«, flüsterte sie.

»Ich denke, wir sollten aufhören«, entgegnete Sören ebenso leise.

Edda schüttelte perplex den Kopf. »Bist du verrückt? Wir machen weiter, wir haben sie gleich so weit, dass sie uns die Wahrheit sagt.«

»Die da wäre?«

»Was wirklich am Mittwochabend passiert ist. Vielleicht legt sie sogar ein Geständnis ab.«

Sören zog seine feinen grauen Augenbrauen hoch. »Du glaubst wirklich, sie hat ihre Frau von der Klippe gestoßen? Sie ist völlig fertig vor Kummer.«

»Was hat das damit zu tun? Ich sage ja nicht, dass sie die Tat kaltblütig geplant hat. Aber warum sonst sollte sie uns die Hucke volllügen?«

Sören schwieg einen Moment. »Wenn du wirklich davon überzeugt bist«, sagte er dann noch leiser, »musst du sie über ihre Rechte aufklären. Dann ist sie keine Zeugin mehr, sondern eine Beschuldigte.«

Edda konnte kaum glauben, was sie da hörte. »Damit sie einen Anwalt ruft, der ihr rät, den Mund zu halten?«

»So sind die Vorschriften.«

Edda schüttelte gereizt den Kopf. »Unsinn! Wir brauchen etwas Handfestes, zum Beispiel ein Geständnis. Solange wir nichts Handfestes haben, hat sie Zeugenstatus. Wir machen weiter.«

Sie kehrte zum Sessel zurück. Sören folgte ihr, und schweigend warteten sie, bis Rebecca Friedrichsens Schluchzer leiser wurden. Schließlich fuhr sie sich mit dem Ärmel ihres Hoodies übers Gesicht und richtete sich auf.

Doch bevor Edda die Befragung fortsetzen konnte, fragte Sören: »Geht es wieder? Können wir Ihnen vielleicht ein Glas Wasser bringen? Oder etwas anderes?«

Die sanfte Nachfrage verfehlte ihre Wirkung. »Das bringt Lucy auch nicht zurück«, fauchte Rebecca Friedrichsen, entschuldigte sich jedoch sofort. »Verzeihen Sie, es ist ja nicht Ihre Schuld. Ich verstehe nur nicht, was Sie von mir wollen. Ich bin so müde, alle Ihre Fragen …«

»Nun, vielleicht machen wir morgen weiter«, begann Sören, doch Edda fuhr ihm sofort in die Parade.

»Frau Friedrichsen, wie ich schon sagte, untersuchen wir den Tod Ihrer Frau. Sie wollen doch sicherlich auch Klarheit darüber, warum Ihre Frau gestorben ist.«

»Aber ich weiß doch nicht, warum sie abgestürzt ist.« Rebecca Friedrichsen rang die Hände. »Es war ein Unfall. Wieso reden Sie mit mir? Wieso untersuchen Sie nicht stattdessen das Geländer an der Stelle oder was auch immer. Wenn es einen Erdrutsch gab oder …«

»Es gab keinen Erdrutsch«, unterbrach Edda sie. »Und wir glauben nicht, dass es ein Unfall war.«

»Aber in den Nachrichten hieß es, es sei ein Unfall gewesen.« Rebecca Friedrichsens Hände verharrten in der Luft. »Was sagen Sie denn da? Wenn es kein Unfall war, was war es dann? Es muss ein Unfall gewesen sein.«

Edda beugte sich vor. »Es tut mir leid, Ihnen das mitteilen zu müssen, Frau Friedrichsen, aber wir hegen in dem Punkt erhebliche Zweifel. Wir halten es für möglich, dass Ihre Frau Suizid begangen hat. Wir halten es allerdings auch für möglich, dass eine andere Person beteiligt war. Das heißt …«

Doch das konnte Edda nicht näher erläutern, denn Rebecca Friedrichsen war totenblass geworden, ihre Pupillen verdrehten sich, bis nur noch das Weiße in ihrem Auge zu sehen war, dann glitt sie von der Couch. Im selben Moment klingelte es an der Haustür.

»Verdammter Mist!«, sagte Edda zehn Minuten später, während sie ihren Dienstwagen aufsperrte.

Sie hatten die Befragung abbrechen müssen. Es hatte eine Weile gedauert, bis Rebecca Friedrichsen sich von ihrer kurzen Ohnmacht erholt hatte, und anschließend hatte sie sich außerstande erklärt, weitere Fragen zu beantworten. Unterstützt worden war sie dabei zu Eddas Ärger nicht nur von ihren Eltern, die direkt nach dem Anruf ihrer Tochter losgefahren waren, um ihr beizustehen, sondern auch von Sören.

Jetzt schob Edda sich hinter das Lenkrad, fuhr jedoch nicht los, sondern drehte sich Sören auf dem Beifahrersitz zu. »Kannst du mir bitte sagen, was das sollte?«

Sörens Miene wurde noch ausdrucksloser. »Was?«

»Du weißt genau, was.«

Er zuckte mit den Achseln. »Du kannst nicht eine Frau bedrängen, die gerade Witwe geworden und in Ohnmacht gefallen ist. Wir mussten die Befragung unter den Umständen abbrechen.«

»Das weiß ich selbst«, herrschte Edda ihn an. »Aber du hast schon vor der Ohnmacht versucht, die Befragung zu torpedieren, obwohl ich explizit gesagt hatte, dass wir weitermachen. Also meine Frage: Was sollte das?«

»Ich habe Friedrichsen nur gefragt, ob sie ein Glas Wasser …«

»Einen Scheiß hast du. Du hast ihr angeboten, die Befragung auf morgen zu verschieben. Also frage ich dich noch einmal: Was sollte das?«

Sören schnallte sich umständlich an. »Ich fand, du hättest sie belehren müssen. Das habe ich dir gesagt.«

»Und ich hatte dir gesagt, dass ich das entscheide. Halt dich das nächste Mal gefälligst daran!«

Er schwieg eine lange Zeit. »Alles klar, Chefin«, sagte er

dann so ausdruckslos, dass Edda nicht heraushören konnte, was er dachte. Es interessierte sie ohnehin nicht.

»Richtig, das bin ich, und du tust gut daran, dir das zu merken.«

Edda legte mit einem Krachen den ersten Gang ein und trat aufs Gaspedal. Einige Minuten fuhren sie in einem ungemütlichen Schweigen, doch als sie das Ortsschild hinter sich gelassen hatten und Edda den Wagen über die nächtliche Landstraße lenkte, während schwarze Baumschatten an ihnen vorbeiglitten, beendete sie das Schweigen. Sie hatte nicht vor, wegen einiger rauer Worte eine halbe Stunde Fahrzeit ungenutzt verstreichen zu lassen.

»Okay, Diskussion. Fass mal deine Eindrücke zusammen.«

»Ich dachte, dich interessiert meine Meinung nicht.«

»Nerv mich nicht! Also?«

Sören überlegte eine Weile. »Friedrichsen verheimlicht uns etwas«, sagte er schließlich.

Edda verdrehte entnervt die Augen. »Ach, ist dir das auch aufgefallen? Als Nächstes enthüllst du mir zweifellos, dass der Weihnachtsmann in Wahrheit gar nicht am Nordpol wohnt und gar keinen Rentierschlitten hat.«

Er ging nicht auf ihren Sarkasmus ein. »Allerdings glaube ich nicht, dass Friedrichsen etwas mit Hagens Sturz zu tun hat. Ich bin sicher, ihre Trauer ist echt. Die Ohnmacht war es definitiv.«

In dem Punkt musste Edda ihrem Kollegen recht geben. Nachdem Rebecca Friedrichsen umgekippt war, hatte sie sofort ihre Pupillen und ihren Puls überprüft. »Aber das macht sie nicht zum Unschuldslamm.«

»Sie ist umgekippt, als du sagtest, der Sturz sei vermutlich kein Unfall gewesen. Wenn sie den Sturz verursacht hätte, hätte die Information sie wohl kaum in eine Ohnmacht geschockt.«

Edda zuckte mit den Achseln. »Vielleicht hat die Information sie schockiert, dass wir es nicht für einen Unfall halten. Die Frau hat es faustdick hinter den Ohren. Von wegen sanft und harmlos, wie alle Welt behauptet. Sie ist eine raffinierte Lügnerin. Sie hat die Geschichte mit der geplanten Rügenreise und dem Anruf bei Berger heruntergebetet, ohne mit der Wimper zu zucken. Hätte ich nicht gewusst, dass sie lügt, hätte ich ihr geglaubt. Ich wette, der einzige korrekte Fakt, den sie uns aufgetischt hat, ist der Streit mit ihrer Frau.«

»Du glaubst nicht, dass sie auf Rügen war?« Sören klang überrascht.

Edda fuhr auf eine menschen- und autoleere Kreuzung zu und ignorierte das Stoppschild. »Ich werde es auf jeden Fall überprüfen lassen. Aber wenn sie dort war, dann bestimmt nicht, um ihrer Frau einen Denkzettel zu verpassen.«

Sören wiegte nachdenklich seinen Kopf hin und her. »Ich könnte mir vorstellen, dass sie in dem Punkt die Wahrheit sagt. Ehepartner tun solche Dinge. Weil sie allein sein oder ihren Partner bestrafen wollen oder damit der sich ängstigt oder sonst was. Ich gebe dir recht, dass Friedrichsen etwas verschweigt, mindestens den Grund für den Streit, aber ich würde deswegen nicht gleich die ganze Aussage infrage stellen.«

Edda schüttelte über so viel Naivität den Kopf. »Ich stelle die ganze Aussage infrage, weil Rebecca Friedrichsen behauptet, im Haus der Bergers gewesen zu sein.« Sie ging vor einer scharfen Kurve vom Gas. »Angenommen, sie hat sich wirklich mit ihrer Frau gestritten und wollte ein paar Tage allein sein und hat dann gegen ihre Gewohnheit den Schlafrhythmus ihrer Tochter unterbrochen und ist mitten in der Nacht losgebraust, obwohl sie Autofahren in der Dunkelheit hasst: Warum ist sie dann nicht in das Ferienhaus ihrer Eltern gefahren? Warum ist sie stattdessen ins Haus der Bergers eingebrochen? Ich sage es dir: weil wir im Haus ihrer Eltern nach ihr gesucht haben. Es war der erste Zufluchtsort, der ihrem Vater eingefallen ist. Rebecca Friedrichsen wollte nicht nur allein sein, sie wollte sichergehen, nicht gefunden zu werden.« Edda beschleunigte wieder. »Und warum hätte sie sich verstecken sollen, wenn sie ihre Frau nicht getötet hat?«

SAMSTAG

1

In dieser Nacht schlief Edda genauso wenig wie in der Nacht zuvor. Stattdessen räumte sie ihre Spülmaschine aus, putzte ihre Küche und wischte Staub. Es war jedes Mal dasselbe: Die Arbeit an einem interessanten Fall weckte so viel Energie in Edda, dass sie schlicht nicht wusste, wohin damit. Als sie einmal mit Sebastian einen Serienmörder gejagt hatte, hatte sie gleichzeitig nachts ihre Wohnung renoviert – sehr zum Verdruss ihrer Nachbarn. Im Gegensatz dazu vernachlässigte sie ihren Haushalt – und, wenn sie ehrlich war, auch sich selbst – immer auf geradezu groteske Weise, wenn sie Urlaub hatte. Es lag nicht nur daran, dass ihr an diesen Tagen die gewohnte Struktur fehlte. Die Wahrheit war: Im Urlaub wusste Edda schlicht nicht, wofür sie lebte, und dieses Nichtwissen lähmte sie. Ihr einziges Interesse neben ihrer Arbeit galt Computerspielen. Sie hatte keine Familie und keine engen Freunde und sehnte sich auch nicht danach. Traf sie sich doch mal mit Bekannten außerhalb des Kollegenkreises, dann langweilte sie sich bei den Gesprächen über Kinder oder Partner, Alltagssorgen oder Urlaubserinnerungen fast zu Tode. Der einzige Mensch, der ihr etwas bedeutete, war Sebastian, mit dem Edda deswegen in der Nacht noch ein langes Gespräch führte. Sie diskutierten hauptsächlich über Rebecca Friedrichsens Aussage, doch Sebastian erinnerte Edda auch noch einmal daran, mehr über den Mordfall Julia Beyer herauszufinden.

Edda übertrug diese Aufgabe in der Morgenbesprechung Sören, doch zu ihrer Überraschung widersprach der Hauptkommissar.

»Wir waren uns doch einig, dass Julia Beyer nichts mit Friedrichsens Julia zu tun haben kann. Wieso soll ich mir die Akte vornehmen?«

»Nicht die ganze Akte. Du sagtest, die Kölner hätten dir einen Zwischenbericht geschickt. Fang damit an.«

»Aber wieso? Es gibt keinen Zusammenhang.«

»Ich möchte sicher sein, dass wir nichts übersehen.«

»Was sollen wir da übersehen?«

Edda runzelte die Stirn. Es kam selten vor, dass einer ihrer Mitarbeiter ihre Anweisung infrage stellte. Das war das zweite Mal innerhalb von zwölf Stunden. Allerdings kam es auch selten vor, dass sie Anweisungen gab, deren Sinn sie selbst nicht zu hundert Prozent einsah. »Keine Ahnung, es war Sebastians Idee«, entgegnete sie daher gereizt – und erkannte zu spät an Sörens völlig konsterniertem Gesichtsausdruck, was sie gesagt hatte.

Auch ihre anderen Mitarbeiter sahen sie mit hochgezogenen Augenbrauen an.

»Sebastian?«, begann Kurt, doch Edda unterbrach ihn sofort.

»Das war nur ein Witz. Also, Sören, den Zwischenbericht, bitte.«

Sören erwiderte nichts mehr, und Edda verteilte die weiteren Aufgaben an ihr Team. Kevin Dietz sollte sich noch einmal Rebecca Friedrichsens Schwägerin vornehmen, Thomas Gertz nach Rügen fahren, um vor Ort ihre Aussage zu überprüfen. Kurt sollte in Rerik die Haus-zu-Haus-Befragung fortsetzen.

Auch Edda selbst fuhr nach Rerik, zusammen mit Britt. Sie brannte darauf, die Befragung von Rebecca Friedrichsen weiterzuführen, doch zuvor wollte sie sich Mara Paschke vornehmen. Unterwegs erzählte sie Britt, dass es sich bei Lasse Enders' Gespielin um Kurts Schwägerin handelte, was Britt mit schallendem Gelächter quittierte.

»Und du willst das wirklich vor Kurt geheim halten?«, fragte sie, als sie in der Seestraße vor der Villa Waldblick standen und bei Nummer sieben klingelten.

Edda zuckte mit den Achseln. »Das hängt davon ab, wie sie gleich reagiert.«

Britt meldete Zweifel an. »Aber wenn sie eine Aussage macht, musst du sie unter ihrem richtigen Namen abspeichern. Wenn Kurt in die Akte guckt …«

Edda schnaubte. »Kannst du dir ernsthaft vorstellen, dass Kurt freiwillig in einer Akte liest? Er würde lieber zum fünfzigsten Mal seinen Enkeln Bibi Blocksberg vorlesen. Wenn ich ihm sage, dass die Frau Anna Nym heißt, wird er das schon akzeptieren.« Sie presste ihren Finger ein drittes Mal auf die Klingel, länger diesmal, doch wieder kam keine Reaktion. »Wie gedacht, die gute Mara öffnet nicht. Dann nehmen wir einen Umweg.«

Edda klingelte der Reihe nach bei den Ferienwohnungen Nummer eins, zwei und drei, woraufhin schließlich ein älterer Mann öffnete, den sie gerade beim Frühstück störten, wie Brötchenkrümel in seinem grauen Vollbart und frische Eigelbspuren auf seinem Hemd belegten. Edda zeigte ihm ihren Dienstausweis, erklärte, sie müsse zu Nummer sieben, aber da sei leider die Klingel defekt, dankte ihm fürs Türöffnen, was der Mann mit einem gleichgültigen Grunzen quittierte, und stieg dann mit Britt die Treppe zum ersten Stock hinauf. Von einem Flur gingen mehrere weißgestrichene Türen ab, die sich nur durch die Nummern unterschieden, die daran befestigt waren, und durch die Schuhabtreter, die davorlagen. Auf dem vor Nummer sieben stand »Willkommen«.

»Na, wenn das kein gutes Omen ist«, murmelte Edda. »Showtime.«

Doch die Show dauerte nur wenige Minuten, ein wenig zu Eddas Bedauern, da sie durchaus Spaß an Einsätzen dieser Art hatte. Sie hämmerte dreimal mit der Faust gegen die Wohnungstür, dann brüllte sie so laut, dass sie sicher war, bis in den letzten Winkel des Ferienapartments gehört zu werden.

»Frau Paschke? Mara Paschke? Mein Name ist Timm, Kripo Rostock. Öffnen Sie bitte die Tür, ich muss dringend mit Ihnen sprechen. Falls Sie die Tür nicht binnen einer Minute öffnen, werde ich meinen Mitarbeiter Kriminaloberkommissar Kurt Paschke über Ihre Identität informieren. Ich bin sicher, Sie wissen, dass es sich bei ihm um Ihren Schwager handelt.«

Eine halbe Minute später wurde die Tür aufgerissen.

»Was fällt Ihnen ein, hier so herumzukrakeelen? Das ist Nötigung, ich werde mich über Sie beschweren. Und Sie können Lasse sagen, dass er gefeuert ist.«

Abgesehen davon, dass ihr Gesicht wutverzerrt war, sah Mara Paschke genauso aus, wie Edda sich eine erfolgreiche Geschäftsfrau vorstellte, die sich mit einem deutlich jüngeren Mitarbeiter einen Liebestrip gönnte, während ihr Mann sie auf einer Geschäftsreise wähnte. Sie war eine attraktive, sorgfältig fünfzehn Jahre jünger geschminkte Mittfünfzigerin, mit kurzen kastanienbraun gefärbten Locken und einer schlanken straffen Figur, die in einem teuren Business-Kostüm steckte. In Kurts biederen Verwandtenkreis passte sie allerdings so wenig wie ein Paradiesvogel in einen Spatzenschwarm.

»Wir haben Ihren Namen nicht von Herrn Enders, sondern vom Vermieter dieser Wohnung.« Edda streckte ihre Hand aus. »Frau Paschke? Wie schön, Sie endlich persönlich kennenzulernen. Edda Timm, mit zwei M bitte, falls Sie sich wirklich über mich beschweren wollen. Aber ich habe eine bessere Idee: Warum unterhalten wir uns nicht fünf Minuten? Ich will von Ihnen nur wissen, ob Herr Enders am Mittwochabend für eine Weile diese Wohnung verlassen hat, und falls ja, wann er zurückkam. Dann sind Sie uns wieder los.«

Tatsächlich dauerte es nicht fünf, sondern fünfzehn Minuten, dann standen Edda und Britt wieder vor dem Haus, und Edda faltete sorgfältig den DIN-A4-Bogen mit Mara Paschkes Aussage. Sie hatte sie direkt mit der Hand geschrieben und unterschrieben. Im Gegenzug hatte Edda ihr versprochen, ihren Namen nicht an ihren Schwager weiterzugeben, zumindest nicht aktiv.

»Und hast du vor, das Versprechen zu halten?«, fragte Britt neugierig.

Edda blinzelte in die Oktobersonne. Das Wetter war grandios, aber für später war Regen angesagt. »Natürlich. Ich halte Versprechen immer. Sonst wären es keine Versprechen.«

»Hast du kein schlechtes Gewissen gegenüber Kurt?«

»Warum sollte ich?«, entgegnete Edda überrascht. »Ich kann mir nicht vorstellen, dass es ihn glücklich macht, vor die Wahl gestellt zu werden, seinen Bruder über die Untreue seiner Frau zu informieren oder die Schwägerin zu decken.« Sie steckte das gefaltete Papier in ihre lederne Aktentasche. »Allerdings macht mich diese Aussage auch nicht gerade glücklich.«

Nachdem sie sich endlich zur Zusammenarbeit mit der Polizei bereit erklärt hatte, hatte Mara Paschke bestätigt, dass Lasse Enders am Mittwochabend die Wohnung verlassen hatte, und zwar gegen Viertel nach acht. In dem Punkt war sie sicher, da sie kurz darauf den Fernseher eingeschaltet hatte, in dem gerade ein alter Hercule-Poirot-Krimi begann. Mara Paschke hatte ihn angeschaut, jedoch die ganze Zeit gegen die Müdigkeit gekämpft, und war gegen Ende eingeschlafen. Sie wachte erst auf, als Enders zurück in die Wohnung kam. Der Krimi hatte um Viertel vor zehn geendet. Mara Paschke war sicher, dass sie höchstens die letzten zehn Minuten verpasst hatte, konnte jedoch nicht sagen, wie lange sie geschlafen hatte, ob nur wenige Minuten oder eine Dreiviertelstunde. Sie konnte sich auch nicht erinnern, was im Fernsehen gelaufen war, als sie wieder aufgewacht war. Denn mit Enders' Rückkehr war auch ihre Libido erneut erwacht, so dass sie den Fernseher prompt ausgestellt und sich dem jungen Mann gewidmet hatte.

»Immerhin konnte sie die Zeit eingrenzen«, sagte Britt.

»Wir wissen jetzt, dass Enders erst nach einundzwanzig Uhr fünfunddreißig in die Ferienwohnung zurückgekehrt sein kann. Da er den Streit unmittelbar davor gehört hat, muss das nach einundzwanzig Uhr dreißig gewesen sein, also zwischen einundzwanzig Uhr dreißig und zweiundzwanzig Uhr dreißig. Das bedeutet ein Zeitfenster von einer Stunde, vorher waren es eineinhalb.«

Edda nickte. »Aber mir wäre es lieber gewesen, sie hätte es in die andere Richtung eingeschränkt. So können wir weder Friedrichsen noch Hofmeister ausschließen.«

»Du verdächtigst Hofmeister? Ich dachte, du hättest dich auf Friedrichsen eingeschossen.«

Edda zuckte mit den Achseln. »Sie ist meine Nummer eins, aber man kann nie wissen. Ich bin sicher, es war jemand, der Hagen gut kannte, zumindest gut genug, sich mit ihr bei dem Streit zu duzen. Und Hofmeister ist der Einzige, von dem wir wissen, dass er außer Friedrichsen hier war.«

2

Nachdem die Befragung am Vorabend mit einer Ohnmacht geendet hatte, war Edda nicht sicher, wie sie an diesem Morgen im Haus von Rebecca Friedrichsen empfangen werden würde, doch sie wurde überrascht.

Es war Rebeccas Vater, Erich Friedrichsen, der auf ihr Klingeln reagierte. »Frau Timm, wir haben Sie schon erwartet. Kommen Sie doch herein.« Er öffnete die Haustür weit.

Edda trat ein und stellte Britt vor. »Wie geht es Ihrer Tochter?«

Erich Friedrichsen schloss die Tür und schüttelte traurig den Kopf. Er war unrasiert, die grauen Bartstoppeln ließen ihn älter wirken als zwei Tage zuvor. Oder lag es daran, dass er sich nicht mehr so gerade hielt? »Nicht gut, auch wenn sie versucht, sich für Greta zusammenzureißen.«

»Und wie geht es Ihnen?«, erkundigte Britt sich. »Das muss auch für Sie sehr schwierig sein.«

Friedrichsen sah sie überrascht an, als sei er es nicht gewohnt, dass seine Befindlichkeit jemanden interessierte. »Ja, da haben Sie recht. Wir, meine Frau und ich, sind sehr erleichtert, dass Rebecca und Greta wieder da sind, aber natürlich machen wir uns Sorgen, wie Rebecca Lucys Tod verkraften wird.«

Britt legte ihm eine Hand auf den Arm. »Seien Sie einfach für sie da, dann wird sie es schaffen.«

Ein dankbarer Ausdruck flog über sein Gesicht, dann öffnete er die Tür zum Wohnzimmer. »Rebecca, Liebes, Frau Timm ist da. Mit einer Kollegin.«

Im ersten Moment war Edda verblüfft über die Veränderung, die Rebecca Friedrichsen im Laufe der Nacht durchgemacht hatte. Wie am Vorabend saß sie auf der Couch, doch kauerte sie nicht mit angezogenen Beinen darauf, als wollte sie sich in ihrem eigenen Haus möglichst klein machen, sondern sie saß weich in die Kissen zurückgelehnt und wirkte ausgesprochen entspannt. Der Grund für die geänderte Körperhaltung lag in ihren Armen, ihre kleine Tochter, der sie das Fläschchen gab. Doch als sie den Kopf hob, blickte Edda in ihr Gesicht, das so blass war, dass sich ihre Sommersprossen wie blutrote Punkte von der Haut abhoben.

»Oh, Frau Timm, guten Morgen. Ich habe schon auf Sie gewartet. Würde es Ihnen etwas ausmachen, einen Moment zu warten, bis ich Greta …«

Rebecca Friedrichsen brach ab, denn ihre Mutter kam die Wendeltreppe herunter, die vom Wohnzimmer in den ersten Stock führte. Im Gegensatz zu Mann und Tochter war Karin Friedrichsen die Anspannung der vergangenen zwei Tage nicht anzusehen. Jedes blondgraue Haar ihres Pagenschnitts saß an seinem Platz. Sie war sorgfältig geschminkt und trug ein blaugraues Kostüm mit schmalem Rock, der ihre Schrittlänge begrenzte, was sie durch schnelle kleine Trippelschritte ausglich.

»Rebecca, ich habe gerade mit Torge telefoniert. Ich weiß, du wolltest es nicht, aber er sagt, es war richtig, dass ich ihn angerufen habe. Er ist schon unterwegs. Er sagt, du musst auf keinen Fall mit der Polizei sprechen. Sie können dich nicht zwingen, und nach dem, was sie gestern …« Erst jetzt erblickte sie Edda. Ein Ruck ging durch ihren Körper, und sie nahm ihre Schultern noch ein Stück zurück. »Sie! Nur, damit Sie es gleich wissen: Meine Tochter wird heute nicht mit Ihnen reden. Ich habe gerade mit unserem Anwalt telefoniert, und er sagt, dass sie das nicht müsse. Und ich werde mich über Sie beschweren. Meine Tochter ist gestern bei dem Gespräch mit Ihnen ohnmächtig geworden. Das ist ein Skandal und …«

»Mama, ich hatte dich doch gebeten, oben zu bleiben, während ich Greta füttere. Ich brauche Ruhe.« Rebeccas Stimme klang gereizt, aber fest.

»Ja, und die Letzte, die dir Ruhe gönnt, ist ja wohl sie.« Karin Friedrichsen machte eine Bewegung in Eddas Richtung. »Also, wenn Sie das Haus bitte sofort verlassen würden …« Sie schritt auf Edda und Britt zu, als wollte sie sie persönlich hinauswerfen.

»Mama!«

»Sie werden gehen. Ich dulde nicht, dass diese Frau dich noch einmal so bedrängt.«

Auf Rebeccas Wangen erschienen rote Flecke. »Das hast du nicht zu entscheiden, sondern ich«, sagte sie mit unterdrückter Schärfe. Edda hatte den Eindruck, dass sie nur wegen des Babys in ihrem Arm nicht brüllte. »Und natürlich möchte ich mit ihnen reden. Es geht um Lucy. Und jetzt geh bitte wieder nach oben.«

»Ich denke gar nicht daran.«

Am liebsten hätte Edda um eine Tüte Popcorn gebeten und sich in einem Sessel zurückgelehnt, um zu sehen, wie der Disput ausging. Es war ein Vorteil, dass sie Rebecca Friedrichsen im Kreise ihrer Familie beobachten konnte. Die meisten Zeugen schauspielerten gegenüber der Polizei, so wie die meisten Menschen generell gegenüber Fremden eine Rolle spielen, um diesen das Bild von sich vorzugaukeln, das sie ihnen verkaufen wollen. Doch die wenigsten Menschen können dieses Rollenspiel über eine längere Zeit vor Personen aufrechterhalten, die ihnen nahestehen. Aber in dem Moment verlor Gretas Mund den Sauger ihres Milchfläschchens, und die Kleine begann zu weinen.

Rebecca warf ihrer Mutter einen anklagenden Blick zu, beugte sich über ihre Tochter und gab ein beruhigendes Gemurmel von sich. Dann schob sie ihr den Sauger wieder in den Mund, und für einige Minuten herrschte Stille, bis auf das gierige Schlucken des Säuglings. Schließlich legte Rebecca sich ein Spucktuch über die Schulter, nahm ihre Tochter hoch und klopfte ihr sanft auf den Rücken. Als die Kleine ihr Bäuerchen gemacht hatte, stand Rebecca auf und reichte ihre Tochter an ihren Vater weiter.

»Könntest du bitte auf Greta aufpassen?«, bat sie. »Ich fahre mit Frau Timm zum Polizeirevier, um dort meine Aussage zu machen.« Sie drehte sich zu ihrer Mutter um. »Oder ihr beide geht jetzt mit Greta spazieren und lasst mich hier in Ruhe mit Frau Timm sprechen.«

Eine Viertelstunde später schloss Rebecca Friedrichsen die Haustür hinter ihren Eltern und wandte sich an die beiden Polizistinnen. »Ich brauche jetzt etwas zu trinken, eine heiße Schokolade. Kann ich Ihnen auch etwas anbieten?«

Edda schüttelte den Kopf und nahm an, Britt würde dasselbe tun, da sie warme Milchgetränke verabscheute. Doch Britt sagte: »Heiße Schokolade wäre prima.«

Sie folgte Rebecca in den Küchenbereich und machte eine Bemerkung über ein elektrisches Gerät mit durchsichtiger Plastikhaube, das auf der Küchentheke stand und über dessen Funktion Edda schon gerätselt hatte.

Wie sich herausstellte, war es ein Sterilisator für Babyfläschchen, und bald waren die beiden Mütter in ein Gespräch über die Vor- und Nachteile des Sterilisierens in einem Sterilisator versus in einem Kochtopf vertieft. Von da gingen sie über zu einer Diskussion über Glasfläschchen versus Kunststofffläschchen, und von da war es nicht mehr weit, bis Rebecca Britt anvertraute, dass sie lieber gestillt hätte, aber wegen einer Brustwarzenentzündung …

Edda setzte sich an den Esstisch und hörte schweigend zu, beeindruckt, wie leicht es Britt gelang, eine Verbindung zu der anderen Frau herzustellen. Sie hatten nicht verabredet, wie sie die Vernehmung führen würden, doch Edda hatte nichts gegen ein bisschen guter Bulle, böser Bulle. Vielleicht wäre es ein Vorteil, Britt mit der Vernehmung beginnen zu lassen.

Doch offenbar war dies nicht in Rebeccas Sinn, denn als sie sich an den Esstisch setzten, wandte sie sich sofort an Edda. »Entschuldigen Sie bitte den Auftritt meiner Mutter vorhin. Sie ist etwas überbehütend. So war sie schon immer. Ich mache

Ihnen keinen Vorwurf, dass ich gestern in Ohnmacht gefallen bin. Es war natürlich ein Schock, als Sie sagten, dass Lucys Tod kein Unfall war, aber das ist wohl kaum Ihre Schuld. Können Sie mir bitte erklären, warum Sie das glauben?«

Sie sah Edda bittend an. Offenbar hatte sie sich entschlossen, heute freundlich und verbindlich zu sein. Edda ging darauf ein.

»Natürlich. Wie ich Ihnen gestern schon erklärt habe, schließen wir einen Unfall zwar nicht gänzlich aus, halten ihn jedoch für ausgesprochen unwahrscheinlich, weil die Stelle, an der Ihre Frau abgestürzt ist, nicht gefährlich ist. Ich weiß nicht, ob Sie sich den Ort angesehen haben …« Sie sah Rebecca fragend an, in der Annahme, die Frau werde verneinen, doch zu ihrer Überraschung nickte sie.

»Ich war heute Morgen dort. Herr Funke hat geklingelt und mir erzählt, dass er Lucy gefunden hat. Ich bat ihn, mir zu zeigen, wo …« Sie brach ab, ihre Lippen zitterten, doch sie hatte sich schnell wieder in der Gewalt.

»Nun, dann können Sie vielleicht verstehen, warum wir Zweifel hegen. Der Weg ist an der Absturzstelle zwei Meter von der Kliffkante entfernt und absolut eben. Es gibt keine Wurzel, über die Ihre Frau gestolpert sein könnte. Und bei der Obduktion fand der Rechtsmediziner keine Hinweise auf eine Erkrankung, die vielleicht einen Schwindelanfall hätte auslösen können. Auch hatte ihre Frau weder Alkohol noch sonstige toxischen Substanzen im Blut.«

»Aber ist es nicht möglich, dass Lucy einfach zu nah an die Kante getreten ist und dann das Gleichgewicht verloren hat? Das passiert doch manchmal, auch bei gesunden Menschen.«

»Das ist theoretisch möglich, allerdings sehr unwahrscheinlich und setzt eine große Portion Leichtsinn bei Ihrer Frau voraus. Lucys Mutter hat sie als sehr vernünftig und vorsichtig beschrieben.«

»Das war sie, ja.« Rebecca starrte in ihren Kakaobecher. »Das heißt, Sie glauben, dass es Suizid war, nicht wahr? Dass Lucy nach unserem Streit freiwillig gesprungen ist.«

»Was glauben Sie denn?«

Ihre Hände umschlossen den Becher, als wollte sie sich daran wärmen. Sie sah an Edda vorbei in Richtung einiger Zeichnungen, die an einer Wand hingen. Edda hatte sie sich bei der Hausdurchsuchung angesehen, sie zeigten Greta und waren mit mehr Liebe als Können angefertigt worden.

»Ich hätte es nie geglaubt«, sagte Rebecca schließlich, »aber wenn es kein Unfall war, dann muss ich es wohl. Lucy war sehr verletzt nach unserem Streit. Und außerdem …«

Sie fügte etwas hinzu, doch so leise, dass Edda nicht sicher war, ob sie es richtig verstanden hatte.

»Können Sie das noch einmal wiederholen?«

Rebecca atmete einmal tief durch. »Ich habe ihr gesagt, dass ich sie verlassen möchte.« Sie hatte bei diesen Worten den Kopf gesenkt, so dass ihre Haare ihr Gesicht verdeckten.

»Und warum?«

»Das möchte ich nicht sagen.«

»Ich fürchte, das müssen Sie aber.«

Rebecca hob den Kopf. »Wieso?«

»Weil wir in einem Todesfall ermitteln.«

Sie schüttelte den Kopf. »Es geht nur mich und Lucy etwas an.« Sie presste ihre Lippen aufeinander, als wollte sie verhindern, dass ihnen Worte entschlüpften. Edda wartete einfach ab, und schließlich brach es aus Rebecca heraus: »Was wollen Sie denn noch? Ich habe gerade zugegeben, dass meine Frau sich getötet hat, weil ich sie verlassen wollte. Reicht Ihnen das nicht? Es ist meine Schuld!«

Ihre eigentlich so sanften Haselmausaugen funkelten Edda an, doch bevor Edda etwas erwidern konnte, sagte Britt ruhig:

»Es reicht leider nicht, Frau Friedrichsen, weil wir nicht überzeugt sind, dass Ihre Frau Suizid begangen hat.«

Rebecca sah sie verwirrt an. »Aber wenn es kein Unfall war, dann kann das doch nur bedeuten, dass Lucy absichtlich gesprungen ist.«

»Wir halten es für möglich, dass jemand bei ihr war. Ein Zeuge, der am Mittwochabend durch die Seestraße ging, hat gehört, wie zwei Personen in der Nähe der Absturzstelle gestritten haben.«

Rebecca riss die Augen auf. »Sie glauben, dass jemand Lucy gestoßen hat? Nein, das kann nicht sein!«

Britt erwiderte nichts.

»Das ist ausgeschlossen«, fuhr Rebecca fort. »Mit wem hätte sie sich streiten sollen? Sie kannte hier ja niemanden.«

»Sie kannte Sie«, entgegnete Edda. »Und Sie haben sich gestritten.«

»Aber nicht draußen. Wir waren hier im Haus. Meine Tochter war hier. Glauben Sie ernsthaft, wir hätten sie alleingelassen, um uns draußen zu streiten?«

Edda ignorierte die Frage. »Uns geht es nur darum, die Fakten zu ermitteln, Frau Friedrichsen. Es ist ein Fakt, dass sich am Mittwochabend ungefähr zu der Zeit, als Ihre Frau starb, zwei Menschen in der Nähe der Absturzstelle gestritten haben.«

»Aber das heißt noch lange nicht, dass eine der Personen Lucy war.«

»Wir können es nicht ausschließen.«

»Das ist absurd.«

Britt übernahm wieder. »Frau Friedrichsen, wir wären froh, wenn es sich als absurd herausstellt. Aber Sie verstehen sicherlich, dass wir das überprüfen müssen. Und das können wir nur, indem wir möglichst viel über den Mittwochabend herausfinden. Was hat Ihre Frau getan? Wann hat sie es getan?« Sie schwieg einen Moment, um ihre Worte wirken zu lassen. »Deshalb möchte ich Sie bitten, uns zu erzählen, worum es bei Ihrem Streit ging.«

Rebecca schwieg eine lange Zeit. »Es ging um das Haus hier«, sagte sie schließlich leise. »Lucy wollte schon seit Langem, dass wir wieder zurück nach Hamburg ziehen. Am Mittwochabend fing sie wieder damit an. Ich sagte ihr, dass ich lieber hierbleiben wolle. Wir hatten darüber schon häufiger gestritten, aber am Mittwochabend war es besonders heftig, und irgendwann konnte ich einfach nicht mehr.« Sie seufzte und sah Britt um Verständnis heischend an. »Ich hatte die Streitereien so satt, deshalb habe ich Lucy gesagt, dass ich gehen möchte. Sie ist daraufhin rausgelaufen, und als sie weg war, habe ich geduscht und gepackt.«

»Nur, weil Sie sich nicht einigen konnten, wo Sie wohnen wollen?«, fragte Edda skeptisch.

Rebecca verschränkte die Arme vor ihrer Brust. »Mir ist einfach klar geworden, dass es nicht mehr passt. Es hat zuletzt einfach zu viel gekriselt.« Sie wich Eddas Blick aus und sah zu Britt hinüber.

Britt nickte, als könnte sie das gut nachvollziehen. »Sie beschlossen also, Ihre Frau noch am selben Abend zu verlassen, und gingen nach oben, um zu packen. War Ihre Frau noch weg, als Sie wieder herunterkamen?«

»Ja.« Sie entschränkte die Arme wieder. »Ich hatte mich extra beeilt. Ich hatte Angst vor einer weiteren Szene. Ich verstaute meine Tasche im Wagen, dann holte ich Greta.«

»Und um wie viel Uhr war das?«

Rebecca schüttelte den Kopf. »Ich habe es gestern schon gesagt, ich weiß es nicht.«

»Und wann verließ Ihre Frau das Haus?«

»Das weiß ich ebenfalls nicht.«

»Aber vielleicht können Sie die ungefähre Zeit schätzen«, schlug Britt vor. »Sie sagten gestern, Sie seien um kurz nach neun nach Hause gekommen. Begannen Sie dann direkt zu streiten? Ja? Und wie lange dauerte dieser Streit? Wenige Minuten? Zehn? Länger? Eine halbe Stunde? Das könnte sein? Und dann ging Lucy hinaus? Das war also nach halb zehn? Zwischen halb zehn und zehn? Und wie lange benötigten Sie zum Duschen und Packen und Autobeladen? Eine halbe Stunde? Vielleicht länger? Das heißt, Sie sind auf jeden Fall nach zehn aufgebrochen?«

Rebecca bestätigte das.

»Und wann beschlossen Sie, nach Rügen zu fahren?«

»Während des Packens.« Rebecca schien die nächste Frage zu antizipieren, denn mit einem Seitenblick zu Edda fügte sie hinzu: »Ich wollte übrigens erst in das Ferienhaus meiner

Eltern. Doch als ich in Binz ankam, fiel mir der Name der Frau nicht mehr ein, die den Hausschlüssel hat. Es war mitten in der Nacht, deswegen wollte ich meine Eltern nicht anrufen. Und am nächsten Tag war ich so zerschlagen, dass ich einfach dortgeblieben bin.«

Sie ratterte die Erklärung so flüssig herunter, als hätte sie sie sorgfältig vorbereitet und auswendig gelernt – was zweifellos zutraf.

Britt nickte. »Gut, ich denke, das ist dann so weit klar.«

»Heißt das, wir sind fertig?« Der hoffnungsvolle Ton in Rebeccas Stimme war nicht zu überhören.

»Leider nein.« Britt machte eine bedauernde Miene. »Wie ich vorhin schon sagte, gibt es Hinweise, dass Ihre Frau vor Ihrem Sturz nicht allein war. Sie sagten vorhin schon, dass Sie sich nicht vorstellen können, dass jemand Ihrer Frau etwas antun wollte. Sie hatte also keine Feinde?«

Rebecca schüttelte den Kopf.

»Hat sie sich vielleicht in letzter Zeit mit jemandem gestritten? Hatte sie mit jemandem eine Auseinandersetzung? Hier in Rerik? Oder auch in Hamburg? Vielleicht mit einem Kollegen? Oder mit einer ihrer Geschäftspartner?«

Rebecca verneinte alle Fragen. »Nein. Lucy war sehr beliebt. Ich bin sicher, da war nichts.«

»Ist sonst vielleicht etwas Ungewöhnliches vorgefallen? Hier? Oder in Hamburg?«

Sie schüttelte wieder den Kopf. »Nein. Zuletzt war alles wie immer. Ich bin wirklich sicher, dass niemand einen Grund hatte, Lucy etwas anzutun.« Sie beugte sich vor und sah Britt eindringlich an.

»Aber eigentlich können Sie das doch gar nicht sein«, warf Edda ein, »wenn es doch in letzter Zeit zwischen Ihnen gekriselt hat. Möglicherweise hat Ihre Frau Ihnen nicht mehr alles anvertraut, was sie beschäftigte.«

Rebecca biss sich auf die Lippen und lehnte sich wieder zurück. »Ich bin sicher, ich hätte es bemerkt, wenn Lucy etwas bedrückt hätte.«

»Und was war am Dienstag?«

»Dienstag?«

»Sie haben am Dienstagabend verzweifelt versucht, Ihre Frau anzurufen. Einen Moment.« Edda fischte die Kopien von Lucy Hagens Handyverbindungen aus ihrer Tasche und tat, als würde sie darin etwas nachlesen. »Aha, hier. Zwischen zwanzig Uhr fünfundvierzig und zwanzig Uhr fünfundfünfzig haben Sie fünf Mal versucht, Ihre Frau anzurufen. Ist da etwas vorgefallen?«

Edda hatte die Zeiten im Kopf gehabt, doch das kleine Schauspiel verfehlte seine Wirkung nicht. Rebecca starrte auf die Zettel wie das Kaninchen auf die Schlange. »Was haben Sie da?«

»Das sind die Verkehrsdaten des Handys Ihrer Frau. Ich erwähnte sie gestern schon. Also, was war am Dienstag?«

Rebecca wich Eddas Blick aus. »Nichts, da war nichts Besonderes. Ich … Ich hatte eine Panikattacke. Das passiert mir manchmal. Deshalb habe ich versucht, Lucy anzurufen. Sie kann mich dann immer beruhigen.«

»Und hat sie Sie dann zurückgerufen und beruhigt?«

Edda hatte den Eindruck, dass Rebecca bereits zu einem Nicken ansetzte, doch dann fiel ihr Blick wieder auf die Papiere.

»Sie hat es versucht, mich aber nicht erreicht, weil ich einge-schlafen war. Ich hatte mich von allein beruhigt.«

»Und danach hatten Sie dann keinen Kontakt, bis Ihre Frau am Mittwochabend nach Hause kam? Hat sie sich denn keine Sorgen gemacht, weil sie Sie nicht erreichen konnte?«

Rebecca biss sich auf die Lippe. Wenn sie so weitermachte, würde sie zweifellos bald ein Loch hineingebissen haben. »Doch, sie … sie kam Dienstagnacht noch vorbei. Sie fuhr dann Mittwochfrüh wieder nach Hamburg.«

Edda runzelte die Stirn. »Das heißt, obwohl es zwischen Ihnen kriselte, fuhr Ihre Frau extra mitten in der Nacht von Hamburg nach Rerik, um zu sehen, ob es Ihnen gut geht? Aber dennoch beschlossen Sie einen Tag später, sie zu verlassen?«

Rebecca schwieg.

»Frau Friedrichsen? War es so?«

»Ja.«

»Und Sie hatten für diesen Beschluss keinen besonderen Anlass? Sie taten das, weil es schon länger Unstimmigkeiten zwischen Ihnen gab?«

»Das habe ich Ihnen doch schon gesagt.«

»Tja«, sagte Edda gedehnt, »nur hat sich leider bisher nicht alles als wahr herausgestellt, was Sie gesagt haben.«

Rebecca wurde rot – und aggressiv. »Hören Sie, ich weiß nicht, was das soll!«, fauchte sie. »Ich muss nicht mit Ihnen reden. Ich tue das freiwillig. Ich habe zugegeben, dass ich ver-mutlich an Lucys Tod schuld bin. Sie hat sich umgebracht, weil ich sie verlassen habe. Was wollen Sie denn noch wissen?«

»Die Wahrheit.«

»Das ist die Wahrheit.«

»Ist es auch die Wahrheit, dass es zwischen Ihnen schon länger gekriselt hat? Obwohl Ihre Eltern und Ihre Freunde das Gegenteil behaupten? Obwohl die Textnachrichten, die Sie einander geschickt haben, das Gegenteil bezeugen?« Edda blätterte durch die Unterlagen. »Ich kann Ihnen gerne einige vorlesen, Frau Friedrichsen. Wie wäre es mit diesen von Dienstagmorgen? Heute vor vier Tagen? Ihre Frau hat Ihnen zuerst getextet. ›Habe von dir geträumt.‹ Dann Sie: ›War es schön?‹ Dann wieder Ihre Frau: ›O ja!‹ Dann wieder Sie: ›Ich liebe dich.‹ Dann wieder Ihre Frau: ›Ich liebe dich noch mehr.‹«

Rebecca hatte ihr mit hochrotem Kopf zugehört.

»Frau Friedrichsen, warum wollten Sie sich wirklich von Ihrer Frau trennen?«

Sie schwieg.

»Haben Sie eine Affäre? Ist das der Grund, warum Sie die Trennung wollten?«

»Natürlich nicht!«

»Hatte Ihre Frau eine Affäre?«

»Natürlich nicht!«

»Auch nicht mit Julia?«

Im nächsten Moment wusste Edda, dass sie alle Neune geworfen hatte, obwohl sie mit den Fragen zuvor eher blind gekegelt hatte. Rebecca machte eine Bewegung, bei der sie fast ihre Tasse umgestoßen hätte, dann versteckte sie ihre zitternden Hände unter dem Tisch.

»Woher …?«, begann sie, doch auch ihre Stimme zitterte so stark, dass sie erst einmal tief durchatmen musste. Sie konnte Eddas Blick nicht standhalten, ihre Augen huschten nach links und rechts. »Ich kenne keine Julia.«

Es war eine der unglaubwürdigsten Beteuerungen, die Edda je gehört hatte. »Gar keine? Was ist mit der Julia, die Sie vor knapp zwei Wochen am Strand kennengelernt haben? Die Sie dann täglich getroffen und am Samstag sogar zum Essen eingeladen haben? Die dann sang- und klanglos aus Ihrem Leben verschwand? Die Sie gesucht haben?«

Rebecca starrte sie eine ganze Weile sprachlos an. »Woher wissen Sie das?«, brachte sie schließlich hervor.

»Unter anderem von Frau Hofmeister, die am Samstag mit Ihnen vergeblich auf Julia gewartet hat. Von Herrn Berger, den Sie wegen dieser Julia angerufen haben. Von Frau Binder, die Sie nach dem Ferienapartment befragt haben. Also, Frau Friedrichsen, meinen Sie nicht, es ist langsam an der Zeit, uns die Wahrheit zu sagen?«

»Ich habe die Wahrheit gesagt«, behauptete sie verzweifelt.

»Sie haben gerade behauptet, Sie würden keine Julia kennen.«

»Weil Sie nichts mit Lucys Tod zu tun hat. Ich habe sie seit Freitag letzter Woche nicht gesehen. Ich weiß gar nicht, wer sie ist.«

In dem Moment klingelte es.

In Eddas Augen hätte Torge Berger zu keinem schlechteren Zeitpunkt auftauchen können. Wobei er streng genommen noch nicht aufgetaucht war. Stattdessen war Rebecca Friedrichsen abgetaucht. Sie hatte die Tür geöffnet, und statt ihren Besucher hereinzubitten, war sie mit ihm nach draußen gegangen. Jetzt standen die beiden auf dem Plattenweg vor der Haustür und diskutierten, wie Edda durch das Fenster beobachten konnte. Es war ein Anblick, der möglicherweise

Karin Friedrichsens Herz erwärmt hätte, denn tatsächlich waren die beiden ein hübsches Paar. Rebecca Friedrichsens rotgoldene Haare leuchteten in der Sonne, genauso wie die von Berger, der exakt dieselbe Haarfarbe hatte. Wenigstens etwas, das die beiden verband, dachte Edda. Ansonsten herrschte momentan zwischen ihnen keine Harmonie. Rebecca Friedrichsens Hände flogen, während sie wild gestikulierte. Sie schien ihrem Exfreund Vorwürfe zu machen.

»Ich wette um ein Fischbrötchen aus der Kantine, dass sie ihm die Hölle heißmacht, weil er uns auf die ominöse Julia angesetzt hat«, sagte Britt, die neben Edda am Fenster stand und die beiden beobachtete.

Edda rümpfte die Nase. »Muss der Gewinner oder der Verlierer das Fischbrötchen essen? Die Dinger sind grauenvoll.«

Britt grinste. »Da hast du recht, aber ich bringe Theo immer gern eins mit. Es ist das einzige Gericht, bei dem er tatsächlich lieber den Beilagensalat isst. Meine einzige Chance, ein paar Vitamine in ihn reinzustopfen.«

Edda grinste zurück. »Tja, die Wette gewinnst du leicht. Julia war offenbar ein Volltreffer. Die Frage ist nur, was wir da getroffen haben. Was um alles in der Welt hat es mit dieser Frau auf sich? Was hat sie mit Hagen und Friedrichsen zu schaffen und warum wollte Friedrichsen ihre Existenz unbedingt vor uns geheim halten?«

»Meinst du, sie hat eine Affäre mit ihr?«

»Wen meinst du mit ›sie‹? Friedrichsen oder Hagen?«

»Keine Ahnung. Beide?« Britt nahm ein Stück Bernstein von der Fensterbank und wog es nachdenklich in ihrer Hand. »Das ist ein echter Nachteil in diesem Fall. Dass Hagen und

Friedrichsen Frauen sind, meine ich. Wären sie ein Heteropaar, wüssten wir, wem wir die mysteriöse Julia zuordnen müssten. Und dass Friedrichsen auch auf Kerle steht, macht die Sache noch komplizierter.«

Edda schwieg einen Moment, während sie Rebecca Friedrichsen und Torge Berger beobachtete. Rebecca schien sich beruhigt zu haben. Jetzt redete Berger, und sie hörte zu. Dann warf Berger einen Blick in Richtung Fenster, sah Edda und Britt und zog Rebecca außer Sichtweite.

»Ich glaube nicht, dass Friedrichsen eine Affäre mit Julia hat oder hatte. Dann hätte sie kaum jedem von der Frau erzählt. Hagen wäre möglich, allerdings verstehe ich dann nicht, wieso Friedrichsen es nicht zugibt. Sie hätte doch einfach sagen können, dass sie von der Affäre erfahren hat und Hagen deswegen verlassen wollte.«

Britt legte den Bernstein zurück auf die Fensterbank. »Vielleicht will sie uns kein handfestes Motiv für die Tötung ihrer Frau liefern.«

Edda schüttelte den Kopf. »Das glaube ich nicht. So dumm kann sie nicht sein, zu glauben, dass das verdächtiger wäre als die lächerliche Geschichte, die sie uns aufgetischt hat. Dass es wegen der Wohnortwahl so heftig zwischen ihnen kriselte, dass es immer wieder zu Streit und schließlich zur Trennung geführt hat. Mag sein, dass sie wegen des Wohnorts gestritten haben, aber ich glaube im Leben nicht, dass Friedrichsen Hagen deswegen verlassen wollte. Wenn sie wirklich die Beziehung beenden wollte, dann muss es dafür einen handfesten Grund gegeben haben.«

»Du hast Zweifel, dass sie gehen wollte?«

Edda zuckte mit den Achseln. »Ich finde es verdächtig, dass sie uns das erst erzählt hat, nachdem wir ihr gesagt hatten, dass es kein Unfall gewesen sein kann. Sie hat uns damit ein Motiv für den Suizid auf dem Silbertablett serviert.« Sie schwieg einen Moment. »Ich bin mir nur in einem Punkt sicher: Friedrichsen will, dass wir glauben, dass es Suizid war. Und das finde ich verdächtig.«

»Weil alle anderen es ausgeschlossen haben?«

»Weil sie so bereitwillig die Schuld daran auf sich nimmt. Normalerweise tun Hinterbliebene das Gegenteil. Sie beharren darauf, dass es ein Unfall war oder – wenn das unmöglich ist – Mord. Suizid heißt, dass sie Schuld auf sich geladen haben, weil sie es nicht haben kommen sehen oder weil sie den Toten nicht genügend Grund zum Leben gegeben haben. Keiner nimmt das freiwillig auf sich. Warum tut Friedrichsen es also? Mir fällt dafür nur ein Grund ein: Sie will, dass wir aufhören zu ermitteln. Und dafür wiederum fällt mir auch nur ein Grund ein: Sie weiß, dass Hagen getötet wurde – weil sie es entweder selbst getan hat oder weil sie den Täter schützt.«

»Aber wen würde sie schützen? Wer wäre ihr so wichtig?«

»Ich habe keine Ahnung.«

»Tja, vielleicht verrät sie es dir ja, wenn du sie nett fragst. Sie kommen wieder rein.«

Tatsächlich tauchten in dem Moment Rebecca Friedrichsen und Torge Berger in ihrem Blickfeld auf, und dann hörte Edda, wie die Haustür geöffnet wurde.

»Das bezweifle ich. Wenn Friedrichsen schlau ist, hat sie ihren Ärger heruntergeschluckt und Berger um juristischen Rat gefragt, und wenn er gut ist, hat er ihr geraten, die Klappe zu halten. Vermutlich bereut sie schon, ohne ihn mit uns gesprochen zu haben.«

»Und ohne ihre Eltern?«

Edda schüttelte den Kopf. »Das glaube ich nicht, die wollte sie nicht dabeihaben, das war sehr deutlich. Die belügt sie genauso wie uns.«

Edda behielt recht. Als Rebecca Friedrichsen und Torge Berger wieder hereinkamen, erklärte Berger die Vernehmung für beendet. Seine Mandantin habe umfassend kooperiert, nun sei sie erschöpft nach dem traumatischen Tod ihrer Frau, blablabla. Edda lieferte sich mit ihm ein kurzes juristisches Wortgefecht, in der Hoffnung, Rebecca Friedrichsen doch noch irgendwelche brauchbaren Antworten entlocken zu können, allerdings vergebens.

»Mist«, fluchte sie, als sie und Britt schließlich das Haus verließen.

»Und was machen wir jetzt?«, fragte Britt.

Edda fischte den Autoschlüssel aus ihrer Manteltasche. »Das, was wir machen können. Wir schicken ihr eine Vorladung zum nächstmöglichen Termin. Bis dahin sammeln wir Munition.«

»Spricht etwas dagegen, wenn wir vorher einen Abstecher zur Absturzstelle machen? Ich habe bisher nur Fotos gesehen.«

Edda führte ihre Kollegin über den schmalen Pfad durch den Küstenwald, den sie nun schon häufiger genommen hatte und der die kürzeste Verbindung von Rebecca Friedrichsens Haus zur Steilküste darstellte. Während Britt die Absturzstelle untersuchte, kam erst eine Spaziergängerin mit Hund, dann ein Pärchen vorbei, das Britt neugierig musterte. Auch am Strand unten war mehr los als in den letzten Tagen, wie Edda von oben feststellte. Es wunderte sie, bis ihr einfiel, dass heute Samstag war. Wochenenden verloren bei Todesermittlungen ihre Bedeutung. Nach Eddas Ansicht hätte man sie ohnehin abschaffen oder auf einen Tag verkürzen können.

»Jetzt verstehe ich, warum du nicht an einen Unfall glaubst«, kommentierte Britt schließlich, als sie wieder allein waren. »Da muss man wirklich extrem leichtsinnig sein, um hier abzustürzen.« Im nächsten Moment demonstrierte sie selbst eine gehörige Portion Leichtsinn, indem sie an den Rand der Steilküste trat, sich vorbeugte und hinunterspähte. »Und Lucy Hagen ist auf dem Vorsprung da unten gelandet?«

»Ja.« Edda beobachtete Britt vom Pfad aus. Es war ein tolles Bild, das sich gut auf Instagram gemacht hätte. Die schmale Kollegin in der engen Jeans und der leuchtend roten Jacke, zwischen der Eiche und dem Rotdorn, vor dem blauen Meer, das in der Sonne glitzerte, doch in Eddas Magen löste es ein flaues Gefühl aus. »Würdest du bitte von der Kante wegtreten, Britt. Ich möchte Rieke nicht um Ersatz für dich bitten müssen.«

»Du würdest kaum einen adäquaten finden.« Britt machte einen Schritt zurück und drehte sich grinsend um, doch als sie Eddas Gesicht sah, verschwand das Grinsen. »Hey, ich war nie in Gefahr.«

Edda erwiderte nichts.

»Du magst Höhen wirklich nicht besonders, oder?«

Edda zuckte mit den Achseln. Dann sagte sie: »Okay, was meinst du?«

Britt trat zurück auf den Weg, sah sich noch einmal um und dachte eine Weile nach. »Ich meine, dass Hagens Tod nicht geplant war«, sagte sie schließlich. »Nicht, wenn es Fremdverschulden war. Dafür ist es hier nicht hoch genug. Wenn man plant, jemanden zu töten, wählt man eine todsichere Methode, keine, bei der das Opfer hinterher schwer verletzt gegen einen aussagen kann. Wie tief ist das hier? Fünfzehn Meter? Ich würde es zwar nicht ausprobieren wollen, aber ich denke, mit etwas Glück hätte Hagen den Sturz auch überleben können.«

Edda hatte sich das ebenfalls schon überlegt. »Ich glaube auch nicht, dass es geplant war. Wenn es geplant war, hätte der Täter kaum vorher laut mit Hagen gestritten. Ich stelle mir das so vor: Die beiden standen hier und stritten sich. Ich glaube, dass es eine rein verbale Auseinandersetzung war, weil Hilter keine Abwehrspuren an Hagens Leiche entdeckt hatte – obwohl es natürlich sein kann, dass sie keine davongetragen hat oder dass sie von den Absturzverletzungen überdeckt wurden. Also, die beiden stritten und bewegten sich, wobei Hagen sich vielleicht der Kliffkante näherte. Dann kann ich mir zwei Szenarien vorstellen. Das erste: Der Streit wurde immer heftiger, der Täter immer wütender, und irgendwann versetzte er Hagen einen Stoß. Aus reiner Wut, nur um sich ein Ventil zu verschaffen, ohne Tötungsabsicht. Vielleicht war ihm in dem Moment nicht bewusst, wie nah die Kante war.« Sie schwieg einen Moment. »Ich könnte mir vorstellen, dass Friedrichsen Hagen auf diese Weise getötet hat. Sie hat ein explosives Temperament. Die zweite Möglichkeit ist, dass der Täter genau wusste, wie nah die Kante war, und Lucy Hagen absichtlich hinunterstieß. Ohne längere Vorausplanung, aber in dem Moment mit dem Wunsch zu töten. Es würde zu dem passen, was Lasse Enders glaubt gehört zu haben. ›Das kannst du nicht machen.‹ Vielleicht hat der Täter das gesagt. Lucy Hagen wollte etwas tun, und der Mörder wollte es verhindern. Falls es so war, ist ihm oder ihr das gelungen.«

Britt steckte ihre Hände in ihre Jackentaschen. »Oder es war Szenario Nummer drei: Der Streit wurde immer heftiger, beide bewegten sich, Hagen näherte sich der Kliffkante, was keiner der beiden so richtig registrierte, da sie durch den Streit abgelenkt waren. Und dann machte Hagen noch einen Schritt nach hinten oder zur Seite, verlor das Gleichgewicht und stürzte ab, ohne dass der oder die andere sie auch nur berührte.«

Edda schüttelte den Kopf. »Das glaubst du doch selbst nicht.«

»Aber wenn ich der Täter wäre, würde ich dem Gericht genau das erzählen. Und wenn wir dann keinen Zeugen parat haben, der den Sturz beobachtet hat, wird der Täter damit durchkommen. Im Zweifel für den Angeklagten.«

Edda wusste, dass Britt nicht unrecht hatte, doch bevor sie etwas erwidern konnte, klingelte ihr Handy. Es war Kevin Dietz.

3

Kevin Dietz hatte den Hamburger Stadtteil Groß Flottbek eine Stunde zuvor erreicht. Er hatte die Fahrtzeit von Rostock hierher – inklusive der Zeit, die für die Parkplatzsuche draufgehen würde – perfekt geschätzt. Er kam genau in dem Moment vor dem exklusiven weißen Mehrfamilienhaus an, das im Rahmen eines Nachverdichtungsprojekts zwischen zwei Einfamilienhäuser gepflanzt worden war, als Samuel Friedrichsens Volvo die Tiefgarage verließ, und das bedeutete, dass Kevin nun freie Bahn bei dessen Ehefrau hatte. Kevin war überzeugt, dass es ihm ohne die störende Anwesenheit des Ehemannes in kürzester Zeit gelingen würde, Inka Friedrichsen alles zu entlocken, was es ihr über ihre Beziehung zu Rebecca Friedrichsen zu entlocken gab. Denn zum einen konnte er sich immer auf seinen Charme verlassen, zum anderen war er sicher, dass sie genauso darauf brannte, über ihre Schwägerin auszupacken, wie er darauf brannte, es zu hören.

Siegesgewiss marschierte Kevin den Weg zur Eingangstür und presste seinen Zeigefinger auf den Klingelknopf. Nichts geschah. Erst als er noch zweimal geklingelt hatte, ertönte der Summer. Kevin drückte die Tür auf. Die Friedrichsens wohnten im Erdgeschoss, und als Kevin die Wohnungstür erreichte, wurde diese von Inka Friedrichsen aufgerissen. Sie sah verschwitzt aus, trug Jeans und eine Schürze mit einem frischen Schokoladenfleck und einen genervten Gesichtsausdruck. Hinter ihren Beinen erspähte Kevin einen etwa vierjährigen Jungen. Leon, wie er von seinem Besuch am Vortag wusste, ein Kind, das so brav war, dass Kevin es fast unheimlich gefunden hatte.

»Verdammt, Sam, hast du schon wieder deinen Schlüssel vergessen? Ich habe dir gesagt, du sollst daran denken. Ich habe genug Arbeit mit Leons Geburtstagskuchen und stecke mitten in …« Inka Friedrichsen erkannte Kevin, und der gereizte Klang in ihrer Stimme mischte sich mit Verwunderung. »Ach, Sie schon wieder.« Es klang weniger begeistert, als Kevin erhofft hatte.

»Guten Morgen, Frau Friedrichsen. Es tut mir sehr leid, dass ich Sie noch einmal belästigen muss. Ich habe noch einige Fragen. Hätten Sie einen Moment Zeit für mich?« Er schenkte ihr ein strahlendes Lächeln, woraufhin sie die Stirn runzelte.

»Ich nehme an, es geht wieder um Lucy und Rebecca? Aber Rebecca ist nach Hause gekommen, haben Sie es denn nicht gehört?«

»Doch, und wir sind alle sehr erleichtert. Aber damit sind unsere Ermittlungen leider noch nicht beendet.«

»Tja, das tut mir leid, allerdings ist mein Mann gerade nicht da. Falls Sie also mit ihm sprechen wollen …« Sie begann, die Tür zu schließen.

Kevin machte einen Schritt nach vorn. »Eigentlich möchte ich zu Ihnen.«

Sie betrachtete ihn missmutig. »Nun, ehrlich gesagt, habe ich gerade ziemlich viel zu tun. Unser Ältester feiert morgen seinen Geburtstag, und der Kleine ist krank.«

»Oh, das tut mir sehr leid. Aber es wird nicht lange dauern. Versprochen.« Kevin versuchte es mit einem verschwörerischen Indianer-Ehrenwort-Lächeln, doch als ihre Mundwinkel noch weiter herabsanken, trat er einen Schritt zurück und änderte seine Taktik. »Ach, Sie haben recht, das ist wirklich rücksichtslos von mir, wo doch Ihr Sohn krank ist. Wenn es Ihnen jetzt nicht passt, dann können Sie natürlich auch jederzeit nach Rostock in die Kriminalpolizeiinspektion kommen. Morgen ist Sonntag und der Geburtstag Ihres Sohnes, aber wie wäre es mit Montag? Ich weiß ja, dass Sie berufstätig sind, daher wäre Ihnen ein früher Termin sicherlich am liebsten. Vielleicht morgens um halb acht?«

Inka Friedrichsen fiel ihm gereizt ins Wort. »Ach, kommen Sie schon rein. Aber Sie werden Ihre Fragen stellen müssen, während ich Muffins backe.«

Sie ließ Kevin in die Wohnung und schloss die Tür hinter ihm. Dann erblickte sie ihren Sohn. »Leon, geh wieder im Wohnzimmer spielen. Mama hat Besuch.«

Der Junge verschwand gehorsam, und seine Mutter ging Kevin voraus in die Küche, wo sie zu einem Handmixer griff und begann, einen Teig in einer Schüssel zu rühren. Der Lärm des Motors war zu laut für eine Unterhaltung, also setzte Kevin sich an den Küchentisch und wartete ab. Schließlich stellte sie das Gerät aus.

»Ich dachte, Sie wollten mich etwas fragen.«

»Ich wollte unser gestriges Gespräch fortsetzen.«

»Was gibt es da fortzusetzen? Gestern wollten Sie wissen, wo Rebecca sein könnte. Jetzt ist sie wieder da.«

»Das ist richtig, allerdings untersuchen wir noch immer den Tod ihrer Frau.«

»Aber Rebecca sagt, dass Lucy sich umgebracht hat. Was gibt es da zu untersuchen?«

Das war Kevin neu. »Haben Sie mit Ihrer Schwägerin gesprochen?«

Inka Friedrichsen holte ein Backblech aus dem Ofen und verteilte Papierförmchen darauf. »Sam hat versucht, sie anzurufen, um ihr zu kondolieren. Sie ist nicht rangegangen, er hat stattdessen mit Karin gesprochen. Sie hat ihm gesagt, dass Rebecca und Lucy sich gestritten haben und dass Lucy deswegen vom Steilufer gesprungen ist.« Sie stellte die übrigen Papierförmchen zurück in den Schrank und hielt einen Moment inne. »Ich muss gestehen, das hätte ich Lucy nie zugetraut. Sie machte immer einen viel stabileren Eindruck als Rebecca. Ich habe sie gemocht«, fügte sie dann hinzu. Die Feststellung schien sie selbst zu überraschen.

Kevin speicherte die Information, dass Rebecca Friedrichsen nicht stabil gewesen war, für später ab. Er wollte nicht zu schnell vorpreschen. »Haben Sie Lucy gut gekannt?«, fragte er stattdessen.

Inka Friedrichsen begann, den Kuchenteig in die Papierförmchen zu gießen. »Was heißt gut? Nicht so gut, dass wir uns Geheimnisse anvertraut hätten. Und Sam und Rebecca waren nie so dicke, dass wir vier ständig zusammengesteckt hätten. Meistens haben wir uns bei Karin und Erich gesehen. Aber Lucy war immer angenehm. Zurückhaltend. Im Gegensatz zu

Rebecca! Wehe, wenn sich mal nicht alles um sie dreht.« Sie klatschte einen letzten Löffel Teig in ein Papierförmchen und warf dann den Löffel in die Spüle, als hätte der ihr etwas getan. Ihre Gereiztheit war mit Händen zu greifen.

Diesmal nahm Kevin die Vorlage auf. »Ihre Schwägerin steht gerne im Mittelpunkt?«

Inka Friedrichsen verdrehte die Augen. »Das ist die Untertreibung des Jahres. Sie hat das Prinzessinnensyndrom. Sie hat die Erwartungshaltung, dass alles in ihrem Leben glattlaufen muss. Und wehe, das tut es mal nicht! Dann dreht sie durch und macht allen das Leben zur Hölle. So war es bei ihrer Fehlgeburt, und so ist es jetzt.«

»Nun ja, es ist sicherlich nicht leicht für Rebecca«, sagte Kevin vorsichtig. »Immerhin ist ihre Frau gestorben.«

»Natürlich, und das tut mir leid für sie.« Es klang nicht überzeugend. »Aber wie sie damit umgeht, ist einfach …«, Inka Friedrichsen warf einen Blick in Richtung der offenen Wohnzimmertür und senkte die Stimme, »… zum Kotzen. Drama! Drama! Drama! Natürlich sind Karin und Erich sofort zu ihr hin, um sich um sie zu kümmern. Sie haben schon angekündigt, dass sie morgen nicht zu Leons Geburtstagsfeier kommen können. Dabei ist er ihr Enkel! Und Karin hatte versprochen, den Kuchen zu backen.« Sie riss die Tür des Ofens auf, schob das Backblech hinein und knallte die Tür wieder zu. »Wenn wenigstens Sam mich hier unterstützen würde, aber nein, er muss zum Fußball. Denn natürlich ist es in Stein gemeißelt, dass er seine Termine nicht ausfallen lässt, auch wenn ich wegen Rebecca gestern meinen Spinningkurs versäumt habe. Dabei ist es seine Schwester, die ständig für Unruhe sorgt. Die ganze Arbeit bleibt an mir hängen. Ich muss heute noch tausend Sachen erledigen und weiß gar nicht, wo mir der Kopf steht.«

Kevin hatte nicht den Eindruck, dass sie die Lage nicht im Griff hatte. »Das muss schwierig für Sie sein«, murmelte er dennoch.

Inka Friedrichsen widersprach prompt, vermutlich, weil sie in der Stimmung dafür war. »Ach, ich komme schon zurecht. Ich mache mir einfach Sorgen um Erich. Er ist ein echter Schatz, aber er hatte vor zwei Jahren einen Herzinfarkt. Aber nimmt irgendwer deshalb Rücksicht? Karin kommandiert ihn den lieben langen Tag herum, und Rebecca jagt ihm einen Schreck nach dem anderen ein. Er war vorgestern und gestern ganz krank vor Sorge um sie. Hätte sie nicht wenigstens mal anrufen können?« Es war offensichtlich eine rhetorische Frage, und Kevin schwieg brav. »Nein, natürlich nicht! Denn dann hätten ja alle gewusst, dass es ihr gut geht.«

»Und Sie glauben, das wollte Rebecca nicht?«

Sie warf ihm einen ungläubigen Blick zu. »Natürlich nicht. Dieselbe Show hat sie nach ihrer Fehlgeburt abgezogen. Sie hat Lucy und ihren Job und alles in Hamburg im Stich gelassen und ist nach Rerik geflohen. Wenn jemand angerufen hat, ist sie nicht rangegangen. Erich ist fast durchgedreht vor Angst, sie könne sich etwas antun. Und dann ist sie wieder mit ihrer Riesenkugel aufgetaucht, als wäre nichts gewesen.«

»Riesenkugel?«, fragte Kevin verwirrt.

»Sie war damals hochschwanger. Sie hatte sich tatsächlich monatelang nicht blicken lassen und niemandem von der Schwangerschaft erzählt. Angeblich weil sie Angst vor einer zweiten Fehlgeburt hatte, aber ich denke, sie wollte nur, dass sich alle weiter Sorgen um sie machen. Na ja, nicht, dass ich traurig war, dass sie abgetaucht war.«

Es war die Einladung, auf die Kevin gewartet hatte. »Sie mögen Ihre Schwägerin nicht besonders«, stellte er fest.

Inka Friedrichsen warf ihm einen Blick zu, doch dann entdeckte sie ihren Sohn. Der Junge hatte schon eine ganze Weile still in der Tür gestanden. Kevin hatte ihn bemerkt, jedoch nichts gesagt, um den Redefluss seiner Mutter nicht zu unterbrechen.

Inka Friedrichsens angespannte Züge glätteten sich. »Leon, was habe ich gesagt?«, sagte sie sanft. »Du sollst doch im Wohnzimmer spielen.«

»Mein Polizeiauto ist kaputt.« Der Kleine hielt in der einen Hand ein blau-weißes Spielzeugauto, in der anderen ein Rad.

»Dann musst du es reparieren. Siehst du? So.« Sie ging in die Hocke und zeigte es ihm. »Und jetzt wieder ab mit dir.« Sie strich ihm zärtlich über den Kopf und schob ihn in Richtung Tür.

»Ein netter Kerl«, meinte Kevin. Seiner Erfahrung nach war Lob des Nachwuchses bei Müttern der Eisbrecher Nummer eins.

Auch Inka Friedrichsen entlockte es ein kurzes Lächeln, doch dann verschränkte sie ihre Arme und lehnte sich an die Spüle. »Hören Sie, ich weiß, warum Sie noch einmal mit mir sprechen wollten«, sagte sie. »Ich bin nicht blöd. Sie haben mitbekommen, dass ich Rebecca nicht sonderlich mag, und möchten, dass ich aus dem Nähkästchen plaudere. Aber das wird nicht passieren. Wenn Sie Informationen über Rebecca wollen, müssen Sie es mit Ihren Komplimenten und Ihrem hübschen Lächeln bei jemand anderem versuchen. Ich muss schließlich mit ihrer Familie klarkommen. Abgesehen davon: Warum wollen Sie eigentlich über Rebecca reden? Sie hat doch schon zugegeben, dass Lucy sich getötet hat, weil sie sich gestritten haben. Was ich schon überraschend genug finde, dass sie zur Abwechslung mal Schuld auf sich nimmt.«

Kevin traf eine Entscheidung. »Nun, ehrlich gesagt hegen wir Zweifel daran, dass Lucys Tod ein Suizid war.«

»Was soll das heißen? Dass es doch ein Unfall war? Aber dann haben Sie doch noch weniger Anlass ...« Sie brach ab und musterte Kevin. »Glauben Sie etwa, es war Mord? Glauben Sie etwa, dass Rebecca ...?«

Sie schlug sich in gespieltem Entsetzen die Hand auf den Mund, doch Kevin hatte gesehen, dass ihre Mundwinkel zuvor gezuckt hatten, als könnte sie ein kleines hämisches Grinsen nicht unterdrücken.

»Können Sie sich das denn vorstellen?«

Inka Friedrichsen schüttelte prompt den Kopf. »Nein, natürlich nicht.« Doch sie klang keineswegs überzeugend. Kevin blickte sie abwartend an. Schließlich sagte sie: »Hören Sie, ich werde es Ihnen nicht erzählen, okay? Ich bekäme nur Stress mit Sam und seinen Eltern, und das ist es mir nicht wert. Außerdem ist Greta ja schließlich nichts passiert.«

Kevin fand die letzte Bemerkung reichlich kryptisch. »Greta? Was wollen Sie damit sagen?«

Doch sie machte einen Rückzieher. »Nichts, gar nichts. Sie hatten sich doch Sorgen um Rebecca und Greta gemacht. Aber sie sind beide wohlbehalten zurück. Und nein, ich glaube nicht, dass Rebecca fähig wäre, einen Menschen zu töten. Und unser Gespräch ist jetzt beendet. Bitte gehen Sie.«

Kevin unternahm noch einen letzten Versuch. »Frau Friedrichsen, es ehrt Sie, dass Sie aus Familienloyalität nichts sagen wollen, aber bitte bedenken Sie …«

»Sparen Sie sich Ihr Süßholzgeraspel. Meinen Sie nicht, es wäre fair gewesen, mir gleich zu sagen, dass Sie wegen eines Mordes ermitteln? Abgesehen davon habe ich nichts zu sagen.«

Kevin sah ein, dass er geschlagen war. Er stand auf und zückte eine Visitenkarte. »Nun, wenn Sie doch noch einmal mit mir reden möchten …« Er hielt ihr die Karte hin.

Inka Friedrichsen nahm sie nicht. »Ich habe Ihnen nichts zu sagen. Ja, Schatz?« Das Letzte galt ihrem Sohn, der wieder in der Tür zum Wohnzimmer erschienen war. Wortlos streckte er ihr das Polizeiauto entgegen, von dem sich erneut das Rad gelöst hatte. »Ich kümmere mich gleich darum, ich bringe nur den Herrn zur Tür.«

Der Junge warf Kevin einen abwägenden Blick aus großen, dicht bewimperten Kinderaugen zu. »Du bist Polizist, das hat Papa gesagt«, verkündete er.

Kevin ging in die Hocke. »Ja, richtig. Und manchmal fahre ich in so einem Auto herum.«

»Kannst du es reparieren?«

Leon hielt Kevin die Teile entgegen. Kevin warf einen Blick zu Inka Friedrichsen hoch, die die Augen verdrehte, dann jedoch nickte. Kevin steckte das Rad wieder auf das Polizeiauto und reichte es dem Kind. Dann richtete er sich wieder auf. Doch als er in den Flur ging, folgte Leon ihm.

»Verhaftest du Tante Becca?«

Seine Mutter ging sofort dazwischen. »Leon, red keinen Unsinn!«

»Aber ihr habt über Tante Becca geredet. Und du hast gesagt …«

»Leon, das reicht jetzt! Geh bitte ins Wohnzimmer!«, sagte sie scharf.

Doch entweder reagierte Leon nur auf sanfte Worte, oder Kevin hatte den Gehorsam des Kindes überschätzt, denn der Junge blieb, wo er war, und sah ernst zu Kevin hoch. »Mama sagt, Tante Becca muss ins Gefängnis. Sie hat mir wehgetan.« Er griff sich ins Gesicht. Zwischen seinen Fingern, direkt neben dem linken Auge, konnte Kevin eine blasse Narbe erkennen. »Sie hat einen Bauklotz nach mir geworfen.«

»Rebecca Friedrichsen hat ihrem Neffen einen Bauklotz an den Kopf geworfen?« Edda wechselte ihr Handy ans andere Ohr. Sie war ein Stück den Küstenpfad entlanggewandert und stellte einen Fuß auf das Geländer, das den Pfad von der Kliffkante trennte.

»Genau genommen hat sie ihn in Richtung der Mutter geworfen«, berichtigte Kevin. »Dem Ganzen ging eine Auseinandersetzung zwischen den Frauen voraus. Es war ein paar Wochen nach der Fehlgeburt. Karin Friedrichsen feierte ihren Geburtstag, und Inka sprach Rebecca auf den bevorstehenden Umzug nach Rerik an. In Inkas Augen war der keine gute Idee, deswegen wollte sie ihn der Schwägerin ausreden. Sie sagt, sie habe es nur gut gemeint, Rebecca sei jedoch sofort patzig geworden und habe sich ziemlich aufgeregt. Inka wollte sie beschwichtigen, aber Rebecca habe völlig übertrieben reagiert. Sie regte sich immer mehr auf, schrie Inka an und warf schließlich den Bauklotz nach ihr. Er verfehlte Inka und prallte von der Sofalehne ab und dem Sohn ins Gesicht. Er hatte eine kleine Platzwunde, die genäht werden musste. An sich nichts Dramatisches, aber die Ärzte meinten, er hätte Glück gehabt. Zwei Zentimeter weiter, und er hätte ein Auge verlieren können.«

»Und das alles nur, weil Inka Rebecca vorgeschlagen hat, den Umzug nochmals zu überdenken?«, hakte Edda nach.

»Das ist zumindest die Version von Inka Friedrichsen, allerdings könnte ich mir vorstellen, dass Rebeccas davon abweicht, denn ich bezweifle, dass Inka besonders taktvoll oder feinfühlig vorgegangen ist. Auf mich wirkt sie ziemlich selbstgerecht. Lassen Sie es mich so formulieren: Wenn meine Schwester eine Fehlgeburt gehabt hätte, würde ich nicht wünschen, dass ihr Inka mit Tipps auf die Pelle rückt.«

»Dennoch zeigt der Vorfall, dass Rebecca Friedrichsen zu aggressivem Verhalten neigt«, sagte Edda. Sie dachte einen Moment nach, die Augen auf die Ostsee gerichtet. Am Horizont tuckerte ein Frachtschiff gen Skandinavien. Darüber zogen erste Wolken auf. »Woher hatte Rebecca Friedrichsen überhaupt den Bauklotz?«

»Er lag auf dem Couchtisch. Leon hatte damit gespielt. Die Szene fand im Wohnzimmer der Friedrichsens senior statt.«

»Und war außer dem Jungen noch jemand dabei?«

»Lucy Hagen und Samuel Friedrichsen. Die Eltern waren zu dem Zeitpunkt gerade in der Küche. Wollen Sie, dass ich noch einmal mit Samuel Friedrichsen rede? Ich bin immer noch vor dem Haus. Ich könnte auf ihn warten.«

»Ja, tun Sie das, und rufen Sie mich an, sobald Sie mit ihm gesprochen haben. Und Kevin – gut gemacht.«

Edda steckte ihr Handy weg und fasste für Britt, die neben ihr am Geländer lehnte, zusammen, was Kevin ihr erzählt hatte.

»Wow«, kommentierte Britt, »jetzt verstehe ich, warum die Schwägerin Friedrichsen hasst. Theo geht mir ja mitunter gehörig auf den Keks, aber ich würde jeden über zehn ans Kreuz nageln, der ihn mit einem Bauklotz bewirft.«

Die strenge Reaktion überraschte Edda. Britt hatte in Erziehungsfragen eine sehr liberale, wenn nicht gar laxe Einstellung. Als Edda einmal ihren Sohn traf, hatte der gleich zur Begrüßung versucht, ihr in den Bauch zu boxen. »Rebecca Friedrichsen wollte nicht das Kind treffen, sondern die Mutter – und möglicherweise nicht einmal die.«

»Na und? Wenn Kinder im Raum sind, wirft man nicht mit Gegenständen. Allein schon, um ihnen kein schlechtes Beispiel zu geben. Und die Frage ist doch: Was hätte Friedrichsen geworfen, wenn nicht zufällig ein Bauklotz auf dem Tisch gelegen hätte, sondern ein Ziegelstein?«

Es war eine berechtigte Frage. »Mich hat sie gestern Abend mit einem Kissen beworfen«, sagte Edda nachdenklich.

»Das hast du noch gar nicht erzählt.«

»Ich hatte sie unter Druck gesetzt. Sie hatte das Kissen kurz zuvor in der Hand gehalten.«

»Tja, da kannst du ja froh sein, dass sie nicht gerade mit einem Steakmesser hantiert hat. Ich frage mich …« Britt machte ein nachdenkliches Gesicht, dann stieß sie sich vom Geländer ab und ging über den Pfad zurück zur Absturzstelle.

Edda folgte ihr. »Was fragst du dich?«

Britt beantwortete die Frage nicht direkt, sondern sah sich aufmerksam um. »Weißt du«, sagte sie schließlich, »bisher hatte ich durchaus Zweifel an deiner Theorie, dass Friedrichsen und Hagen sich hier gestritten haben und dass Friedrichsen Hagen in einem Wutanfall über die Kante gestoßen hat. Aber wenn ich mir das jetzt so überlege … Komm mal her«, befahl sie, fasste Edda am Arm und dirigierte sie mitten auf den Weg. »Angenommen, Hagen und Friedrichsen standen hier und stritten, und Friedrichsen wurde immer wütender, fühlte sich vielleicht von Hagen aus irgendeinem Grund unter Druck gesetzt. Und angenommen, sie kam wieder an den Punkt, wo sie gerne etwas nach Hagen geworfen hätte. Etwa so.« Britt holte aus und schleuderte einen imaginären Gegenstand an Edda vorbei Richtung Meer. »Aber dummerweise hatte Friedrichsen nichts in der Hand. Was hätte sie dann getan? Das?«

Noch während sie die Frage stellte, machte Britt einen schnellen Schritt auf Edda zu, hob die Hände und deutete eine Stoßbewegung an. Edda trat unwillkürlich einen Schritt zurück, dann drehte sie sich erschrocken um, um zu sehen, wie weit sie noch von der Kliffkante entfernt war. Mehr als einen Meter, doch ihr Herz klopfte vor Schreck.

»Bist du verrückt?«, fauchte sie ihre Mitarbeiterin an.

»Entschuldige, ich wollte dich nicht erschrecken.«

»Hast du aber.«

Britt grinste. »Stell dich nicht so an, da ist noch viel Platz zur Kante, ich habe darauf geachtet. Ich wollte etwas demonstrieren.«

»Na toll.« Edda trat auf den Weg zurück. Es war ihr deutlich lieber, zwei Meter Abstand zur Kante zu haben als nur einen. »Und was?«

Britt fuhr sich durch ihre kurzen blonden Haare. »Dass eine Wurf- und eine Stoßbewegung viel Ähnlichkeit miteinander haben. Vielleicht nicht in der eigentlichen Bewegungsausführung, aber es steht beide Male derselbe Gedanke dahinter. Man möchte etwas von sich wegwerfen, wegstoßen, wegschieben. Man möchte Distanz zwischen sich und diesem Etwas oder auch zwischen sich und jemand anderem schaffen. Was ich damit sagen möchte: Ich kann mir vorstellen, dass du mit deinem Verdacht gegen Friedrichsen recht hast.«

»Großartig, dann schreib mir das nächste Mal einfach eine SMS«, brummte Edda. Als wollte ihr Handy zustimmen, klingelte es. Edda holte es hervor. »Ja?«

»Edda? Hier Sören. Du hattest recht.«

Edda musste unwillkürlich grinsen. »Prima, das findet Britt auch. Worum geht's?«

»Der Fall Julia Beyer. Ich habe den Zwischenbericht gelesen. Es gibt tatsächlich eine Verbindung zu unserem Fall. Ich habe doch gesagt, dass Julia Beyer zahlreiche Liebhaber hatte und dass die Polizei vermutet, einer von ihnen sei ihr Mörder. Nun, einer von ihnen ist Finn Hofmeister.«

Eine Viertelstunde später saß Edda mit Britt in ihrem Dienstwagen und wartete auf einen weiteren Anruf. Sören hatte ihr nicht viel mehr zu Finn Hofmeisters Verwicklung in den Fall Julia Beyer sagen können, daher hatte er ihr versprochen, den zuständigen Ermittlungsleiter ausfindig zu machen. Sören mochte seine Defizite haben, wenn es um Zeugenvernehmungen ging, doch im Recherchieren war er unschlagbar. Edda wusste, er würde Namen, Dienstgrad, Lieblingsessen und Schuhgröße des Ermittlungsleiters schneller herausbekommen als jeder andere, aber das bedeutete, dass sie zum Warten verdammt war.

Edda trommelte ungeduldig aufs Lenkrad, während sie die Uhr im Blick behielt. Als schließlich nach exakt neunzehn Minuten und achtzehn Sekunden ihr Handy klingelte, hatte sie es am Ohr, bevor der erste Klingelton verklungen war.

»Sören? Hast du ihn?«

Für einen langen Moment drang nichts als Stille aus dem Handy, so lange, dass Edda einen Blick auf das Display warf. Es zeigte nicht Sörens Namen, sondern eine Festnetznummer mit Kölner Vorwahl. Edda hielt das Handy wieder ans Ohr und vernahm ein leises Lachen und dann einen angenehmen Bariton.

»Wenn Sie mit Sören Kriminalhauptkommissar Sören Voss, Kripo Rostock, meinen und mit ihm Kriminalhauptkommissar Lorenz Braun, Kripo Köln, dann herzlichen Glückwunsch, Sie haben ihn. Spreche ich mit Kriminalhauptkommissarin Edda Timm?«

»Das tun Sie. Guten Tag, Herr Braun. Entschuldigen Sie bitte, ich dachte, Sie wären mein Kollege.«

»Ja, das habe ich bemerkt. Unsere Ausbildung hier ist gründlich, wir werden unter anderem darin geschult, dass uns wenigstens die ganz offensichtlichen Dinge nicht entgehen.« Er nahm den Worten durch ein weiteres Lachen die Schärfe. »Hauptkommissar Voss sagte mir, dass Sie mit jemandem über den Fall Julia Beyer sprechen möchten.«

»Das ist richtig. Es ist nett, dass Sie sich so schnell melden. Ich weiß das sehr zu schätzen.«

»Mit nett hat das nichts zu tun, Frau Timm, mehr mit Neugier – und Hoffnung. Herr Voss sagte mir, dass Sie ein Tötungsdelikt haben, das vielleicht in Verbindung zum Fall Beyer steht. Wissen Sie, ich mache Tötungsdelikte seit acht Jahren. In der Zeit hatte ich siebzehn Morde, sechzehn davon habe ich aufgeklärt. Julia Beyer ist die Ausnahme, und ich hasse Ausnahmen. Warum erzählen Sie mir also nicht einfach von Ihrem Fall, und dann sehe ich, was ich für Sie tun kann? Haben Sie auch einen Kopf in einer Mülltonne gefunden?«

»Nein, die Sache ist weniger dramatisch, aber nicht weniger mysteriös. Haben Sie etwas dagegen, wenn ich den Lautsprecher einschalte? Eine Kollegin sitzt neben mir.«

In der nächsten Viertelstunde fasste Edda den bisherigen Ermittlungsstand zusammen.

Lorenz Braun war ein guter Zuhörer, der nur wenige Zwischenfragen stellte. Allerdings schlichen sich mit jeder Frage mehr Zweifel in seine Stimme.

»Das heißt, Sie haben einen Klippensturz, von dem Sie nicht wissen, ob es ein Mord, ein Suizid oder ein Unfall war, und bei dem sich die Ehefrau des Opfers verdächtig verhält«, sagte er schließlich. »Und die einzige Verbindung zu meinem Fall ist, dass die Ehefrau vor einiger Zeit eine Frau namens Julia mit einem braunen und einem grünen Auge kennengelernt hat. Viel ist das nicht.« Er klang enttäuscht, Edda konnte es ihm nicht verdenken.

»Das war bis vor einer halben Stunde tatsächlich alles, doch dann haben wir noch etwas gefunden. Der Name des Opfers ist wie gesagt Lucy Hagen. Was ich noch nicht erwähnt habe, ist Folgendes: Sie war Geschäftsführerin bei FinGames.«

Lorenz Braun war gut. Er brauchte nur drei Sekunden, um sich zu erinnern. »FinGames? Den Namen kenne ich. Meinen Sie die Firma von Finn Hofmeister, einem der Liebhaber von Julia Beyer?«

»Genau die. Hagen und Hofmeister haben die Firma vor acht Jahren zusammen mit Hofmeisters Frau gegründet. Die beiden kennen sich seit ihrer Kindheit, sie waren ungefähr dreißig Jahre lang beste Freunde. Interessiert die Sache Sie jetzt?«

»Auf jeden Fall! Was wollen Sie wissen?«

»Als Erstes hätte ich gern ein Update von Ihrem Fall. Dann möchte ich alles, was Sie zu Hofmeister haben.«

»Letzteres geht schnell, denn das ist nicht viel. Lassen Sie mich jedoch vorne anfangen.«

Es war keine komplizierte Geschichte. Julia Beyer, bei ihrem Tod neunundzwanzig Jahre alt, war in einer Kleinstadt in Hessen aufgewachsen, hatte einen Realschulabschluss gemacht und anschließend eine Ausbildung zur Pharmazeutisch-technischen Assistentin absolviert. Mit achtzehn lernte sie ihren ersten Freund kennen, die Beziehung hielt sechs Jahre, bevor der Freund sie für eine andere verließ. Kurz darauf starb Julias Mutter – ihr Vater war schon länger tot –, und Julia Beyer gab ihr bis dahin behütetes Leben auf und zog zu einer Freundin nach Köln, unter deren Fittichen sie sich zu einem echten Partygirl entwickelte. Tagsüber arbeitete sie in einer Apotheke, abends und vor allem am Wochenende zog sie durch die Klubs. Anscheinend hatte Julia nicht nur das kleinstädtische Leben satt, sondern auch länger andauernde monogame Beziehungen. In den nächsten drei Jahren hatte sie zahlreiche Partner, mit denen sie mal eine Nacht verbrachte, mal einige Wochen, doch nie mehr als drei Monate. Diese Kurzzeitfreunde waren laut der Freundin alle knackig und sexy, ansonsten hatten sie nicht viel gemeinsam – bis Julia ihr Beuteschema änderte. Ihre Partner wurden mit der Zeit älter und waren nicht notwendigerweise mehr überdurchschnittlich attraktiv, dafür hatten sie eine andere Gemeinsamkeit: Geld.

»Heißt das, sie hat als Prostituierte gearbeitet?«, hakte Edda nach.

Braun zögerte. »Das hängt davon ab, wie weit man den Begriff fasst. Die Freundin hat ausgesagt, dass Julia sich irgendwann genug ausgetobt hatte und begann, sich Gedanken über die Zukunft zu machen. Sie wünschte sich einen Mann, am liebsten einen, ich zitiere, ›süßen, jungen, reichen Kerl, der ihr jeden Wunsch von den Augen abliest‹. Bis sie den geeigneten Kandidaten fand, wollte sie, dass bei ihren sexuellen Abenteuern mehr abfiel als nur Spaß. Deshalb traf sie sich bevorzugt mit Männern, die ihr etwas bieten konnten. Lassen Sie es mich so ausdrücken: Sie ließ sich gerne beschenken, mal etwas Bargeld, mal Klamotten, am liebsten Schmuck. Die Freundin, mit der sie zusammenwohnte, fand den neuen Lebensstil allerdings anstößig und zog zu ihrem Freund. Sie ist mittlerweile verheiratet und hatte zuletzt kaum noch Kontakt zu Julia. Stattdessen zog eine Cousine von Julia bei ihr ein.«

»Wann war das?«, fragte Edda.

»Vor zwei Jahren. Seitdem hatte Julia dann jede Menge Liebhaber mit Geld. Das änderte sich erst ein paar Monate vor ihrem Tod. Nun ja, es ist vermutlich schwierig, neue Liebhaber aufzureißen, wenn man hochschwanger ist.«

»Hochschwanger?«, wiederholte Britt, die bisher schweigend zugehört hatte. »Wie weit war sie denn bei ihrem Tod?«

»Im achten Monat, es handelt sich um einen Doppelmord.«

Britt und Edda sahen einander an. Britt war blass geworden, und auch Edda spürte ein flaues Gefühl im Magen. Sie hatte bisher gedacht, Julia Beyer sei erst am Anfang ihrer Schwangerschaft gewesen. Das hätte den Mord an ihr zwar nicht verzeihlich gemacht, aber eine Frau gemeinsam mit ihrem lebensfähigen Embryo zu töten, war noch einmal eine andere Kategorie von Grausamkeit – falls man Grausamkeit überhaupt gewichten sollte.

»So viel zur Vorgeschichte«, fuhr Braun fort. »Wir vermuten, dass Julia am zwanzigsten Mai ermordet wurde, weil das der Tag ist, an dem sie zuletzt gesehen wurde und an dem sie – soweit wir das ermitteln konnten – zum letzten Mal ihr Mobiltelefon benutzte. Ihre Leiche wurde allerdings erst am achten Juni gefunden, in einer Mülltonne in Köln, die drei Wochen nicht geleert worden war, weil die Hausbesitzerin im Urlaub war.« Er räusperte sich. »Wenn ich Leiche sage, meine ich übrigens nur Julia Beyers teilskelettierten Kopf, mehr haben wir nicht gefunden. Wir vermuten, dass der Täter die Leiche zerstückelt und in mehrere Mülltonnen entsorgt hat. Die anderen waren längst abgeholt und ihr Inhalt verbrannt worden.«

»Dann kennen Sie die Todesursache nicht?«, vermutete Edda.

Braun überraschte sie. »Doch. Schweres Schädel-Hirn-Trauma als Folge von stumpfer Gewalteinwirkung. Die Rechtsmedizinerin ist sicher, dass Beyer erschlagen und ihr Kopf nach ihrem Tod abgetrennt wurde – und zwar von jemandem, der sich nicht aufs Leichenzerlegen versteht mit dafür ungeeignetem Werkzeug, zum Beispiel mit einem oder mehreren Küchenmessern. Laut unserer Rechtsmedizinerin war es ein ziemliches Gemetzel.« Er räusperte sich erneut. »Gut, so viel zur Todesursache. Jetzt zu den Umständen von Julias Tod. Die Letzte, die mit Julia gesprochen hat, ist ihre Cousine und Mitbewohnerin, eine gewisse Diana Lauer. Das war am Morgen des zwanzigsten Mai, einem Mittwoch. Diana ging anschließend zur Universität – sie studierte damals noch – und fuhr von dort für ein verlängertes Wochenende zu ihren Eltern nach Hessen. Der Donnerstag war Christi Himmelfahrt. Als Diana am Sonntagabend wiederkam, war Julia nicht da. Laut Diana war das nicht ungewöhnlich. Julia hatte zumindest bis zu ihrer Schwangerschaft oft bei ihren Freunden übernachtet, ohne das vorher anzukündigen. Und zuletzt hatte sie dauernd davon geredet, sich ein paar Tage in einem Wellnesshotel zu gönnen. Sie war ja schon im Mutterschutz. Diana machte sich erst Sorgen, als sie am Mittwoch, dem Siebenundzwanzigsten, eine gemeinsame Bekannte traf, die sich für Freitag, den Zweiundzwanzigsten, mit Julia zum Frühstück verabredet hatte. Die Bekannte erzählte, dass Julia nicht gekommen sei, auch keine Nachricht geschickt oder ihrerseits auf Nachrichten reagiert habe. Diana versuchte daraufhin, Julia anzurufen, stellte jedoch fest, dass deren Handy ausgeschaltet war, und kam schließlich am übernächsten Tag zu uns. Das war der Neunundzwanzigste.«

Edda runzelte die Stirn. »Am übernächsten? Wieso nicht sofort? Oder spätestens am nächsten?«

»Das haben wir sie auch gefragt. Sie sagte, sie hätte schon etwas vorgehabt.«

»Und das war ihr wichtiger als das Wohlergehen ihrer Cousine?«, fragte Edda skeptisch.

»Offensichtlich.« Lorenz Braun schwieg einen Moment. »Die beiden wohnten zwar zusammen, standen sich aber nicht sehr nahe. Lassen Sie es mich so sagen: Diana Lauer ist nicht der mütterlich-besorgte Typ. Sie hat damals Biologie studiert und für ihre Prüfungen gelernt. Die waren ihr deutlich wichtiger als ihre Cousine. Zu ihrer Ehrenrettung muss ich allerdings sagen, dass wir uns zunächst ebenfalls keine allzu großen Sorgen gemacht haben. Wir haben Julia Beyer lediglich zur Aufenthaltsfeststellung ausgeschrieben und mit ein paar Bekannten geredet.« Seine Stimme nahm einen defensiven Klang an. »Wir kennen ja diesen Typ: erwachsene Frau, häufige Abwesenheit, häufig wechselnde Partner … Und Sie wissen, wie viele Leute jeden Tag vermisst gemeldet werden.«

Edda wusste es. Es waren bundesweit einige hundert und damit zu viele, als dass die Polizei mit Großaufgebot nach jedem Einzelnen suchen konnte – zumal die meisten nach kurzer Zeit von allein wiederauftauchten. Der Suchaufwand, den die zuständige Polizeibehörde betrieb, richtete sich nach der Dringlichkeit, und da standen Kinder an erster Stelle, gefolgt von Menschen, die verwirrt und alt oder aus anderen Gründen nicht in der Lage waren, sich um sich selbst zu kümmern. Alleinstehende Erwachsene, denen noch dazu ein unsteter Lebenswandel nachgesagt wurde, erhielten keine Priorität. Allerdings war Julia Beyer zum Zeitpunkt der Vermisstenanzeige schon über eine Woche abwesend und dazu hochschwanger gewesen. In Eddas Augen hätte das ihre Priorität deutlich anheben müssen, doch sie verkniff sich einen kritischen Kommentar, der die Zusammenarbeit mit dem Kölner Kollegen kaum befördert hätte. Außerdem war Lorenz Braun vermutlich nicht zuständig gewesen. Bei den meisten Polizeibehörden wurden Vermisstenfälle und Tötungsdelikte von verschiedenen Kommissariaten bearbeitet.

Als wollte er selbst das noch einmal unterstreichen, sagte Braun: »Ich übernahm den Fall erst, als der Kopf entdeckt wurde, also am achten Juni. Wir haben mit Hochdruck ermittelt, leider bisher erfolglos. Oder vielleicht sollte ich sagen: zu erfolgreich? Wir haben drei Verdächtige, die allerdings alle gleich verdächtig sind.«

»Alles Liebhaber von Julia?«, fragte Edda.

Braun bejahte. »Wir hatten zwei Hauptermittlungsrichtungen«, erklärte er. »Zum einen wollten wir Julias Bewegungen am zwanzigsten Mai nachvollziehen, was uns leider nicht gelungen ist. Nachdem Diana zur Uni gegangen war, ist Julia offensichtlich aufgestanden und hat dann gegen zehn das Haus verlassen. Sie hatte nur eine Umhängetasche dabei. Eine Nachbarin hat sie beobachtet, jedoch nicht mit ihr gesprochen. Danach wurde Julia nie wieder gesehen. Wir haben über hundert Zeugen vernommen, ohne Ergebnis. Julia hatte niemandem erzählt, was sie für den Mittwoch oder die nächsten Tage plante, abgesehen von dem Frühstück am Freitag. Deswegen haben wir uns auf ihr Leben konzentriert und versucht, mögliche Motive für ihren Tod ausfindig zu machen. Es war ziemlich schnell klar, dass das wahrscheinlichste Motiv ihre Schwangerschaft war.«

»Wieso?«, fragte Edda.

»Zum einen, weil wir kein anderes Motiv entdecken konnten, aber hauptsächlich, weil Julia ein so großes Geheimnis um den Kindsvater machte. Niemand konnte uns sagen, wer er genau ist. Julia hatte zwar mit einigen Freundinnen über den Mann geredet und ihnen erzählt, dass er verheiratet sei, doch nicht seinen Namen genannt. Wir folgerten daraus, dass er ihr verboten hatte, über die Beziehung zu reden. Und wenn er sie so dringend geheim halten wollte, dann wäre es auch ein Mordmotiv.«

Edda nickte nachdenklich. Es war eine plausible Einschätzung. Es kam tatsächlich auch im einundzwanzigsten Jahrhundert immer noch vor, dass Männer ihre schwangeren Geliebten töteten, um die Affäre vor der Ehefrau geheim zu halten. »Aber haben die Freundinnen keine Vermutungen angestellt? Was ist mit der Cousine? Hat sie den Mann denn nicht getroffen?«

Braun verneinte. »Sie sagt, Julia hätte ihn nie mit in die Wohnung gebracht. Seit Julia auf Männer mit Geld stand, bevorzugte sie teure Hotelzimmer. Aber natürlich konnte Diana Lauer uns einige Namen potentieller Liebhaber nennen, genauso wie einige andere Freundinnen. Außerdem haben wir in den Klubs herumgefragt, in die Julia bevorzugt ging. Schließlich hatten wir acht Namen von Männern, die angeblich in dem Jahr vor Julias Tod etwas mit ihr gehabt hatten. Zwei davon konnten wir als Kindsväter ausschließen. Der eine war zum Zeitpunkt der Zeugung acht Wochen auf Geschäftsreise in Südamerika, der andere hatte sich Jahre zuvor sterilisieren lassen. Einer war Single. Blieben fünf, vier davon verheiratet, einer verlobt. Wir haben dann alle fünf durchleuchtet, gründlich. Einer gab eine kurze Affäre mit Julia zu, die anderen bestritten sie. Dreien konnten wir dennoch sexuelle Beziehungen mit Julia nachweisen, den anderen beiden nicht, was jedoch nichts bedeutet. Ich bin überzeugt, sie hatten alle etwas mit ihr. Tja, und von diesen fünf konnten wir zwei ausschließen, weil sie ein Alibi hatten. Darunter Finn Hofmeister.«

Damit hatte Edda nicht gerechnet. »Er hat ein Alibi?«

»Er war auf einer Konferenz in den USA. Wir haben das überprüft. Warten Sie, ich sehe in der Akte nach.« Lorenz Braun tippte im Hintergrund auf einer Tastatur herum. »Die Konferenz dauerte vom achtzehnten bis zum einundzwanzigsten Mai. Hofmeister flog am Siebzehnten hin und kam am Abend des Dreiundzwanzigsten zurück.«

»Aber ein vollständiges Alibi ist das nicht«, wandte Edda ein. »Sie sagten vorhin, Sie kennen den genauen Todeszeitpunkt von Julia Beyer nicht.«

»Das ist richtig, aber es ist sehr unwahrscheinlich, dass sie nach dem Zwanzigsten starb. Zum einen stellt sich die Frage, wo sie dann war. Bei Hofmeister definitiv nicht.«

»Wie wäre es mit einem Wellnesshotel?«, warf Britt ein. »Sie sagten vorhin, Julia habe darüber geredet. Vielleicht beschloss sie spontan, in eins einzuchecken? Wäre das nicht möglich?«

»Nur theoretisch. Julia gehörte nicht zu den Frauen, die sich eine Massage gönnen, ohne ihren Freundinnen das sofort per WhatsApp oder Instagram mitzuteilen. Wir haben zwar ihr Smartphone nie gefunden, aber ihre letzten Instagram- und Facebookpostings stammten vom Neunzehnten. Und wir haben mit allen ihren Freundinnen geredet. Keine hat nach dem Zwanzigsten noch eine Nachricht von Julia bekommen.«

»Was ist mit der Auswertung ihrer Verbindungsdaten?«, fragte Edda. »Haben die keine Hinweise darauf gegeben, wo Julia war?«

»Das hätten sie vielleicht, aber als ich anfragen ließ, waren schon drei Wochen vergangen. Der Mobilfunkbetreiber hatte die Daten schon gelöscht. Wir hatten Pech.« Braun seufzte.

Edda konnte ihn verstehen. Nachdem die Verpflichtung zur Vorratsdatenspeicherung gerichtlich vorläufig gestoppt worden war, war es für die Kripo ein Glücksspiel, ob und wie lange Mobilfunkbetreiber Verbindungsdaten speicherten. »Aber Sie sind sicher, dass Finn Hofmeister eine Affäre mit Julia hatte?«, hakte sie noch einmal nach. »Von wem hatten Sie übrigens seinen Namen? Von der Cousine?«

»Von einer Angestellten eines Klubs, in den Hofmeister abends regelmäßig geht, wenn er geschäftlich in Köln ist. Die Angestellte kannte sowohl ihn als auch Julia gut vom Sehen. Sie hat die beiden an zwei Abenden beobachtet, wie sie eng zusammen tanzten und dann gemeinsam verschwanden. Sie meinte, das müsse im Herbst gewesen sein, genauer konnte sie es nicht sagen. Als wir Hofmeister befragten, gab er zu, Julia gekannt zu haben, bestritt jedoch zunächst eine sexuelle Beziehung. Er gab sie erst zu, als ich drohte, seine Frau danach zu fragen.«

»Und wie hat er auf Sie gewirkt?«

Braun überlegte. »Nervös«, sagte er dann, »aber nicht übermäßig. Wir hatten ihn in seiner Firma aufgesucht, und seine Hauptsorge schien zu sein, seine Frau könnte mitbekommen, warum wir da sind. Er hat uns dann von seiner USA-Reise erzählt. Wir haben das überprüft, und damit war die Angelegenheit für uns erledigt. Vielleicht war das ein Fehler. Verdächtigen Sie ihn, etwas mit dem Tod seiner Geschäftspartnerin zu tun zu haben?«

»Ich habe keine Ahnung«, sagte Edda ehrlich. Sie dachte darüber nach, während sie durch die Windschutzscheibe die Straße entlangblickte. Die Sonne war mittlerweile vollständig durch schwere graue Wolken verdeckt, auch der Wind, der für Küstenverhältnisse an diesem Tag nur verhalten geweht hatte, hatte aufgefrischt. In diesem Moment fuhr eine Bö in die Bäume am Rand des Küstenwaldes und fegte einige gelbe Blätter von den Ästen. Sie tanzten in der Luft, bevor sie auf den Boden sanken.

»Tja, lassen Sie es mich wissen, wie sich die Sache weiterentwickelt«, bat Braun.

»Auf jeden Fall. Aber ich habe noch eine Bitte: Schicken Sie mir ein paar Fotos von Julia und außerdem die Anschrift von Diana Lauer? Wenn ich das richtig verstanden habe, kannte sie Julia am besten. Es könnte sich vielleicht lohnen, nach Köln zu fahren und mit ihr zu reden.«

»Dafür müssen Sie nicht ins Rheinland kommen, Hamburg reicht. Sagte ich das noch nicht? Nach ihrem Master ist Diana Lauer umgezogen. Sie hat jetzt einen Job bei einer Firma in Hamburg. Ich schicke Ihnen die Adresse zusammen mit den Fotos. Sonst noch etwas?«

Edda wollte schon verneinen, als ihr noch etwas einfiel. »Sie sagten vorhin, Julia hätte sich auch Geld schenken lassen. Haben Sie zufällig eine Ahnung, wann oder wie viel?«

»Generell nicht, nein. Allerdings hat sie zweimal höhere Beträge bar auf ihr Konto eingezahlt.«

»Haben Sie die genauen Daten und Beträge?«

»Soweit ich mich erinnere, war es im Frühling. Einen Moment.« Er klapperte erneut auf der Tastatur. »Am zehnten März fünfzehntausend Euro und am sechsten April noch einmal zehntausend. Zu viel natürlich für Sex, wir haben angenommen, dass das Geld vom Kindsvater stammte, dass er sich vielleicht damit freikaufen wollte und dass Julia das Geld zwar nahm, aber nicht auf ihre Ansprüche verzichtete. Wieso fragen Sie?«

»Nun ja, möglicherweise hat es keine Bedeutung, aber Lucy Hagen hat jeweils kurz zuvor hohe Barbeträge von ihrem Konto abgehoben.«

»Aber warum hätte ihr Opfer meinem Opfer Geld zukommen lassen sollen?«, fragte Braun.

Edda starrte einen Moment durch die Windschutzscheibe. Draußen fielen die ersten Regentropfen. »Keine Ahnung. Es sei denn, sie leistete die Zahlungen für ihren besten Freund.«

4

Während der Regen auf die Windschutzscheibe prasselte, debattierten Edda und Britt, ob sie Finn Hofmeister nach Rostock in einen Verhörraum schaffen oder ihn in Hamburg befragen sollten. Edda entschied sich schließlich für Hamburg. »Wenn wir es zu offiziell machen, dann bringt er einen Anwalt mit und hält die Klappe, genau wie Friedrichsen. Das bringt uns nicht weiter. Aber ich rufe ihn vorher an, ich habe keine Lust, nach zwei Stunden Fahrt vor verschlossener Tür zu stehen.«

Die Tür, vor der sie zwei Stunden später standen, war die des Firmensitzes von FinGames. Finn Hofmeister hatte am Telefon gesagt, dass er und seine Frau dort sein würden. Da samstags der Empfang nicht besetzt war, kam Finn Hofmeister persönlich zur Eingangstür. Der Geschäftsführer von FinGames sah schlecht aus. Seine Haut war blasser, die Schatten unter seinen Augen waren tiefer als am Vortag, und er fuhr sich beständig mit der Hand über sein stoppliges Kinn, das er offenbar seit Tagen nicht rasiert hatte. Am Vortag hatte Edda die schlechte Verfassung des Mannes auf Trauer geschoben, jetzt war sie nicht mehr sicher, ob nicht zum Beispiel Angst vor Entdeckung dahintersteckte.

»Danke, dass Sie sich Zeit für uns nehmen. Arbeiten Sie samstags oft?«

Hofmeister führte sie durch das Großraumbüro, das überraschenderweise nicht völlig leer war. Drei Mitarbeiter saßen weit verstreut und schienen intensiv zu arbeiten. »Zu oft, und gerade jetzt haben Priska und ich viel zu besprechen. Wir müssen uns überlegen, wie es ohne Lucy weitergehen soll. Wie wir sie ersetzen. Nicht, dass sie zu ersetzen ist.« Er öffnete die Glastür zum kleinen Konferenzraum. »Wenn Sie kurz warten, dann hole ich meine Frau.«

Edda hielt ihn zurück. »Wir würden gern allein mit Ihnen sprechen.«

Finn Hofmeister runzelte die Stirn. »Wieso das? Am Telefon sagten Sie, es ginge um die Firma.«

Das hatte Edda in der Tat behauptet. »Nicht nur. Sollen wir uns setzen?«

Sie zog einen Stuhl heran, während Hofmeister einen unschlüssigen Blick durch zwei Glaswände hinüber ins Büro seiner Frau warf, die in dem Moment den Kopf hob und den Blick ihres Mannes erwiderte. Als sie aufstand, schüttelte er den Kopf. Sie zog ein fragendes Gesicht, deutete erst mit dem Zeigefinger auf sich, dann auf den Konferenzraum. Hofmeister schüttelte erneut den Kopf, und sie verstand. Sie setzte sich wieder, doch auf ihrem Gesicht lag ein misstrauischer Ausdruck, wie Edda auch über zwanzig Meter hinweg erkennen konnte.

Hofmeister setzte sich ans Kopfende des Konferenztisches. »Worum geht es denn? Haben Sie schon etwas herausgefunden? Wissen Sie mittlerweile, ob es ein Unfall war oder etwas anderes?«

Edda lehnte sich auf ihrem Stuhl zurück. »Solche Dinge brauchen leider Zeit.«

»Rebecca ist doch wieder da. Weiß sie denn nicht, was passiert ist?«

»Haben Sie denn noch nicht mit ihr gesprochen?«

Er schüttelte den Kopf. »Sie geht nicht an ihr Handy, und bei der Festnetznummer hat ihre Mutter geantwortet. Sie meint, dass Rebecca momentan mit niemandem reden und niemanden sehen will. Ich mache mir Sorgen. Haben Sie mit ihr gesprochen? Wissen Sie, wie es ihr geht? Und was ist mit Greta?«

Es passte durchaus in Eddas Konzept, dass Finn Hofmeister Rebecca Friedrichsens Aussage noch nicht kannte. »Nun, beiden geht es den Umständen entsprechend gut. Leider konnte Frau Friedrichsen uns aber nicht erklären, wie es zum Sturz ihrer Frau kam. Deshalb müssen wir noch einmal mit Ihnen reden.«

»Ich weiß nichts, das habe ich Ihnen doch schon gesagt. Ich war zwar dort, saß aber die ganze Zeit in meinem verdammten Wagen. Nutzlos wie …« Ihm fiel kein passender Vergleich ein, der ihm stark genug schien.

»Wir wollen mit Ihnen nicht über den Mittwochabend reden«, erklärte Edda, »sondern über Samstagabend. Heute vor einer Woche waren Sie und Ihre Frau bei Lucy und Rebecca zum Abendessen eingeladen.«

Der Themenwechsel schien Hofmeister zu überraschen. »Das ist richtig, aber was hat das mit Lucys Tod zu tun?«

»Das versuchen wir herauszufinden. Außer Ihnen war noch eine Bekannte von Rebecca eingeladen, eine Frau namens Julia, die Rebecca kurz zuvor am Strand kennengelernt hatte. Julia kam nicht zum Abendessen, deshalb versuchte Rebecca am Montag und Dienstag, sie ausfindig zu machen. Dabei stellte sie fest, dass Julia sie in mehreren Punkten belogen hatte.«

Hofmeister nickte. »Priska hat erwähnt, dass Sie versuchen, die Frau zu finden, weil Sie glauben, Rebecca könne bei ihr sein. Aber ich verstehe nicht, warum Sie mich dazu befragen. Rebecca ist schließlich wieder da.«

»Sie weiß nicht, wo Julia ist.«

»Nun, ich weiß es auch nicht. Ich kenne die Frau ja nicht einmal.«

»Sind Sie sicher?«

»Natürlich.«

»Erinnert sie Sie auch nicht an irgendjemand? Ihre Frau hat uns erzählt, Rebecca habe Julia beschrieben. Unter anderem sagte sie, dass sie zwei verschiedenfarbige Augen habe, ein grünes und ein braunes. Hat es da wirklich nicht bei Ihnen geklingelt?«

Hofmeister lächelte freundlich. »Nein, die Beschreibung sagt mir nichts.«

»Erstaunlich. Ich hätte gedacht, die Beschreibung würde Sie an Julia Beyer erinnern. Sie passt doch wirklich gut, oder?« Mit diesen Worten legte Edda ihr Handy vor Hofmeister auf den Tisch. Es zeigte eins der Fotos, die Lorenz Braun ihr von Julia Beyer geschickt hatte. Es war ein Porträtfoto, die verschiedenfarbigen Augen waren in dem hübschen, wenn auch viel zu stark geschminkten Gesicht gut zu erkennen.

Finn Hofmeister warf einen Blick darauf, sah jedoch sofort wieder weg. Er wurde noch blasser. als er ohnehin schon war. »Scheiße!« Sein Blick huschte zu Edda, dann wandte er abrupt den Kopf nach links in Richtung des Büros seiner Frau, die etwas in einen Laptop tippte. Schließlich stand er auf und ging zu dem Tisch mit den Getränken. Er drehte Edda und Britt den Rücken zu, während er sich ein Glas Wasser einschenkte, doch Edda hörte, wie die Flasche ans Glas klirrte, als würde die Hand, die sie hielt, zittern. Schließlich kam Hofmeister an den Tisch zurück und setzte sich wieder, diesmal jedoch mit dem Rücken zum Büro seiner Frau.

»Wer hat es Ihnen erzählt?«, fragte er.

Edda und Britt schwiegen.

»War es die Kölner Polizei?«

Edda stand wortlos auf und schenkte sich ebenfalls ein Glas Wasser ein. Hofmeister verfolgte sie mit seinen Augen, und als sie sich setzte, platzte es aus ihm heraus: »Okay, ich gebe es zu. Ich kannte Julia Beyer, und ja«, er drehte sich kurz in Richtung seiner Frau um und senkte die Stimme, »ich hatte Sex mit ihr, wie Sie ja offensichtlich schon wissen. Aber nur ein einziges Mal. Das Ganze war ein beschissener Ausrutscher und ist über ein Jahr her.«

Edda kommentierte das nicht, was Hofmeister deutlich irritierte.

»Hören Sie, der Mann von der Kölner Kripo hat mir damals gesagt, das müsse nicht herauskommen. Ich habe Priska nichts davon erzählt, weil es keine Bedeutung hatte. Wieso fangen Sie jetzt wieder damit an?«

Edda schwieg noch immer.

Hofmeister rieb nervös mit der Hand über sein Kinn. »Sie können doch nicht ernsthaft glauben, dass es etwas mit Lucys Tod zu tun hat. Wo soll denn da der Zusammenhang sein?«

»Sagen Sie es uns.«

»Es gibt keinen.« Er griff zu seinem Wasserglas. »Es kann keinen geben.«

Edda musterte ihn. »Nun, mir würden da mehrere Möglichkeiten einfallen. Da ist zunächst einmal die Julia vom Strand, die Rebecca kurz vor Lucys Tod kennengelernt hat und die dieselbe Iris-Heterochromie hat wie Julia Beyer. Zwei Frauen mit demselben Vornamen und derselben überaus seltenen Anomalie. Und dann sind da Sie. Wissen Sie, Herr Hofmeister, es macht uns immer misstrauisch, wenn Männer in zwei Todesfälle verstrickt sind.«

Der Geschäftsführer von FinGames stellte sein Glas mit einem Knall wieder auf den Tisch. »Wollen Sie damit sagen, dass ich Julia und Lucy getötet habe?«, zischte er.

Edda lächelte freundlich. »Haben Sie?«

»Nein, verdammt!«, brüllte er so laut, dass seine Frau in ihrem Büro zu ihnen herüberblickte. Edda war nicht sicher, ob sie ihren Mann wirklich gehört hatte oder ob sie aus dem Augenwinkel seine veränderte Körperhaltung wahrgenommen hatte oder ob es Zufall war. Finn Hofmeister senkte die Stimme. »Ich bin nicht sicher, ob ich noch weitere Fragen beantworten möchte. Wenn Sie mich beschuldigen, will ich einen Anwalt.«

Edda seufzte. »Wir beschuldigen Sie nicht, Herr Hofmeister.« Noch nicht. »Aber natürlich steht es Ihnen frei, einen Anwalt zu unserem Gespräch hinzuzuziehen. Oder einen Zeugen. Vielleicht Ihre Frau?«

Seine Augen wurden schmal. »Soll das eine Drohung sein? Nach dem Motto: Wenn ich nicht mit Ihnen rede, erzählen Sie meiner Frau, dass ich fremdgegangen bin?«

Edda machte ein gelangweiltes Gesicht. »Nein, Herr Hofmeister, das ist keine Drohung. Aber wissen Sie was: Ich habe die Nase langsam voll von Ihnen. Sie haben mir gestern vorgeheult, wie unglücklich Sie über den Tod Ihrer besten Freundin sind. Ich fände das wesentlich glaubwürdiger, wenn Sie mir helfen würden, ihren Tod aufzuklären.«

Er rieb wieder über sein Kinn. »Das versuche ich ja. Ich weiß nur nichts darüber. Wenn ich etwas wüsste, hätte ich es längst gesagt.«

»Und Sie bleiben bei Ihrer Aussage, dass Sie am Mittwochabend gegen zweiundzwanzig Uhr bei Lucy Hagen geklingelt und anschließend vierzig Minuten in Ihrem Wagen auf sie gewartet haben?«

»Ja.«

»Das ist seltsam. Frau Friedrichsen sagt, sie sei um zehn zu Hause gewesen.«

»Sie war da? Warum hat sie denn dann nicht aufgemacht?« Er klang verblüfft.

»Sie sagt, sie habe keine Klingel gehört«, behauptete Edda.

Hofmeister schüttelte den Kopf. »Ich habe geklingelt. Mehrmals. Und die Klingel hat funktioniert, ich habe das verdammte Ding gehört.«

»Aha.« Mehr sagte Edda nicht, doch diesmal stachelte ihr Schweigen Hofmeister nicht zu weiteren Äußerungen an. Eine Weile sagte niemand ein Wort. Aus dem Augenwinkel bemerkte Edda, dass Priska Hofmeister ihre Arbeit nicht wieder aufgenommen hatte, sondern immer noch zu ihnen herübersah.

»Noch mal zurück zu Julia Beyer«, sagte Edda schließlich. »Erzählen Sie mir von ihr.«

Hofmeister beugte sich auf seinem Stuhl vor, als wollte er den Abstand zwischen sich und seiner Frau vergrößern. »Da gibt es nichts zu erzählen. Ich habe sie in einem Klub kennengelernt, in Köln, wie Sie vermutlich wissen. Ich bin oft dort, weil unser Publisher da sitzt. Julia hat mich angemacht. Ich … Ich hatte einen Scheißtag gehabt und in der Zeit oft Stress mit Priska, außerdem hatte ich zu viel getrunken. Also sind wir zusammen raus.«

»Wohin?«

»In mein Hotelzimmer.«

»Und dann?«

Er schüttelte den Kopf. »Nichts und dann. Es ist nur einmal passiert.«

»Zeugen haben Sie öfters zusammen gesehen.«

Er nickte. »Natürlich. Julia war oft in dem Klub. Sie kam danach noch ein paarmal auf mich zu, wollte, dass wir das Ganze wiederholen. Ich habe nein gesagt, irgendwann hat sie's kapiert.«

»Wussten Sie, dass Julia schwanger war?«

Er atmete einmal tief durch. »Erst, als die Kripoleute aus Köln mit mir gesprochen haben.« Seine Hand krampfte sich um sein Wasserglas. »Hören Sie, es ist furchtbar, was mit Julia und ihrem Baby passiert ist, aber ich war das nicht. Fragen Sie Ihre Kollegen in Köln. Ich war zu dem Zeitpunkt, als sie zu Tode kam, gar nicht im Land.«

Edda ging auf den Hinweis nicht ein. »Haben Sie mit Lucy je über Julia Beyer gesprochen?«

Hofmeister sah sie entsetzt an. »Natürlich nicht. Sie hätte mir den Kopf abgerissen.«

»Hätte sie es Ihrer Frau gesagt?«

Er zögerte. »Nein, das glaube ich nicht.«

»Wieso haben Sie dann nicht mit ihr geredet? Ihr Gewissen erleichtert?«

Er schüttelte bloß den Kopf.

»Haben Sie Julia Beyer je Geld gezahlt?«

»Sie meinen für den Sex? Bestimmt nicht.« Finn Hofmeister warf Edda einen beleidigten Das-habe-ich-wohl-kaum-nötig-Blick zu.

»Und später?«

»Nein. Ich sagte doch schon, ich hatte keinen Kontakt mehr zu ihr. Warum hätte ich ihr Geld geben sollen?«

»Vielleicht, damit sie Ihrer Frau nichts von Ihrer gemeinsamen Nacht erzählt.« Edda studierte Hofmeisters blasses Gesicht. »Wussten Sie, dass Frau Hagen am Anfang des Jahres hohe Bargeldbeträge von ihrem Konto abgehoben hat? Zwanzigtausend am dritten März und fünfzehntausend am zweiten April.«

Er sah sie verblüfft an. »Nein.«

»Sie haben keine Ahnung, wofür sie das Geld gebraucht haben könnte? Nein? Wussten Sie, dass Julia Beyer nur wenige Tage nach diesen Abhebungen jeweils große Bargeldbeträge auf *ihr* Konto eingezahlt hat?«

Jetzt wirkte Hofmeister noch verblüffter, Edda konnte nicht sagen, ob die Reaktion echt oder gespielt war. »Sie glauben, dass Lucy Julia Geld gegeben hat? Aber sie kannte sie doch gar nicht.«

»Sie haben sie also nicht darum gebeten?«

»Bestimmt nicht.« Finn Hofmeister dachte einen Moment

nach. »Hören Sie, mir ist klar, dass Sie das verdächtig finden, dass ich in zwei Todesfälle verwickelt bin, aber ich schwöre Ihnen: Das ist reiner Zufall. Und wenn Sie es neutral betrachten, bin ich in den Fall Julia Beyer überhaupt nicht verwickelt. Ich habe mit der Frau einmal geschlafen, Monate bevor sie getötet wurde. Wenn Sie allen Kerlen die Hölle heißmachen, mit denen Julia im Bett war … Ich will nicht abfällig über sie reden, aber das wären eine ganze Menge.«

»Und woher wissen Sie das? Ich dachte, Sie kannten sie kaum.«

»Das habe ich nicht gesagt. Sie hatte in dem Klub einen gewissen Ruf.«

»Ach ja? Und wenn ich in dem Klub nachfrage: Was glauben Sie, wird man mir über Ihren Ruf erzählen?«

Er zuckte mit den Achseln. »Ich habe da keinen Ruf.«

»Dann haben Sie ja sicherlich nichts dagegen, wenn wir das überprüfen.«

Priska Hofmeister stand am Fenster ihres Büros und beobachtete den Regen, der so stark herabrauschte, dass sie die nahe Elbphilharmonie kaum erkennen konnte. Die beiden Polizistinnen waren gerade gegangen, doch Priska spürte keine Erleichterung. Sie ahnte, dass die beiden wiederkommen würden, und das beunruhigte sie. Sie drehte ihren Kopf vom Fenster weg und sah zu ihrem Mann hin, der im Nachbarbüro hinter seinem Schreibtisch saß, intensiv auf den Bildschirm seines Computers starrte und auf seine Tastatur einhämmerte. Doch Priska wusste, dass Finn nur so tat, als ob er arbeitete. Sie erkannte es an seiner angespannten Haltung und der Tatsache, dass er mit allen Fingern die Tastatur bearbeitete, obwohl er das Zehnfingersystem gar nicht beherrschte.

Aber warum gab er vor zu arbeiten? Die Polizistinnen waren weg, die einzige Person, die er in die Irre führen konnte, war sie selbst. Es konnte nur bedeuten, dass er nicht mit ihr über seine Befragung reden wollte, und das irritierte sie. Genauso, wie es sie irritierte, dass die Kriminalbeamtinnen so lange mit Finn gesprochen hatten, während sie ihr danach nur drei Fragen gestellt hatten, die Priska alle verneint hatte. »Haben Sie gewusst, dass Lucy Anfang März und Anfang April insgesamt fünfunddreißigtausend Euro in bar von ihrem Konto abgehoben hat? Haben Sie eine Idee, wofür sie das Geld benötigt haben könnte? Hat Lucy je eine Frau namens Julia Beyer erwähnt?«

Julia Beyer – natürlich hatte Priska gefragt, was es mit der Frau auf sich habe, doch keine Antwort erhalten. Jetzt beobachtete sie Finn, der auch noch zur Maus griff, und fragte sich, ob er ihr die Frage beantworten konnte. Oder würde? Hatte er mit dieser Julia Beyer etwas zu tun? Hatte er deshalb so lange mit den Polizistinnen geredet? Oder ging da nur wieder ihre Eifersucht mit ihr durch? Doch wenn das Gespräch so harmlos gewesen war – wieso verschanzte er sich dann hinter seinem Computer?

Priska atmete dreimal tief durch. Das war lächerlich, sie war durcheinander wegen Lucys Tod, sie würde Finn einfach fragen, worüber sie geredet hatten. Doch zuvor …

Priska setzte sich an ihren Computer, öffnete ein Browserfenster und gab Julia Beyer in Googles gefräßige Suchmaschine ein. Fünf Minuten später riss sie die Tür zu Finns Büro auf.

»Kannst du mir bitte erklären, was du mit einem Mordopfer zu schaffen hattest? Und warum du vor Schreck dein Weinglas umgestoßen hast, als Rebecca letzte Woche erwähnte, dass ihre Bekannte Julia ein braunes und ein grünes Auge hat?«

Von FinGames fuhren Edda und Britt direkt zu der Adresse von Diana Lauer, die Lorenz Braun geschickt hatte. Die Cousine von Julia Beyer war offensichtlich eine passionierte Sportlerin. Schon vor der Wohnungstür erwarteten Edda und Britt ein Paar Inlineskates und ein Paar Joggingschuhe, das dort vor sich hin müffelte, und als Diana Lauer nach zweimaligem Klingeln die Tür öffnete, trug sie eine enge Trainingshose, ein Top und ein Handtuch um den Hals, mit dem sie sich den Schweiß aus dem Gesicht wischte. Sie war eine burschikose, überdurchschnittlich große, überdurchschnittlich trainierte Frau mit kurzen dunklen Haaren und wirkte leicht gereizt. Ihre Stimmung besserte sich auch nicht, als Edda sich und Britt vorstellte und den Grund für ihr Kommen erläuterte.

Sie schnitt eine Grimasse. »Sie wollen *jetzt* mit mir reden? Ich trainiere gerade.«

Edda lächelte freundlich. »Es tut mir leid, dass wir Sie überfallen. Es ist dringend.«

»Und wer sagt, dass mein Training nicht dringend ist?«, erwiderte Diana Lauer. Doch dann zuckte sie mit den Achseln. »Na ja, meinetwegen, wenn es nicht allzu lange dauert.«

Sie öffnete die Tür weit und ging voraus in ein großes helles Wohnzimmer, dem anzusehen war, dass sie erst drei Monate darin wohnte. Darin standen nur ein Esstisch mit vier Stühlen, ein Sofa, ein Fernseher und ein neuer Crosstrainer einer teuren Marke, auf dem Diana Lauer vermutlich gerade ihr Training absolviert hatte. Eine halbleere Flasche mit einem pipigelben Energydrink steckte im Flaschenhalter, und der Crosstrainer war auf den Fernseher ausgerichtet, in dem ein Reisebericht über irgendein fernöstliches Land lief.

Diana Lauer schaltete den Fernseher aus. »Setzen Sie sich, ich ziehe mir schnell etwas über.«

Sie verschwand, und Edda nutzte die Gelegenheit, sich zwei Pinnwände anzusehen, die über dem Esstisch an der Wand hingen und über und über mit Fotos bedeckt waren. An der einen hingen Urlaubsbilder von Motorradreisen. Sie zeigten verschiedene europäische Landschaften – Edda erkannte die schottischen Highlands und den Gardasee – und immer wieder Diana Lauer selbst auf oder neben einer Triumph Tiger 800.

Die Fotos an der anderen Pinnwand zeigten Aufnahmen aus dem Kölner Karneval. Diana Lauer als Krähe, als Freiheitsstatue oder als Hobbit. Sie hatte offensichtlich ein Faible für originelle Kostüme – während ihre Cousine, die Edda ebenfalls auf einigen Bildern entdeckte, sexy Klassiker wie ein knappes Krankenschwestern- oder ein freizügiges Vampir-Outfit bevorzugt hatte. Es gab ein einziges Foto, das die beiden unverkleidet zeigte. Edda betrachtete es interessiert. Auf den ersten Blick sahen die Cousinen einander wenig ähnlich. Julia Beyer trug ein enges schwarzes Kleid, ihre langen Haare waren in glänzende Locken gelegt, sie trug jede Menge Make-up und Schmuck, genau wie auf den Fotos, die Lorenz Braun geschickt hatte. Der Kölner Kollege hatte erzählt, dass Julia Beyer eitel gewesen war. Das konnte man zumindest in Bezug auf

Äußerlichkeiten über Diana Lauer nicht sagen. Sie trug Jeans und T-Shirt und war ungeschminkt, die kurzen Haare nicht gestylt. Doch die Gesichtszüge der Cousinen ähnelten sich. Beide hatten dieselbe runde Gesichtsform, dieselbe hohe Stirn und große mandelförmige Augen. Allerdings waren Diana Lauers beide braun.

Diana Lauer kam zurück. Sie hatte eine Jogginghose und eine Sweatjacke übergezogen und schnappte sich im Vorbeigehen die Flasche mit dem Energydrink vom Crosstrainer. »Okay, legen wir los, obwohl ich wirklich bezweifle, Ihnen helfen zu können. Sie sagten, Sie sind von der Kripo Rostock und wollen über Julia reden. Heißt das, Sie haben die Ermittlungen übernommen? Vielleicht keine schlechte Idee, Ihre Kölner Kollegen haben sich ja nun wirklich nicht mit Ruhm bekleckert.« Sie ließ sich auf einen Stuhl fallen und trank einen Schluck von ihrem Energydrink, während sie Edda und Britt musterte.

»Wir haben den Fall Ihrer Cousine nicht übernommen«, erklärte Edda. »Wir arbeiten an einem anderen Fall, der möglicherweise in Verbindung zum Tod Ihrer Cousine steht.«

»Und worum geht es bei diesem anderen Fall?«

»Das ist kompliziert.«

Diana Lauer schob ihre dunklen Augenbrauen zusammen. »Gibt es etwa noch ein Opfer? Hat Julias Mörder noch jemanden getötet?«

»Davon gehen wir momentan nicht aus«, sagte Edda ausweichend. »Ich würde gern mit Ihnen über Ihre Cousine reden, besonders über deren Liebesleben, wenn es Ihnen nichts ausmacht.«

Diana Lauer zog ihre Beine hoch und setzte sich in den Schneidersitz. Sie war offenbar nicht nur fit, sondern auch gelenkig. »Es macht mir nichts aus, aber ich fürchte, es ist Zeitverschwendung. Ich kann Ihnen nichts sagen, was ich nicht schon mindestens dreimal erzählt habe: Ich habe keine Ahnung, wer der Vater von Julias Baby war. Ich habe sie zwar mehrfach danach gefragt, aber sie hat es mir nie erzählt. Sie sagte immer nur, er sei verheiratet und würde ausflippen, wenn er erfährt, dass sie es herumerzählt hat.«

»Heißt das, Julia hatte Angst vor ihm?«, hakte Edda nach. »Glauben Sie, dass er sie bedroht hat für den Fall, dass sie es jemandem sagte?«

Diana Lauer schüttelte den Kopf. »Das hat sie nie gesagt, und ich kann es mir auch nicht vorstellen. Julia war zwar manchmal etwas naiv, aber selbstbewusst. Hätte ein Kerl sie bedroht, dann hätte sie sich gewehrt. Stattdessen hat sie immer sehr positiv über ihn geredet. Ich glaube, sie war wirklich in ihn verknallt. Sie nannte ihn Mister Traumprinz.« Sie zuckte mit den Achseln. »Ich habe deswegen immer geglaubt, dass er jung und gut aussehend und reich sein muss, weil das Julias Männerideal war.«

»Haben Sie darüber spekuliert, wer es sein könnte?«

Sie lachte spöttisch. »Natürlich, was glauben Sie denn? Aber ich hatte nicht viel zu spekulieren. Julia lernte die meisten Kerle in irgendwelchen Schickimicki-Klubs kennen, und sorry, das ist nicht meine Welt. Ich traf die Typen höchstens, wenn sie sie mal mit nach Hause brachte, aber das hatte sie ewig nicht getan. Und wenn Julia mal einen erwähnte, dann nur mit Vornamen.«

»Karneval haben Sie aber schon zusammen gefeiert«, warf Britt ein.

Diana Lauer runzelte die Stirn, dann drehte sie sich um und warf einen Blick auf die Fotos an der Wand hinter ihr. »Ja, das stimmt«, gab sie zu. »Julia hat Karneval echt geliebt, allerdings hat sie ihn dieses Jahr ausgelassen. Sie fühlte sich während der Schwangerschaft teilweise echt beschissen, außerdem hätte sie wegen des Babys nicht trinken können. Und Rosenmontag nüchtern auf der Straße … Aber sie hat sich aufs nächste Jahr gefreut. Na ja, das wird wohl nichts mehr.« Die letzten Worte hatte sie leise gesprochen. Ein Ausdruck von Trauer huschte über ihr Gesicht, verschwand jedoch wieder, als Edda ihre nächste Frage stellte.

»Sie sagten vorhin, Julia hätte positiv über den Kindsvater geredet. Was hat sie denn genau über ihn erzählt?«

Diana Lauer leerte ihren Energydrink, während sie nachdachte. »Eigentlich nichts Besonderes. Dass er süß und nett sei, der Sex mit ihm toll.« Sie verzog den Mund. »Also nichts, das Ihnen bei seiner Identifizierung helfen könnte. Es sei denn, Sie sind sehr ehrgeizig in Ihrem Job.« Sie grinste, doch Edda ging auf den Scherz nicht ein.

»Und was hat sie über ihre Beziehung zu ihm erzählt?«

Diana Lauer runzelte die Stirn. »Sie hatte keine Beziehung zu ihm, das war ja ihr Problem. Er war verheiratet, und sie hatten eine Affäre, aber als sie schwanger wurde, ließ er sie fallen. Er wollte auch, dass sie das Baby abtreiben ließ, doch dafür war es zu spät. Julia war bereits im fünften Monat.«

»Und wie hat sie auf die Abfuhr reagiert?«

»Nicht sehr begeistert.«

»Hatte sie es denn anders erwartet?«

Diana Lauer starrte einige Sekunden schweigend auf die leere Flasche in ihren Händen. Dann blickte sie Edda offen in die Augen. »Hören Sie, ich gebe es lieber gleich zu: Ich kann es Ihnen nicht sagen, weil es mich damals nicht sonderlich interessiert hat. Julia hatte ständig irgendwelche Männergeschichten am Laufen, und sie dachte oft, sie hätte Mister Right getroffen, wurde dann jedoch enttäuscht. Ich habe deswegen oft gar nicht zugehört, wenn sie etwas erzählt hat. Um die Wahrheit zu sagen: Wir haben zwar zusammengewohnt, hatten jedoch ziemlich getrennte Leben. Außerdem habe ich damals von morgens bis abends in der Unibibliothek für meine Prüfungen gelernt und war auch schon auf der Suche nach einem Job.«

»Aber wieso hat Julias Liebesleben Sie nicht interessiert?«, fragte Britt. »Es betraf Sie doch direkt.«

»Inwiefern?«, fragte Diana zurück.

»Nun, Ihre Mitbewohnerin erwartete ein Baby. Es konnte Ihnen doch nicht egal sein, ob sie mit dem Kind zu ihrem Traumprinzen ziehen oder ob sie es allein in der Wohnung versorgen würde, in der Sie auch lebten.«

»Ach, das meinen Sie.« Diana Lauer zögerte einen Moment. »Ehrlich gesagt, war das einer der Gründe, warum ich mich schon damals nach einem Job umgesehen habe, statt für die Zeit nach dem Abschluss eine Pause einzuplanen. Ich wollte möglichst schnell ausziehen, bevor das Baby kommt.«

»Um Ihre Cousine nicht unterstützen zu müssen?«, fragte Edda.

»Natürlich.« Diana Lauer sah Edda offen an. »Es war schließlich ihre Verantwortung. Abgesehen davon wollte Julia selbst, dass ich ausziehe. Sie hätte schließlich mehr Platz gebraucht, sobald er da war.«

»Sie erwartete also einen Sohn? Und sie wollte ihn behalten?«

Diana Lauer zog ihre Augenbrauen hoch. »Natürlich. Sie hätte ihn bestimmt nicht weggegeben. Warum hätte sie das tun sollen? Sie überlegte auch schon ständig einen Namen für ihn, zuletzt war sie bei Amadeus.« Sie warf einen Blick auf ihre Uhr. »Wollen Sie noch viel wissen? Ich habe das wirklich schon alles mehrfach erzählt.«

»Wir sind gleich fertig«, sagte Edda. »Nur noch wenige Fragen. Sagt Ihnen der Name Finn Hofmeister etwas?«

Diana Lauer stockte kurz, bevor sie nickte. »Ist das nicht einer von Julias Liebhabern? Die Kölner Polizei hat mich schon nach ihm gefragt. Julia hat ihn nie erwähnt.«

»Hat sie mal seine Firma erwähnt? FinGames?«

»Nein.«

»Sagt Ihnen der Name Lucy Hagen etwas? Hat Julia den einmal erwähnt?«

»Nein.«

Edda holte ihr Handy hervor und zeigte Diana Lauer Fotos von Finn Hofmeister und Lucy Hagen, doch sie gab an, beide noch nie gesehen zu haben.

Auf der Rückfahrt nach Rostock überließ Edda Britt das Steuer, um in Ruhe ihren Gedanken nachhängen zu können. Es regnete noch immer in Strömen. Die Scheibenwischer kamen kaum hinterher, das Regenwasser zur Seite zu schaufeln, so dass Britt lediglich für kurze Momente freie Sicht durch die

Windschutzscheibe hatte. Ähnlich verhielt es sich mit den Informationen, die Edda heute im Laufe des Tages erhalten hatte. Es waren so viele, dass sie ihr ebenfalls die Sicht versperrten, und im Moment hatte sie noch keine Ahnung, welche sie beiseitewischen konnte, weil sie vielleicht irrelevant waren.

Die Hauptfrage lautete: War der Fall Julia Beyer relevant für die Ermittlungen im Fall Lucy Hagen? Edda neigte dazu, die Frage zu bejahen, denn es gab nicht nur eine, sondern mindestens zwei Verbindungen zwischen den beiden Fällen – Finn Hofmeister und die mysteriöse Julia vom Strand –, eventuell aber sogar drei, wenn man nämlich Lucy Hagens Barabhebungen und Julia Beyers Bareinzahlungen mitzählte. Zwar passten die Beträge nicht zusammen, doch war es natürlich möglich, dass Julia Beyer nicht das ganze Bargeld auf ihr Konto eingezahlt hatte. Vielleicht hatte sie einen Teil zu ihrer Verfügung zurückbehalten. Oder Lucy Hagen hatte mehr abgehoben, als Beyer bekommen hatte. Doch wieso sollte Hagen Beyer überhaupt Geld gegeben haben?

Die naheliegende Antwort war: Sie hatte es für ihren besten Freund getan. Genauso wie die naheliegende Antwort auf den Zusammenhang zwischen den Fällen Hagen und Beyer die war, dass Finn Hofmeister in den Tod beider Frauen verwickelt war. Wenn er der Vater von Julia Beyers Sohn war, hatte er ein Motiv gehabt, sie zu erschlagen, und wenn Lucy Hagen das gewusst hatte, hatte er auch ein Motiv gehabt, sie in Rerik vom Steilufer zu stürzen. Und er war vor Ort gewesen.

Edda stellte sich das etwa folgendermaßen vor: Finn Hofmeister hatte eine Affäre mit Julia Beyer gehabt, wie ernst auch immer die gewesen war. Dann war Julia schwanger geworden,

Hofmeister wollte das Kind nicht, und als Julia Druck ausübte wandte er sich um Hilfe an seine beste Freundin. Ergebnis der Beratung: Sie wollten Julia Schweigegeld zahlen. Und entweder weil Hofmeister damals nicht flüssig war oder weil seine Frau nichts erfahren sollte, streckte Lucy Hagen das Geld vor. Doch Julia genügte das Geld nicht. Sie forderte mehr. Oder sie forderte immer noch, dass Hofmeister sich zu ihr oder wenigstens zu dem gemeinsamen Sohn bekannte. Deshalb beschloss Hofmeister, sie zu töten.

So weit, so klar, doch was war dann geschehen? Finn Hofmeister hatte seine ehemalige Geliebte nicht töten können, er hatte ein Alibi für den wahrscheinlichen Zeitpunkt ihres Todes. Blieb seine beste Freundin, die mit ihm dreißig Jahre lang durch dick und dünn gegangen war. Die sich schon im Kindergarten für ihn eingesetzt hatte. Die – den Eindruck hatte Edda zumindest gewonnen – an einem ausgeprägten Helfersyndrom gelitten hatte. Es zog sich wie ein roter Faden durch Lucy Hagens Biografie: Einsatz für Finn Hofmeister, für die LGBT-Community, für die Mitarbeiter bei FinGames. Doch hätte ihr Wunsch, ihrem besten Freund zu helfen, Lucy Hagen wirklich dazu bewegen können, eine junge Frau und deren Baby zu töten, deren einziges Vergehen darin bestand, sich in den falschen Kerl verliebt zu haben?

Edda hatte Schwierigkeiten, sich das vorzustellen. Zwar traute sie generell jedem Menschen die Fähigkeit zu töten zu, doch nur unter den richtigen Rahmenbedingungen und mit dem richtigen Motiv. Beides schien hier nicht gegeben. Und abgesehen davon: Wieso hätte Hofmeister dann Lucy Hagen töten sollen? Sie hätte ihn schließlich nicht verraten können, ohne sich selbst zu verraten. Und warum hätte sie das tun sollen? Ausgerechnet jetzt?

Nun, auch wenn das gesamte Szenario in Eddas Augen nicht sehr plausibel war, eine mögliche Antwort auf die letzte Frage fiel ihr tatsächlich ein. Was auch immer genau vorgefallen war: Wenn Lucy Hagens Tod mit dem Mord an Julia Beyer zusammenhing, dann war es wahrscheinlich, dass der Auslöser das Auftauchen der mysteriösen Julia vom Strand in Rebecca Friedrichsens – und damit auch in Lucy Hagens – Leben war.

Doch wer war diese Frau? Hieß sie wirklich Julia? Besaß sie wirklich ein grünes und ein braunes Auge? Oder hatte sie Kontaktlinsen getragen, um eine Ähnlichkeit mit Julia Beyer vorzutäuschen? Doch warum hätte sie das tun sollen? Und wieso hatte sie sich an Rebecca Friedrichsen herangemacht?

Rebecca Friedrichsen – Edda hatte den Gedanken an sie den ganzen Nachmittag an den Rand ihres Bewusstseins geschoben und sich ganz auf Finn Hofmeister und den Fall Beyer konzentriert. Aber nun war es an der Zeit, sie wieder in den Blick zu nehmen. Immerhin war es möglich, dass Finn Hofmeister nachmittags die Wahrheit gesagt hatte, dass er nicht der Vater von Julia Beyers Sohn gewesen und nicht in ihren Tod verwickelt war. Doch Edda bezweifelte keine Sekunde, dass die Geschichte, die Rebecca Friedrichsen morgens erzählt hatte, von A bis Z erlogen war. Rebecca Friedrichsen hatte ihre Ehefrau nicht wegen Streitereien über die Pendelei verlassen wollen. Sie hatte nicht einfach ein paar Tage allein sein wollen. Und sie war nicht ins Haus von Torge Bergers Familie gefahren, um einfach Abstand von allem zu bekommen, sondern um sicher zu sein, nicht gefunden zu werden. Doch wieso?

Was hatte sie getan, dass sie sich verstecken musste? Ihre Frau getötet? Aus welchem Grund? Und was hatte die ominöse Julia vom Strand damit zu tun? Wieso war Rebecca Friedrichsen so panisch geworden, als Edda nach ihr fragte? Wieso hatte sie ihre Existenz verschweigen wollen? Und wusste Rebecca Friedrichsen von dem Mord an Julia Beyer? Von der Ähnlichkeit zwischen Julia Beyer und Julia vom Strand? Von der Verbindung zwischen Julia Beyer und Finn Hofmeister und eventuell Lucy Hagen? Hatte sie deshalb so panisch auf Eddas Nachfrage reagiert? Doch wieso hatte sie dann einige Tage zuvor mit Torge Berger und Elke Binder freimütig über Julia vom Strand gesprochen? Was war in der Zwischenzeit passiert?

Edda grübelte bis Rostock über diese Frage nach, diskutierte sie auch mit Britt, doch was sie eigentlich wollte, war, sie mit Sebastian zu besprechen. Zuvor aber musste sie die Abendbesprechung ihres Teams leiten.

5

Die Abendbesprechung brachte im Wesentlichen nur Bestä-
tigungen, keine neuen Erkenntnisse. Kevin Dietz berichtete,
dass Samuel Friedrichsen die Bauklotz-Geschichte bestätigt
hatte. Ja, seine Schwester hatte in einem Anfall von Zorn einen
Bauklotz in Richtung seiner Frau geworfen, aber nein, das bedeutete nicht, dass sie einen Hang zur Gewalt hatte. Rebecca
sei einfach nach der Fehlgeburt sehr gestresst gewesen, habe
niemand verletzen wollen. Offenbar war Samuel Friedrichsen seinerseits verärgert, dass seine Frau die Geschichte erzählt
hatte.

Thomas Gertz' Ausflug nach Rügen hatte die Bestätigung
erbracht, dass Rebecca Friedrichsen wohl tatsächlich dort gewesen war. Das Ferienhaus der Familie Berger wies alle Anzeichen kürzlicher Benutzung auf, und mehrere Bewohner
benachbarter Häuser hatten Rebecca Friedrichsens Wagen in
dessen Einfahrt stehen sehen.

Kurt vermeldete, dass die Haus-zu-Haus-Befragung in Rerik abgeschlossen war. Außer Lasse Enders waren noch acht
weitere Personen am Abend von Lucy Hagens Tod nach neun
durch den Küstenwald beziehungsweise durch die Seestraße

gegangen. Zwei zwischen neun und zwanzig nach neun, zwei zwischen halb zehn und zwanzig vor zehn, ein Ehepaar gegen fünf vor zehn, ein Ehepaar gegen halb elf. Jedoch hatte keiner von diesen einen Streit gehört oder Hagen oder sonst jemanden gesehen.

»Gut«, sagte Edda schließlich. »Morgen ist Sonntag, aber wir machen natürlich weiter. Ich bin überzeugt davon, dass wir es hier mit einem Tötungsdelikt zu tun haben, und wenn es einen Zusammenhang zwischen den Fällen Hagen und Beyer gibt, haben wir sogar die Chance, drei Morde aufzuklären. Kurt, ich möchte, dass du noch mal mit Enders und den anderen acht Zeugen sprichst und sie fragst, ob ihnen am Mittwochabend Hofmeisters Wagen aufgefallen ist. Ein Tesla sollte in Rerik selten sein, vielleicht haben wir Glück.«

Kurt, der bei der angekündigten Sonntagsarbeit bereits sein Gesicht verzogen hatte, wurde noch verdrießlicher. »Wozu soll das gut sein? Hofmeister hat doch schon zugegeben, dass er zwischen zehn und zwanzig vor elf in Rerik war, das haben auch seine Nachrichten an Hagen bestätigt.«

Edda schüttelte den Kopf. »Ich möchte das überprüft haben. Ich möchte, dass alles, was Hofmeister betrifft, überprüft wird, vor allem seine Behauptung, dass er in seinem Wagen saß. Frag die Zeugen danach, die um halb elf unterwegs waren. Wir wissen durch die Aussage von Enders' Freundin«, sie erinnerte sich rechtzeitig daran, nicht Mara Paschkes Namen zu erwähnen, »dass Enders den Streit frühestens um halb zehn gehört haben kann. Zwischen halb zehn und zwanzig vor zehn sind zwei Zeugen durch die Seestraße gegangen, die nichts gehört haben. Ebenso um fünf vor zehn. Das bedeutet, dass der Streit

entweder zwischen zwanzig vor zehn und fünf vor zehn stattfand oder erst nach zehn, also nach Hofmeisters Ankunft –
und dann ist es genauso gut möglich, dass Hofmeister draußen
bei Hagen auf dem Steilufer war.«

Kurt widersprach. »Das passt nicht mit Hofmeisters Nachrichten zusammen. Um zehn hat er Hagen eine Nachricht
geschickt, wo sie denn sei. Wenn wir davon ausgehen, dass Hagens Tod nicht geplant war, müssen wir auch davon ausgehen,
dass diese Nachricht echt war.«

Edda schüttelte den Kopf. »Nur wenn Hofmeister wirklich
erst um zehn nach Rerik kam. Aber vielleicht war er schon
früher dort, tötete Hagen vor zehn und schickte ihr dann um
zehn die Nachricht, um vorzutäuschen, er sei erst später gekommen. Ich denke, es gibt zwei Szenarien, wie der zeitliche
Ablauf gewesen sein könnte, wenn Hofmeister der Täter ist:
Entweder er kam vor zehn, und die Zehn-Uhr-Nachricht war
ein Fake. Oder er kam um zehn, wunderte sich tatsächlich, wo
Hagen war, und schickte ihr die Nachricht. Dann wartete er,
und während er wartete, kam Lucy Hagen.« Sie sah, wie Kurt
erneut zum Protest ansetzte, und fuhr fort: »Ich weiß, die Han-
dyauswertung hat ergeben, dass Hagen Hofmeisters Nachricht
nicht mehr gelesen hat, aber das heißt nicht, dass sie schon tot
war. Vielleicht hat sie nach dem Streit mit Friedrichsen ihr
Telefon ausgestellt. Aber da sie wusste, dass Hofmeister kommen würde, wartete sie in der Nähe und traf ihn, nachdem er
die Nachricht geschickt hatte. Dann sprachen die beiden miteinander, gerieten in Streit, er tötete sie. Anschließend schickte
er ihr die Nachricht, dass er nicht mehr länger warten könne
et cetera. Die Nachricht galt natürlich uns. Hofmeister hat In-

formatik studiert, er kennt sich mit Technik aus. Er wusste, wir würden Hagens Smartphone auslesen und die erste Nachricht finden und damit wissen, dass er vor Ort war. Deshalb beschloss er, uns zu erzählen, dass er vergeblich auf Hagen gewartet habe, und um die Geschichte zu untermauern, schickte er die zweite Nachricht.«

Edda sah in die Runde. Die meisten Mitarbeiter nickten, doch Britt bemerkte: »Die beiden Szenarien erklären allerdings nicht, wieso Rebecca Friedrichsen sich so merkwürdig verhalten und wieso sie uns einen Haufen Lügen aufgetischt hat. Klar, Hofmeister ist verdächtig, weil er Julia Beyer kannte, aber wir dürfen Friedrichsen nicht aus den Augen verlieren.«

Edda nickte. »Das habe ich auch nicht vor. Allerdings habe ich momentan keine Idee, wie wir herausfinden sollen, was zwischen ihr und ihrer Frau passiert ist.« Tatsächlich hoffte sie, ihr nächstes Gespräch mit Sebastian würde ihr dazu Ideen liefern. »Hofmeister lässt sich besser überprüfen. Deshalb will ich, dass du, Britt, morgen wieder nach Hamburg fährst, um mit Hofmeisters Nachbarn zu reden. Was wir bisher über die Hofmeisters wissen, wissen wir von ihnen selbst oder von den Mitarbeitern von FinGames, und die sind naturgemäß mit Kritik zurückhaltend. Sie, Kevin, fahren mit Britt, und Sie«, Edda wandte sich an Thomas Gertz, »fahren nach Rerik und überprüfen noch einmal alle Hotels und Pensionen und wenn nötig auch noch die Anbieter von Ferienwohnungen. Ich möchte die Frau finden, die Friedrichsen am Strand getroffen hat, Julia oder wie sie tatsächlich heißt. Sie war mindestens vier Tage in Rerik, es kann also gut sein, dass sie dort irgendwo übernachtet hat. Die Hoteliers haben das zwar Friedrichsen gegenüber bestritten, aber vielleicht bekommen wir eine andere Antwort. Also, wir sehen uns morgen.«

Kaum hatte Edda das gesagt, rückten auch schon alle Stühle nach hinten, und Eddas Mitarbeiter strömten aus dem Raum, um wenigstens den Samstagabend außerhalb des Präsidiums zu verbringen. Auch Edda stopfte ihre Unterlagen in ihre Aktentasche, doch Hilrieke hielt sie auf. »Edda, auf ein Wort.« Edda setzte sich wieder, doch Hilrieke schüttelte den Kopf. »Nicht hier, lass uns in mein Büro gehen.«

Edda runzelte die Stirn. »Willst du mir ein sündiges Geheimnis anvertrauen oder mir wegen irgendetwas die Leviten lesen?« Der Gedanke war naheliegend. Für einige harmlose Bemerkungen über den Fall würde ihre Chefin das Gespräch kaum in die Verschwiegenheit ihres Büros verlegen.

Hilrieke erwiderte nichts, sondern ging voraus in ihr Büro, wo sie sich zu Eddas Überraschung nicht hinter ihrem Schreibtisch verschanzte, sondern den runden Tisch in der Ecke ansteuerte, an dem sie die jährlichen Mitarbeitergespräche führte und den sie ansonsten nur für heikle Personalgespräche benutzte, bei denen sie demonstrieren wollte, dass sie auf der Seite der Mitarbeiter stand – beziehungsweise saß.

Edda setzte sich mit wachsender Neugier. »Okay, worum geht's?«

»Um den Fall.« Hilrieke ließ ihren massigen Körper tatsächlich auf dem Stuhl neben Edda nieder, verrückte ihn jedoch ein Stück, um ihr ins Gesicht sehen zu können, ohne sich den Hals zu verrenken. Dann faltete sie ihre Hände über ihrem dicken Bauch und sagte: »Ich frage mich, ob es eine gute Idee ist, so viele Überstunden anzusammeln. Morgen ist Sonntag, dennoch hast du das ganze Team einbestellt.«

Was immer Edda erwartet hatte, das war es nicht. »Du bestellst mich in deine kleine Therapieecke, um über Überstunden zu diskutieren? Natürlich will ich das ganze Team. Es geht hier um ein Tötungsdelikt, mindestens Totschlag, wenn nicht Mord. Das habe ich doch in der Abendbesprechung ausführlich erklärt.«

Hilrieke nickte, wobei ihr Doppelkinn zu einem Dreifachkinn wurde. »Ja, das hast du, allerdings bin ich noch nicht überzeugt. Wir können zum jetzigen Zeitpunkt weder Unfall noch Suizid ausschließen.«

»Natürlich können wir das. Die Unfalltheorie ist lächerlich, und Lucy Hagen war nicht der Typ für einen Suizid. Außerdem haben wir einen Zeugen, der gehört hat, wie sie sich mit jemand gestritten hat. Sie war nicht allein auf dem Steilufer.«

»Das wissen wir nicht. Lasse Enders kann zwei unbeteiligte Personen gehört haben.«

»Das glaubst du doch selbst nicht. Alles spricht dafür, dass es Hagen und noch jemand war.«

Hilrieke wiegte ihren Kopf hin und her. »Es könnte auch einiges für Suizid sprechen. Immerhin vermutet ihre Frau das, und sie dürfte sie besser gekannt haben als jeder andere.«

Edda runzelte die Stirn. »Du willst doch wohl nicht ernsthaft etwas auf das geben, was Rebecca Friedrichsen sagt. Sie behauptet das nur, um die Ermittlung auszubremsen. Sie hat uns vom ersten Moment an die Hucke vollgelogen.«

»Das mag sein, aber das bedeutet nicht, dass ihre Vermutung falsch ist.«

Edda rückte ihren Stuhl zurück, um Abstand zwischen sich und Hilrieke zu schaffen. Sie fragte sich zunehmend gereizt, worauf ihre Chefin hinauswollte. »Kannst du mir mal sagen, was los ist?«

»Ich frage mich nur, warum du Suizid so vehement ausschließt.«

»Weil ich dafür gute Gründe habe.«

»Und bist du sicher, dass diese Gründe tatsächlich mit dem Fall zu tun haben? Und nicht damit, dass du Schwierigkeiten mit dem Thema Suizid hast? Weil es ein Thema ist, auf das du zurzeit besonders sensibel reagierst?«

Endlich fiel bei Edda der Groschen. Ärger schoss in ihr hoch. »Das ist lächerlich.« Hilrieke erwiderte nichts, und Edda wurde noch zorniger. »Rieke, das ist Bullshit. Ich schließe Suizid aus, weil es dafür keine Anhaltspunkte gibt, nicht weil das für mich ein ›schwieriges‹ Thema ist.« Sie malte Gänsefüßchen in die Luft. »Was übrigens gar nicht stimmt. Also, wenn du mich entschuldigst …«

Edda stand auf und ging Richtung Tür, doch hinter ihrem Rücken sagte Hilrieke: »Wo willst du denn so dringend hin? Erwartest du einen Anruf von Sebastian?«

Es war ein Schock, und zwar ein größerer, als Edda selbst sich gegenüber zugegeben hätte. Einen Moment lang stand sie da und überlegte fieberhaft, was sie tun sollte. Sie atmete einmal tief ein, bevor sie sich umdrehte. »Ich weiß nicht, wovon du redest.«

Hilrieke musterte sie ausdruckslos. »Jetzt redest du Bullshit, Edda. Sören hat mir erzählt, als er gestern Abend in dein Büro kam, hättest du am Handy mit jemandem namens Sebastian über den Fall gesprochen. Und heute in der Morgenbesprechung hättest du gesagt, du habest die Idee, nach einer Verbindung zum Fall Julia Beyer zu suchen, von Sebastian. Eine ziemlich brillante Idee – für einen Toten.«

Edda erwiderte nichts.

»Edda, setz dich bitte wieder.«

Edda lehnte sich an die Wand. »Warum sollte ich?«

»Weil ich mit dir reden möchte.«

»Es gibt nichts zu bereden.«

Hilrieke verdrehte die Augen. »Du führst Gespräche mit einem Toten. Das ist nicht nichts.«

»Tue ich nicht. Du solltest nicht jeden Scheiß glauben, den Sören erzählt. Er ist sauer, dass ich die Leitung des Todesteams bekommen habe, dabei habe ich in der Morgenbesprechung nur einen kleinen Scherz gemacht und …«

Doch Hilrieke unterbrach sie sofort. »Wage es nicht, zu behaupten, dass Sören lügt. Er hat sich immer fair dir gegenüber verhalten. Wenn du ihn jetzt fälschlich der Lüge bezichtigst, übertrage ich die Verantwortung für das Todesteam sofort an ihn.«

Hilriekes Stimme war nicht lauter geworden, aber so eisig, dass Edda wusste, dass sie auf der Hut sein musste. In Gedanken verfluchte sie Sören und dann fairerweise sich selbst.

Hilrieke unterbrach schließlich das ungemütliche Schweigen. »Edda, rede mit mir. Ich möchte dir helfen.«

»Ich brauche keine Hilfe.«

»Du redest mit einem Toten.«

»Na und?« Edda platzte der Kragen. »Verdammt, Rieke, es hilft mir! Ja, okay, ich rede in Gedanken mit Sebastian. Ich erzähle ihm von meinen Fällen, und er antwortet mir. Ja, ich führe Gespräche mit ihm. Es hilft mir, meine Gedanken zu klären, und ich komme dadurch auf neue Ideen. Du bist die Letzte, die sich darüber beschweren sollte, es steigert meine Produktivität. Was also soll daran falsch sein?«

Hilrieke seufzte. »Solange dir klar ist, was du tust, gar nichts. Aber ist es dir klar?«

»Natürlich.«

»Und wieso hast du dann vor versammelter Mannschaft behauptet, die Idee sei von Sebastian gewesen? Und wieso hast du dir in deinem Büro gestern Abend während des Gesprächs mit ihm dein Handy ans Ohr gehalten? Wenn du die Gespräche mit ihm nicht nur in Gedanken führst, sondern simulierst …«

»Tue ich nicht«, behauptete Edda.

»Wirklich nicht?« Hilrieke musterte sie zweifelnd. »Edda, du weißt, was ich meine. Wenn du mit Sebastian sprichst, ist dir dann klar, dass du dir das Gespräch nur vorstellst? Ist dir dann klar, dass er sich vor einem halben Jahr das Leben genommen hat?«

Edda konnte nicht verhindern, dass sie bei Hilriekes letzten Worten zurückzuckte. »Natürlich.«

Hilrieke schüttelte den Kopf. »Edda, bitte nimm das nicht auf die leichte Schulter. Du hast einen Freund verloren, deinen einzigen Freund. Und er war nicht nur dein Freund, sondern dein Mentor. Ich weiß, dass du dich für seinen Tod verantwortlich fühlst und …«

Edda unterbrach sie sofort. »Ich trage keine Schuld, und mir geht's gut. Kann ich jetzt gehen?«

Sie stieß sich von der Wand ab, und diesmal hielt ihre Chefin sie nicht zurück. Doch als Edda zur Tür ging, zitterten ihre Beine so stark, dass sie es nur mit eisernem Willen schaffte, den Raum zu verlassen.

Auch als Edda Hilriekes Bürotür hinter sich zuzog, zitterten ihre Beine noch so stark, dass sie sich für einen Moment an die Wand im Korridor lehnen musste. Die körperliche Schwäche ärgerte sie, genauso wie ihre wenig souveräne Reaktion sie im Nachhinein ärgerte. Es war dumm gewesen, die Gespräche mit Sebastian abstreiten zu wollen, und es war falsch gewesen, Sören der Lüge zu bezichtigen. Und wozu überhaupt? Sie hatte nichts Verbotenes getan. Ja, sie führte in Gedanken Gespräche mit ihrem toten Exchef. Na und? Andere beteten täglich zu nichtexistenten Gottheiten und galten auch als völlig normal. Also würde sie weiterhin mit Sebastian reden. Sobald sie zu Hause war. Sie brauchte das.

Edda stieß sich von der Wand ab, holte ihren Mantel aus ihrem Büro und verließ die Kriminalpolizeiinspektion. Doch als sie sich eine halbe Stunde später auf ihre Couch sinken ließ, Sebastians Nummer wählte und sich dann in Erwartung seiner Antwort ihr Handy ans Ohr hielt, ging er nicht ran. Sosehr Edda sich auch auf ihn konzentrierte, konnte sie seine Stimme nicht hören.

Irritiert ließ sie die Hand mit dem Handy sinken. Was sollte das jetzt? War Sebastian beleidigt, weil sie ihre Gespräche mit ihm zunächst geleugnet hatte? Nur, dass er tot war, und Tote konnten nicht beleidigt sein. Aber gut, dann würde sie heute eben ohne ihn klarkommen.

Edda drückte sich vom Sofa hoch, ging in die Küche, holte sich ein Glas Wasser und eine Dose gesalzene Erdnüsse und kehrte ins Wohnzimmer zurück, um in Ruhe und allein über die Entwicklungen des Tages nachzudenken. Doch auch darauf konnte sie sich nicht konzentrieren. Es fiel ihr schwer, sich auf die Aussagen von Rebecca Friedrichsen, Finn Hofmeister und Diana Lauer zu konzentrieren, stattdessen kreisten ihre Gedanken um ihr Gespräch mit Hilrieke.

Ja, es war richtig, dass sie nichts falsch gemacht hatte und dass sie das Recht hatte, Selbstgespräche zu führen. Aber warum hatte sie sich dennoch so ertappt gefühlt, als Sören gestern Abend in ihr Büro gekommen war? Und warum hatte sie überhaupt versucht, ihre Gespräche mit Sebastian geheim zu halten? Wirklich nur, weil sie ihre Privatangelegenheit waren und weil sie geahnt hatte, dass die anderen sie für seltsam halten würden? Oder weil sie selbst diese Gespräche für seltsam hielt? Weil sie gelogen hatte, als sie gesagt hatte, dass ihr natürlich zu jedem Zeitpunkt bewusst sei, dass es nur fiktive Gespräche waren?

Die Wahrheit war: Das stimmte nicht immer. Manchmal waren Eddas Fantasien so intensiv, dass sie schlicht vergaß, dass Sebastian tot war. Dass sie überzeugt war, tatsächlich seine Stimme zu hören oder seine spöttischen Augen unter den dichten Brauen zu sehen. Und als sie Sören morgens beauftragt hatte, noch einmal die Akte Julia Beyer durchzugehen, war sie in dem Moment tatsächlich davon überzeugt gewesen, dass sie es in Sebastians Auftrag tat. Sie hatte in dem Moment tatsächlich geglaubt, mit Sebastian darüber geredet zu haben. Nicht nur in ihrem Kopf, sondern in der Realität. Sie hatte in dem Moment wahrhaftig nicht mehr gewusst, dass er sich ein halbes Jahr zuvor an einem Haken an der Decke seines Schlafzimmers erhängt hatte.

Als Edda jetzt daran dachte, versuchte sie sofort, das Bild wieder aus ihrem Kopf zu verscheuchen. Sie hatte bisher im Halbdunkel gesessen, das Wohnzimmer wurde nur von den Straßenlaternen vor ihrem Fenster erhellt. Nun streckte sie einen Arm aus und schaltete die Leselampe ein, um das Bild in ihrem Kopf durch das Bild ihres Bücherregals zu ersetzen, in dem all die kriminalistischen Werke standen, die sich früher in Sebastians Büro befunden hatten und die er ihr in seinem letzten Willen, der neben seinem Abschiedsbrief gelegen hatte, vermacht hatte. Doch es gelang ihr nicht. Vor ihrem geistigen Auge schwankte noch immer Sebastians Körper hin und her, Arme und Beine hingen schlaff herunter, das Gesicht blass, die Augen vorgetrieben, im Mundwinkel getrocknetes Blut, weil er sich im Todeskampf auf die Zunge gebissen hatte.

Es war ein Bild, das außer Edda niemand gesehen hatte. Denn sie war diejenige, die Sebastian gefunden hatte. Und obwohl sie sofort gesehen und gefühlt hatte, dass er schon mehrere Tage tot war, hatte sie sich auf einen Stuhl gestellt und ihn losgeschnitten. Es hatte ihr natürlich Ärger eingebracht, doch sie hatte seinen Anblick nicht ertragen können. Und sie hatte ihn halten und festhalten wollen. Weil er ihr einziger Freund gewesen war und weil sie die Schuld an seinem Tod trug. Denn sie hatte gewusst, wie einsam und deprimiert er seit seiner Pensionierung gewesen war, weil er seine einzige Leidenschaft – die Kriminalistik – verloren hatte. Sie hatte als Einzige der Kollegen nachvollziehen können, dass es Sebastian nicht möglich war, diese Leidenschaft im Ruhestand einfach durch ein anderes Hobby oder gar Kontakt zu anderen Senioren zu ersetzen. Sie war diejenige, die ihn regelmäßig besucht, ihm von ihren Fällen erzählt und von seinen Ratschlägen profitiert hatte. Und sie war diejenige, die die Entscheidung getroffen hatte, es bei einem x-beliebigen Fall dann nicht mehr zu tun. Weil ihr plötzlich Zweifel gekommen waren, ob sie es auch allein schaffen konnte. Weil sie es einfach einmal allein ausprobieren wollte. Und er hatte gesagt, das sei okay.

»Aber du hast gelogen!«, schrie Edda laut in den Raum. »Du hättest sagen können, dass es nicht okay ist. Du hättest es mir sagen müssen. Du hättest mich nicht mit diesen Schuldgefühlen zurücklassen dürfen.«

Doch so laut Edda auch schrie – Sebastian antwortete nicht.

SONNTAG

1

Am nächsten Morgen verschlief Edda, was ihr während der Ermittlungen zu einem Tötungsdelikt noch nie passiert war. Es war ihr am Vorabend nicht mehr gelungen, mit Sebastian zu sprechen, obwohl sie es mehrfach versucht hatte. Obwohl sie mehrfach seine Nummer gewählt und ihr Handy an ihr Ohr gehalten hatte, obwohl sie versucht hatte, ihn sich vorzustellen, obwohl sie schließlich laut in ihrem Wohnzimmer von ihrem Fall erzählt hatte, hatte er nicht geantwortet. Edda hatte keine Ahnung, wieso, doch es machte ihr Angst. Sie brauchte Sebastian. Sie fühlte sich verloren ohne ihn.

Sie hatte die halbe Nacht darüber gegrübelt – statt über ihren Fall –, und als sie die KPI betrat, war sie so müde und gereizt, dass es selbst der Beamte an der Wache registrierte. »Und ich dachte immer, Sie lieben Sonntagsarbeit, Frau Timm. Na ja, vielleicht kann Sie ja Besuch aufheitern. Der Herr dort wartet seit einer halben Stunde auf Sie. Claas Welke.«

»Welke?«, wiederholte Edda stirnrunzelnd. Der Name sagte ihr nichts. Doch als sie auf den Mann in T-Shirt und ausgebeulter Jeans zuging, der in sich zusammengesunken auf dem Stuhl im Eingangsbereich der KPI saß und einen schwarzen Laptoprucksack umklammerte, als handele es sich um den Koffer mit dem Atomcode, erkannte sie ihn. Claas Welke war der Mitarbeiter von FinGames, den Britt despektierlich als Babyface bezeichnet hatte.

»Herr Welke? Kriminalhauptkommissarin Timm. Sie wollen mich sprechen?«

Bei ihrer Ansprache ging ein Ruck durch Welkes Körper, dass sein ganzes Babyfett zu wabbeln schien, und als er zu Edda hochsah, errötete sein jungenhaftes Gesicht heftig. »Ich … ich …«, stotterte er, brach ab und setzte erneut an. »Ich möchte mit dem Kommissar sprechen, der die Ermittlungen zu Lucy Hagens Tod leitet«, stieß er schließlich hervor.

»Das bin ich. Kommen Sie doch mit in mein Büro.«

Während sie Claas Welke durch die Flure führte, rief Edda sich in Erinnerung, was sie über den Mann wusste. Er hatte – wie etliche Kollegen – ausgesagt, dass Lucy Hagen in den Monaten vor ihrem Tod gestresst gewesen sei. Nein, nicht gestresst, Welke hatte ein stärkeres Wort gewählt: unglücklich. Und er hatte bezweifelt, dass die Pendelei die Ursache dafür gewesen war. Britt hatte das als Einzelmeinung abgetan.

»Also, was kann ich für Sie tun?«, fragte Edda, nachdem sie einen Besucherstuhl bereitgestellt und sich hinter ihren Schreibtisch gesetzt hatte.

Welke stellte vorsichtig seinen Rucksack auf den Boden und sank dann auf dem Stuhl in sich zusammen, als sei seine Wirbelsäule aus Gummi. Seine Augen zwinkerten beständig, und seine Hände, die jetzt nicht mehr den Rucksack umfassten, flatterten nervös. »Ich … ich …«, begann er, verstummte jedoch sogleich wieder.

»Lassen Sie sich ruhig Zeit«, sagte Edda freundlich. Nervöse Zeugen waren bei der Kriminalpolizei an der Tagesordnung, auch wenn Claas Welke ein besonders extremer Fall zu sein schien. Edda stellte sich darauf ein, dass dieses Gespräch mühsam werden konnte, doch sie war durchaus gespannt auf das, was Welke zu sagen hatte. Der Besuch bei der Kripo setzte den Mann offenbar unter großen Stress, und Edda konnte sich nicht vorstellen, dass er diesen Stress für eine Banalität auf sich genommen hatte. Zumindest ihm musste der Grund seines Kommens wichtig erscheinen.

Welke nickte bloß und versank in Schweigen.

Edda beschloss, die Gesprächsführung zu übernehmen. »Sind Sie gekommen, um mir etwas mitzuteilen?«

Er nickte wieder, sagte jedoch immer noch nichts.

»Sie müssen früh aufgestanden sein«, bemerkte Edda im Plauderton, »Sie wohnen doch in Hamburg, oder?«

Er nickte zum dritten Mal, bevor er sich eine Antwort abrang. »Ich … ich konnte nicht schlafen. Die Sache mit Lucy macht mir zu schaffen.«

»Das tut mir sehr leid.« Edda musterte den Mann, der tatsächlich müde und unglücklich aussah. Alles an ihm schien traurig herabzuhängen. Arme und Schultern, Mundwinkel, die weichen Wangen, selbst die dünnen blonden, an Babyflaum erinnernden Haare. »Waren Sie gut mit ihr befreundet?«

Er zwinkerte heftig. »Sie war immer für mich da. Ich habe sie sehr gern gehabt. Sie war ein guter Mensch. Sie hat nicht verdient …« Er brach ab, dann riss er sich zusammen und sah Edda zum ersten Mal in die Augen »Stimmt es, dass sie ermordet wurde?«

Edda ließ sich einen Moment Zeit mit der Antwort. »Wie kommen Sie darauf?«

Er zwinkerte noch heftiger. »Es gibt Gerüchte. Alle reden.«

Edda überlegte, was sie antworten sollte. Sie hatte immer noch keine Ahnung, worauf Welke hinauswollte, aber sie ahnte, dass sie den ganzen Morgen mit ihm verbringen würde, wenn sie die Sache nicht etwas beschleunigte, indem sie seiner Unsicherheit Sicherheit entgegensetzte. »Wir gehen davon aus.«

Er zuckte zurück, als habe sie ihn geschlagen, und wieder wabbelte sein ganzer Körper. »Und glauben Sie, dass Finn es getan hat?«

Die direkte Frage verblüffte Edda. »Wie kommen Sie darauf?«, fragte sie ein zweites Mal.

»Weil …« Welke schluckte. »Weil Sie gestern noch einmal mit ihm geredet haben.« Er schien ihre nächste Frage zu ahnen, denn er fügte hinzu: »Vermutlich haben Sie mich gar nicht bemerkt, aber ich war gestern im Büro. Ich arbeite samstags oft, ich mag es, wenn es dort still ist. Außerdem wollte ich Lucy dort nahe sein.« Er errötete bei dem Geständnis.

Edda nickte nachdenklich. Sie erinnerte sich jetzt, dass sie Claas Welke am Vortag gesehen, wenn auch nicht näher beachtet hatte. Das erklärte, wieso er Finn Hofmeisters Vernehmung mitbekommen hatte. Es erklärte allerdings nicht, wieso er daraus den Schluss zog, Hofmeister könne ein Mörder sein.

»Nun, was glauben Sie denn? Würden Sie Herrn Hofmeister eine solche Tat zutrauen?«

Nach Eddas Erfahrung machten die meisten Zeugen einen Rückzieher, wenn sie aufgefordert wurden, eine andere Person konkret zu beschuldigen. Claas Welke tat das nicht. Er schüttelte bloß hilflos den Kopf. »Ich weiß es nicht. Ich kann andere Menschen nicht gut einschätzen. Manchmal finde ich es schwierig, ihr Verhalten einzuordnen, verstehen Sie? Lucy hat mir dann immer geholfen. Sie war immer für mich da. Sie hat immer gesagt, wenn ich ein Problem habe oder einen Rat brauche, soll ich zu ihr kommen, aber jetzt …«

»Jetzt brauchen Sie einen Rat, aber sie ist nicht mehr da. Meinen Sie das?«

Er nickte. »Ich will ihr Vertrauen nicht missbrauchen. Sie hat mich gebeten, es niemandem zu erzählen. Aber was, wenn es wichtig ist?« Er zwinkerte Edda heftig an.

Edda versuchte, daraus schlau zu werden. »Lucy hat Ihnen etwas anvertraut? Etwas, das Herrn Hofmeister betrifft?« Doch in dem Moment, als sie es aussprach, kamen Edda schon Zweifel. Sie glaubte gern, dass Claas Welke Lucy Hagen als seine – möglicherweise einzige – Freundin und Vertraute betrachtet hatte, doch sie bezweifelte, dass er umgekehrt in ihrem Leben eine ebenso wichtige Rolle gespielt hatte. Lucy Hagen hatte genügend andere Freunde gehabt, mit denen sie Sorgen und Geheimnisse hatte teilen können.

Claas Welke widersprach denn auch prompt. »Lucy hat es mir nicht anvertraut. Ich habe es zufällig gehört, als sie mit Finn eine Auseinandersetzung darüber hatte.«

Edda beugte sich unwillkürlich vor. »Frau Hagen und Herr Hofmeister haben sich gestritten? Wann war denn das?«

Er wehrte sofort ab. »Es war kein richtiger Streit. Aber … Na ja … Sie waren unterschiedlicher Meinung. Es war Anfang Juli. An einem Donnerstag, ich habe ziemlich spät gearbeitet, ich habe es zufällig mitbekommen.«

»Und worum ging es bei der Auseinandersetzung?«

Als Antwort sah Claas Welke sie unglücklich an, und Edda erkannte, dass sie jetzt an dem Punkt angelangt waren, der ihm solche Gewissenspein bereitete. »Herr Welke, ich verstehe, dass es schwierig für Sie ist, mir das zu erzählen. Sie haben Lucy versprochen, es nicht zu tun. Doch das war, bevor sie getötet wurde. Bevor jemand sie voller Absicht von einer fünfzehn Meter hohen Steilklippe stieß. Bevor dieser Jemand sie auf dem Strand unten allein sterben ließ und davonlief, ohne Hilfe zu holen. Glauben Sie nicht, dass das die Situation verändert?«

Er sah sie unglücklich an. »Natürlich denke ich das, sonst wäre ich ja nicht gekommen. Es ist nur …« Er holte einmal tief Luft und blinzelte noch dreimal. »Es ging darum, dass Finn Gretas Vater ist.«

Nachdem Claas Welke sich einmal dazu durchgerungen hatte, seine Geschichte zu erzählen, tat er es erstaunlich flüssig. Er hatte am ersten Donnerstag im Juli lange gearbeitet. Irgendwann war er in die Kaffeeküche gegangen, um sich einen Tee zu kochen, und dabei am Büro von Finn Hofmeister vorbeigekommen. Die Tür stand offen, und Welke hörte die Stimmen von Finn Hofmeister und Lucy Hagen. Beide klangen so gereizt, dass Claas Welke unwillkürlich stehen blieb.

»Sie wundert sich ohnehin schon«, sagte Lucy Hagen. »Ich will nicht, dass sie noch misstrauischer wird.«

»Aber ich will Greta doch nur öfters sehen«, entgegnete Hofmeister, »ich will an ihrem Leben teilhaben.«

»Wie stellst du dir das vor?«

»Wir könnten es ihr sagen. Wenn sie weiß, dass ich Gretas Vater bin …«

Doch Lucy Hagen unterbrach ihn. »Du bist verrückt. Au gar keinen Fall …«

In dem Moment hatte Lucy Hagen Claas Welke durch die Glaswand entdeckt, woraufhin dieser seinen Weg Richtung Küche fortgesetzt hatte. Später war Lucy Hagen noch einma zu ihm an seinen Schreibtisch gekommen und hatte ihn gebeten, niemandem von dem Gespräch zu erzählen.

»Und das habe ich auch nicht getan«, erklärte er jetzt. »Als Ihre Kollegin vorgestern fragte, ob Lucy sich mit jemandem gestritten hätte, habe ich nein gesagt. Aber seitdem musste ich immer wieder daran denken.« Er knetete nervös seine Hände. »Ich hoffe, es war richtig, Ihnen davon zu erzählen.«

»Das war es«, beruhigte Edda ihn mechanisch, während sie in Gedanken bereits versuchte, diese neue Information zu verarbeiten. Nicht, dass sie so neu war. Sie hatte ja bereits geahnt, dass die Geschichte mit Rebecca Friedrichsens One-Night-Stand nicht stimmte und dass Finn Hofmeister der wahrscheinliche Vater von Greta war. Doch irgendetwas an Welkes Bericht irritierte sie. Irgendetwas …

Ihr Besucher schien zu spüren, dass Edda in Gedanken nicht mehr bei ihrem Gespräch war. »Na ja, das war es, was ich Ihnen sagen wollte. Ich gehe dann mal besser.« Er stand auf und griff zu seinem Rucksack, setzte ihn jedoch nicht auf, sondern drückte ihn an seine Brust und stand ein wenig verloren in Eddas Büro, als wüsste er nicht, wohin. Vielleicht war es auch so. Edda schoss der Gedanke durch den Kopf, dass der Mann mit Lucy Hagen seinen Kompass verloren hatte.

»Eine Frage noch, Herr Welke. Sie haben meiner Kollegin erzählt, dass Lucy in den letzten Monaten unglücklich war.«

Welke nickte langsam. »So kam es mir vor, ja.«

»Haben Sie irgendeine Idee, was der Grund dafür gewesen sein könnte?«

»Nein. Ich habe sie gefragt, das habe ich auch Ihrer Kollegin gesagt, aber Lucy meinte nur, dass sie schlecht schlafe, aber sie sagte nicht, warum.« Er drückte seinen Rucksack fest an seine Brust. »Dabei wollte ich ihr so gerne helfen. Ich wollte für sie da sein, wie sie auch immer für mich da gewesen ist. Deshalb wollte ich sie auch am Mittwoch noch mal ansprechen, aber …«

»Am Tag, als sie starb? Warum an dem Tag?«

Welke blinzelte und begann, von einem Fuß auf den anderen zu treten, vielleicht weil seine Hände den Rucksack hielten und nicht frei für nervöse Zuckungen waren. »Ich … ich weiß es eigentlich nicht. Das heißt, doch, weil sie an dem Tag so unkonzentriert war. Wir hatten eine Besprechung, aber sie hörte mir nicht richtig zu.«

»Und das war ungewöhnlich?«, fragte Edda.

»Sehr ungewöhnlich. Ich wollte sie darauf noch einmal ansprechen, nach der Arbeit. Ich wollte es nicht vor den anderen tun, deswegen folgte ich Lucy, als sie ging.« Er wurde rot, als hätte er etwas besonders Unanständiges gebeichtet. »Aber als ich auf die Straße kam, wurde Lucy gerade von einer Frau angesprochen. Ich wartete kurz, doch es schien länger zu dauern, da bin ich wieder reingegangen.«

Edda runzelte die Stirn. »Wissen Sie, wer die Frau war? Eine andere Mitarbeiterin?«

»Nein, ich kannte sie nicht. Sie hatte schulterlange dunkle Haare.«

Nachdem Edda Claas Welke hinausbegleitet hatte, kehrte sie nachdenklich in ihr Büro zurück. Sie hatte den Softwareentwickler noch um eine Beschreibung der Frau gebeten, mit der Lucy Hagen sich wenige Stunden vor ihrem Tod unterhalten hatte, doch leider hatte er keine brauchbaren Angaben liefern können, die über »eher jung« und »schulterlange dunkle Haare« hinausgingen. Aber das genügte, um Eddas Fantasie anzukurbeln, denn auch Rebecca Friedrichsens mysteriöse Julia vom Strand hatte schulterlange dunkle Haare. Allerdings wusste Edda nur zu gut, wie gefährlich es sein konnte, sich durch solche zufälligen Ähnlichkeiten bei Ermittlungen beeinflussen zu lassen. In Hamburg lebten knapp zwei Millionen Menschen, es musste Hunderttausende dunkelhaarige Frauen geben und Zehntausende mit schulterlangen dunklen Haaren, daher konzentrierte Edda sich lieber wieder auf den Rest von Welkes Aussage. Auf die Bestätigung, dass Finn Hofmeister Gretas Vater war, und auf seine Auseinandersetzung mit Lucy Hagen darüber, dass er das Kind öfters sehen wollte.

Vorhin war Edda etwas an dieser Auseinandersetzung merkwürdig vorgekommen, und als sie sich jetzt an ihren Schreibtisch setzte, fiel ihr auf, dass es zwei Dinge waren. Zum einen war Lucy Hagen dagegen gewesen, dass Finn Hofmeister mehr Zeit mit seiner Tochter verbrachte – obwohl es ihr bei der Auswahl des ersten Samenspenders wichtig gewesen war, dass dieser nicht nur als biologischer, sondern als sozialer Vater agierte. Zum anderen kam Edda der Grund für die Ablehnung merkwürdig vor. Hagen hatte nicht gewollt, dass eine gewisse »sie« von Hofmeisters Vaterschaft erfuhr. Nun, mit dieser »sie« konnte nur Priska Hofmeister gemeint sein. Edda hatte mit ihrer Vermutung recht behalten, dass Hofmeisters Frau nichts von der Samenspende wusste und dass ihr deshalb das Märchen von Rebecca Friedrichsens One-Night-Stand aufgetischt worden war. Doch warum war Hagen dagegen gewesen, ihr die Wahrheit zu sagen? In Eddas Augen hätte es umgekehrt sein müssen. Hofmeister hätte dagegen sein müssen, Hagen dafür. Wobei Edda sich durchaus vorstellen konnte, dass Hofmeister seine Meinung geändert hatte. Vielleicht hatte er aus Freundschaft seinen Samen gespendet, ohne über die Konsequenzen nachzudenken – in Eddas Augen hätte ihm das ähnlich gesehen –, dann jedoch hatte er nach Gretas Geburt Vatergefühle entwickelt und war deshalb bereit, seiner Frau die Wahrheit zu sagen. Doch wieso hatte das Lucy Hagen gestört?

Edda dachte eine ganze Weile über diese Frage nach. Sie hätte sie gern mit Sebastian diskutiert und griff schon zum Handy, um ihn anzurufen, steckte es jedoch wieder weg. Sie war nicht sicher, ob Sebastian ihr antworten würde, und sie war auf einmal auch nicht mehr sicher, ob sie das überhaupt wollte. Vielleicht war es an der Zeit, die Zweifel, die sie seit seinem Tod hegte, endgültig zu bannen, indem sie zeigte, dass sie allein imstande war, diesen Fall zu lösen.

Edda lehnte sich in ihrem Drehsessel zurück und ging im Geiste noch einmal alle Schritte durch, die sie in den letzten Tagen unternommen hatte, noch einmal alle Gespräche, die sie geführt, alle Fakten, die sie und ihre Mitarbeiter gesammelt hatten. Auf der Suche nach einer neuen Perspektive, einer neuen Sichtweise. Doch sie kam schnell wieder an denselben Punkt, an dem sie schon gestern Abend gewesen war: Sie hatte zwei Verdächtige, gegen die Verdachtsmomente vorlagen – gegen Friedrichsen noch mehr als gegen Hofmeister –, und eine mysteriöse Fremde.

Julia vom Strand – Edda war überzeugt, dass diese Frau der Dreh- und Angelpunkt des Falles war. Sie war der Hebel, über den das Rätsel zu lösen war. Sie war in das Leben von Rebecca Friedrichsen – und damit von Lucy Hagen – eingedrungen und hatte eine Kette von Ereignissen in Gang gesetzt, die – davon war Edda überzeugt – letztendlich zu Lucy Hagens Tod geführt hatten.

Edda griff zu einem Blatt Papier und einem Stift, um noch einmal chronologisch alle Ereignisse dieser Kette aufzuschreiben, von denen sie wusste. Heute war Sonntag, angefangen hatte es am Dienstag vor zwölf Tagen. An dem Tag hatte Rebecca Julia kennengelernt. Sie hatten sich dann täglich getroffen, bis Rebecca Julia am Freitag für Samstagabend eingeladen hatte, doch Julia war nicht gekommen.

Julia war nicht gekommen! Edda fiel auf, dass sie diesem Punkt bisher kaum Beachtung geschenkt hatte. Sie hatte ihn akzeptiert, aber sich nicht gefragt, warum Julia nicht zum Abendessen gekommen war. Hatte Julia Lucy und/oder Finn nicht treffen wollen? Oder hatte das geplante Abendessen gar nichts mit Julias Verschwinden zu tun? War sie aus einem anderen Grund nicht aufgetaucht? Hatte sie erledigt, was sie hatte erledigen wollen? Doch was mochte das sein? Und wieso hatte es vier Tage gedauert? Oder war Julia vielleicht gar nicht freiwillig verschwunden? Hatte jemand sie verschwinden lassen? Bisher war Edda davon ausgegangen, dass Julia aus freien Stücken untergetaucht war, weil sie über die genauen Details ihres

Aufenthaltes in Rerik gelogen hatte. Aber vielleicht stimmte das gar nicht?

Edda machte sich eine Notiz, später noch einmal über diesen Punkt nachzudenken, doch zunächst weiter in der Chronologie. Am Samstag war Julia also nicht zum Abendessen gekommen, in den nächsten Tagen hatte Rebecca dann nach ihr gesucht. Am Montag hatte sie Elke Binder in der Kurverwaltung wegen ihr befragt, am Dienstag hatte sie mit ihrem Nachbarn, Manfred Funke, und später mit Torge Berger gesprochen. Und am Mittwoch …

Doch halt, Edda ging zu schnell vor. Am Dienstag war noch etwas passiert. Rebecca hatte abends fünfmal innerhalb von zehn Minuten versucht, ihre Frau anzurufen. Lucy war nicht rangegangen, stattdessen war sie am späten Abend von Hamburg nach Rerik gerast. Das hatte Rebecca zumindest behauptet, und Edda neigte dazu, ihr in diesem Punkt zu glauben, denn es erklärte, warum die beiden danach keine weiteren Telefonate geführt oder Nachrichten ausgetauscht hatten. Edda bezweifelte allerdings, dass der Grund für Rebeccas Anruf eine Panikattacke gewesen war. Etwas war passiert. Hatte dieses Etwas mit Julia zu tun?

Weiter in der Chronologie. Am nächsten Morgen, Mittwoch, war Lucy wieder nach Hamburg zur Arbeit gefahren und hatte laut Claas Welke bei einer Besprechung unkonzentriert gewirkt – in Eddas Augen ein weiteres Indiz dafür, dass am Dienstagabend etwas Ungewöhnliches vorgefallen war. Gegen halb fünf hatte Lucy dann FinGames verlassen, auf der Straße mit einer Frau mit schulterlangen dunklen Haaren geredet und war zurück nach Rerik gefahren. Und dann? Was war dann passiert? Die Zeiten legten nahe, dass Rebecca und Lucy nur kurz miteinander gesprochen haben konnten, bevor Rebecca ins Physiotherapiezentrum gegangen war, aber danach? Hatten die beiden Frauen wirklich gestritten? Und wenn ja, worüber? Und wo? In ihrem Haus oder auf dem Steilufer? Doch wieso hätten sie zum Streiten dorthingehen sollen?

Und was war dann geschehen? Hatte Rebecca Lucy getötet? War sie deshalb geflohen und hatte sich deshalb im Ferienhaus der Bergers versteckt? Es war die naheliegende Erklärung dafür. Und auch dafür, dass Rebecca zurückgekommen war, als die Nachrichten meldeten, dass Lucy Hagens Tod ein Unfall gewesen war. Es erklärte jedoch nicht, warum Rebecca Lucy getötet hatte. Was war zwischen den beiden Frauen vorgefallen? War Rebecca gewalttätig geworden? Ihre Schwägerin behauptete, sie neige zu Aggressionen. Gab es vielleicht eine gewalttätige Vorgeschichte zwischen den beiden Frauen? Nur weil niemand davon etwas bemerkt hatte, war das nicht ausgeschlossen. Vielleicht hatte Lucy Hagen aus Scham die Spuren verdeckt. Doch die Idee überzeugte Edda nicht vollständig – zumal sie das Verhalten der mysteriösen Julia nicht erklärte. Julia! Was hatte es nur mit dieser verdammten Frau auf sich?

Stopp! Edda legte das Blatt Papier weg, um den Gedankenkreisel in ihrem Kopf zu stoppen. Sie war wieder am Anfangspunkt angelangt. Wieder bei Julia. Aber sie würde den Fall nicht lösen, wenn sie wieder und wieder über diese Frau grübelte. Sie brauchte einen anderen Ansatzpunkt, einen anderen Blickwinkel.

Abrupt stand Edda auf, trat ans Fenster und sah auf die Straße hinunter. Es war ein grauer kalter Sonntag, nur wenige Passanten waren unterwegs. Ein Mann in einem für das Wetter zu dünnen Blouson hastete den Bürgersteig entlang und wäre fast in einen Kinderwagen gelaufen, den eine junge Mutter in gemächlichem Tempo vor sich her schob. Die junge Frau war warm gegen die Kälte vermummt. Dicke rötliche Locken quollen unter ihrer Strickmütze hervor. Unter ihrem Wintermantel schien sie klein und zierlich zu sein. Sie erinnerte Edda an Rebecca Friedrichsen.

Und plötzlich wusste Edda, was ihr Ansatzpunkt sein musste. Rebecca. Sie musste sich auf Rebecca konzentrieren. Sie durfte sich nicht immer wieder von Julia ablenken lassen. Sie hatte bisher versucht, aus den Ereignissen rückwärts zu folgern, wieso Rebecca was getan haben mochte. So funktionierte Polizeiarbeit normalerweise, doch das hatte sie nicht weitergebracht. Vielleicht war es an der Zeit, das Pferd von vorne aufzuzäumen.

Edda lehnte ihre Stirn an die kalte Fensterscheibe und dachte über Rebecca Friedrichsen nach, über ihren Charakter, ihre Lebensumstände und vor allem über eine Frage: Angenommen, Rebecca war eine Mörderin – aus welchem Grund mochte sie dazu geworden sein? Für wen oder was wäre sie bereit gewesen zu töten? Für ihre Frau? Vielleicht, allerdings war die das Opfer. Für wen noch? Für ihr Kind? Natürlich! Sie würde für ihre Tochter töten. Für Greta, deren Vater Finn Hofmeister war. Der mehr Zeit mit ihr hatte verbringen wollen. Doch Lucy war dagegen gewesen, weil sie nicht gewollt hatte, dass »sie« von Finns Vaterschaft erfuhr. Sie – eine nicht näher spezifizierte Sie. Edda hatte gedacht, diese Sie sei Priska Hofmeister, doch was, wenn …?

Und im nächsten Moment sah Edda die ganze Wahrheit klar vor sich. Sie sprang sie regelrecht an, und Edda wusste sofort, dass sie es war. Sie erkannte sie wieder wie eine alte Bekannte, die sie zwar eine Weile nicht gesehen hatte, die sich jedoch kaum verändert hatte.

Nur, dass es nicht die Wahrheit sein konnte. Denn es gab da einen Fakt, der ihr unverrückbar im Wege stand. Ein Fakt … Doch Edda war zu hundert Prozent überzeugt, dass sie die Wahrheit gefunden hatte, und das musste bedeuten, dass der Fakt doch nicht so unverrückbar war, dass er falsch war – und dass die Person, die ihr diesen Fakt präsentiert hatte, gelogen hatte.

Die Person war Diana Lauer.

Diana Lauer hatte gelogen. Doch warum? Das ergab keinen Sinn. Es sei denn …

Edda ging langsam zu ihrem Schreibtisch, setzte sich wieder und rief sich noch einmal ihren Besuch bei Julia Beyers Cousine ins Gedächtnis. In ihrer Erinnerung war er nichts Besonderes gewesen. Ein Besuch bei einer Angehörigen eines Mordopfers. Zugegeben, Diana Lauer war für eine Angehörige ausgesprochen unbeteiligt gewesen, fast abgebrüht, doch Edda hatte das auf einen kühlen Charakter geschoben, darauf, dass der Mord schon fünf Monate zurücklag, und darauf, dass die Cousinen sich nicht sehr nahegestanden hatten. Wenn Edda ehrlich war, hatte sie den Mangel an Empathie bei Diana Lauer sogar angenehm gefunden, da er das Gespräch erleichtert hatte. Und sie hatte Lauers Aussage nicht in Zweifel gezogen, weil diese so gut zu dem gepasst hatte, was Kriminalhauptkommissar Braun berichtet hatte.

Doch als Edda diese Aussage jetzt noch einmal im Licht ihrer neuesten Erkenntnisse überdachte, kamen ihr die Zweifel nachträglich. Selbst wenn Lauer und Beyer aneinander vorbeigelebt hatten – sie hatten dennoch in derselben Wohnung gelebt. War es wirklich wahrscheinlich, dass Lauer so gar nichts über Beyers Traumprinzen mitbekommen hatte? Edda schüttelte den Kopf. Nein, das war nicht wahrscheinlich. Möglich ja, aber nicht wahrscheinlich. Wahrscheinlicher war, dass sie gelogen hatte.

Edda griff zu ihrem Handy.

Edda hatte Glück. Lorenz Braun bestand nicht auf seiner Sonntagsruhe, sondern ging beim fünften Klingeln an sein Diensthandy. »Ja? Braun?« Im Hintergrund hörte Edda eine Kakophonie von Stimmen und das Klappern von Tellern und Besteck. Sie warf einen Blick auf die Uhr, die über der Gebietskarte an der Wand ihres Büros hing. Halb eins. Sie schien ein sonntägliches Familienmittagessen zu stören.

»Guten Tag, Herr Braun, Timm hier. Entschuldigen Sie bitte die Störung. Es ist dringend.«

Braun ließ sein leises Lachen ertönen, anscheinend seine Standardreaktion auf alle möglichen Situationen. »Heißt das, Sie haben meinen Fall für mich gelöst?«

»Nun, wenn Sie mir ein paar Fragen beantworten, kann es sein, dass ich zumindest einen Fortschritt erziele«, antwortete Edda.

Braun schien wie elektrisiert. »Tatsächlich? Warten Sie einen

Moment!« Die Hintergrundgeräusche wurden leiser, Edda vernahm Schritte, dann wieder Brauns Stimme. »Schießen Sie los.«

»Ich wollte Sie bitten, mir mehr über Diana Lauer zu erzählen.«

»Diana Lauer?« Braun klang erstaunt. »Wie kommen Sie denn auf die?«

»Das würde ich Ihnen gerne später erklären. Können Sie mir einfach alles sagen, was Sie über sie wissen? Ich nehme an, Sie haben sie in Ihre Ermittlung einbezogen, immerhin war sie Julia Beyers Mitbewohnerin und fast die einzige Verwandte. Haben Sie sie eigentlich verdächtigt? Oder haben Sie sich bei Ihren Ermittlungen ausschließlich auf Beyers Liebhaber konzentriert?«

Braun schwieg einen Moment. »Gut, ich erzähle Ihnen, was ich weiß, aber Sie müssen mir versprechen, mir hinterher den Grund für die Frage zu verraten.«

Edda versprach es, und Braun fasste zusammen. Diana Lauer war vor dreißig Jahren in demselben Ort in Hessen geboren worden wie Julia Beyer. Sie war dort aufgewachsen, ihre Eltern lebten heute noch dort, sie war jedoch schon mit neunzehn Jahren nach Köln gezogen, hatte eine Lehre als medizinisch-technische Assistentin gemacht, auch einige Jahre in dem Beruf gearbeitet, dann jedoch Biologie studiert, weil sie mehr verdienen wollte. Diana Lauer galt als fleißig und ehrgeizig, sie war heterosexuell, hatte jedoch seit vier Jahren keine längere Beziehung gehabt. Männer schienen in ihrem Leben keine allzu große Rolle zu spielen, stattdessen trieb sie Sport fast auf Profiniveau und verreiste in den Sommersemesterferien mit ihrem Motorrad.

Edda war beeindruckt, wie viel der Kölner Kollege herausgefunden hatte. »Sind Sie immer so gründlich, oder hatten sie
einen besonderen Anlass für diese Gründlichkeit?«

Lorenz Braun ließ wieder sein leises Lachen ertönen. »Nun,
ich bilde mit tatsächlich ein, besonders gründlich zu sein. Allerdings hatte ich in diesem Fall einen Anlass.« Er schwieg
einen Moment. »Ich möchte Sie bitten, das, was ich Ihnen jetzt
erzähle, vertraulich zu behandeln, denn es beruht auf reiner
Spekulation. Wir konnten es nicht beweisen, aber wir haben
vermutet, dass Diana Lauer Julia Beyer bestohlen hat.«

Edda war nicht überrascht. »Wie kommen Sie darauf?«

»Ganz einfach: Beyers Schmuck war weg. Ich habe Ihnen
doch erzählt, dass Beyer sich gern Schmuck von ihren Liebhabern schenken ließ. Und wenn ich Schmuck sage, dann
meine ich kein billiges Strasszeug, sondern echten Schmuck.
Ein Liebhaber, derjenige, der sich hatte sterilisieren lassen, erzählte uns zum Beispiel, dass er ihr eine Kette mit einem auf-
fälligen Anhänger geschenkt habe, die knapp tausend Euro
gekostet hatte. Außerdem noch zwei Armreifen und einige
hundert Euro in bar.« Er machte eine Pause.

Edda pfiff durch die Zähne, verkniff sich aber die Bemerkung, die ihr auf der Zunge lag, dass nämlich Julia Beyer eine
Granate im Bett gewesen sein musste, wenn das ihr Lohn gewesen war.

Doch Lorenz Braun erriet ihren Gedanken auch so. »Die
beiden waren drei Monate zusammen«, erklärte er. »Also, wie
gesagt, Beyer besaß viel, teilweise teuren Schmuck, doch als wir
nach dem Fund ihres Kopfes ihre Wohnung durchsuchten, fanden wir nur etwas billigen Modeschmuck – und kein Bargeld.«

Edda hatte geahnt, worauf das hinauslaufen würde. »Und Sie glauben, dass Diana Lauer sich die anderen Sachen unter den Nagel gerissen hat?«

»Nun, ich glaube zumindest nicht, dass Beyer alle Sachen am Tage ihres Verschwindens trug. Sie hätte sich damit behängen müssen wie ein Christbaum.« Braun schnaubte. »Natürlich ist es auch möglich, dass Beyer den Schmuck aus irgendeinem Grund mitgenommen hat, als sie an dem Tag wegging, aber die Nachbarin sagte, sie hätte nur eine Umhängetasche dabeigehabt. Da hätte der Schmuck zwar vermutlich reingepasst, aber ehrlich gesagt, kann ich mir nicht vorstellen, dass Beyer so leichtsinnig gewesen sein soll, Schmuck im Wert von einigen tausend Euro oder mehr durch die Gegend zu tragen. Uns erschien es wahrscheinlicher, dass Diana Lauer die Sachen genommen hat, doch da wir es nicht beweisen konnten, haben wir nichts unternommen. Aber das ist der Grund, warum wir Lauer so gründlich überprüft haben. Und ihr Alibi. Es wäre immerhin möglich gewesen, dass sie Beyer schon früher bestohlen hat, dass Beyer es herausfand und dass Lauer sie deswegen tötete.«

»Aber das Alibi hielt?«

Braun bestätigte das. »Diana Lauer war an dem Mittwoch, an dem Beyer verschwand, den ganzen Tag in der Unibibliothek. Anschließend fuhr sie mit einer Frau, die sie über die Mitfahrzentrale kennengelernt hatte, nach Hessen. Und das ganze Wochenende war sie dann bei ihren Eltern.« Er machte eine Pause. »Okay, das war's von mir. Verraten Sie mir jetzt, wieso Sie das alles wissen wollten?«

»Gestatten Sie mir noch eine letzte Frage: Erwartete Julia Beyer einen Jungen oder ein Mädchen?«

Die Antwort kam wie aus der Pistole geschossen. »Ein Mädchen.«

»Sind Sie ganz sicher? Woher wissen Sie das?«

»Julia Beyer hat das überall rumerzählt. Mehrere Freundinnen haben es bestätigt.«

»Auch Diana Lauer?«

»Auch die. Wieso?«

»Weil sie mir erzählt hat, Beyer habe einen Sohn erwartet.«

Im Gegensatz zu Lorenz Braun hatte Hilrieke Drexel ihr sonntägliches Mittagessen ungestört beenden können, obwohl sie nichts gegen eine Unterbrechung gehabt hätte. Denn dann hätte sie nicht den zwanzigminütigen Monolog ihres Mannes über die Vor- und Nachteile der Sous-vide-Methode über sich ergehen lassen müssen. Seit Walter eineinhalb Jahre zuvor in den Ruhestand gegangen war, hatte er eine wahre Kochmanie entwickelt. Im Prinzip war Hilrieke damit sehr einverstanden, schließlich war sie die Nutznießerin dieser neuen Leidenschaft, die sich in kreativen Salaten zum Abendessen, raffinierten Lunch-Boxen fürs Büro und üppigen sonntäglichen Drei-Gänge-Mittagsmenüs manifestierte. Allerdings bekam sie die kulinarischen Köstlichkeiten selten ohne langwierige Erklärung der zugehörigen Zubereitungsprozesse serviert, und seit einiger Zeit fragte sie sich häufig, ob nicht ein still genossenes banal belegtes Butterbrot auch seine Vorzüge hatte. Doch Hilrieke war nicht so dumm, sich zu beschweren, zumal Walter mit dem Kochen auch die komplette Hausarbeit übernommen hatte. So auch heute. »Lass mal, Schatz, ich räume schon auf. Geh du mal in den Wintergarten und lies deine Zeitung.«

Hilrieke ließ sich das nicht zweimal sagen. Wenige Minuten später versank sie in ihrem Lieblingssessel und gönnte sich das absolut nicht intellektuelle Vergnügen, sich in den Sportteil zu vertiefen. Sie interessierte sich zwar nicht sonderlich für Sport, konnte dabei jedoch hervorragend abschalten, weil die Artikel – zumindest wenn es nicht um Doping oder die neuesten Machenschaften bei DFB und FIFA ging – frei von kriminellen Aktivitäten waren. Heute dauerte das Vergnügen allerdings nur wenige Minuten, dann klingelte es an der Haustür. Hilrieke tat, als hätte sie es nicht gehört, doch kurz darauf führte Walter einen überraschenden Besucher ins Wohnzimmer: Edda Timm.

Hilrieke betrachtete Edda wenig begeistert. Sie hatte es sich schon lange zur Regel gemacht, möglichst keine Arbeit mit nach Hause zu nehmen, und schaffte es normalerweise auch abzuschalten. Das setzte allerdings voraus, dass ihre Mitarbeiter nicht einfach in ihrem Zuhause auftauchten.

Missmutig stand Hilrieke auf. »Edda, kann das wirklich nicht bis morgen warten? Wenn du noch einmal über Sebastian reden möchtest …«

Edda unterbrach sie. »Greta Friedrichsen ist die Tochter von Julia Beyer.«

2

Kurt Paschke hasste Sonntagsarbeit, und entsprechend schlecht war seine Laune, als er die Villa Seestern verließ. Das Haus mit den Ferienapartments lag am Anfang der Seestraße. Kurt hatte das Ehepaar aufsuchen wollen, das am Mittwochabend um fünf vor zehn auf dem Heimweg von einem Fischrestaurant am Hafen durch die Seestraße spaziert war, doch er hatte die Urlauber um eine halbe Stunde verpasst. Sie waren bereits abgereist, zurück nach Bayern.

Es war nicht der erste Fehlschlag an diesem Morgen. Noch vier weitere Zeugen hatte Kurt nicht angetroffen – ein Ehepaar war in der Kirche, ein junger Mann übernachtete bei seiner Freundin, ein älterer Herr war irgendwo –, aber auch die zwei, die zu Hause gewesen waren, hatten ihm nicht helfen können. Keine der beiden Frauen, die am Mittwochabend zwischen halb zehn und zwanzig vor zehn durch die Seestraße gegangen waren, hatte Finn Hofmeisters weißen Tesla bemerkt. Leider bedeutete das allerdings nicht zwingend, dass Hofmeister die Wahrheit gesagt hatte und tatsächlich erst um zweiundzwanzig Uhr in Rerik eingetroffen war. Denn beide Zeuginnen hatten angegeben, sich nicht für Autos zu interessieren. Die erste, eine Rentnerin, die ihren Pudel ausgeführt hatte, hatte gar erklärt, sie könne einen Tesla nicht von einem Trabant unterscheiden.

Doch Kurt ärgerte sich nicht so sehr darüber, dass er zwei Stunden umsonst von Tür zu Tür gelaufen war – vergebliches Klinkenputzen gehörte zur Polizeiarbeit schließlich dazu –, sondern dass er es an einem Sonntag hatte tun müssen. Denn im Gegensatz zu Edda, die bekanntermaßen mangels Privatleben am liebsten komplett in die KPI gezogen wäre, hatte er Pläne gehabt. Leonie, seine jüngste Tochter, hatte ihn und seine Frau zum Mittagessen eingeladen, und Marion, seine Älteste, hatte zum Nachmittagskaffee kommen wollen. Stattdessen …

Wie um ihn an die entgangenen Gaumenfreuden zu erinnern, begann sein Magen zu knurren. Kurt warf einen Blick auf seine Uhr. Fast eins. Der Bäcker neben der Kurverwaltung hatte bestimmt schon geschlossen, doch am Haffplatz gab es einen Imbiss, der auch um diese Jahreszeit noch geöffnet hatte. Vielleicht sollte er sich für den entgangenen Sonntagsbraten mit einem Fischbrötchen trösten? Doch eigentlich musste er noch einen Namen auf seiner Liste abarbeiten, ausgerechnet den von Lasse Enders. Nicht, dass Kurt Wert darauf legte, dem Gigolo noch einmal zu begegnen. Und eigentlich erwartete er auch nicht, den Kerl noch in Rerik anzutreffen. Bestimmt war er längst zurück nach Berlin gefahren, Kurt konnte ihn also genauso gut später aus dem Büro anrufen. Andererseits stand sein Name aber nun einmal auf Kurts Liste. Und natürlich war es immer besser, persönlich mit Zeugen zu sprechen. Und vielleicht hatte Enders sich mit seiner verrückten Freundin versöhnt? Bei solchen Leuten wusste man nie.

Kurts Magen knurrte erneut, und er warf einen sehnsüchtigen Blick die Straße entlang, die zum Hafen führte. Dann siegte sein Pflichtgefühl. Er würde noch einmal bei der Wohnung Nummer sieben in der Villa Waldblick klingeln. Wenn er Glück hatte, öffnete niemand, dann konnte er guten Gewissens sein Fischbrötchen genießen. Und falls doch jemand öffnete … Nun, wenn Kurt ehrlich war, dann war er auch ein wenig neugierig auf Lasse Enders' Freundin. Anna Nym hieß sie, hatte Edda ihm erzählt. Kurt fand den Namen passend. Er erinnerte ihn an den alten Witz: Arno Nym für anonym. Na ja, die Frau hatte ja auch anonym bleiben wollen.

Kurt ging die wenigen Meter zur Villa Waldblick und nahm den Fußweg, der zum Eingang führte. Eine Frau in einem eleganten Kostüm, die offensichtlich gerade abreisen wollte, bemühte sich, zwei mittelgroße Trolleys gleichzeitig durch die Glastür zu bugsieren, während sie die Tür mit ihrer Hüfte offen hielt.

Frauen und Technik, dachte Kurt bei sich, warum brachte die Frau nicht erst den einen, dann den anderen Trolley raus? Doch der fürsorgliche Familienvater und Ehemann sowie der Freund und Helfer in ihm gewannen die Oberhand. Er eilte herbei.

»Lassen Sie mich Ihnen helfen.« Galant hielt er die Glastür auf.

Die Frau in dem eleganten Kostüm drehte sich um und lächelte ihn an. »O vielen …« Das letzte Wort blieb ihr im Halse stecken, und das Lächeln fror auf ihrem Gesicht ein. »Hallo, Kurt«, sagte sie dann in resigniertem Ton, »deine Chefin hat es dir also doch verraten. Ich hätte es mir denken können.«

»Es ist reine Spekulation«, sagte Hilrieke.

Edda hatte nichts anderes erwartet. Vorsicht war der zweite Vorname ihrer Chefin. Sie war sogar so vorsichtig, dass sie Edda keinen Stuhl angeboten hatte – was Edda nicht daran gehindert hatte, sich zu setzen und zu sagen, was sie zu sagen hatte. Jetzt schob sie ihre Mantelärmel ein Stückchen zurück und beugte sich vor. »Es ist mehr als das. Es ist eine Theorie, auf die ziemlich viele Indizien hinweisen. Rebecca Friedrichsens Vorgeschichte, ihre Fehlgeburt, ihre Depressionen, Hagens Sorge um sie, die Tatsache, dass Friedrichsen ihre zweite Schwangerschaft so lange verheimlicht hat. Dann das Geld, das Hagen von ihrem Konto abhob und das kurz darauf auf Beyers Konto auftauchte. Dann …«

Hilrieke unterbrach sie. »Du glaubst, Beyer hat ihr Baby verkauft?«

»Natürlich.« Edda nickte. »Wir wissen, dass Beyer geldgierig war – und es gibt keinen Hinweis darauf, dass sie plante, das Kind zu behalten. Ich habe noch einmal mit Braun telefoniert. Seine Mitarbeiter haben Beyers Wohnung durchsucht, sie hatte einen Monat vor der Geburt noch nicht einmal einen Strampler gekauft, geschweige denn ein Kinderbett oder andere Möbel. Aber das wichtigste Indiz ist das Datum: Greta Friedrichsen wurde am einundzwanzigsten Mai geboren, Beyer verschwand am Zwanzigsten. Ich glaube, sie bekam das Kind, nachdem sie am Zwanzigsten das Haus verlassen hatte. Ich denke nicht, dass das so geplant war, sie war ja erst im achten Monat. Aber vielleicht bekam sie vorzeitige Wehen, also rief sie Lucy Hagen an, und die beiden fuhren gemeinsam in ein Krankenhaus, in dem Beyer sich als Rebecca Friedrichsen ausgab. Es wäre ganz einfach gewesen, kein Mensch kontrolliert im Krankenhaus Personalausweise oder das Bild auf der Krankenkassenkarte. Beyer bekam ihr Kind unter dem Namen Rebecca Friedrichsen, entsprechend wurde die Geburtsbescheinigung ausgestellt. Es wäre ganz einfach gewesen«, wiederholte Edda.

Hilrieke widersprach. »Das sehe ich nicht. Beyer war in Köln, Hagen vermutlich in Hamburg. Das sind mindestens vier Stunden Fahrzeit. Wenn man Wehen hat, fährt man nicht erst in eine andere Stadt, sondern ins nächstgelegene Krankenhaus. Und überhaupt: Warum hätten die drei Frauen so einen komplizierten, noch dazu illegalen Weg wählen sollen? Beyer hätte doch einfach ihr Kind bekommen, Hagen und Friedrichsen hätten es legal adoptieren können.«

Edda musste zugeben, dass der Einwand berechtigt war. »Das weiß ich noch nicht. Vielleicht hatten sie Angst, die Behörden würden sich querstellen – was sie bestimmt getan hätten, wenn sie erfahren hätten, dass Beyer das Kind an Hagen und Friedrichsen verkaufen wollte. Oder es gab einen anderen Grund.« Edda trommelte auf die Armlehne des Sofas. »Ich bin überzeugt, dass ich richtigliege. Überleg doch mal, Rieke: In gewisser Weise war die Situation perfekt. Auf der einen Seite Julia Beyer, die von Finn Hofmeister schwanger war, der weder sie noch das Baby wollte, auf der anderen Seite Rebecca Friedrichsen, die wegen ihrer Kinderlosigkeit an Depressionen litt, und Lucy Hagen, die sich fast zu Tode um ihre Frau sorgte. Es muss Hagen wie ein Geschenk des Himmels vorgekommen sein. Und es ist einfach viel plausibler, als dass Friedrichsen zweieinhalb Monate nach ihrer Fehlgeburt wieder schwanger wurde – in einer Zeit, in der sie nach Aussage aller, mit denen wir gesprochen haben, an schweren Depressionen litt. Ihr Körper hätte gar keine Zeit gehabt, sich zu erholen. Ihre Psyche hätte sich erholen müssen, ihr Zyklus hätte sich wieder einstellen müssen. Dann hätte sie das Ganze planen und sich mit Hofmeister auf eine Samenspende einigen müssen, die beim ersten Versuch auch noch hätte klappen müssen. Und nach dem, was Claas Welke gehört hat, muss Hofmeister der Vater des Kindes sein.«

Hilrieke schwieg einen Moment nachdenklich. »Angenommen, du hast recht. Was ist dann mit Julia Beyer geschehen? Wer hat sie getötet?«

»Die wahrscheinlichste Kandidatin ist Lucy Hagen.« Edda lehnte sich auf Hilriekes Sofa zurück. »Beyer muss kurz nach der Entbindung beziehungsweise der Entlassung aus dem Krankenhaus gestorben sein, sonst hätte sie Kontakt zu ihren Freundinnen aufgenommen. Lorenz Braun meinte, Beyer hätte ständig Kurznachrichten verschickt. Ich kann mir zwar vorstellen, dass sie während der Entbindung und den Stunden oder auch am Tag danach darauf verzichtete, aber allzu lange hätte die Abstinenz vermutlich nicht gehalten. Deshalb glaube ich, dass sie direkt nach ihrer Entlassung aus dem Krankenhaus getötet wurde. Vielleicht bekam sie Zweifel an der ganzen Sache und wollte ihre Tochter zurück.«

Hilrieke wiegte skeptisch ihren Kopf hin und her. »Aber Lucy Hagen? Ich dachte, die Frau wäre eine Mischung aus Steve Jobs und Mutter Teresa.«

»Ich würde Steve Jobs einen Mord zutrauen.«

»Aber Mutter Teresa nicht.«

Edda zuckte mit den Achseln. »Man kann auch aus Liebe schlechte Taten tun. Lucy Hagen hat Rebecca Friedrichsen sehr geliebt. Wenn sie ihr ein Baby versprochen oder vielleicht schon gegeben hatte, hätte sie sicherlich nicht nach der Geburt einen Rückzieher machen wollen.«

»Hm.« Hilrieke schien nicht überzeugt zu sein.

Edda wunderte sich darüber nicht. »Du musst mir nicht sagen, dass die Theorie noch Löcher hat. Ich weiß weder, wer Hagen getötet hat, noch wie Diana Lauer ins Bild passt. Sie muss einen Grund gehabt haben, mich wegen des Geschlechts des Babys anzulügen. Ich vermute, sie wollte verhindern, dass wir auf die Idee kommen, dass Greta Beyers Tochter ist, und ich vermute, die Lüge war eine spontane Idee. Hätte Lauer länger darüber nachgedacht, hätte ihr klar werden müssen, dass wir das leicht nachprüfen können. Aber warum sie gelogen hat … Die wahrscheinlichste Erklärung ist Erpressung. Es würde zu Brauns Einschätzung ihres Charakters passen. Allerdings frage ich mich, warum sie dann nicht schon eher …« Edda brach ab, als eine Idee in ihrem Kopf aufblitzte. Doch als sie versuchte, sie zu erhaschen, war sie schon wieder weg. »Die entscheidende Frage ist, wie wir weitermachen. Das Wichtigste ist, zu beweisen, dass Greta Beyers Tochter ist. Es wäre nicht schwer. Die Kölner haben Beyers DNA, wir benötigen also nur ein bisschen Speichel von der Kleinen. Wenn wir heute noch beantragen, dass …«

Hilrieke unterbrach sie sofort. »Edda, rede gar nicht erst weiter! Ich weiß, worauf du hinauswillst, und die Antwort ist nein. Du willst einen richterlichen Beschluss, einem Kind eine DNA-Probe zu entnehmen. Vergiss es! Den kriegst du nie.«

Edda lächelte. »Ich weiß, dass *ich* ihn nicht kriege, deswegen bin ich hier. Du hast doch gute Kontakte zum Staatsanwalt.«

Hilrieke schüttelte den Kopf. »Da nützen die besten Kontakte nichts. Die Beweislage ist viel zu dünn. Du hast nichts als Vermutungen.« Sie hob ihre Hände beschwichtigend. »Ja, ich weiß, es ist plausibel, und ich glaube, dass du recht hast. Aber selbst wenn ich den Staatsanwalt dazu bekomme, einen Beschluss zu beantragen, werde ich keinen Richter finden, der ihn unterschreibt. Eine DNA-Entnahme ist ein massiver Eingriff in die Persönlichkeitsrechte, noch dazu bei einem Säugling. Da brauchen wir mehr, bevor das jemand abnickt.«

»Aber wenn wir beweisen können, dass Greta Beyers leibliche Tochter ist, können wir Friedrichsen unter Druck setzen. Sie wird reden. Wenn du …«

»Vergiss es!«, wiederholte Hilrieke. »Ich werde bestimmt nicht den Rest des Nachmittags damit zubringen, bei irgendwelchen Richtern betteln zu gehen. Es würde sie bloß verärgern, noch dazu an einem Sonntag, und uns bei künftigen Fällen schaden. Genauso übrigens«, fuhr sie fort, »wie es mich verärgern würde, wenn du jetzt weiter insistierst.« Sie griff zu ihrer Zeitung. »Das Gespräch ist vorbei, auf mich wartet der Sportteil.«

Edda wusste, wann sie geschlagen war, dennoch öffnete sie den Mund zu einem letzten Protest.

Ohne von ihrer Zeitung aufzusehen, kam Hilrieke ihr zuvor. »Es reicht, Edda! Mach Schluss für heute und lass das Ganze erst mal sacken. Und denk noch nicht einmal in deinen finstersten Träumen daran, nach Rerik zu fahren, um der Kleinen ein Haar vom Kopf zu rupfen.«

Edda ging hinaus. Während sie ihren Wagen aufsperrte, überlegte sie flüchtig, Hilriekes Warnung zum Trotz nach Rerik zu fahren, um ein bisschen DNA zu klauen, doch sie tat es nicht. Aber was sollte sie stattdessen unternehmen? Noch einmal mit Rebecca Friedrichsen sprechen? Doch die würde kaum ohne Not zugeben, dass Greta nicht ihre leibliche Tochter war, und dasselbe galt für Finn Hofmeister und Diana Lauer. Bevor Edda mit einem von ihnen sprach, brauchte sie mehr Munition. Sie brauchte den DNA-Test. Doch um den zu bekommen, brauchte sie ebenfalls mehr Munition. Irgendein handfestes Indiz dafür, dass ihre Vermutung stimmte. Dass nicht Rebecca Friedrichsen am einundzwanzigsten Mai in einem Hamburger Krankenhaus die kleine Greta zur Welt gebracht hatte, sondern Julia Beyer. In einem Hamburger Krankenhaus – plötzlich wusste Edda, was sie tun konnte. Sie konnte in diese Klinik fahren und die Ärzte und Krankenschwestern befragen. Möglicherweise erinnerte sich einer oder eine von ihnen an die Geburt von Greta Friedrichsen und daran, wie die Mutter ausgesehen hatte. Zwar lag die Geburt fünf Monate zurück, und in der Zwischenzeit waren vermutlich Hunderte Babys dort zur Welt gekommen, doch Edda brannte darauf, irgendetwas zu unternehmen. Und vielleicht hatte sie ja Glück, schließlich gab es etwas, das die Geburt auszeichnete: Gretas Eltern waren ein lesbisches Paar. Bestimmt war das selbst in einer Hamburger Klinik nicht alltäglich, so dass es helfen konnte, ein paar Erinnerungen zu wecken – zum Beispiel daran, ob die Mutter verschiedenfarbige Augen gehabt hatte oder nicht.

Das einzige Problem war: Edda konnte sich nicht erinnern,

in welchem Krankenhaus Greta zur Welt gekommen war. Dabei war sie sicher, die Information irgendwo in den Unterlagen gelesen zu haben, die sie im Haus von Lucy Hagen und Rebecca Friedrichsen gesichtet hatte. Sie fluchte. Sollte es jetzt wirklich an ihrem schlechten Gedächtnis scheitern? Warum zum Teufel hatte sie sich den Namen nicht notiert? Andererseits: Warum hätte sie das tun sollen? Sie war nicht wie Kurt, der jeden banalen Mist aufschrieb.

Kurt! Es kam selten vor, dass Edda mit Begeisterung an ihren ältesten Mitarbeiter dachte, doch nun tat sie es. Kurt hatte die Unterlagen ebenfalls durchgesehen. Wenn sie Glück hatte, hatte er den Namen der Geburtsklinik aufgeschrieben.

Edda zückte ihr Handy.

»Und was machen wir jetzt?« Kurt sah seine Schwägerin bei der Frage nicht an, so wie er die ganze letzte Stunde versucht hatte, sie nicht anzusehen.

Sie saßen am Esstisch in der Wohnung, in der Mara es mit ihrem jungen Gigolo getrieben hatte. Allein bei dem Gedanken daran wurde Kurt ganz übel. Er hätte das Gespräch lieber woanders geführt – oder besser gar nicht –, aber draußen auf der Straße wäre es noch unangenehmer gewesen. Falls das überhaupt möglich war.

»Nun, das ist deine Entscheidung«, entgegnete Mara ruhig, für Kurts Geschmack zu ruhig. Sie hatte die ganze Zeit eine geradezu unverschämte Gelassenheit ausgestrahlt, während er selbst vor Aufregung und Empörung regelrecht gebebt hatte. »Du musst überlegen, ob du es Konrad sagen willst oder nicht.«

»Mir wäre es lieber, du würdest es selbst tun.«

Mara schüttelte ihren wohlfrisierten Kopf. »Ich habe es dir schon gesagt: Ich werde ihm nicht wehtun.«

»Das hast du doch längst«, brauste Kurt auf. »Mit allem, was hier passiert ist.« Er machte eine grobe Handbewegung in Richtung der Ledercouch, unter der Maras roter, spitzenbesetzter BH gelegen hatte. Zum Glück hatte sie vor ihrer Abreise aufgeräumt, doch Kurt bezweifelte, dass er den Anblick je aus seinem Kopf bekommen würde, jetzt, da er wusste, wem der BH gehörte.

»Das habe ich nicht. Es wird Konrad erst wehtun, wenn er es erfährt. Ich liebe ihn, deswegen werde ich es ihm nicht sagen.«

»Wenn du ihn lieben würdest, hättest du ihn nicht betrogen.« Es war nicht das erste Mal, dass Kurt das sagte. Einen Teil der letzten Stunde hatten sie einander angeschwiegen, die übrige Zeit hatte sich ihr Gespräch im Kreis gedreht.

Mara zuckte mit den Achseln. »Jeder Mensch definiert Liebe anders, Kurt, aber ich möchte mich darüber nicht länger mit dir streiten. Ich habe dir gesagt, dass ich deinen Bruder liebe, und ich habe dir auch gesagt, dass ich gewisse Bedürfnisse habe. Ich kann das trennen, aber du scheinst es nicht zu können.«

Sie neigte ihren Kopf zur Seite. Es war eine Angewohnheit, die Kurt einmal ausgesprochen attraktiv gefunden hatte. Überhaupt hatte er seine Schwägerin früher sehr attraktiv gefunden, so sehr, dass er seinen älteren Bruder ein wenig um sie beneidet hatte.

Er schüttelte den Gedanken ab. »Tu nicht so, als sei ich das Problem, Mara. Den Schuh ziehe ich mir nicht an. Konrad hat ein Recht darauf, zu erfahren, was du treibst. Und wenn es ihm wehtut, und das wird es, dann ist es deine Schuld.«

»Nun, wenn du das so siehst, dann gibt es nichts mehr zu sagen.« Mara lächelte ihn freundlich an.

Es machte Kurt fast rasend. Seiner Ansicht nach hätte seine Schwägerin Schuldgefühle zeigen müssen. Oder ihn anflehen, ihrem Mann nicht die Wahrheit zu sagen. Er hätte sich ihr überlegen fühlen müssen, doch seltsamerweise tat er das nicht.

»Ja, so sehe ich das.«

Abrupt stand Kurt auf, und da er fand, dass es ein guter Abgang war, ging er zur Tür und verließ ohne einen Blick zurück die Wohnung. Er eilte die Treppe hinunter und trat ins Freie. Doch als er auf dem Bürgersteig vor der Villa Waldblick stand und die kalte salzige Luft einatmete, die vom Meer heraufwehte, überfielen ihn Zweifel, ob sein Abgang wirklich so gut gewesen war. Ja, so sah er es, und ja, er hatte recht. Sein Bruder hatte einen Anspruch auf die Wahrheit. Doch Kurt hatte keine Ahnung, wie er sie ihm beibringen sollte, und plötzlich wünschte er sich, er wäre heute Morgen nicht so pflichtbewusst gewesen. Er hätte nicht versucht, Lasse Enders aufzusuchen, sondern wäre stattdessen zum Hafen gegangen, um ein Fischbrötchen zu essen. Dann hätte er seine Schwägerin hier nicht getroffen und nicht von ihrem Treiben erfahren.

Kurt seufzte tief. Und nun? Was sollte er als Nächstes tun? Den Auftrag, der ihn hierhergeführt hatte, hatte er erledigt. Eigentlich müsste er sich bei Edda melden und um weitere Instruktionen bitten – zumal er während seines Gesprächs mit Mara zwei Anrufe von ihr ignoriert hatte –, doch das würde er bestimmt nicht tun. Edda Timm war die letzte Person, die er sprechen wollte. Anna Nym – von wegen. Edda hatte ihn nicht nur belogen, sie hatte sich über ihn lustig gemacht. Und nicht nur sie. Britt war eingeweiht gewesen, bestimmt auch Sören und vielleicht sogar Hilrieke.

Als er daran dachte, befiel Kurt eine tiefe Bitterkeit. Und dann wusste er, was er tun würde. Er würde für den Rest des Tages auf die Arbeit pfeifen. Sie konnten ihn alle mal! Er würde einfach nach Hause fahren und alles mit seiner Frau besprechen. Sie würde Rat wissen.

Sorgfältig blickte Kurt nach links und rechts, um die Straße zu überqueren und zu seinem Wagen zu gehen. Doch kaum hatte er die Fahrbahn betreten, bog ein roter Honda um die Ecke. In Erinnerung daran, dass Finn Hofmeisters Tesla ihn fast überfahren hatte, trat Kurt einen Schritt zurück, der allerdings nicht nötig gewesen wäre. Der Honda hielt sich an die vorgegebene Geschwindigkeit, und als er auf Kurts Höhe war, wurde er abgebremst. Das Beifahrerfenster surrte herab.

»Kurt, warum zum Teufel gehst du nicht ran, wenn ich anrufe?«, blaffte Edda.

Kurt hätte nie gedacht, dass offene Rebellion sich so gut anfühlen würde. Dabei hatte seine Frau ihn seit Jahren ermuntert. »Du musst einfach mal auf den Tisch hauen!«, hatte sie oft gesagt, wenn er wieder einmal bei einer Beförderung übergangen oder wenn ihm wieder einmal eine besonders undankbare Aufgabe übertragen worden war. »Sie müssen lernen, dich zu schätzen. Zeig ihnen, dass sie dich nicht einfach beiseiteschieben können.«

Doch Kurt hatte sich nie getraut, es ihnen zu zeigen. Auf

den Tisch zu hauen gehörte nicht zu seinen Stärken. Bis jetzt! Es war einfach zu viel. Der Schock über die Entdeckung, dass seine Schwägerin seinen Bruder auf schamloseste Weise betrog. Die Angst vor der fälligen Aussprache mit Konrad. Die Erkenntnis, dass er für seine Kollegen nur eine Art Hanswurst war, auf dessen Kosten man sich amüsieren konnte. Sein Fass war voll, es lief über. Nein, es fiel mit gewaltigem Getöse um, und der Inhalt schwemmte seine Hemmungen fort. Er haute zwar auf keinen Tisch – es war ja keiner da –, stattdessen riss er die Beifahrertür von Eddas Wagen auf und legte los.

»Du willst wissen, wieso ich nicht ans Handy gegangen bin? Ich will verdammt noch mal wissen, wieso du mir nicht gesagt hast, dass meine Schwägerin das Liebchen von diesem Gigolo Enders ist. Ich will verdammt noch mal wissen, was euch einfällt, hinter meinem Rücken über mich zu lachen. Ich will verdammt noch mal wissen …«

Kurt fluchte normalerweise nie, immerhin war er für seine Kinder und Enkel ein Vorbild, doch jetzt baute er reihenweise Flüche in seine Tirade ein. Und sie wirkten ganz hervorragend. Jedes Mal, wenn ihm die Ideen ausgingen, was er seiner Chefin noch an den Kopf werfen konnte, haute er einfach ein »Verdammt!« raus. Und jedes »Verdammt!« ließ seinen Ärger über ihre Lügen erneut hochkochen, so dass er sich traute, weiterzureden und weiterzureden. Natürlich sah er nicht auf die Uhr, doch später schätzte er, dass er bestimmt vier Minuten am Stück geredet hatte. Bei Edda kam er normalerweise nur auf zehn Sekunden.

Irgendwann ging ihm jedoch die Puste und mit ihr auch der Mut aus, und als er schließlich eine längere Atempause einlegen musste und Edda fragte, ob er fertig sei, brachte er nur ein kurzes »Ja« heraus.

»Gut«, sagte Edda, »dann lass mich eins klarstellen: Erstens habe ich keine Ahnung, wie du darauf kommst, dass wir uns hinter deinem Rücken über dich lustig machen. Fakt ist: Das stimmt nicht. Zweitens: Es stimmt, ich habe dir verschwiegen, dass deine Schwägerin eine Zeugin bei den Ermittlungen ist. Aus zwei Gründen: Zum einen wollte ich die Gesprächsbereitschaft deiner Schwägerin erhöhen. Ich habe ihr versprochen, dir nichts von ihrer Affäre zu erzählen, dafür hat sie meine Fragen beantwortet. Ich habe dich als Druckmittel benutzt, um Informationen zu bekommen, und ich würde das jederzeit und mit jedem deiner Kollegen wieder tun. Zum anderen: Selbst wenn ich deiner Schwägerin nicht versprochen hätte, dir nichts zu sagen, hätte ich es nicht getan, weil ich annahm, du würdest es lieber nicht wissen wollen. Und wenn ich mir dich so ansehe, war diese Einschätzung richtig. Du wirkst nicht sehr glücklich über deine neuen Erkenntnisse.«

»Das hat damit nichts zu tun.« Kurt hatte hinreichend durchgeatmet, um antworten zu können. »Ich hatte ein Recht darauf, es zu erfahren. Ich hatte ein Recht auf die Wahrheit. Ihr habt mich angelogen. Ihr habt hinter meinem Rücken ...«

Edda unterbrach ihn. »Die Einzige, die dich angelogen hat, bin ich. Und nur in einem Punkt: Ich habe dir gesagt, dass die Zeugin Anna Nym heißt.«

»Genau! Du hast dich über mich lustig gemacht. Du hast gedacht, ich kapiere den Witz nicht. Anna Nym. Arno Nym. Anonym.«

Edda zuckte mit den Achseln. »Stimmt. Das habe ich gedacht. Und ich hatte recht, du hast nur zufällig herausbekommen, dass Anna Nym kein echter Name ist. Und nachdem wir das geklärt haben, schlage ich vor, wir wenden uns wieder der Arbeit zu. Du hast bei der Hausdurchsuchung die Unterlagen von Hagen und Friedrichsen durchgesehen. Erinnerst du dich an Greta Friedrichsens Geburtsbescheinigung? Ich brauche den Namen des Krankenhauses, in dem sie auf die Welt kam.«

Der Themenwechsel war zu schnell für Kurt, zumal er noch lange nicht fand, dass alles hinreichend geklärt sei. Er hatte sich nicht aufgeregt, um sich mit einer lauwarmen Erklärung abspeisen zu lassen. »Ich bin noch nicht fertig.«

»Aber ich bin fertig. Wenn du weiter jammern willst, wende dich an Rieke. Also: der Name des Krankenhauses?«

Kurt war zu lang ein braver Beamter gewesen, um seine Rebellion noch länger durchzuhalten. Zwar verstand er den Sinn von Eddas Frage nicht und fragte sich misstrauisch, ob sie nicht irgendein Trick war, den seine Chefin bei einer Fortbildung zur Personalführung gelernt hatte – »Wenn ihre Untergebenen aufsässig werden, lenken Sie sie mit irgendeiner Nebensächlichkeit ab!« –, doch er brachte es nicht fertig, zweimal die Antwort zu verweigern.

»Ich erinnere mich nicht an den Namen, aber vielleicht habe ich ihn aufgeschrieben.«

»Dann sieh nach.«

Kurt zog sein Notizbuch hervor und begann zu blättern, doch plötzlich sagte Edda: »Da ist Rebecca Friedrichsen. Wo will die denn hin?«

Kurt schaute hoch. Der Honda stand etwa dreißig Meter

vom Haus Hagen/Friedrichsen entfernt. Gerade schloss Rebecca Friedrichsen – in einer dunkelblauen langen Jacke und mit weißer Wollmütze auf den rotgoldenen Haaren – die Haustür hinter sich ab und ging zur Garage. Kurz darauf fuhr sie ihren Ford Kuga hinaus.

»Vermutlich will sie wegfahren«, murmelte Kurt.

Edda verdrehte die Augen. »Das sehe ich selbst. Okay, steig ein!«

Kurt tat automatisch, wie ihm geheißen, doch als Edda ihn aufforderte, sich anzuschnallen, fragte er: »Du willst ihr hinterherfahren? Wieso?«

»Weil ich in den letzten paar Stunden ein paar interessante Erkenntnisse über sie gewonnen habe und weil sie Greta nicht dabeihat. Wenn Rebecca Friedrichsen ohne ihre Tochter loszieht, die übrigens nicht ihre leibliche Tochter ist, sondern die von Julia Beyer, dann hat sie etwas Wichtiges vor, und ich will wissen, was das ist.« Sie legte den ersten Gang ein und startete den Motor. »Also, Kurt, du hast dich bisher übergangen gefühlt. Jetzt bist du mittendrin. Du darfst an einer Verfolgungsjagd teilnehmen.«

3

Edda hatte nie undercover gearbeitet, doch sie hatte immer vermutet, dass die Verfolgung eines Zielobjekts, ob zu Fuß oder im Wagen, kompliziert sein müsse. Wie zum Teufel konnte jemand durch die Gegend gehen oder fahren, ohne zu bemerken, dass er verfolgt wurde? Edda war sicher, sie würde es sofort mitkriegen, wenn sie beschattet würde.

Rebecca Friedrichsen jedoch in ihrem blauen Ford schien keinen Verdacht zu schöpfen, zumindest bemerkte Edda keine Anzeichen dafür. Friedrichsen bog zweimal rechts ab, fuhr am Haff entlang und verließ dann Rerik über die Neubukower Straße nach Süden. Sie fuhr zügig, regelmäßig zehn Stundenkilometer schneller als erlaubt, doch Edda deutete das nicht als Versuch, einen etwaigen Verfolger abzuschütteln. Sie hätte es eher bemerkenswert gefunden, wenn Friedrichsen sich an alle Geschwindigkeitsbegrenzungen gehalten hätte, die es entlang der Landstraße reichlich gab.

Was es auf der Straße an diesem trüben Sonntag nicht reichlich gab, waren andere Verkehrsteilnehmer. Der blaue Ford und der rote Honda fuhren allein durch die im grauen Nieselregen triste Landschaft, vorbei an abgeernteten Feldern mit braungelben Stoppeln, auf denen Möwen in der aufgeweichten Erde pickten, vorbei an Weiden mit grasenden Kühen, an Schafen und Windrädern, zwischen Alleen hindurch und durch verlassen wirkende Ortschaften, die nur aus wenigen Häusern bestanden. Edda war nicht sicher, ob dies für ihre Mission von Vorteil war oder nicht. Einerseits konnte sie Friedrichsen zwar am besten im Auge behalten, wenn keine anderen Fahrzeuge sich zwischen sie schoben, andererseits erhöhte das die Gefahr, vom Objekt ihrer Verfolgung bemerkt zu werden. Edda versuchte, der Gefahr dadurch zu begegnen, dass sie großzügigen Abstand hielt und sich immer wieder zurückfallen ließ.

Auf diese Weise fuhren sie bis nach Neubukow. Unterwegs erklärte Edda Kurt, warum sie vermutete, dass Greta Friedrichsen Julia Beyers leibliche Tochter war. Zu ihrer Überraschung reagierte Kurt weniger skeptisch als Hilrieke, fand allerdings einen anderen Kritikpunkt.

»Aber selbst wenn du recht hast, verstehe ich nicht, warum wir Rebecca Friedrichsen verfolgen«, meinte er, während sie durch Neubukow fuhren.

»Weil wir wissen wollen, was sie vorhat. Wenn wir eins in den letzten Tagen über Friedrichsen gelernt haben, dann, dass sie ihre Tochter abgöttisch liebt. Sie hasst es, sie aus den Augen zu lassen oder sich auch nur für kurze Zeit von ihr zu trennen. Wenn sie also ohne sie losfährt – ich vermute, sie hat sie bei ihren Eltern gelassen –, dann bedeutet das, dass sie etwas Wichtiges vorhat.«

Kurt quittierte die Behauptung mit einem Grunzen. »Oder dass sie etwas vorhat, bei dem ihre Tochter im Weg wäre, einen Saunabesuch zum Beispiel.«

Edda verdrehte ungeduldig die Augen. »Klar, nach allem was sie in den letzten Tagen durchgemacht hat, hat sie bestimmt nichts Besseres zu tun, als mal eine Runde schwitzen zu gehen.«

Kurt zuckte mit den Achseln. »Selbst wenn sie etwas für die Ermittlung Relevantes plant, kapiere ich nicht, was du dir von der Verfolgung versprichst. Wenn sie auf dem Weg nach Hamburg ist, dann werden wir sie spätestens im Stadtverkehr verlieren. Und auch wenn nicht: Angenommen, sie besucht zum Beispiel die Hofmeisters – willst du dann das Gebäude stürmen?«

Kurts Vermutung, Rebecca Friedrichsen steuere Hamburg an, war naheliegend. Sie waren mittlerweile durch Neubukow hindurch und fuhren auf der B105 Richtung Wismar. Edda nahm ebenfalls an, dass Rebecca Friedrichsen dort auf die Autobahn fahren würde, denn soweit sie wussten, kannte die Frau in Wismar und Umgebung niemanden, und Geschäfte, Ärzte und so weiter hatten sonntags geschlossen. Allerdings teilte Edda Kurts Pessimismus nicht. Erstens traute sie sich zu, Friedrichsens Wagen auch durch Hamburg zu folgen. Zweitens wäre es allein schon eine interessante Information, zu erfahren, wohin Rebecca so dringend wollte. Drittens: Was sie in Hamburg tun würde, würde sie dort entscheiden.

Derweil näherten sie sich Wismar, und es begann stärker zu regnen. Edda schaltete die Scheibenwischer höher und ließ sich ein Stück zurückfallen, was der silberne Mercedes hinter ihr als Aufforderung zum Überholen verstand. Edda passte das gut. Die nächsten Kilometer beobachtete sie Friedrichsens blauen Ford an dem Mercedes vorbei. Ihr Verdacht, dass

Hamburg in der Tat Friedrichsen Ziel war, erhärtete sich, als Friedrichsen kurz darauf rechts abbog in Richtung Autobahnauffahrt. Doch statt die A14 zum Wismarer Kreuz zu nehmen, bog sie erneut rechts ab, so kurzfristig, dass Edda es fast verpasst hätte, und nahm die Osttangente um Wismar herum Richtung Insel Poel.

Edda runzelte die Stirn. Was wollte Rebecca Friedrichsen auf Poel? Oder wollte sie doch nach Wismar? Die Osttangente war eine Abkürzung zum alten Hafen, wenn man sich die Fahrt durch das Zentrum sparen wollte.

Es stellte sich heraus, dass Friedrichsens Ziel tatsächlich in Wismar lag. Die Osttangente mündete in einen Kreisverkehr, Friedrichsen nahm die dritte Ausfahrt, und kurz darauf überquerten sie die Stadtgrenze und fuhren auf den mächtigen Bau der Nikolaikirche zu. Zu ihrer Rechten lagen Backsteinhäuser, zur Linken Schrebergärten, doch dann wurde die Bebauung dichter. Edda beugte sich unwillkürlich vor, um Friedrichsen nicht aus den Augen zu verlieren. Der silberne Mercedes war immer noch zwischen ihnen, worüber sie froh war. Im dichten Stadtverkehr konnte sie keinen Abstand halten, ohne aufzufallen, und sie wollte nicht riskieren, dass Friedrichsen sie durch einen Blick in den Rückspiegel erkannte. Allerdings barg die Tatsache, dass ein Auto zwischen ihnen war, auch gewisse Gefahren, und schon im nächsten Moment geschah es: Sie fuhren am Busbahnhof vorbei auf eine Ampel zu, die auf Gelb schaltete, als Friedrichsens Ford kurz davor war. Rebecca Friedrichsen fuhr weiter, doch der Fahrer des silbernen Mercedes, der es auf der B105 noch so eilig gehabt hatte, bremste ab.

Edda stieß einen Fluch aus, während Kurt bemerkte: »Bis

wir grün haben, ist sie längst weg. Sie kann dann sonst wo sein.« Er sagte nicht, dass er es ja gleich gewusst habe, allerdings schwang es deutlich in seiner Stimme mit.

Edda verkniff sich eine bissige Erwiderung, denn in diesem Moment blinkte Friedrichsen und bog nach rechts in einen Parkplatz ab, den gerade ein uralter grüner Opel verließ. Friedrichsen rollte in die freigewordene Lücke.

Die Ampel zeigte immer noch rot. Edda trommelte ungeduldig mit den Fingern auf ihr Lenkrad, während sie beobachtete, wie Rebecca Friedrichsen aus dem Wagen stieg und sich einmal in alle Richtungen umblickte. Dann kam sie mit eiligen Schritten zur Straße zurück. Als sie den Bürgersteig erreichte, traf Edda eine Entscheidung.

Sie löste ihren Gurt und öffnete die Wagentür. »Ich gehe ihr nach. Park du den Wagen, dann folgst du uns. Ich ruf dich an.« Sie ignorierte Kurts Protestgemurmel, stieg aus, schloss die Wagentür und duckte sich im nächsten Moment, denn Rebecca Friedrichsen hatte den Bürgersteig neben der Straße erreicht und sah sich noch einmal um, bevor sie in Richtung Hafen davonging. Edda wartete, bis die Ampel auf Grün sprang, dann folgte sie.

Kurz darauf musste Edda erkennen, dass eine Verfolgung zu Fuß weitaus schwieriger sein konnte als eine mit Auto. Zumindest war das der Fall, wenn der Verfolger unbemerkt bleiben wollte und wenn das Objekt der Verfolgung sich regelmäßig umdrehte. Und das tat Rebecca Friedrichsen.

Warum sie das tat, hätte Edda nicht sagen können. Ahnte sie, dass sie beschattet wurde? War sie nervös, je mehr sie sich ihrem Ziel näherte? Hatte sie vielleicht schon wiederholt in ihrem Wagen Ausschau gehalten, was Edda nur nicht bemerkt hatte? Warum auch immer, Rebecca Friedrichsen legte keine hundert Meter zurück, ohne einen Blick über die Schulter zu werfen, zweimal blieb sie sogar stehen, um sich um die eigene Achse zu drehen.

Bei diesen Gelegenheiten schnellte Eddas Adrenalinspiegel jedes Mal nach oben, und sie versuchte in Deckung zu gehen, was gar nicht so einfach war. Rebecca Friedrichsen ging zwar in Richtung Alter Hafen, wo es an schönen Tagen von Touristen und Einheimischen wimmelte, die an der Hafenpromenade entlangbummelten, Fischbrötchen aßen oder Postkarten kauften. Bei diesem Wetter war allerdings wenig los. Der Regen hatte zwar nachgelassen, doch es nieselte immer noch, zudem war es kalt. Edda verfluchte sich dafür, dass sie nicht daran gedacht hatte, Schal, Mütze und Handschuhe anzuziehen, die stets in ihrem Auto bereit lagen. Nicht nur wäre es damit wärmer gewesen, eine gezielte Vermummung hätte es Friedrichsen auch erschwert, sie zu erkennen.

So blieb Edda nichts anderes übrig, als sich jedes Mal ebenfalls möglichst schnell umzudrehen, wenn Rebecca Friedrichsen es tat. Einmal gab sie vor, die Backsteinfassade eines alten Hafengebäudes zu bewundern. Ein anderes Mal ging sie einfach einige Schritte in die Richtung, aus der sie gekommen war. Ein drittes Mal suchte sie Deckung bei einer der Fischbuden, die auf Booten im Hafenbecken lagen und heute vergeblich auf Kundschaft warteten. Die Miene des Verkäufers, eines sonnenverbrannten Glatzkopfes mit eisblauen Augen, hellte sich sichtlich auf, als Edda so unverhofft auftauchte.

Doch Edda schenkte ihm nur ein entschuldigendes Lächeln während sie aus den Augenwinkeln Rebecca Friedrichsen beobachtete, die vor dem Restaurant am Ende des Hafenbeckens stand und sich aufmerksam umblickte. Schließlich ging sie weiter und bog hinter dem Restaurant nach rechts ab.

»Sorry«, murmelte Edda in Richtung der blauen Augen und folgte im Laufschritt. Ihr Adrenalinspiegel, der ein neues Hoch erreicht hatte, als Rebecca Friedrichsen sich umdrehte, fiel wieder ein wenig ab, doch nicht allzu sehr, denn Edda war längst vom Jagdfieber gepackt. Wenn sie ehrlich gegenüber Kurt gewesen wäre, hätte sie zugeben müssen, dass sie trotz ihrer zur Schau gestellten Sicherheit Zweifel an Sinn und Zweck ihrer Verfolgungsjagd gehegt hatte. Sie war Rebecca Friedrichsen aus einer Mischung aus Neugier gefolgt und dem dringenden Bedürfnis, etwas zu tun, nachdem Hilrieke ihre Ermittlungen ausgebremst hatte.

Doch mittlerweile war sie überzeugt, dass tatsächlich irgendein Geheimnis hinter Rebeccas Ausflug steckte. Man drehte sich nicht ständig um und scannte die Umgebung nach potentiellen Verfolgern, wenn man nur einen kleinen Hafenrundgang machen wollte.

Edda erreichte das Restaurant und spähte vorsichtig um die Ecke. Für eine Schrecksekunde dachte sie, sie hätte ihr Zielobjekt aus den Augen verloren, doch dann entdeckte sie Rebecca Friedrichsens weiße Mütze, die vor dem Hintergrund der dunklen Hafengebäude leuchtete. Rebecca Friedrichsen ging an einem Laden für Wassersportbedarf vorbei, der heute allerdings geschlossen hatte. In diesem Teil des Hafens war noch weniger los als vorne auf der Straße, außer Rebecca

Friedrichsen gab es nur zwei Personen, die gerade in einen geparkten Wagen stiegen.

Edda lief weiter. Als sie selbst auf Höhe des Wassersportgeschäfts war, klingelte ihr Handy. Kurt teilte ihr mit, dass er einen Parkplatz gefunden hatte. Edda erklärte ihm, wo sie war, dann stellte sie ihr Handy auf Vibrationsalarm. Rebecca hatte mittlerweile die Reihe alter Hafengebäude hinter sich gelassen. Rechts von ihr lag das Hafenbecken, links ein einzelnes, hohes, älteres Gebäude, vermutlich ein Wohnhaus. Sie befand sich mittlerweile im Bereich des alten Holzhafens, gegenüber dem Alten Hafen.

Eddas Herz pochte schneller. Sie war überzeugt, dass Rebecca Friedrichsen sich ihrem Ziel näherte. Allerdings hatte sie immer noch keine Ahnung, wie dieses Ziel aussehen mochte. Edda kannte sich nicht allzu gut in Wismar aus, doch sie war schon einmal hier gewesen und erinnerte sich, dass es in der Richtung, in die Rebecca lief, nur einige Gewerbe- oder Bürogebäude gab, die nach der Wende mit EU-Fördergeldern gebaut worden, sonntags jedoch vermutlich leer waren.

Doch halt, das stimmte nicht, korrigierte Edda sich im nächsten Moment. Es gab noch etwas dort, nicht etwas, sondern jemanden, eine Person, die aus der Richtung kam, in die Rebecca Friedrichsen lief. Die Mole machte hier eine Krümmung nach links, deswegen war die Person bis jetzt von dem Wohnhaus verborgen worden.

Doch bevor Edda sich die Person genauer ansehen konnte, blieb Rebecca Friedrichsen stehen. Edda ahnte, dass sie sich umdrehen würde, und ging vorsorglich hinter einem schwarzen Kombi mit dem Logo des Wassersportgeschäfts in Deckung. Durch die Scheiben konnte sie sehen, wie Rebecca Friedrichsen tatsächlich noch einmal zurückblickte und dann auf die Person zulief, die bei ihrem Anblick ebenfalls ihre Schritte beschleunigte.

Eddas Puls begann zu rasen, sie hatte das Gefühl, sie müsste platzen vor Spannung. Sie atmete hinter dem Kombi einmal tief durch und beobachtete dann die andere Person, die noch etwa hundertfünfzig Meter entfernt war. Sie war größer als Rebecca, trug Jeans und eine dunkle Jacke und einen schwarzen Regenschirm. Sie hatte entweder dunkle Haare oder trug eine dunkle Mütze. Ihr Gesicht konnte Edda nicht erkennen. Sie war sich auch nicht sicher, ob es ein schlanker Mann oder eine sportlich gebaute Frau war. Im Kopf ging sie blitzschnell die Personen durch, die sie im Rahmen der Ermittlungen befragt hatte. Finn Hofmeister? Es war möglich.

Aber warum sollten sie sich ausgerechnet hier treffen? Nun, die Antwort lag auf der Hand. Sie wollten nicht beobachtet werden, und sie hatten sich auf einen Treffpunkt geeinigt, der zwischen ihren Wohnorten lag.

Angespannt beobachtete Edda die beiden. Sie waren noch zehn Meter voneinander entfernt, dann fünf, dann blieben sie voreinander stehen. Sie umarmten einander nicht, gaben einander auch nicht die Hand, soweit Edda das an Rebecca Friedrichsens Rücken vorbei erkennen konnte. Sie standen einfach voreinander – Rebecca Friedrichsen im Regen, der wieder stärker geworden war, der oder die Unbekannte unter seinem oder ihrem Schirm – und redeten. Zumindest nahm Edda das an, denn hören konnte sie natürlich kein einziges Wort. Dafür hätte sie näher heranschleichen müssen, doch das war nicht möglich. Zwischen ihr und den beiden parkten nur einige wenige Autos, dann kamen über hundert Meter freie Fläche. Zwar hätte Edda versuchen können, sich von einem Auto zum nächsten voranzuarbeiten, doch erstens hätte sie das kaum mehr als dreißig Meter näher an die beiden herangebracht, zweitens wäre sie dadurch ins Blickfeld von Rebecca Friedrichsens Gesprächspartner geraten.

Andererseits … Wenn sie sich den beiden nicht nähern konnte, konnte sie sie vielleicht zu sich holen? Edda war schon völlig durchnässt. Sie rieb ihre klamme Hand unter ihrem Mantel trocken, dann zog sie ihr Handy aus der Tasche. Wenn sie die andere Person schon nicht mit bloßem Auge erkennen konnte, konnte sie sie vielleicht heranzoomen. Edda tippte die Kamerafunktion an, stellte maximalen Zoom ein und schoss eine ganze Serie von Fotos durch die Autoscheiben, das Ergebnis war jedoch mehr Pixelsalat als alles andere. Vielleicht ohne die Scheiben? In der Hocke bewegte Edda sich zur Kühlerhaube des Kombis, schob dann ihre Hand hoch, schätzte die Richtung und machte weitere Fotos. Bevor sie sich die Aufnahmen ansehen konnte, vibrierte ihr Handy. Kurt war am Eingang zum alten Holzhafen angekommen.

»Wo bist du?«

»Hinter einem schwarzen Kombi. Rebecca Friedrichsen unterhält sich etwa hundertdreißig Meter von mir entfernt mit einer anderen Person, vielleicht ein Meter fünfundsiebzig oder ein Meter achtzig, dunkle Jacke, schwarzer Schirm. Ich kann nicht näher heran, weil es keine Deckung gibt. Ich …«

Edda hielt inne, als Bewegung in das Paar auf der Mole kam. Die beiden hatten sich bisher vergleichsweise statisch unterhalten, doch jetzt schüttelte Rebecca Friedrichsen den Kopf, heftig, wie es schien, dann deutete sie mit einer behandschuhten Hand in die Richtung, aus der die andere Person gekommen war, Richtung Hafenausfahrt. Der oder die andere schüttelte ebenfalls den Kopf. Rebecca machte daraufhin eine Geste, die selbst auf die Entfernung Unwillen auszudrücken schien, und ging einige Schritte in Richtung Molenende. Dann blieb sie stehen und sah zurück. Die andere Person drehte sich zu ihr um, folgte jedoch nicht. Wieder machte Rebecca Friedrichsen eine Geste, und schließlich setzte die andere Person sich in Bewegung, und die beiden gingen zusammen in Richtung Hafenausfahrt.

Edda drückte sich das Handy ans Ohr. »Okay, Kurt, sie gehen weiter. Beeil dich. Ich folge ihnen.«

Edda wusste jetzt, was sie zu tun hatte. Rebecca Friedrichsen und ihr Begleiter folgten der Krümmung der Mole Richtung Hafenausgang. Sie mochten etwa hundertfünfzig, hundertsechzig Meter entfernt sein und näherten sich dem Ende von Eddas Sichtfeld. Noch zwanzig Meter, noch zehn Meter, kaum waren die beiden aus Eddas Sicht hinter dem Wohnhaus verschwunden, kam Edda hinter dem Kombi hervor, lief nach schräg links auf das Wohnhaus zu und in dessen Deckung daran entlang. Sie spähte um die Ecke, von ihren Zielobjekten war nichts zu sehen. Kein Wunder. Die Mole krümmte sich in diesem Bereich stärker. Hier lagen die Bürogebäude, an die Edda sich erinnerte, dreistöckige Quader mit dunkler Klinkerfassade. Von ihrem Standort aus konnte Edda nur den ersten sehen, die anderen lagen dahinter verborgen.

Edda lief weiter, bis sie das Bürogebäude erreichte. Dann

spähte sie vorsichtig daran vorbei, nichts, und lief noch ein Stück weiter. Sie konnte nun bis zum Ende der Gebäudereihe blicken, dahinter lag eine freie Fläche, doch keine Spur von Rebecca Friedrichsen und der anderen Person. Edda runzelte die Stirn. War sie zu langsam gewesen? Zwischen den Büroquadern gab es Durchgänge, die zur Straße führten, an der die Eingänge lagen. Edda schlich durch den nächsten Durchgang und spähte um die Ecke. Auch in diesem Bereich des Hafens war es an diesem Tag menschenleer, insbesondere konnte sie auch Rebecca Friedrichsen und die andere Person nicht sehen.

Edda fluchte. Wo waren die beiden? In einem der Bürogebäude verschwunden? Edda überprüfte die Tür im nächsten Eingang, die jedoch abgeschlossen war. Besaß einer der beiden einen Schlüssel? Oder versteckten sie sich in einem der Durchgänge? Edda stand vor dem zweiten Quader, lief an der Wand entlang und spähte um die Ecke in den Durchgang. Nichts. Sie lief weiter am nächsten Quader vorbei, spähte wieder in den Durchgang, wieder nichts. Sie lief weiter zum letzten Gebäude, doch auch dahinter waren die beiden nicht. Edda sah sich irritiert um. Das war ausgeschlossen. Sie mussten hier irgendwo sein. Gegenüber den Bürogebäuden lag eine Wiese, die sie nicht so schnell überquert haben konnten, und wenn sie die Straße entlanggegangen wären, hätte sie sie sehen müssen – trotz des Regens, der mittlerweile in Strömen floss.

Edda zückte ihr Handy, als sie ein Geräusch hörte. Nicht sonderlich laut, doch sogar durch das Prasseln des Regen hindurch konnte Edda es problemlos identifizieren. Ein Schrei. Ein kurzer, abgehackter Schrei. Noch bevor sie das Geräusch bewusst interpretiert hatte, sprintete Edda schon los. Der Schrei war aus der Richtung gedrungen, aus der sie selbst gekommen war. Von irgendwo zwischen oder hinter den dunklen Gebäuden. Edda jagte am ersten vorbei, spähte in den Durchgang, wie beim Hinweg nichts. Sie rannte weiter, spähte in den nächsten Durchgang, ebenfalls wieder nichts, und wollte schon weiterrennen. Doch aus diesem Blickwinkel bemerkte sie etwas, das ihr zuvor nicht aufgefallen war: In diesem Durchgang befand sich der Eingang zu einer Tiefgarage, der von niedrigen Mauern flankiert wurde. Sie hatte sie bei ihrer ersten Inspektion zwar registriert, sich jedoch nicht die Mühe gemacht, dahinter nachzuschauen, da sie nicht annahm, dass ein Mensch sich dahinter verstecken konnte. Doch von hier sah sie, dass das Tiefgaragentor ein Stück nach hinten versetzt lag, so dass unter dem Gebäude ein kleiner Hohlraum entstanden war. Im nächsten Moment hörte Edda von dort ein Geräusch, ein unterdrücktes Stöhnen oder Ächzen, dann ein Keuchen.

Edda war in Sekundenbruchteilen am Eingang zur Tiefgarage, stoppte dann jedoch ab, weil ihr Gehirn einen Moment benötigte, um alles, was sie sah, zu einem sinnvollen Ganzen zusammenzusetzen. Da war zunächst einmal Rebecca Friedrichsen, die mit dem Rücken zu ihr im Eingang der Tiefgarage stand. Ihr dunkelblauer Dufflecoat war vom Regen durchtränkt, ebenso ihre weiße Mütze, unter der sich feuchte rotgoldene Haare hervorkringelten. Sie stand leicht vorgebeugt, ihren rechten Arm wie zum Schlag erhoben. Sie schien etwas in der Hand zu halten, das Edda auf den ersten Blick allerdings nicht erkennen konnte.

Dafür konnte sie erkennen, auf wen Rebecca Friedrichsen

einschlagen wollte. Die Unbekannte. Es war eine Frau, wie Edda jetzt sah. Und sie sah noch etwas: dass die Frau ihr gar nicht unbekannt war. Sie erkannte sie selbst in der Düsternis der Tiefgarageneinfahrt. Sie erkannte sie trotz der dunklen Perücke, die schief auf ihrem Kopf saß, trotz der Augen, die jetzt Entsetzen statt Spott und Ungeduld spiegelten, trotz des Blutes, das aus einer Wunde an ihrer Wange herabsickerte. Es war Diana Lauer. Sie saß halb, halb lag sie zu Rebecca Friedrichsens Füßen. In einer Pfütze aus Regenwasser, nein, korrigierte Edda sich, in einer Lache aus Blut.

In diesem Moment holte Rebecca Friedrichsen aus. Doch bevor sie zuschlagen konnte, sprang Edda vorwärts. Rebecca Friedrichsen fuhr herum, und Edda erkannte zu spät, was sie in der Hand hielt, ein Küchenmesser mit einer langen, breiten Klinge. Edda riss zur Abwehr ihren linken Arm hoch, im nächsten Moment spürte sie einen scharfen Schmerz am Unterarm, dann trug der Schwung ihres Sprunges sie weiter, sie prallte gegen ihre Angreiferin und riss sie zu Boden. Edda hörte, wie das Messer mit einem Klirren auf dem Beton landete. Rebecca Friedrichsen begann sofort, um sich zu schlagen. Während Edda sie auf den Boden presste und versuchte, ihre Hände zu erwischen, tat sie etwas, das sie nie für möglich gehalten hätte: Sie schrie aus Leibeskräften nach Kurts Hilfe.

Teil IV

REBECCA

Was denken Sie jetzt von mir? Hätten Sie gedacht, dass ich fähig wäre, einen Menschen zu töten? Ihm ein Messer in den Bauch zu rammen? Wieder und wieder? Wundern Sie sich, dass ich dazu bereit war? Oder haben Sie Inka geglaubt, dass ich labil und aggressiv bin? Die Wahrheit ist: Ich bin nichts dergleichen. Nicht labil, nicht aggressiv – und keine Mörderin. Ich bin eine Mutter. Alles, was ich getan habe, habe ich als Mutter getan. Und ich würde es wieder tun.

Sind Sie selbst Mutter? Haben Sie selbst ein Kind geboren? Haben Sie selbst ein Kind verloren? Denn nur dann können Sie nachempfinden, wie ich mich nach Pauls Tod gefühlt habe. Die Traurigkeit. Die Stille. Die Verzweiflung, an der man zu ersticken droht. Das Gefühl der Leere – wie ein nutzloses Gefäß zu sein.

Ich glaube, die Instinkte der meisten Menschen sind schlecht. Die meisten Menschen wissen nicht, was gut für sie ist. Sie laufen jedem Trend hinterher, in der Hoffnung, dass er sie glücklich macht. Sie tun, was die Mehrheit macht oder was die Gesellschaft ihnen einredet, das zu tun ist. Inka ist so: Sie versucht, allen Anforderungen gerecht zu werden, die von außen an sie herangetragen werden, und reibt sich dabei auf. Doch ich habe nie verlernt, auf meine Instinkte zu hören. Ich wusste, dass

Lucy die Richtige für mich ist, obwohl mein Umfeld es für einen Fehler hielt, eine Frau zu lieben. Ich wusste immer, dass ich dazu geboren wurde, Mutter zu sein. Und ich wusste, dass es richtig war, nach Pauls Tod nach Rerik zu ziehen. Welches Recht hatte Inka, die nicht einmal ihr eigenes Leben im Griff hat, mich davon abhalten zu wollen? Keins! Und dennoch: »Tu das nicht, Rebecca, es wäre nicht gut für dich. Es ist ein großer Fehler, sich bei Depressionen zu verkriechen. Du darfst dich nicht so gehen lassen. Außerdem habe ich gelesen …« Blablabla. Und ich saß da, in den Trümmern meines Traums, und musste ihr zuhören. Meine Welt war zusammengebrochen. Nach Pauls Tod war ich eine große offene Wunde, jede Berührung, jeder Blick, jedes Wort schmerzte. Und Inka bohrte in der Wunde, bohrte, bohrte, bohrte … Ich warf den Bauklotz, damit Inka endlich ihre schreckliche Klappe hielt. Natürlich wollte ich Leon nicht treffen, ich wollte nicht einmal Inka treffen, ich wollte nur meine Ruhe. Ich wollte weg von allem. Ich wollte ans Meer. Bin ich deshalb labil? Aggressiv?

Ich folgte meinem Instinkt, und es war richtig so. Wäre ich nicht nach Rerik gezogen, wäre ich verrückt geworden. Als ich nach Rerik zog, tat alles in mir weh. Ich konnte nichts und niemanden ertragen – nur Lucy und das Meer. Der Anblick des unendlichen Horizonts, das Geräusch der Wellen, der Geschmack der salzigen Luft auf den Lippen. Das Meer half mir, über den schlimmsten Schmerz hinwegzukommen. Nach und nach erholte ich mich von der Fehlgeburt. Doch es gab etwas, wovon ich mich nicht erholen konnte: Die Ärzte hatten mir nach der Fehlgeburt gesagt, dass ich keine Kinder mehr bekommen könnte. Das wussten Sie nicht? Natürlich nicht.

Lucy und ich haben es niemandem erzählt. Ich wollte das Mitleid der anderen nicht, nicht ihre gut gemeinten Ratschläge. Doch ich erzähle es Ihnen jetzt, damit Sie den Rest meiner Geschichte verstehen können. Damit Sie verstehen können, warum ich mich wie ein Zombie fühlte – bis zu dem Tag, als ich Greta bekam.

Lucy erzählte mir zum ersten Mal an einem Freitag im Februar von ihr. In der Nacht hatte es geschneit, was an der Küste selten vorkommt. Ich habe Schnee immer gemocht, daher dehnte ich meinen üblichen Morgenspaziergang aus, lief am Strand entlang bis Meschendorf und dann oben an der Steilküste noch weiter. Mir gefiel, dass der Schnee alles bedeckte, alles wirkte so rein und frisch. Der Winter war bisher nass und trüb gewesen, als wollte die äußere Landschaft widerspiegeln, wie es in mir aussah, doch an dem Tag vermochte ich zum ersten Mal seit langer Zeit wieder so etwas wie Schönheit um mich herum wahrzunehmen. Leider hielt das nicht lange an. Auf dem Rückweg nach Hause fing es an zu regnen, der Schnee verwandelte sich in Matsch, die Landschaft wurde wieder grau und braun und trostlos, und ich erinnerte mich wieder daran, dass man gewisse Sachen nicht einfach überdecken kann.

Als Lucy einige Stunden später nach Hause kam, fand sie mich daher weinend auf der Couch. Sie fragte nicht, was los war, sondern schloss mich in die Arme, bis ich mich etwas beruhigt hatte. Dann wischte sie mir die Tränen ab und sagte, dass sie mir etwas Wichtiges erzählen müsse. Und das tat sie dann auch, obwohl ich eine Weile brauchte, bis ich sie verstand.

Vielleicht, weil ihre Botschaft so unglaublich war, aber hauptsächlich wohl, weil ich damals nicht sehr fix im Kopf war. Depressionen haben diese Wirkung. Sie können alles lahmlegen, Bewegungen, das Denkvermögen, einfach alles. Doch irgendwann drang durch, was Lucy mir sagen wollte: Sie hatte eine Frau kennengelernt, die schwanger war, das Baby jedoch nicht behalten wollte. Und diese Frau wollte, dass Lucy und ich ihr Kind bekamen.

»Es ist ein Mädchen. Du kannst Mutter einer kleinen Tochter werden«, sagte Lucy und sah mir in die Augen, um zu sehen, wie ich reagieren würde.

Ich glaube, zunächst reagierte ich gar nicht, weil ich es gar nicht fassen konnte. Lucy und ich hatten bereits über Adoption gesprochen, jedoch noch keine Schritte in diese Richtung unternommen. Zum einen wussten wir, dass die Chance, als lesbisches Paar für ein Baby ausgewählt zu werden, sehr klein war. Vor allem aber machte mir die Überprüfung Angst. Adoptionswillige Paare werden von den Behörden gründlich überprüft, ob sie in der Lage sind, finanziell, körperlich und emotional für ein Kind zu sorgen. Natürlich ist solch eine Überprüfung richtig und wichtig, aber in meiner damaligen depressiven Verfassung hätte ich keinen guten Eindruck auf die Behörden gemacht. Und jetzt wollte mir dennoch eine Frau ihr Baby anvertrauen?

Als mir dann schließlich klar wurde, dass ich nicht träumte, hatte ich jede Menge Fragen. Wer war diese Frau, woher kannte Lucy sie, wieso konnte sie ihr Baby nicht behalten, wieso wollte sie, dass ausgerechnet wir es bekamen? Lucy erzählte mir, dass sie die Frau – sie nannte sie übrigens Jane – über eine alte Bekannte kennengelernt habe. Jane sei eine amerikanische Studentin, lebe für ein Jahr in Köln. Sie sei klug, sportlich, trinke nicht, rauche nicht. Es klang alles perfekt, bis auf …

»Die Sache hat nur einen Haken«, sagte Lucy. »Jane möchte nicht, dass ihre Familie in Amerika jemals von der Schwangerschaft erfährt. Deshalb möchte sie das Kind nicht offiziell bekommen, und wir können es nicht offiziell adoptieren. Sie möchte das Kind unter deinem Namen bekommen, so dass du als leibliche Mutter gelten würdest.« Und dann erklärte Lucy mir, wie sie es sich vorstellte.

Natürlich hielt ich sie zuerst für verrückt. Nicht nur, weil das, was sie vorschlug, illegal war, sondern weil ich überzeugt war, dass es nicht klappen könnte. Deutschland – Land der Bürokratie, der Pünktlichkeit, der Genauigkeit, der DIN-Norm. Wie sollten wir ausgerechnet in dem Land, das alles bis in die kleinsten Details regelt und überprüft, mit so einer Täuschung durchkommen?

Aber Lucy meinte, es würde ganz einfach sein. Seit ich nach der Fehlgeburt meinen Job aufgegeben hatte, war ich über sie privat versichert. Ich war in der Zeit zweimal beim Arzt gewesen, unter anderem bei einem Allgemeinmediziner in Rerik, bei dem ich nie zuvor gewesen war. Dort hatte ich zwar meinen Namen, meine Adresse und Details zu meiner Versicherung angeben müssen, doch niemand hatte verlangt, meinen Personalausweis zu sehen, oder auf andere Weise meine Identität überprüft. »Wenn Jane in der Klinik deinen Namen, Adresse und so weiter angibt, wird niemand bezweifeln, dass sie Rebecca Friedrichsen ist. Ich werde dabei sein und bestätigen, dass sie meine Frau ist. Die Klinik wird dann die Geburtsbescheinigung auf deinen Namen ausstellen, und mit der Geburtsbescheinigung gehen wir dann zum Standesamt und lassen die Geburtsurkunde ausstellen. Du wirst als leibliche Mutter eingetragen. Denk einfach mal darüber nach.«

Vielleicht glauben Sie jetzt, dass ich das gar nicht getan habe, dass ich sofort ja sagte, aber das stimmt nicht. Ich dachte mehrere Tage nach, ob das alles wirklich klappen könnte, denn ich hatte entsetzliche Angst vor einer weiteren Enttäuschung. Was, wenn ich mich darauf einließ und Jane dann einen Rückzieher machte? Es wäre wie eine zweite Fehlgeburt, und ich wusste, ich würde das nicht ein weiteres Mal überleben. Doch natürlich kamen diese Bedenken letztendlich nicht gegen das an, was in der anderen Waagschale lag: ein Kind, ein Baby, ein hilfloses kleines Wesen, ungewollt. Und ich wollte es. Ich wollte es so sehr, und ich würde ihm eine gute Mutter sein.

Ich werde jetzt nicht haarklein aufzählen, was wir alles taten, um die Täuschung möglich zu machen. Es war tatsächlich verblüffend einfach. Natürlich musste ich eine Schwangerschaft vortäuschen, und Lucy besorgte mir Babybauchattrappen, mit denen ich von da an in Rerik herumlief. Nicht, dass es irgendwen außer Manfred Funke überhaupt interessierte, dass ich schwanger war, ich hatte schließlich keine Kontakte geknüpft. Jetzt erwies es sich als Vorteil, dass ich mich monatelang von meiner Familie und meinen Freunden zurückgezogen hatte. Zwar musste ich meinen Eltern irgendwann erzählen, dass ich wieder schwanger war, doch nach meiner Vorgeschichte wunderte sich niemand, dass ich es so lange für mich behalten hatte. Tatsächlich waren alle so erleichtert, dass es mir wieder gut zu gehen schien, dass sie, ohne zu fragen, akzeptierten, dass ich keine Details über die Schwangerschaft erzählen wollte, dass ich keinen Besuch bekommen wollte und dass ich bei dem einzigen Besuch bei meinen Eltern niemanden meinen Bauch berühren ließ. Es hat manchmal Vorteile, als neurotisch zu gelten!

Und auch auf Janes Seite lief alles wie geplant, zum Beispiel ging Jane regelmäßig unter meinem Namen zu einem Hamburger Gynäkologen, der ohne Umstände akzeptierte, dass sie Rebecca Friedrichsen hieß. Die einzige Unwägbarkeit war der Geburtstermin. Wir wollten, dass die Geburt in Hamburg stattfand, damit Lucy dabei sein konnte. Um das zu gewährleisten, sollte Jane zehn Tage vor dem errechneten Geburtstermin in unsere Hamburger Wohnung ziehen. Im Endeffekt war das aber nicht nötig, da Greta drei Wochen zu früh zur Welt kam.

Jane hatte am zwanzigsten Mai einen Vorsorgetermin beim Gynäkologen und war gerade im ICE nach Hamburg unterwegs, als die ersten Wehen einsetzten. Lucy holte sie vom Bahnhof ab und fuhr mit ihr in die Praxis, wie sie es zuvor schon oft gemacht hatte. Der Arzt überwies Julia dann sofort in die Klinik. Sie lag den ganzen Tag in den Wehen, Greta wurde am einundzwanzigsten Mai kurz nach Mitternacht geboren. Drei Wochen zu früh, doch sie war kerngesund, so dass Lucy sie schon am dreiundzwanzigsten Mai nach Hause holen durfte. Zu mir.

Ich werde Ihnen nicht viel über die nächsten fünf Monate erzählen. Die Erinnerungen daran sind mir zu kostbar, und ich habe Angst, sie könnten verblassen wie Fotos, die zu oft von fremden Händen berührt wurden. Ich möchte nur so viel sagen: Diese fünf Monate waren die aufregendsten und schönsten meines Lebens. Ich wusste vom ersten Moment an, dass Greta meine Tochter ist. Als Lucy mit ihr ankam, weinte sie, doch sobald sie in meinen Armen lag, hörte sie auf. Ich war von der ersten Minute an völlig verzaubert. So sehr, dass ich es noch nicht einmal hinterfragte, als Lucy an diesem Samstagnachmittag einen Anruf bekam und noch einmal fortfuhr. Ich werde stattdessen um fünf Monate springen zu dem Zeitpunkt, an dem ich Julia am Strand traf, beziehungsweise zu dem Dienstag, drei Tage nach dem verkorksten Abendessen, als ich ihr Foto auf Lucys Tablet fand.

Alles, was ich Ihnen bisher über meine Begegnung mit Julia erzählt habe, ist wahr. Wie wir uns kennenlernten, wie wir uns anfreundeten, wie sie verschwand, wie ich nach ihr suchte, wie ich schließlich ihr Foto auf Lucys Tablet entdeckte. Vielleicht glauben Sie mir nicht. Vielleicht denken Sie, ich hätte wissen müssen, dass Julia in irgendeiner Verbindung zu Gretas Mutter stand. Doch dabei vergessen Sie eins: Gretas Mutter hieß für mich Jane Fisher und war drei Monate zuvor in die USA zurückgeflogen. Dass das nicht stimmte, erfuhr ich erst an jenem Dienstagabend beziehungsweise in der Nacht auf Mittwoch nach der Entdeckung ihres Fotos auf Lucys Tablet, als Lucy nach Hause kam. Sie erzählte es mir, nachdem sie Greta im Maxi-Cosi nach oben in ihr Kinderzimmer gebracht hatte.

»Also«, sagte ich mit brüchiger Stimme und hielt Lucy das Tablet mit dem Foto unter die Nase. »Wer ist das und wieso hast du ihr Foto auf deinem Tablet?«

Lucy setzte sich neben mich auf die Couch und wollte nach meiner freien Hand greifen, doch ich zog sie weg und drehte mich so, dass ich ihr direkt in die Augen sehen konnte. »Also?«, wiederholte ich. »Wer ist das?«

Jetzt antwortete Lucy. »Sie heißt Julia Beyer und ist Gretas biologische Mutter.«

Womit auch immer ich gerechnet hatte: damit nicht. Und natürlich glaubte ich Lucy nicht. »Das kann nicht sein. Gretas biologische Mutter heißt Jane Fisher. Außerdem sieht sie ganz anders aus.« Ich wusste das, weil Lucy mir ein Foto von Jane Fisher gezeigt hatte. Herzförmiges Gesicht, dunkle Haare, zwei braune Augen.

Lucy schüttelte den Kopf. »Es tut mir leid, Becca, ich habe dich angelogen. Das Bild, das ich dir gezeigt habe, war ein Agenturfoto aus dem Internet. Gretas biologische Mutter heißt nicht Jane Fisher. Ich habe mir Jane nur ausgedacht, weil ich nicht wollte, dass du die Wahrheit erfährst. Bitte lass es mich erklären.«

Ich starrte Lucy an. Sie schien es tatsächlich ernst zu meinen. Ich konnte es nicht fassen. Meine Frau, für deren Ehrlichkeit ich meine Hand ins Feuer gelegt hätte, hatte mich angelogen. Ich war so verblüfft, dass ich nicht einmal wütend werden konnte. »Und wer ist Julia Beyer?«

»Sie ist … war eine Freundin von Finn. Er hatte eine Affäre mit ihr.« Und dann erzählte Lucy mir, wie Finn Anfang des Jahres zu ihr gekommen war, weil er Hilfe brauchte, weil er eben diese Julia geschwängert hatte. Dass diese Julia ihn unter Druck setzte. Dass sie verlangt hatte, dass er Priska verließ. Dass er sich geweigert hatte und dass sie stattdessen nun Geld wollte. Dass er zwar bereit war, sie und das Kind finanziell zu unterstützen, doch sie verlangte Beträge, die er nicht aufbringen konnte, ohne dass Priska es bemerkt hätte. Deshalb bat Finn Lucy um Hilfe.

»Ich habe ihm geraten, es Priska zu beichten, aber er hatte Angst, dass sie ihn verlässt – was sie zweifellos getan hätte. Also versprach ich ihm, erst einmal mit Julia zu reden.« Lucy sah mich bei den Worten bittend an. »Ich hatte dabei keine Hintergedanken, Becca, ich schwöre es dir. Ich wollte nur zwischen den beiden vermitteln. Doch im Gespräch mit Julia wurde mir klar, dass sie das Baby gar nicht wollte. Sie benutzte es als Druckmittel Finn gegenüber. Und da kam mir die Idee …« Sie zögerte und fuhr dann leise fort: »Nun, da war dieses Baby, dessen Mutter es nicht wirklich wollte, die es als Mittel zum Zweck benutzte. Und da warst du! Du warst so unglücklich, weil du kein Kind bekommen konntest. Und ich … ich hatte Geld.« Sie brach ab und sah mich hilflos an.

»Du hast Greta gekauft«, sagte ich tonlos. Es war keine Frage, sondern eine Feststellung. »Du hast unser Kind gekauft.«

Lucy nickte.

»Und wie viel hast du für sie bezahlt?« Ich weiß nicht, warum ich gerade diese Frage stellte. Eigentlich spielte es keine Rolle, doch in dem Moment schossen mir so viele Fragen durch den Kopf, dass ich sie gar nicht sortieren konnte und einfach die erstbeste aussprach.

»Wir hatten uns zuerst auf fünfunddreißigtausend Euro geeinigt.«

Ich schluckte. Ich wusste nicht einmal, ob ich die Summe hoch oder niedrig für das Leben eines Kindes finden sollte. Und eigentlich war es auch egal. Egal, welchen Betrag Lucy genannt hätte, es hätte die Sache nicht fassbarer gemacht.

Lucy streckte ihre Hand aus, wurde dann unsicher und zog sie zurück. »Es tut mir leid, Becca. Ich wollte nicht, dass du es so erfährst. Ich wollte nicht, dass du es überhaupt erfährst, aber …«

»Und warum nicht?«, kreischte ich. Ich merkte selbst, wie schrill meine Stimme war, konnte in dem Moment jedoch nicht anders. Es war alles zu viel. »Wie konntest du mir so etwas verheimlichen? Wie konntest du mir verheimlichen, dass Finn Gretas Vater ist? Finn … O Gott, natürlich, deshalb will er Greta immer sehen.« Und in dem Moment wurde ich endlich wütend. »Wie konntest du? Wie konntest du mir das verheimlichen? Wie konntest du mit Finn so ein Geheimnis vor mir haben?«

Lucy schüttelte den Kopf. »Finn wusste es nicht von Anfang an. Der Deal mit Julia sah vor, dass ich ihr das Geld zahlte, dafür bekam ich das Kind, und sie stellte keine weiteren Forderungen an Finn.«

»Ach, und Finn wurde nicht misstrauisch, als Julia ihn plötzlich in Ruhe ließ?«, fragte ich voller Sarkasmus.

Lucy schüttelte den Kopf. »Ich habe ihm gesagt, dass ich ihr ins Gewissen geredet und sie sich deswegen mit zehntausend Euro begnügt hätte.« Ein wehmütiges Lächeln huschte über Lucys Gesicht. »Du weißt doch, wie Finn ist. Er glaubt, was er glauben will und was am bequemsten für ihn ist.«

In dem Punkt hatte sie recht, doch mir wollte das Ganze immer noch nicht in den Kopf. »Aber warum hast du es mir nicht gesagt?«

Lucy seufzte. »Weil es illegal war und weil ich nicht wollte, dass du tiefer in die Sache hineingezogen wurdest als unbedingt notwendig. Vor allem aber wollte ich deine Beziehung zu Greta nicht belasten. Ich wollte dir die Chance geben, wieder glücklich zu werden. Ich hatte Angst, du würdest nicht zustimmen, und ich konnte nicht mehr ertragen, dich so unglücklich zu sehen.« Lucys Stimme zitterte. Sie wischte sich mit dem Handrücken über die Augen. Dann senkte sie ihren Kopf und starrte auf ihre Hände.

Ich betrachtete fassungslos Lucys gebeugten Kopf. Ihre Haare waren so kurz, dass ich die Kopfhaut erkennen konnte. Es ließ sie verletzlich wirken und berührte mich tief. Ich wusste instinktiv, dass sie mich nicht anlog. Es war so typisch für Lucy, sie hat immer das Beste für mich gewollt. Und dann fiel mir der Grund wieder ein, warum wir dieses Gespräch begonnen hatten. »Aber wieso hat Julia mich dann aufgesucht? Was wollte sie?« Mir kam ein Gedanke, und Panik schoss in ihr hoch. »O mein Gott, möchte sie Greta zurück? Ist es das?«, kreischte ich.

Lucy griff nach meinen Händen und hielt sie fest. »Nein. Die Frau, die du am Strand gesehen hast, kann nicht Julia Beyer gewesen sein. Julia Beyer ist tot. Sie starb an dem Tag, an dem ich Greta nach Hause brachte.« Und dann erzählte sie mir, wie Julia gestorben war.

Ich weiß nicht, wie ich meine Reaktion auf Julia Beyers Tod und auf die Rolle, die Lucy bei dem Verschwindenlassen ihrer Leiche spielte, schildern kann, ohne dass Sie mich verachten. Natürlich war ich verstört. Welche Frau würde der gewaltsame Tod einer anderen Frau nicht erschrecken? Und diese Frau hatte mir das größte Geschenk meines Lebens gemacht!

Doch gerade deswegen war ein Teil von mir auch erleichtert über das, was Lucy erzählte. Denn wenn Julia Beyer tot war, dann konnte sie nicht die Frau sein, die ich am Strand kennengelernt hatte. Dann konnte sie nicht gekommen sein, um Greta zurückzuverlangen. Doch wer war die Frau dann?

Ich blickte auf das Tablet, das ich immer noch in meiner Hand hielt. Der Bildschirmschoner hatte sich längst eingeschaltet. Ungeduldig wischte ich darüber, um Julia Beyers Foto noch einmal zu betrachten. Ich war so sicher gewesen, dass diese Frau mit Julia vom Strand identisch war. Nun ja, nicht sofort. Das üppige Make-up hatte mich irritiert und die langen Haare, doch davon abgesehen … Die Gesichtszüge waren ähnlich. Und was die Augen betraf …

Lucy erriet meine Gedanken. »Die Frau vom Strand könnte farbige Kontaktlinsen getragen haben. Und wenn sie sich geschminkt hat wie Julia Beyer …«

Ich schüttelte den Kopf. »Julia – ich meine Julia vom Strand – war kaum geschminkt. Ich akzeptiere, dass das Foto nicht von ihr ist, aber sie sieht der Frau ähnlich.« Ich überlegte. »Hatte Julia Beyer vielleicht eine Schwester?«

Lucy schüttelte den Kopf, doch dann schien ihr etwas einzufallen. »Sie hatte eine Cousine. Die beiden wohnten zusammen.«

»Und sieht ihr die Cousine ähnlich? Hast du sie mal gesehen?«

»Nein, natürlich nicht. Ich wollte die Verbindung zwischen Julia und mir geheim halten. Und sie hat mir geschworen, dass sie niemandem davon erzählen würde, dass wir ihr Kind bekommen würden. Allerdings …«

Sie sprach den Satz nicht zu Ende, das war auch nicht nötig. Nach allem, was Lucy über sie erzählt hatte, war Julia Beyer weder verantwortungsbewusst noch sonderlich zuverlässig gewesen. Und selbst wenn sie ihr Versprechen gehalten und ihrer Cousine nichts gesagt hatte, konnte diese etwas mitbekommen haben. Falls die Frau, die ich am Strand kennengelernt hatte, überhaupt Julia Beyers Cousine war.

Doch ob sie es nun war oder nicht – die entscheidende Frage lautete: Was wollte sie von mir?

Ich bekam die Antwort am nächsten Abend. Am nächsten Morgen fuhr Lucy etwas später als gewöhnlich nach Hamburg, weil wir die ganze Nacht wach gelegen und diskutiert hatten. Mir wäre es lieber gewesen, wenn sie zu Hause geblieben wäre, denn ich drehte fast durch vor Sorge wegen der Frau vom Strand. Was konnte sie von mir, von uns wollen? Was hatte sie mit Julia Beyer zu tun? Und ging es bei der ganzen Sache um Greta?

Ich war davon überzeugt, und der Gedanke erfüllte mich mit einer solchen Panik, dass ich unseren Morgenspaziergang und auch die Einkaufstour, die ich für den Nachmittag geplant hatte, ausfallen ließ. Ich blieb mit Greta zu Hause, wo uns nichts passieren konnte, wo meine Tochter sicher war. Dennoch fühlte ich mich nicht sicher, und meine Unruhe übertrug sich auf Greta, die fast nonstop quengelte. Als schließlich Lucy um kurz vor sieben nach Hause kam, lagen meine Nerven blank, zumal Lucy spät dran war.

»Wo bleibst du denn?«, fauchte ich sie an. »Ich muss los.« Und dann war ich auch schon auf dem Weg ins Physiotherapiezentrum.

Ich hatte den ganzen Tag meinen Pilatesstunden entgegengefiebert. Ich glaube, ich hatte vage gehofft, dabei ein wenig abschalten oder zumindest das Gedankenkarussell, das wie irre in meinem Kopf kreiste, stoppen zu können. Doch das funktionierte nicht. Im Gegenteil. Während ich unkonzentriert meine Anweisungen herunterspulte und mechanisch die Übungen vorturnte, machte ich mir nicht nur Sorgen wegen der Frau vom Strand, sondern zunehmend auch wegen Lucy. Es war untypisch für sie, zu spät zu kommen, und sie hatte – das war mir selbst bei der kurzen Begegnung im Hausflur aufgefallen – völlig fertig ausgesehen. War noch etwas passiert?

Es dauerte nur Minuten, bis ich davon überzeugt war. Panik stieg in mir auf. Ich versuchte, sie zu unterdrücken, während ich weitere Anweisungen herunterratterte, doch es gelang mir nicht sehr gut, und um Punkt neun krallte ich mir meine Matte, ignorierte die Kursteilnehmerinnen, die mir wie üblich noch Fragen stellen wollten, und lief nach Hause.

Als ich das Wohnzimmer betrat, wurde mir sofort klar, dass meine Befürchtung berechtigt gewesen war. Normalerweise stand Lucy in der Küche, wenn ich vom Physiotherapiezentrum nach Hause kam, und bereitete irgendeinen Snack vor, den wir dann gemeinsam aßen, sobald ich geduscht hatte. Oft deckte sie auch den Esstisch mit Kerzen und öffnete eine Flasche Wein. Unsere Mittwochabende waren meistens etwas Besonderes als Ausgleich dafür, dass wir uns unter der Woche sonst nicht sahen.

Doch heute saß Lucy auf der Couch. In der Hand hielt sie ihr Handy, doch sie telefonierte nicht, tippte auch nicht darauf herum, sondern starrte ins Leere.

»Was ist passiert?«

Lucy wandte den Kopf in meine Richtung, und ihr Blick war so hoffnungslos, dass er mich traf wie ein Schlag in den Magen. Ich lief sofort zu ihr und nahm sie in die Arme, und zu meinem unendlichen Schrecken fing sie an zu weinen. Ich hatte sie noch nie weinen sehen, außer vor Rührung auf unserer Hochzeit. Schließlich machte Lucy sich los.

»Es tut mir so leid«, flüsterte sie.

»Was ist passiert?«

»Ich habe sie getroffen«, flüsterte Lucy. »Die Frau, die du am Strand kennengelernt hast.«

»Julia? Wo? Wann?«

Lucy schüttelte den Kopf. »Sie heißt nicht Julia, obwohl sie ihr wirklich ähnlich sieht. Du hattest recht. Ich glaube, es ist die Cousine, es muss eine Verwandte sein. Sie hat vor der Firma auf mich gewartet. Becca, sie weiß alles.«

Mir wurde eiskalt. »Was heißt das genau, alles?«

»Sie weiß, dass du nicht Gretas biologische Mutter bist, sondern Julia. Und sie kann es beweisen. Sie hat einen DNA-Test machen lassen. Mit deiner DNA, Gretas und der von Julia.«

Ich rückte unwillkürlich von Lucy ab. »Aber das ist unmöglich. Ich habe ihr keine DNA gegeben. Weder von mir noch von Greta.« Ich schüttelte heftig den Kopf. »Lucy, ich schwöre dir, ich hätte doch nie freiwillig …«

Lucy unterbrach mich. »Man muss seine DNA nicht freiwillig hergeben. Man verliert ständig Haare. Und wenn sie zum Beispiel Greta mal gehalten hat …«

Und da fiel es mir wie Schuppen von den Augen. Ich hatte den ganzen Tag gegrübelt, warum mich die Frau vom Strand hatte kennenlernen wollen und warum es ihr nicht gereicht hatte, mich einmal zu treffen. Jetzt wurde es mir klar. Julia hatte mir zweimal angeboten, Greta für mich zu halten, als ich bei irgendwelchen Gelegenheiten freie Hände brauchte. Ich hatte beide Male abgelehnt. Nicht aus einem besonderen Misstrauen Julia gegenüber, sondern weil es mir generell nicht behagte, wenn andere Menschen – außer Lucy und meinen Eltern – meine Tochter berührten. Doch bei unserem letzten Treffen hatte ich Greta kurz mit Julia allein gelassen, weil ich zur Toilette gegangen war. Und danach war sie nicht mehr aufgetaucht.

Ich sprang auf. »Nein!« Ich schrie das Wort heraus. »Sie bekommt Greta nicht, niemals. Sie ist meine Tochter.«

»Sie will nicht Greta, sie will Geld. Hunderttausend Euro, sonst geht sie mit ihrem Wissen zur Polizei und zum Jugendamt. Es tut mir so leid, Becca.«

Den letzten Satz verstand ich nicht. Meine Erleichterung war grenzenlos. »Geld? Sie will nur Geld? Aber dann ist doch alles gut. Wir werden natürlich zahlen. Sie soll ihr Geld haben. Wir haben doch genug, oder?«

Lucy nickte langsam. »Ja, wir hätten genug, wenn wir das Haus verkaufen. Aber Becca, ich werde nicht zahlen.«

Ich lachte ungläubig auf. »Natürlich werden wir zahlen.«

Ich sah auf Lucy hinunter, die noch immer auf der Couch saß. Sie schien mir etwas sagen zu wollen, jedoch Schwierigkeiten zu haben, die Worte zu finden. Das war ungewöhnlich für sie. Noch ungewöhnlicher war ihre ganze Haltung. Lucy war immer stark gewesen, besonders für mich und besonders seit Pauls Tod. Jetzt wirkte sie schwach und unendlich müde.

Und zum ersten Mal machte ich mir wirklich bewusst, wie hoch die Belastung war, der sie im letzten halben Jahr ausgesetzt gewesen war. Was sie alles für mich auf sich genommen hatte, die Lügen, die Albträume, und ich erschrak. Wie Lucy so dasaß, wirkte sie geschlagen, und ich fragte mich entsetzt, wie lange sie schon in diesem Zustand war. Wie lange hatte ich nicht bemerkt, wie schlecht es meiner Frau ging? Weil sich mein Leben nur um Greta gedreht hatte?

Ich ging vor Lucy in die Hocke und ergriff ihre Hände, und schließlich brachte sie hervor, was sie sagen wollte. »Sie droht nicht nur auszusagen, dass du nicht Gretas Mutter bist, Becca. Sie glaubt auch, dass ich Julia getötet habe.«

»Aber das ist nicht wahr«, sagte ich empört. »Du hast mir doch erzählt, Julia sei gestürzt. Es war ein Unfall. Es war nicht deine Schuld.«

Lucy schüttelte den Kopf. »Es ist wahr, Becca. Wenn ich nicht gewesen wäre, wenn ich diesen Plan nicht ausgeheckt hätte, wäre Julia nicht gestorben. Und ich habe geholfen, ihren Tod zu vertuschen. Ich habe geholfen, ihren Körper zu zerlegen. Ich habe ihren Kopf genommen und …«

Ich unterbrach sie schnell. »Aber du hattest keine Wahl. Hättest du es nicht getan, hätten wir Greta verloren.«

»Ich hatte eine Wahl. Und ich habe eine falsche Entscheidung getroffen. Becca, ich habe seit fünf Monaten Albträume, ich kann damit nicht mehr leben.«

Ich ignorierte den letzten Satz. »Aber dann ist es doch umso wichtiger, dass wir zahlen. Wenn die Frau vom Strand der Polizei sagt, dass du in Julias Tod verwickelt warst, kommst du ins Gefängnis.«

Lucy sah mich unendlich traurig an. »Und genau da gehöre ich hin.« Sie streckte ihre Hand aus und legte sie an meine Wange. »Es tut mir leid, Becca, ich werde alles tun, damit du Greta behalten kannst. Aber ich werde morgen zur Polizei gehen. Ich muss die Wahrheit sagen. Ich muss es tun, damit ich mir selbst vergeben kann, damit ich wieder schlafen kann.«

Teil V

MONTAG

1

»Wir haben uns gestritten«, erzählte Rebecca Friedrichsen. »Ich konnte nicht glauben, dass Lucy es wirklich ernst meinte, dass sie wirklich zur Polizei gehen wollte. Sie gefährdete dadurch alles. Mein Glück, Gretas Glück. Wie konnte sie?«

Der Ton ihrer Stimme war anklagend und voller Verwunderung. Rebecca Friedrichsen schien tatsächlich nicht begreifen zu können, was ihre Frau zu diesem Entschluss getrieben hatte. Edda hingegen verstand es nach zwanzig Jahren bei der Kriminalpolizei durchaus. Sie hatte schon erlebt, dass Fälle gelöst wurden, weil Zeugen – zum Teil nach jahrelangem Schweigen – aus heiterem Himmel eine Aussage machten oder gar ein Geständnis ablegten. Das schlechte Gewissen war eine mächtige Waffe.

Und Lucy Hagen war ein guter Mensch gewesen. Ein Mensch, dem es wichtig war, täglich in den Spiegel schauen zu können. Edda hatte den Obduktionsbericht gelesen. Sie wusste, was für ein Gemetzel es gewesen sein musste, Julia Beyers Kopf und vermutlich auch die übrigen Gliedmaßen abzutrennen. Auch aus begangenen Grausamkeiten gingen nur wenige Menschen unbeschadet hervor. Sie wurden härter – oder sie zerbrachen daran. Das Erstaunliche war in Eddas Augen nicht, dass Lucy Hagen ein Geständnis hatte ablegen wollen, sondern dass sie etwas Gestehenswertes getan hatte. Aus Liebe. In Eddas Augen ein Gefühl fast so gefährlich wie Hass.

Für einen Moment senkte sich Schweigen über den Verhörraum. Es war Montag, ein Tag, nachdem Rebecca Friedrichsen erst Diana Lauer und dann Edda mit einem Küchenmesser angegriffen hatte. Obwohl Edda größer, stärker und in Selbstverteidigung trainiert war, war es ihr nicht leichtgefallen, die Frau zu bändigen. Es war ihr erst mit Kurts Hilfe gelungen, der irgendwann eingetroffen war. Sie hatten Rebecca Friedrichsen mit ihrem eigenen Schal gefesselt, dann den Notarzt gerufen und Erste Hilfe bei Diana Lauer geleistet. Doch die Frau war noch am Tatort verblutet.

Jetzt strich Edda mit dem rechten Zeigefinger über den Verband an ihrem linken Handgelenk. Der Schnitt, den Rebecca Friedrichsen ihr zugefügt hatte, war nicht tief, schmerzte aber dennoch. Edda ignorierte den Schmerz und konzentrierte sich wieder auf Rebecca Friedrichsen, die ihr gegenübersaß, neben ihrem Anwalt. Es war nicht Torge Berger, sondern ein älteres Mitglied derselben Kanzlei. Der Mann hatte anfangs versucht, seine Mandantin vom Reden abzuhalten, war jedoch gescheitert. Rebecca Friedrichsen wollte reden, sie wollte sich rechtfertigen. Und in Eddas Augen war es nicht die dümmste Strategie. Wenn man in flagranti dabei ertappt wurde, wie man eine Zeugin niederstach, war Kooperation die letzte Möglichkeit, die eigene Lage wenigstens marginal zu verbessern.

»Was geschah dann?«, fragte Edda schließlich.

Rebecca Friedrichsen schob sich eine Haarsträhne aus ihrem Gesicht. Ihre Haare waren stumpf, ihr Gesicht war blass. Die Nacht in der Zelle war ihr nicht gut bekommen. Nun, sie würde sich für die nächsten Jahre daran gewöhnen müssen.

»Lucy und ich stritten uns immer heftiger«, erzählte Rebecca Friedrichsen. »So laut, dass Greta uns hörte. Zumindest fing sie irgendwann an zu weinen. Sie weinte immer lauter, so dass ich schließlich hochlief, um nach ihr zu sehen. Als ich wieder herunterkam, war Lucy weg. Ich sah überall nach, doch sie war verschwunden, auch ihre Jacke und ihr Hausschlüssel fehlten. Ich konnte mir das nur so erklären, dass sie direkt zur Polizei gefahren war, und wurde panisch. Deswegen beschloss ich wegzufahren. Ich lief nach oben, duschte schnell, dann packte ich einige Sachen für Greta und mich – so, wie ich es Ihnen erzählt habe.«

Nur aus einem anderen Motiv heraus, dachte Edda. »Und wann war das?«

Rebecca Friedrichsen schüttelte müde den Kopf. »Ich weiß es wirklich nicht. Ich beeilte mich natürlich, aber es dauerte eine Weile, bis ich das Auto beladen hatte. Ich glaube nicht, dass ich vor halb elf weggefahren bin. Vermutlich war es noch später.«

»Das heißt, Sie waren um zehn zu Hause?«

Sie bejahte.

»Wieso haben Sie dann nicht die Tür geöffnet, als bei Ihnen geklingelt wurde?«

Überraschung malte sich auf ihrem Gesicht. »Es hat niemand geklingelt.«

»Wir haben einen Zeugen, der aussagt, genau das getan zu

haben. Um zweiundzwanzig Uhr. Er sagt, es brannte Licht aber niemand öffnete.«

»Um zehn Uhr? Aber wer sollte denn geklingelt haben? Herr Funke?«

»Finn Hofmeister.«

»Finn? Finn war an dem Abend in Rerik? Aber was wollte er denn bei uns?«

Edda beantwortete die Frage nicht.

Rebecca Friedrichsen schüttelte den Kopf. »Das verstehe ich nicht.« Sie runzelte die Stirn. »Es sei denn, ich stand gerade unter der Dusche. Da höre ich die Klingel nicht.« Sie sah Edda aus ihren sanften Haselmausaugen an. Edda hatte keine Ahnung, ob sie die Wahrheit sagte oder nicht.

»Sie sagten vorhin, Sie hätten Ihr Auto beladen. Stand das Auto in der Garage?«

»Ja.«

»Aber dann müssen Sie doch gesehen haben, dass der Wagen Ihrer Frau ebenfalls dort stand.«

Rebecca Friedrichsen nickte. »Doch, und natürlich war mir klar, dass sie noch nicht zur Polizei gefahren sein konnte, aber …« Sie starrte auf die Tischplatte, wischte mit ihren Händen in langsam kreisenden Bewegungen darüber. Schließlich sah sie wieder zu Edda hin. »Ich war in Panik. Ich hatte nicht das Gefühl, bei Lucy mit meinen Argumenten durchzudringen, deshalb wollte ich mich verstecken. Außerdem dachte ich, dass Lucy es sich vielleicht noch einmal überlegen würde, wenn sie sah, dass ich weg war. Deshalb fuhr ich los. Ohne Ziel, doch irgendwann merkte ich, dass ich auf der A20 Richtung Osten unterwegs war, und beschloss, nach Rügen zu fahren, ins Ferienhaus meiner Eltern. Aber als ich dort ankam, wurde mir klar, dass es nicht sicher war, falls Lucy schon zur Polizei gegangen war, also …«

»Also brachen Sie ins Ferienhaus der Bergers ein«, vollendete Edda den Satz. Sie war zufrieden, in dem Punkt recht behalten zu haben. »Und was war Ihr Plan?«

Rebecca Friedrichsen zuckte mit den Achseln. »Ich hatte keinen Plan. Ich wollte mich zunächst nur verstecken. Deshalb stellte ich auch den ganzen Tag das Handy aus, weil ich Angst hatte, Sie könnten mich sonst orten. Aber so konnte ich natürlich nicht wissen, ob Lucy es sich nicht anders überlegt hatte, deshalb schaltete ich es irgendwann wieder ein. Doch statt einer Nachricht von Lucy war da Ihr Anruf. Mir wurde klar, dass Sie mich suchen, und ich wurde immer panischer – bis ich dann im Radio hörte …«

Sie brach ab, als sich ihre Augen mit Tränen füllten, und sah an Edda vorbei in eine Ecke des Raumes. Edda bezweifelte nicht, dass ihr Kummer über den Tod ihrer Frau echt war. Doch das bedeutete nicht, dass sie sie nicht getötet hatte. Denn jetzt hatte Edda das, wonach sie so lange gesucht hatte: ein Motiv.

»Was dachten Sie, als Sie vom Tod Ihrer Frau hörten?«

Rebecca Friedrichsen wischte sich mit dem Handrücken über die Augen und sah Edda an. »Ich dachte erst, es sei ein Unfall gewesen, immerhin wurde es im Radio so berichtet. Doch als Sie sagten, dass das nicht sein könne«, sie schluckte, »da war ich sicher, dass Lucy es für mich getan hat. Weil sie keinen anderen Ausweg sah. Sie konnte mit ihren Schuldgefühlen nicht mehr leben, aber sie wollte auch nicht, dass mir

Greta weggenommen wird. Und jetzt … Und jetzt muss ich ohne sie beide leben.«

Sie brach ab und schluchzte auf. Sie versuchte, die Tränen zurückzuhalten, doch dann warf sie sich nach vorn, vergrub ihr Gesicht in ihrer Armbeuge und weinte bitterlich.

Edda warf einen Blick zu ihrem Anwalt, den der Ausbruch zu überraschen schien, und zu Britt, die ein ausdrucksloses Gesicht machte. Keiner zeigte Mitgefühl, obwohl Edda es durchaus empfand. Rebecca Friedrichsen hatte sich ein Kind gewünscht, so sehr, dass sie sich auf einen Weg eingelassen hatte, der außerhalb der Legalität verlief. Dass jetzt drei Menschen tot waren, war nicht primär ihre Schuld. Wäre Diana Lauer nicht gierig geworden …

Der Anwalt reichte Rebecca Friedrichsen ein Papiertaschentuch. Edda wartete, bis die Frau sich geschnäuzt hatte, bevor sie fortfuhr. »Sie sagten vorhin, dass Lucy wegen ihrer Schuldgefühle nicht mehr leben wollte. Schuldgefühle wegen Julia Beyers Tod?«

»Ja.«

»Erzählen Sie mir noch einmal, wie es dazu kam.«

»Aber das habe ich doch schon«, entgegnete Rebecca Friedrichsen unwillig. »Es war ein Unfall.«

»Bitte erzählen Sie es mir noch einmal.«

Rebecca Friedrichsen warf einen Blick zu ihrem Anwalt, der nickte, und wiederholte dann die Geschichte, die sie schon am Vorabend erzählt hatte. Demnach war Julia Beyer am dreiundzwanzigsten Mai abends gestorben, nachdem sie morgens aus dem Krankenhaus entlassen worden war. Eigentlich hatte sie zurück nach Köln fahren wollen, doch dann bemerkte sie, dass ihr Handy weg war. Sie vermutete, dass es ihr auf der Fahrt ins Krankenhaus in Lucy Hagens Wagen aus der Tasche gefallen war, und rief Lucy Hagen an. Die hatte das Handy tatsächlich und fuhr nach Hamburg, um es Julia Beyer zu bringen. Die beiden trafen sich in der Hamburger Wohnung von Friedrichsen und Hagen.

»Warum da?«, fragte Edda.

»Weil Julia schon dort war. Sie war vom Krankenhaus hingefahren, weil sie dort noch ein paar Sachen hatte. Sie hatte da ein paarmal übernachtet, wenn sie Termine beim Frauenarzt hatte. Lucy hatte ihr einen Schlüssel gegeben.«

»Und was geschah dann?«

Rebecca Friedrichsen atmete einmal tief durch. »Lucy brachte Julia das Handy. Danach wollte sie schnell wieder zu mir zurück, doch Julia hielt sie auf. Sie sagte, sie habe noch einmal nachgedacht und sei zu dem Schluss gekommen, fünfunddreißigtausend Euro seien zu wenig für ein Kind. Sie verlangte mehr.«

»Wie viel?«

Rebecca Friedrichsen überlegte. »Das Doppelte. Als Lucy das ablehnte, ging sie mit ihrer Forderung runter, aber ich weiß nicht, um wie viel. Und dann …« Sie brach ab und begann, auf ihrer Unterlippe zu nagen.

»Und dann?«, hakte Edda nach.

»Das habe ich doch schon erzählt.« Rebecca Friedrichsen fuhr nervös über die Tischplatte. »Sie stritten sich. Schließlich stand Lucy auf, weil sie gehen wollte, und in dem Moment ging Julia auf sie los. Lucy stieß sie zurück, und Julia verlor das Gleichgewicht. Sie fiel hin und schlug mit dem Kopf auf die Tischkante. Lucy sagt, sie sei sofort tot gewesen. Und mehr weiß ich darüber nicht. Ich war nicht dabei.«

Bei dieser Aussage blieb Rebecca Friedrichsen auch, als Edda versuchte, ihr weitere Details zu entlocken. Ebenfalls blieb sie dabei, dass Lucy Hagen Julia Beyers Leiche allein zerlegt hatte. Schließlich beließ Edda es dabei, obwohl sie wusste, dass die Geschichte nicht stimmen konnte.

»Dann kommen wir wieder auf den Freitag vor drei Tagen zurück. Sie sagten, Sie hörten im Radio vom Tod Ihrer Frau. Und dann entschlossen Sie sich zurückzukehren? Weil Sie keinen Grund mehr hatten, sich zu verstecken, nachdem Ihre Frau tot war?«

Rebecca Friedrichsen bejahte.

»Und wann beschlossen Sie, Diana Lauer zu töten?«

Sie schwieg einen Moment. »Diana Lauer? Heißt sie so?«

Edda runzelte die Stirn. »Wollen Sie behaupten, Sie hätten es nicht gewusst? Wussten Sie, dass sie Julia Beyers Cousine ist?«

Rebecca Friedrichsen nickte langsam. »Wir dachten es uns. Sie sah Julia so ähnlich, sie musste eine Verwandte sein. Aber wir kannten ihren Namen nicht, zumindest habe ich ihn nicht gekannt.«

»Wie konnten Sie sich dann mit ihr verabreden?«

Sie schüttelte den Kopf. »Sie hat sich mit mir verabredet. Sie rief mich am Samstag an. Sie nannte nicht ihren richtigen Namen, sie nannte sich immer noch Julia. Ich erkannte ihre Stimme sofort. Sie sagte, sie hätte in den Nachrichten von Lucys Tod gehört und würde jetzt gerne mit mir verhandeln. Sie wollte sich mit mir treffen. Ich sollte so viel Bargeld wie möglich mitbringen. Als Zeichen meines guten Willens, so nannte sie das.«

»Und Sie stimmten zu?«

»Ja.«

»Und beschlossen, ein Messer mitzunehmen?«

»Ja.«

»Warum?«

Der Anwalt wurde unruhig. »Ich denke, dass ich zunächst mit meiner Mandantin …«

Rebecca Friedrichsen unterbrach ihn. »Nicht um sie zu töten, sondern um mich im Notfall verteidigen zu können.«

Der Anwalt lächelte zufrieden.

Edda zog eine Augenbraue hoch. »Sie hatten Angst vor ihr? Warum? Sie hatten sich doch schon oft mit ihr getroffen.«

»Da wusste ich noch nicht, dass sie eine Erpresserin ist.«

»Und als es Ihnen klar wurde, beschlossen Sie, sie zu töten? Um sicherzustellen, dass die Wahrheit über Gretas biologische Mutter niemals herauskommt?«

Wieder wurde der Anwalt nervös, doch Rebecca Friedrichsen antwortete ruhig: »Ich hatte nicht beschlossen, sie zu töten. Ich war bereit zu zahlen. Ich hätte jeden Preis für Greta bezahlt, doch …«

Sie schwieg so lange, dass Edda schließlich nachhakte. »Doch?«

Rebecca Friedrichsen seufzte. »Ich war am Samstag bei mehreren Bankautomaten, um Geld abzuheben. Ich gab es Julia. Ich hatte es in einen Umschlag getan, und sie öffnete ihn, um das Geld zu zählen. Und dabei hatte sie so einen zufriedenen Gesichtsausdruck. Sie war so zufrieden mit sich und der Welt. Und dafür hatte sie meine zerstört. Wäre sie nicht gewesen, wäre Lucy nicht gestorben.« Sie ballte ihre Hände zu Fäusten und starrte Edda an. »Ich hatte ein Leben. Es war perfekt. Ich hatte Greta, und ich hatte Lucy. Mehr habe ich nie gewollt. Ich hatte es verdient. Lucy hatte es verdient. Greta hatte es verdient. Wir waren glücklich, welches Recht hatte sie, uns das kaputt zu machen?« Ihre Augen blitzten.

»Und deshalb haben Sie zugestochen? Weil Diana Lauer Ihr Leben zerstört hat?«

Doch Rebecca Friedrichsen sah die Falle. »Ich weiß nicht, warum ich zugestoßen habe. Ich erinnere mich nicht. Plötzlich war das Messer in meiner Hand und … Ich weiß es einfach nicht.«

»Und? Glaubst du Friedrichsen?«, fragte Hilrieke.

Edda antwortete nicht sofort. Es war zwei Stunden später. Sie saßen in Hilriekes Büro. Edda hatte für ihre Chefin die Ergebnisse der Vernehmung zusammengefasst. Jetzt unterdrückte sie ein Gähnen. Sie war hundemüde und fühlte sich wie erschlagen. Nach den Ereignissen des Vortages hatte sie in der Nacht kein Auge zugemacht. Doch es war nicht nur das Adrenalinhoch, das sie wachgehalten hatte. Zu viele offene Fragen geisterten immer noch durch ihren Kopf.

»Welchen Teil ihrer Aussage?«, fragte sie schließlich. »Dass Friedrichsen nicht geplant hat, Diana Lauer zu töten? Ehrlich gesagt, ich weiß es nicht. Einerseits wäre es ein irrer Plan gewesen: am helllichten Tag, an einem Ort, an dem jederzeit jemand vorbeikommen kann. Andererseits war es ihre einzige Möglichkeit, dauerhaft Sicherheit zu erlangen. Diana Lauer hätte sich vermutlich nie endgültig zufriedengegeben, sie hätte Friedrichsen die nächsten achtzehn Jahre erpressen können.«

Edda zuckte mit den Achseln. »Ehrlich gesagt, mir ist es ziemlich egal. Der Staatsanwalt soll sich damit herumschlagen, ob es Mord oder Totschlag war. Mir bereiten die anderen beiden Todesfälle Kopfzerbrechen. Hagen und Beyer. Vor allem Beyer. Es kann sich nicht so abgespielt haben, wie Friedrichsen behauptet.«

Hilrieke beugte sich vor und stützte ihr Doppelkinn auf ihre gefalteten Hände. »Die Kölner Rechtsmedizinerin ist davon überzeugt?«

»Nicht nur die. Ich habe Hilter gebeten, sich ihren Bericht und die Fotos anzusehen. Ein Sturz auf eine Tischkante hätte ein ganz anderes Verletzungsmuster verursacht. An Beyers Schädel finden sich zwei Bruchzentren oberhalb der Hutkrempenlinie, das bedeutet zwei Schläge. Hilter ist überzeugt, dass die Schläge mit einem abgerundeten Gegenstand geführt wurden, nicht mit einem kantigen. Wenn der Tatort tatsächlich die Küche war, wie Friedrichsen behauptet, könnte es zum Beispiel ein Nudelholz gewesen sein.«

»Und glaubst du, dass Rebecca Friedrichsen in Beyers Tod verwickelt war?«

Edda schüttelte den Kopf. »Ich bin davon überzeugt, dass sie nichts von Julia Beyers Existenz wusste, bis Hagen ihr kurz vor ihrem Tod davon erzählte. Sie hätte sonst Verdacht geschöpft, als Lauer sie am Strand ansprach. Eine Julia mit einem grünen und einem braunen Auge – da hätten sofort ihre Alarmglocken schrillen müssen, und sie hätte sicherlich nicht mit Berger oder Binder darüber geredet.«

Hilrieke ließ sich das durch den Kopf gehen. »Ich frage mich, warum Lauer sich überhaupt als ihre Cousine verkleidet hat. Sie ist dadurch ein unnötiges Risiko eingegangen. Hätte sie das nicht getan, hätten wir nie die Verbindung zwischen Hagens Tod und Julia Beyer hergestellt.«

Edda widersprach. »Als Lauer beschloss, sich an Friedrichsen heranzumachen, um DNA von Greta zu stehlen, wusste sie nicht, dass Hagen sterben würde. Sie konnte nicht vorhersehen, dass es Ermittlungen geben würde. Ich nehme an, sie verkleidete sich, um sicherzustellen, dass sie nicht wiedererkannt würde. Immerhin hatte sie vor, Friedrichsen und Hagen zu erpressen. Und vermutlich wusste sie, dass Friedrichsen Beyer nie getroffen hatte.«

»Was mich wieder zu der Frage bringt: Wenn sie nicht in Beyers Tod verwickelt war, wieso behauptet Friedrichsen dann, es sei ein Unfall gewesen?«

Es war eine der Fragen, die Edda wachgehalten hatten. »Vielleicht weil sie es glaubt«, erwiderte sie mit einem Achselzucken. »Immerhin könnte ihre Frau ihr das so erzählt haben. Oder sie weiß, dass ihre Frau Beyer tötete, will aber ihr Andenken nicht besudeln. Allerdings …« Edda brach ab, stand auf und trat ans Fenster. Nachdenklich starrte sie hinaus. Das schlechte Wetter vom Vortag hielt an, es war grau und düster. Schließlich drehte Edda sich wieder zu ihrer Chefin um. »Ich frage mich«, sagte sie zögernd, »ob es wirklich Hagen war, die Julia Beyer getötet hat. Es passt so gar nicht zu ihrem Charakter.«

Hilrieke lachte dröhnend auf. »Das sagst ausgerechnet du? Du behauptest doch immer, jeder Mensch sei zum Töten geboren. Und Hagen hatte ein Motiv. Wenn Beyer nach der Geburt der Tochter ihre Geldforderung nach oben schraubte, dann war das Erpressung, genau wie im Fall Lauer.«

»Genau«, stimmte Edda zu. »Aber als Lauer sie erpresste, beschloss sie, die Wahrheit zu sagen. Wieso hätte sie auf Beyers Erpressung mit Mord reagieren sollen?«

Hilrieke hob ihre kräftigen Schultern und ließ sie wieder fallen. »Wenn ich den Zeitablauf richtig in Erinnerung habe, hatte Lucy Hagen am Morgen des Tages gerade Greta aus dem Krankenhaus nach Hause geholt. Vermutlich wollte sie ihrer Frau die Tochter, die sie ihr gerade erst in die Arme gelegt hatte, nicht gleich wieder entreißen.«

Das erschien Edda nicht plausibel. »Aber es wäre noch viel schlimmer gewesen, wenn sie sie ihr nach fünf Monaten wieder weggenommen hätte. Und das wäre die Konsequenz gewesen, wenn sie sich am Mittwochabend gestellt hätte.«

Hilrieke musterte Edda. »Worauf willst du hinaus? Jemand muss Julia Beyer schließlich erschlagen haben.«

Edda stieß sich vom Fensterbrett ab und ging eine Weile im Büro hin und her, wobei sie hier einen Hefter, da einen Stift in die Hand nahm. Schließlich lehnte sie sich an die Tür. »Ich frage mich, ob es nicht doch Finn Hofmeister war. Er war am dreiundzwanzigsten Mai zurück in Deutschland. Und er hatte ein Motiv. Wenn Julia Beyer Hagen erpresst hat, wieso hätte sie nicht auch Hofmeister erpressen sollen? Sie konnte immer noch damit drohen, seiner Frau von der Affäre zu erzählen. Sie deswegen zu erschlagen würde eher zu Hofmeisters Charakter passen als zu Hagens. Außerdem würde es erklären, warum Lucy Hagen Hofmeister am Abend ihres Todes angerufen hat.«

Hilrieke runzelte die Stirn. »Das verstehe ich nicht. Was hat der Anruf damit zu tun?«

Edda setzte sich wieder. »Ich habe noch einmal über den Anruf nachgedacht im Lichte dessen, was Rebecca Friedrichsen ausgesagt hat. Danach hat Diana Lauer Lucy Hagen am Mittwoch nach der Arbeit aufgelauert und Geld verlangt. Hagen hat daraufhin beschlossen, zur Polizei zu gehen. Das hat sie ihrer Frau gesagt, als die um kurz nach neun von ihrem Pilateskurs nach Hause kam. Wenige Minuten zuvor rief Hagen Hofmeister an. Das beweisen die Verbindungsdaten. Aber warum hätte sie das tun sollen, wenn er nichts mit dem Tod von Beyer zu tun hatte? Und warum hätte sie ihn bitten sollen vorbeizukommen? Ihr stand eine Aussprache mit ihrer Frau bevor, dabei hätte Hofmeister nur gestört.«

Hilrieke zog ein nachdenkliches Gesicht. »Vielleicht wollte sie ihn zur Unterstützung? Weil sie sich denken konnte, wie hart es ihre Frau treffen würde.«

Edda schüttelte den Kopf. »So wie ich Lucy Hagen einschätze, hätte sie höchstens jemand zu Friedrichsens Unterstützung angerufen, und da wäre Hofmeister kaum die erste Wahl gewesen. Also, warum rief sie ihn an, wenn er mit der Sache nichts zu tun hatte?«

»Warum hätte sie ihn anrufen sollen, wenn er Beyer getötet hat?«

»Um ihn zu warnen«, sagte Edda, »um ihm die Möglichkeit zu geben, gemeinsam mit ihr zur Polizei zu gehen.«

»Du glaubst, deswegen hat sie ihn nach Rerik bestellt?«

Edda zuckte mit den Achseln. »Wenn sie das überhaupt getan hat. Vielleicht hat sie ihm am Telefon gesagt, was sie vorhat, und Hofmeister hat dann auf dem Gespräch bestanden. Wenn er Beyer getötet hat, dann stand für ihn schließlich am meisten auf dem Spiel. Deshalb kam er nach Rerik. Und als es ihm nicht gelang, Hagen von ihrem Geständnisplan abzubringen, stieß er sie vom Steilufer.«

Hilrieke lehnte sich in ihrem Chefinnensessel zurück. »Du glaubst immer noch, dass Hagen ermordet wurde?«

»Natürlich. Lasse Enders hat einen Streit gehört, und zu dem Zeitpunkt waren zwei Menschen in der Nähe, die ein handfestes Motiv hatten, Hagen zu töten.«

Hilrieke seufzte. »Du wirst es nie beweisen können. Das ist dir klar, oder?«

Edda nickte. Sie war sich der Tatsache nur allzu bewusst. Ihre letzte Hoffnung war an diesem Nachmittag gestorben. Kevin war nach Berlin gefahren, um Lasse Enders zu fragen, ob ihm bei seinem Spaziergang am Donnerstagabend in der Seestraße Hofmeisters Tesla aufgefallen war. Leider war weder das der Fall, noch hatte Enders ausschließen können, dass dort ein Tesla gestanden hatte, weil er nicht darauf geachtet hatte. Und das bedeutete, dass sie immer noch nicht wussten, ob der Streit, den Enders belauscht hatte, vor oder nach Hofmeisters Ankunft in Rerik stattgefunden hatte. Und das bedeutete, dass sie immer noch nicht wussten, ob Hofmeister − statt in seinem Wagen zu sitzen − mit Lucy Hagen gestritten hatte. Ob er versucht hatte, ihr das geplante Geständnis auszureden, das ihn wegen der Tötung von Julia Beyer ins Gefängnis bringen würde. Oder ob es Rebecca Friedrichsen gewesen war, die ihrer Frau nach draußen auf das Steilufer gefolgt war, wo sie sie ein letztes Mal angefleht hatte, das Geheimnis um Julia

Beyers Tod und um die biologische Abstammung ihrer Tochter weiterhin zu wahren. Edda wusste es nicht. Sie war überzeugt davon, dass die Person, die mit Lucy Hagen gestritten hatte, ihr den tödlichen Stoß versetzt hatte. Doch sie wusste nicht, wer es gewesen war. Es gab zwei Verdächtige, zwei Varianten, beide möglich, beide plausibel, und das war eine zu viel. Und Edda ahnte: Wenn nicht noch ein Wunder geschah, wenn nicht noch ein Zeuge auftauchte, den sie bei der Haus-zu-Haus-Befragung übersehen hatten, wenn nicht einer der beiden ohne Not ein Geständnis ablegte, dann würde sie es nie herausfinden.

Edda sah Hilrieke an. »Umso wichtiger ist es, Hofmeister für die Tötung von Julia Beyer hinter Gitter zu bringen. Friedrichsen wird ihre Strafe für die Tötung von Diana Lauer bekommen.«

»Und wie willst du das angehen?«, fragte Hilrieke skeptisch. »Der Mord liegt fünf Monate zurück. Hofmeister hatte alle Zeit der Welt, Beweise zu vernichten.«

Edda strich über den Verband an ihrem linken Handgelenk. »Als Erstes werde ich herausfinden, was genau geschah, dann kümmere ich mich um die Beweise. Ich bin sicher, Rebecca Friedrichsen weiß mehr, als sie sagt. Lucy Hagen wollte bei der Polizei ein volles Geständnis ablegen. Warum sollte sie also ihrer Frau die Wahrheit vorenthalten haben?«

»Aber Friedrichsen hält an der Unfalltheorie fest. Wie willst du sie zum Reden bringen?«

Edda schwieg eine lange Zeit. »Ich muss ihr den richtigen Anreiz bieten.«

Teil VI

REBECCA

Heute ist etwas Seltsames passiert. Kriminalhauptkommissarin Timm hat mich aufgesucht und mir ein Angebot gemacht. Ein inoffizielles, wie sie es nannte, aber vermutlich wäre illegal der treffende Begriff. So wie unsere ganze Begegnung vermutlich illegal war.

Ich wurde gegen elf aus meiner Zelle in den Vernehmungsraum gebracht, wo Frau Timm auf mich wartete. So weit war das nicht ungewöhnlich. Frau Timm hat mich seit meiner Ankunft im Untersuchungsgefängnis schon dreimal darin vernommen. Jedes Mal ging es um dasselbe. Sie sagte mir, dass Julia Beyers Tod kein Unfall gewesen sein könne, sondern dass jemand mit einem stumpfen Gegenstand auf sie eingeschlagen habe – das könne die Rechtsmedizin beweisen. Sie sagte mir, dass sie nicht glaube, dass Lucy Julia getötet habe, sondern dass es Finn war. Sie sagte mir, dass sie glaube, dass ich mehr darüber wisse. Und sie versuchte, mir dieses Wissen zu entlocken.

Bei den bisherigen Vernehmungen war allerdings jedes Mal noch ein Kollege oder eine Kollegin von Frau Timm dabei – und natürlich mein Anwalt, den die Staatsanwaltschaft informieren muss, bevor sie Befragungen genehmigt. Doch heute waren wir allein. Frau Timm hatte weder einen Kollegen mitgebracht noch meinen Anwalt informiert. Natürlich wollte ich sofort wieder gehen, doch Frau Timm sagte, sie wolle mir etwas mitteilen. Ich müsse nichts sagen, ich solle nur zuhören. Also blieb ich, und dann machte sie mir ihr Angebot: Falls ich ihr die Wahrheit sage, werde sie dafür sorgen, dass ich Greta noch einmal sehen kann. Das hat sie tatsächlich gesagt. Dass ich Greta ein letztes Mal sehen darf! Dass ich sie vielleicht noch einmal halten darf! Sie hat tatsächlich behauptet, sie könne das möglich machen!

Sie muss verrückt sein, wenn sie denkt, dass ich ihr das abnehme. Natürlich habe ich meinen Anwalt längst aufgefordert, alle Hebel in Bewegung zu setzen, um zu erfahren, wo und bei wem Greta ist, ob es ihr gut geht, was mit ihr geschehen wird. Ich bekam jedes Mal dieselbe Antwort: Er wisse es nicht. Er konnte mir nur sagen, dass man Greta in einer Pflegefamilie untergebracht habe und demnächst über ihre Zukunft von einem Familiengericht entschieden werde, allerdings könne das dauern, weil der Fall kompliziert sei. Doch eins hat er mir sehr deutlich gesagt: dass es keine Hoffnung für mich gibt. Keine, dass ich Greta jemals wiedersehen werde. Keine, dass meinen Eltern das Sorgerecht für sie zugesprochen werden könnte. Keine, dass Greta irgendwie für mich erreichbar bleibt. Keine, dass ich in ihrer Zukunft irgendeine auch noch so geringe Rolle spielen werde.

Keine, keine, keine. Und doch war da irgendetwas an Frau Timm, dass ich für einen Moment dachte, ich könnte ihr glauben. Sie könnte es möglich machen. Sie könnte dafür sorgen, dass ich mich von Greta verabschieden kann. Irgendetwas …

Frau Timm macht einfach so einen Eindruck. Schon, als ich sie das erste Mal traf, wusste ich, dass sie eine gefährliche

Gegnerin sein würde. Weil sie nicht lockerlässt. Weil sie einen Instinkt für die Wahrheit hat. Weil sie fanatisch nach ihr sucht. Weil es ihr egal ist, welchen Preis es erfordert. Sie wirkte und wirkt auf mich, als könnte sie alles erreichen, was sie will. Und das macht mir Angst, denn was sie momentan will, ist, dass Finn wegen des Mordes an Julia Beyer vor Gericht gestellt und verurteilt wird. Und ich will das nicht. Ich will nicht, dass Finn ins Gefängnis kommt. Ich will, dass er ein freier Mann bleibt – obwohl er natürlich schuldig ist. Denn natürlich hat Lucy Julia Beyer nicht getötet. Sie wäre niemals fähig gewesen, einen Menschen zu töten – nicht einmal für mich.

Ich möchte Ihnen erzählen, was wirklich passiert ist, und dann werden Sie verstehen, warum ich Frau Timm anlügen musste. Tatsächlich habe ich ihr bis zu einem gewissen Punkt die Wahrheit erzählt. Es stimmt, dass Julia Lucy an dem Abend anrief, als ich Greta bekam, und dass Lucy sich mit ihr in unserer Hamburger Wohnung traf. Und es stimmt, dass Julia dann mehr Geld forderte. Doch es stimmt nicht, dass es über die Höhe dieses Mehr zum Streit kam. Lucy verhandelte gar nicht mit Julia. Denn in dem Moment, als Julia mehr Geld forderte, wurde Lucy klar, dass sie einen schweren Fehler begangen hatte. Ihr wurde klar, dass dies keine einmalige zusätzliche Zahlung sein würde, sondern dass Julia sie von nun an erpressen würde. Ihr wurde klar, warum Julia darauf bestanden hatte, dass wir Greta nicht offiziell adoptierten: Es gab ihr die Möglichkeit, uns in den nächsten Jahren um ein Vermögen zu bringen. Sie konnte jederzeit die Wahrheit über Greta sagen – und mittels DNA-Test leicht beweisen. Wollten wir das verhindern, so mussten wir zahlen.

Lucy wurde also klar, dass sie einen Riesenfehler gemacht hatte, dass ihr Plan, mir auf illegale Weise das zu schenken, wonach ich mich so sehr sehnte, von Anfang an zum Scheitern verurteilt gewesen war, und sie beschloss, ihren Fehler zu korrigieren, indem sie die Sache rückgängig machte. Doch ihr Verantwortungsgefühl ließ nicht zu, dass sie Greta einfach an Julia übergab, die in ihr weniger ihre Tochter als eine Einnahmequelle sah, daher beschloss Lucy, zur Polizei zu gehen. Sie wollte Julia und sich anzeigen.

Ja, das ist die Wahrheit. Lucy wollte schon einmal zur Polizei gehen. Doch sie wollte nicht allein gehen. Sie wollte Finn mitnehmen. Zur Unterstützung, aber hauptsächlich, weil er als Gretas Vater betroffen war.

Also rief Lucy Finn an. Sie erreichte ihn am Flughafen. Er war kurz zuvor gelandet und nahm sich sofort ein Taxi zu unserer Wohnung, wo Lucy ihm erzählte, was geschehen war. Doch Finn reagierte nicht so, wie Lucy sich das erhofft hatte. Er war strikt dagegen, zur Polizei zu gehen, aus Angst, Priska würde von seiner Affäre erfahren. Statt mit Julia stritt Lucy mit ihm, und schließlich beschloss sie, ihn und Julia vor vollendete Tatsachen zu stellen. Sie verließ die Wohnung und fuhr nach Rerik, um Greta zu holen.

Ja, das hatte sie tatsächlich vor. Sie fuhr nach Rerik, um mir zu sagen, dass ich doch keine Mutter würde. Sie wollte Greta aus meinen Armen reißen und allein zur Polizei fahren. Ja, das wollte sie mir antun!

Ich weiß nicht, wie ich reagiert hätte, wenn sie es getan hätte. Doch Lucy kam an dem Abend nicht zurück, denn schon kurz hinter Hamburg erhielt sie einen Anruf von Finn, der in heller Panik war und ihr sagte, dass Julia tot sei. Sie hätten sich gestritten, dann sei sie auf ihn losgegangen, er habe sich nur wehren wollen, deshalb habe er sie gestoßen und dabei sei sie unglücklich gestürzt und mit dem Kopf erst auf die Tischkante, dann auf dem Boden aufgeschlagen.

Ich weiß nicht, ob Sie mir das glauben. Vielleicht sind Sie genauso misstrauisch veranlagt wie Kriminalhauptkommissarin Timm. Doch alles, was ich Ihnen erzählt habe, ist die Wahrheit. Finn erzählte Lucy, dass Julias Tod ein Unfall gewesen sei, und Lucy erzählte es mir. Denn natürlich glaubte Lucy Finn! Sie finden das naiv? Ja, vielleicht war es das, aber Sie dürfen eines nicht vergessen: Lucy stand kein rechtsmedizinisches Gutachten zur Verfügung, das die Unfalltheorie ausschloss, und Lucy war seit dreißig Jahren mit Finn befreundet. Sie wusste um seine zahlreichen Schwächen, doch einen Mord hätte sie ihm nie zugetraut. Hätte sie geahnt, dass er Julia kaltblütig getötet hatte, damit Priska nicht von seiner Affäre erfuhr, hätte sie ihm nicht geholfen, die Leiche verschwinden zu lassen. Auch so weigerte sie sich zunächst und versuchte stattdessen, Finn zu überreden, der Polizei von dem Unfall zu erzählen. Doch Finn weigerte sich seinerseits. Er war in Panik und behauptete, er habe Angst, dass die Polizei ihm nicht glauben würde. Er bearbeitete Lucy, flehte sie an, ihm zu helfen, und Lucy … Lucy war seit dreißig Jahren gewohnt, ihm aus jeder Patsche herauszuhelfen. Und dann war da noch Greta. Nachdem Julia tot war, kannte niemand außer Lucy und Finn – und teilweise ich – die Wahrheit über sie. Deshalb willigte Lucy schließlich ein, Finn zu helfen, Julias Tod zu vertuschen. Lucy willigte ein zu schweigen. So wie ich bereit bin, für Finn zu schweigen.

Das verstehen Sie nicht? Kein Wunder, denn da gibt es eine winzige Kleinigkeit, die ich Ihnen noch nicht erzählt habe. Mein Anwalt hat mir gesagt, dass Gretas Zukunft von einem Familiengericht entschieden wird und dass der Fall kompliziert sei. Aus vielen Gründen, aber unter anderem auch deswegen, weil Finn Anspruch auf Greta erheben könnte. Als ihr leiblicher Vater kann er das Sorgerecht für sie beantragen, und falls er vor Gericht glaubhaft machen kann, dass er nichts mit Julias Tod zu tun hatte, dass er nichts mit dem Verschwinden ihrer Leiche zu tun hatte, dass er nichts mit der heimlichen Adoption zu tun hatte, dass er erst nach Monaten von Lucy erfuhr, dass er tatsächlich Gretas Vater ist, dann kann er das Sorgerecht sogar erhalten. Natürlich sind das viele Einschränkungen. Mein Anwalt wollte sich nicht festlegen, doch er hält Finns Chancen für klein. Doch wenn sie klein sind, dann sind sie immerhin größer als null. Und das ist meine Chance! Meine einzige Chance! Wenn Greta zu Finn kommt, dann ist das meine Chance, Teil ihres Lebens zu bleiben. Denn dann weiß ich, wo sie ist, und sobald ich aus dem Gefängnis entlassen werde, kann ich wieder an ihrem Leben teilhaben. Sie glauben, Finn werde das nicht zulassen? Oh, aber er wird es zulassen müssen, wenn er nicht möchte, dass ich nachträglich noch die Wahrheit erzähle. Er wird es zulassen müssen, weil ich Gretas Mutter bin!

Haben Sie ernsthaft geglaubt, ich würde das einfach vergessen? Haben Sie ernsthaft geglaubt, ich würde die Zeit mit Greta als fünfmonatige Episode in meinem Leben abhaken? Ich werde meinen Anspruch auf sie niemals aufgeben! Ich bin ihre Mutter, sie ist meine Tochter. Das ist ein Fakt, den keine

Biologie der Welt aushebeln kann. Ja, ich weiß, ich werde sie einige Jahre nicht sehen, weil ich natürlich für den Angriff auf Diana Lauer verurteilt werde. Aber mein Anwalt ist überzeugt, dass das Urteil auf Totschlag lauten wird, also werde ich draußen sein, bevor Greta auf eine weiterführende Schule geht.

Sie halten das für einen irren Plan? Oder Sie glauben, dass es verantwortungslos ist, Greta bei einem Mörder zu lassen? Aber Finn liebt Greta, er würde ihr nie etwas antun. Sie meinen, das könne man nicht wissen? Nicht bei einem Doppelmörder? Sie glauben wie Frau Timm, dass Finn auch Lucy getötet hat? Dass er an dem Abend seinen Tesla verlassen, Lucy auf dem Steilufer getroffen, sich mit ihr gestritten und ihr dann den tödlichen Stoß versetzt hat? Aber das ist nicht wahr. Finn hat seinen Wagen nicht verlassen. Er saß die ganze Zeit darin.

Woher ich das weiß? Ich weiß es, weil ich ihn gesehen habe. Ich stand unter den Bäumen und wartete, dass er abfahren würde, damit ich unbemerkt ins Haus zurückkehren konnte. Ich kam gerade vom Strand unten. Ich war nach Lucys Sturz hinuntergelaufen, um zu sehen, ob … Aber Sie müssen mir glauben, dass es die Wahrheit ist, wenn ich sage: Ich wollte nicht, dass sie tot ist. Ich lief hinunter, weil ich wollte, dass Lucy noch lebt. Ich wollte nicht, dass meine Frau stirbt. Es war keine Absicht. Ich wollte nur einen letzten Versuch unternehmen, sie umzustimmen. Sie noch einmal anflehen, nicht zur Polizei zu gehen, unser Geheimnis weiterhin zu bewahren. Ich wollte sie nicht töten. Ich hatte es nie vor. Diana Lauer ja, das habe ich geplant, aber doch nicht Lucy! Ich habe sie geliebt!

Lucy, wo immer du bist, es tut mir leid. Bitte verzeih mir! Es war keine Absicht, ich war in dem Moment völlig blind vor

Angst, Greta zu verlieren. Ich wusste nicht, wie nah du an der Kante standst. Ich wusste es nicht. Ich wollte es nicht. Ich habe dich geliebt! Ich liebe dich immer noch!

Aber Greta liebe ich noch mehr.

Es war keine Absicht …

Petra Johann
Der Buchhändler
Thriller
431 Seiten. Klappenbroschur
ISBN 978-3-352-00969-3
Auch als E-Book lieferbar

Unter Verdacht

Nach einem einschneidenden Ereignis verlässt der vierunddreißigjährige Erik seine Heimat und übernimmt in einer bayrischen Kleinstadt eine Buchhandlung. Der Neustart scheint zu gelingen. Erik fühlt sich in Neukirchen wohl – bis die Tochter eines seiner neuen Freunde verschwindet. Die Grundschülerin hat in aller Frühe ihr Elternhaus verlassen und ist nicht zurückgekehrt.

Eine groß angelegte Suche beginnt. Hauptkommissarin Judith Plattner, die nach einem persönlichen Schicksalsschlag nie wieder eine Ermittlung leiten wollte, übernimmt den Fall. Nach und nach verdichten sich die Hinweise, dass jemand aus dem Umfeld des Mädchens für sein Verschwinden verantwortlich ist. Schon bald richten sich alle Augen auf Erik, den Neuen. Und dann macht jemand eine Entdeckung – mit fatalen Folgen.

Ein hintergründiger Thriller über eine Gemeinschaft, in der die Angst die Macht übernimmt

Regelmäßige Informationen erhalten Sie über unseren Newsletter.
Jetzt anmelden unter: www.aufbau-verlage.de/newsletter

Katharina Peters
Ufermord
Ein Rügen-Krimi
368 Seiten. Broschur
ISBN 978-3-7466-3774-7
Auch als E-Book lieferbar

Der geheimnisvolle Tote von Sellin

Romy Beccare wird an das Ufer des Selliner Sees gerufen, weil man eine männliche Leiche entdeckt hat. Der Tierarzt Michael Bautner wurde dort erstochen. Schnell hat man auch einen Verdächtigen: einen abgeschottet lebenden Mann, dessen Hund Bautner angeblich falsch behandelte und der deshalb starb. Doch Romy kommen Zweifel. Die Ermittlungen laufen ihr viel zu glatt. Dann wird bei Bauarbeiten in Sellin das Skelett eines seit fast drei Jahrzehnten vermissten Mannes gefunden, der offenbar kurz vor seinem Verschwinden mit Bautner zu tun hatte.

Der neue Rügen-Bestseller von einer der erfolgreichsten Krimi-Autorinnen der letzten Jahre

Regelmäßige Informationen erhalten Sie über unseren Newsletter.
Jetzt anmelden unter: www.aufbau-verlage.de/newsletter

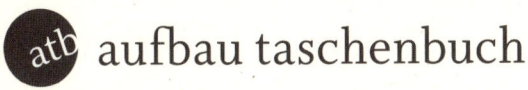

aufbau taschenbuch